BIANCA IOSIVONI & LAURA KNEIDL

Midnight Chronicles

Schattenblick

Für Sandra

BIANCA IOSIVONI

LAURA KNEIDL

MIDNIGHT CHRONICLES

SCHATTENBLICK

ROMAN

LYX

LYX in der Bastei Lübbe AG
Dieser Titel ist auch als E-Book und Hörbuch erschienen.

MIX
Papier aus verantwortungsvollen Quellen
FSC® C014496

Originalausgabe

Dieses Werk wurde vermittelt durch die AVA international GmbH
Autoren- und Verlagsagentur, München.
www.ava-international.de
Und die Langenbuch & Weiß Literaturagentur, Hamburg/Berlin.
www.langenbuch-weiss.de

Textredaktion: Kristina Langenbuch Gerez
Illustration: © Lorena Lammer
Covergestaltung: Sandra Taufer, München
Coverabbildung: © Shutterstock (Laura Crazy; Nik Merkulov; HS_PHOTOGRAPHY; Shebeko)
Satz: Greiner & Reichel, Köln
Gesetzt aus der Adobe Caslon
Druck und Einband: GGP Media GmbH, Pößneck
Printed in Germany
ISBN 978-3-7363-1277-7

3 5 7 6 4

Sie finden uns im Internet unter: lyx-verlag.de
Bitte beachten Sie auch: luebbe.de und lesejury.de

Für alle, die an Magie glauben.
Für alle, die anders sind.
Für alle, die in keine Schublade passen.
Dieses Buch ist für euch.

PLAYLIST

Elle King – Good Girls
Natalie Taylor – In the Air Tonight
Imagine Dragons – Warriors
Oh The Larceny – Check It Out
Marmozets – Weird And Wonderful
The Pretty Reckless – Why'd You Bring a Shotgun to the Party
Michael A. Levine, Lucas Cantor, Miriam Speyer – In The Dark
Black Lab – This Blood
Imagine Dragons – Bad Liar
The Phantoms – All For One
Led Zeppelin – Immigrant Song
DMX – Party Up
Muse – Dig Down
1985 – Every Woman
Amaranthe – Drop Dead Cynical
Skrizzly Adams – Dance with Darkness
Gin Wigmore – Written In The Water
Valerie Broussard – Trouble
Amy Stroup – In The Shadows
Bon Jovi – In These Arms
Unions – Bury
Once Monsters – Heroes of Today
Bon Jovi – We Don't Run
RAIGN – This Is The End
Imagine Dragons – Rise Up
DMX – X Gon' Give It To Ya

1. KAPITEL

Roxy

Ich liebte Essen. Schokolade. Pasta. Cottage Pie. Eintopf. Pizza. Scones. Eiscreme. Essen machte einfach alles besser.

Genüsslich schob ich mir den letzten Bissen Kartoffeln in den Mund und legte die Gabel mit einem zufriedenen, nein, mit einem vorfreudigen Seufzen auf den Teller. Denn als Dessert stand ein Triple Chocolate Cake mit flüssigem Kern und hausgemachter Soße aus echten Vanilleschoten auf dem Programm. Das war besser als jeder Orgasmus. Das ganze Menü war schon köstlich gewesen, aber das hier? Dieses Dessert war zum Sterben gut, und ich konnte es gar nicht erwarten, dass es endlich auf dem Tisch landete. Dafür verschwendete ich liebend gerne meine begrenzte Lebenszeit. Nicht für den Kerl, sondern für das Essen.

Na gut, ein bisschen auch für den Kerl, der mir gegenübersaß.

»Du genießt das richtig, was?« Seamus grinste, wodurch das kleine Grübchen in seiner glatt rasierten Wange sichtbar wurde.

Im Alltag hatte er seinen irischen Akzent größtenteils abgelegt – aber zusammen mit mir? Da erkannte ich meine Heimat in fast jeder Silbe. Bonuspunkte gab es dafür, dass er eine angenehm tiefe, ruhige Stimme hatte, die perfekt zu seinem attraktiven Äußeren passte: gestyltes blondes Haar, breite Schultern und trainierte Arme, die von jahrelangem Rugbyspielen zeugten, dazu graue Augen, in denen es flirtfreudig funkelte.

Wir hatten uns vor einer Woche in der Nähe des British Museum kennengelernt. Ich fuhr manchmal zum Nachdenken dorthin, während er gerade auf dem Weg zur Senate House Library gewesen war, um irgendetwas für sein Studium zu recherchieren. An dem Tag war ich total übermüdet gewesen und hatte mir nichts sehnlicher gewünscht als einen Kaffee. Stattdessen war ich in Seamus reingelaufen und hatte seine Nummer sowie ein Date bekommen. Kein schlechter Deal, wenn ihr mich fragt.

Ich trank einen Schluck von meinem Wasser. »Ich versuche einfach, jeden Moment zu genießen.«

In seinen Augen blitzte es auf, und sein Blick wanderte für einen Moment genau so an mir auf und ab, wie er es getan hatte, als ich hereingekommen war. Er hatte bei den Halbstiefeln mit den mörderisch hohen Absätzen angefangen, war über die hautenge schwarze Hose und das geblümte Oberteil mit den weiten Ärmeln, den royalblauen, ungefähr drei Zentimeter großen Anhänger an der Goldkette um meinem Hals und bis hin zu meinem Mund geglitten. Darüber, dass der dunkelrote Lippenstift nach diesem Abend und dem köstlichen Menü nicht mehr richtig halten oder verschmiert sein könnte, machte ich mir keine Gedanken. Ich hatte ihn schon unter härtesten Bedingungen getestet: bei Nacht und Nebel – und Nieselregen! – in den Londoner Straßen, als ich mit meinem Kampfpartner Finn auf der Jagd gewesen war. Wenn dieser Lippenstift eine Begegnung mit Untoten, Geistern und den Kreaturen der Unterwelt überstand, dann auch dieses Abendessen.

»Das ist eine gute Einstellung«, sagte Seamus schließlich und sah mir wieder in die Augen. »Aus allem das Beste zu machen.«

Bildete ich mir das ein oder klang seine Stimme etwas belegt? Ein bisschen rau? Womöglich sogar erregt?

Ich lächelte langsam. Allem Anschein nach würde dieses Date genauso interessant weitergehen, wie es angefangen hatte. Alle Anzeichen deuteten darauf hin, dass Seamus mir nicht gleich vor dem Restaurant Gute Nacht sagen und in der nebligen Londoner Nacht verschwinden würde. Stattdessen würden wir uns ein Taxi teilen, auf der Fahrt vielleicht ein bisschen herumknutschen, anschließend noch tanzen oder in einen Pub gehen und früher oder später in seiner Wohnung landen. Zumindest hoffte ich, dass er eine eigene Wohnung oder wenigstens ein eigenes Zimmer in einer WG hatte, statt sich im Wohnheim eins teilen zu müssen, wo sein Mitbewohner hereinplatzen könnte, während wir gerade im Bett zugange waren. Alles schon erlebt, und auf eine Wiederholung konnte ich verzichten.

Statt einer Antwort lächelte ich nur breit – und sah mich möglichst unauffällig nach dem Kellner um. Der einzige Grund, aus dem ich dieses Restaurant ausgewählt hatte, war die Dessertkarte gewesen, also wollte ich auch in den Genuss dieses Triple Chocolate Cakes kommen. Dafür würde ich glatt meine Seele verkaufen. Na ja, also, wenn ich das nicht schon getan hätte. Irgendwie zumindest. Allerdings blieben mir noch …

Ich warf einen schnellen Blick auf die Uhr an meinem Handgelenk, die das heutige Datum anzeigte: fünfzehnter Juni. Beim Anblick der Zahlen zog sich mein Magen zusammen. Denn das bedeutete, dass mir noch exakt 299 Tage blieben, um meine begrenzte Lebenszeit zu genießen. 299 Tage, um all die Geister aufzuspüren und zurückzuschicken, die ich selbst befreit hatte. Bisher hatte ich davon jedoch nur einen Bruchteil gefunden. Was nicht wirklich verwunderlich war, schließlich war diese Mission von Anfang an unmöglich und zum Scheitern verurteilt gewesen …

Ich spülte den bitteren Geschmack in meinem Mund mit einem großen Schluck Wasser hinunter und zwang mich dazu, mich wieder auf meinen Gegenüber zu konzentrieren.

»Also …«, begann Seamus, hielt jedoch inne, als der Kellner uns das Dessert brachte. Endlich! Das wurde aber auch Zeit. »Wo willst du nach dem Essen hin?«

»Wir könnten noch in den Pub gehen«, schlug ich vor und griff nach meiner Gabel, noch bevor der hübsche kleine Teller vor mir abgestellt wurde. »In einen Club. Oder direkt zu dir.«

Seine Mundwinkel hoben sich. Oh ja, dieser Vorschlag traf eindeutig auf Gegenliebe.

Unter anderen Umständen hätte es mich vielleicht abgeschreckt, schon beim ersten Date mit einem Kerl ins Bett zu gehen. Aber genau hier kam die begrenzte Lebenszeit ins Spiel, denn die Wahrheit war: Ich suchte keinen Partner fürs Leben, keinen Mann, den ich heiraten, mit dem ich Kinder kriegen und alt werden konnte. Denn all das würde ich nicht mehr erleben und hatte meinen Frieden damit geschlossen. Was ich an meinem freien Abend suchte, war ein bisschen harmlosen Spaß. Etwas, um meine Gedanken für eine Weile mit etwas anderem als der tickenden Uhr über meinem Kopf zu beschäftigen.

Seamus räusperte sich. »Dann würde ich vorschlagen: gleich zu mir.«

»Liebend gern.«

Ich teilte ein Stück meines Triple Chocolate Cakes mit der Gabel ab und tunkte es in die warme Vanillesoße. Doch genau in der Sekunde, in der ich den Bissen zum Mund führen wollte, klingelte es neben mir. Ich erstarrte. Einen Moment lang betete ich innerlich, dass es sich dabei um das Handy eines anderen

Gasts handelte, das nur zufällig denselben Klingelton hatte wie meines. Doch als ich das Gerät aus meiner Handtasche zog, wurde ich eines Besseren belehrt.

»Sorry«, murmelte ich abgelenkt. »Da muss ich rangehen.«

Ich nahm den Anruf entgegen und hielt mir das Handy ans Ohr. »Finn!«, begrüßte ich ihn freundlicher, als mir gerade zumute war. Der erste Bissen vom Schokoküchlein lag unberührt auf meinem Teller. »Was willst du?«

»Wo steckst du?«, ertönte die mittlerweile vertraute Stimme mit dem schottischen Akzent.

Ich runzelte die Stirn. »Auf einem Date. Schon vergessen?«

Heute war mein freier Abend. Kein Training. Keine Patrouille. Keine Jagd. Und erst recht keine Geister, die es in die Unterwelt zurückzuschicken galt. An diesem einen Abend sollten sich gefälligst alle zurückhalten, bis ich morgen wieder an die Arbeit ging. Das konnte doch nicht zu viel verlangt sein, oder?

Ich warf Seamus ein beruhigendes Lächeln zu. Vielleicht wollte ich damit aber eher mich selbst beruhigen, denn mittlerweile hatte ich das Gefühl, ein Garant für katastrophale Dates zu sein. Wobei das wirklich nicht meine Schuld war. Was konnte ich dafür, wenn ich regelmäßig mittendrin von meinen Hunterkollegen angerufen wurde, weil sie Unterstützung brauchten? Oder wenn der nette ältere Herr vom Nachbartisch von einem Geist besessen war, den ich kurzerhand auf der Männertoilette austreiben musste? Ähm, ja … Reden wir nicht darüber.

»Ach so, ja«, erwiderte Finn trocken. »Dann bitte ich den Geist einfach, sich zu gedulden, bis du aufgegessen und den Typen gevögelt hast.«

Ich biss die Zähne zusammen. Nach außen hin mochte ich völlig ruhig wirken, aber in Gedanken drehte ich Finn bereits den Hals um. Und das nicht nur, weil er mich während meines Dates gestört hatte.

»Ist heute nicht auch *dein* freier Abend?«

Oder auch: *Was zum Teufel machst du da draußen, wenn du genau weißt, dass kein Hunter allein auf die Jagd gehen soll?* Dafür hatte jeder von uns schließlich einen Partner, verdammt.

»Schon …«, kam es scheinbar gelangweilt von meinem Kampfpartner. »Aber ich war gerade auf dem Heimweg vom Pub und da ist mir diese nette, ziemlich mächtige Erscheinung über den Weg gelaufen. Also, was ist? Soll ich sie bitten, zu warten, oder kommst du jetzt?«

»Wo bist du überhaupt?«

»Im Ravenscourt Park.«

Und damit gerade mal eine U-Bahn-Station entfernt.

Ich würde ihn umbringen. Dieser Kerl war so was von tot. Erst fand er einen Geist – und das an seinem freien Abend! – und dann unterbrach er auch noch mein Date. *Argh!*

»Das Ding ist verflucht stark«, fuhr er im Plauderton fort. »Gut möglich, dass es einer von deinen Geistern ist, also beweg gefälligst deinen Hintern hierher, Roxana Blake.«

Grrr. Ich hasste es, wenn er mich so nannte. Dabei fühlte ich mich immer, als wäre ich noch zu Hause in Irland und meine Eltern würden mich ausschimpfen, weil ich mich wieder mal spätabends aus dem Haus geschlichen hatte.

»Ich schicke dir die Koordinaten aufs Handy«, sprach Finn weiter, ohne auch nur meine Reaktion abzuwarten.

»Du kannst mich mal!«, fauchte ich eine Spur zu laut und ignorierte die Blicke, die ich damit auf mich zog. »Dafür schuldest du mir was, MacLeod.« Und dann, weil ich ihn trotz allem nicht ohne jede Hilfe dort draußen allein lassen konnte: »Ich bin unterwegs.« Damit legte ich auf und wandte mich wieder an meine Begleitung.

Mittlerweile lächelte Seamus nicht mehr, sondern betrachtete mich besorgt. Zwischen seinen hellen Brauen hatten sich zwei kleine Falten gebildet. »Alles in Ordnung?«

»Ja.« Ich warf einen letzten sehnsüchtigen Blick auf das Dessert, griff nach meiner Tasche und stand auf. »Ich muss nur kurz jemandem bei etwas helfen. Keine Sorge, das dauert keine zehn Minuten. Maximal zwanzig. Vielleicht auch dreißig. Bestell dir einfach noch etwas zu trinken. Ich bin zurück, bevor du merkst, dass ich weg war. Und was auch immer du tust: Lass nicht zu, dass sie das Dessert abräumen, bevor ich wieder da bin!«

Keine Sekunde später marschierte ich mit großen Schritten durch das Restaurant. An der Garderobe holte ich mein Cape, das einem überlangen dunkelroten Pullover ähnelte, und trat in die kühle Nacht hinaus. Der Stoff flatterte wie ein Umhang hinter mir. Vorne reicht er mir nur bis zu den Hüften, hinten bis zu den Unterschenkeln. Ich schob mir das hellblonde Haar hinter die Ohren, zog mir die Kapuze tief ins Gesicht und machte mich auf den Weg.

Stimmengewirr und die Geräusche der U-Bahn folgten mir, als ich wenige Minuten später die Ravenscourt Park Station verließ und wieder in den kühlen Abend hinaustrat. Mittlerweile hatte ein leichter Nieselregen eingesetzt, und das Licht der Straßenlampen spiegelte sich in den Pfützen am Bordstein. Meine Schritte hallten von den Wänden wider, als ich unter einer Brücke hindurchging und gleich danach auf den schmalen Weg abbog, der geradewegs in den Park hineinführte. Einen Herzschlag später begann eine Kirchturmuhr zu läuten und in der Ferne ertönten Sirenen. Im Park selbst war es jedoch still. Fast schon zu still.

Die Härchen auf meinen Armen stellten sich auf, und eine Gänsehaut breitete sich genauso schnell auf meinem Körper aus wie der Nebel, der vom See im nördlichen Teil des Parks über die Wiesen zog. In Gedanken verfluchte ich mich dafür, keine einzige Waffe mitgenommen zu haben. Das Amulett um meinen Hals erwärmte sich und vertrieb etwas von der Gänsehaut, ganz so, als wollte es mich daran erinnern, dass ich meine stärkste Waffe immer bei mir trug.

Ich beschleunigte meine Schritte. Sie waren nicht das einzige Geräusch hier draußen, aber das lauteste. Hin und wieder hörte ich das Zirpen von Grillen, genau wie den Straßenverkehr in der Nähe, und sogar eine Eule machte sich bemerkbar. Abgesehen davon nahm ich nur meine eigenen schnellen Atemzüge wahr. Keine anderen Menschen. Keine Hunter. Keine übernatürlichen Wesen. Aber ich hatte den Treffpunkt, den Finn mir aufs Handy geschickt hatte, auch noch nicht erreicht.

Die Tennisanlage, an der ich vorbeikam, war um diese Uhrzeit verlassen, genau wie der Spielplatz im Süden des Parks. Die Schaukeln schwankten leicht im Wind. Ich zog mir die Kapuze tiefer ins Gesicht und folgte dem Weg Richtung Norden, vorbei an Bänken, Mülleimern und in gleichem Abstand zueinander gepflanzten Bäumen. Immer weiter, bis der Nebel dichter wurde und der kleine See in der Mitte des Parks vor mir auftauchte.

Unvermittelt begann es in meiner linken Schulter zu kribbeln. Und je näher ich dem See kam, desto wärmer wurde dieses Gefühl, bis meine Haut in Flammen zu stehen schien. Ich hätte ja das Gesicht verzogen, wenn mir diese Empfindung nach beinahe einem halben Jahr nicht schon so vertraut gewesen wäre. In dieser Zeit hatte ich mehr Seelen zurück in die Unterwelt geschickt als in all den Jahren als Huntress zuvor – aber es war nicht genug. Es würde nie genug sein, um meine Aufgabe zu erfüllen, bevor die 299 Tage abliefen.

Am Ufer des Sees angekommen, in dessen Mitte sich eine

kleine Insel befand, blieb ich stehen. Mein Atem kondensierte in der kühlen Luft, und die allgegenwärtige Feuchtigkeit drang durch meine Kleidung. Ich unterdrückte ein Schaudern und sah mich um. Keine Sekunde später löste sich eine Gestalt aus dem Schatten eines Baumes und kam geradewegs auf mich zu.

Andere Frauen bekamen vielleicht Herzklopfen, wenn jemand wie Finn MacLeod auf sie zusteuerte, aber dafür kannten wir uns mittlerweile zu gut. Ja, okay … Finn war attraktiv. Das konnte ich durchaus zugeben, schließlich war ich nicht blind. Und wie könnte er das mit dem schwarzen Haar, das ihm in die viel zu blauen Augen fiel, dem schottischen Akzent und der typisch trainierten Statur eines Grim Hunters auch nicht sein? Aber bevor etwas zwischen Finn und mir lief, sprang ich lieber freiwillig vom Uhrenturm des Palace of Westminster oder ließ mich von Höllenhunden in die Unterwelt zerren. Wir gingen zwar regelmäßig zusammen auf die Jagd, stritten uns aber wie Bruder und Schwester – und genau so war auch unser Verhältnis: eine Mischung aus ständigem Voneinander-genervt-Sein, gelegentlichen Momenten der Sympathie und der tiefen Gewissheit, sich immer aufeinander verlassen zu können.

»Das hat ja gedauert«, begrüßte er mich und drehte seinen Dolch zwischen den Fingern. Diese Waffe trug er immer bei sich, ganz egal, ob er auf der Jagd war oder in den Pub ging, um sich ein Fußballspiel anzuschauen. »War das Date so gut oder so mies?«

Ich setzte ein Lächeln auf, auch wenn der Blick aus meinen Augen mörderisch war. »Wenn es nicht so gut gewesen wäre, würde ich jetzt nicht den Drang verspüren, *dich* zu killen statt den Geist.«

»Uuuh«, machte er nur und hob alles andere als beschwichtigend die Hände.

Ich schnaubte. »Hast du eine Ahnung, was ich jetzt gerade tun würde, wenn du nicht dazwischengefunkt hättest?«

»Essen?« Finn grinste unbekümmert. »Du kannst froh sein, dass du durch mich wenigstens noch so etwas wie ein Workout bekommst, mit dem du all die Kalorien wieder abtrainieren kannst.«

Meine Antwort darauf war nur ein Knurren.

»Sorry, Blake, wir jagen zwar zusammen, aber ich werde sicher nicht die Drecksarbeit für dich erledigen. Auch nicht, wenn du auf einem Date bist. Das wievielte ist es in diesem Monat überhaupt? Das fünfte?«

Der Gedanke, ihm den Hals umzudrehen, wurde von Sekunde zu Sekunde verlockender. Wie als Reaktion darauf leuchtete das Amulett unter meiner Kleidung auf.

Finn warf nur einen kurzen Blick auf das bläuliche Schimmern. »Ich bin enttäuscht. Du weißt doch, dass du Amulettmagie nicht gegen andere Hunter einsetzen darfst.«

Ich lächelte so breit, dass meine Wangen schmerzten, und deutete um mich. »Ich sehe hier keine Zeugen. Du etwa? Außerdem: Was zum Teufel fällt dir ein, allein jagen zu gehen? Maxwell bringt dich um, wenn er davon erfährt.«

»Er wird nicht davon erfahren, denn ich war nicht auf der Jagd, sondern bin dem Geist zufällig begegnet«, konterte Finn mit einem lässigen Schulterzucken. »Außerdem gibt es den Teufel nicht, höchstens den Grimkönig auf seinem hübschen Thron in der Unterwelt.«

Ich riss die Hände hoch, als wollte ich ihm wirklich an die Gurgel gehen. Wie ich es überhaupt so lange mit diesem Kerl ausgehalten hatte, ging über mein Verständnis. Wir hatten uns vor etwas mehr als drei Jahren kennengelernt, als ich meine Hunterprüfungen in London abgelegt hatte. Schon damals hatte er mich in den Wahnsinn getrieben … und trotzdem waren wir bei meiner Rückkehr nach London Anfang des Jahres Partner geworden. Verdammt gute Partner sogar. »Danke, du Klugscheißer.«

Ein tiefes Grollen vom See her erinnerte uns beide daran, warum wir hier waren.

Ich seufzte. »Lass es uns endlich hinter uns bringen.«

Statt sofort loszugehen, warf Finn mir einen kritischen Blick zu. Genauer gesagt meinem Outfit. »Sicher, dass du dafür richtig ausgestattet bist?«

»Echt jetzt?«

Zugegeben, das dunkelrote Cape war das einzige Kleidungsstück, das ich auch auf einer richtigen Jagd tragen würde. Die dünne Hose und die Halbstiefel mit den Pfennigabsätzen eher weniger. Wobei man Letztere im Zweifelsfall sicher auch als Waffe verwenden konnte. Das wäre zumindest eine Alternative zu der handlichen Pistolenarmbrust, die ich sonst immer bei mir trug.

Das wichtigste Utensil für die Jagd war jedoch immer bei mir – und das nicht nur aus dem Grund, weil das Amulett mit dem blauen Stein an der goldenen Kette nicht mehr abging, seit ich es mir umgehängt hatte. Das war der Nachteil an magischen Amuletten. Einmal angelegt, konnte man sie nicht mehr abnehmen, bis ihre Magie aufgebraucht war. Nach über zehn Jahren Training musste ich nur daran denken, und schon leuchtete der Stein ein weiteres Mal so hell auf, dass es sogar durch den Stoff zu sehen war.

»Bring mich zum Geist«, verlangte ich und schob mir die Kapuze vom Kopf.

Mittlerweile hatte es aufgehört zu regnen, aber in der Luft hing noch immer so viel Feuchtigkeit, dass ich sie auf meiner bloßen Haut spüren konnte und unwillkürlich fröstelte.

Finn deutete mit dem Daumen hinter sich. »Hier entlang.«

Ich folgte ihm, ohne Fragen zu stellen. Nicht nur, weil ich seinem Urteil zu hundert Prozent vertraute – ich wollte auch nicht, dass das hier länger dauerte als unbedingt nötig. Da wartete schließlich noch ein Date auf mich. Der Gedanke an den Triple Chocolate Cake trieb mich derart an, dass ich Finn fast überholte. Wir gingen am Ufer entlang, darauf bedacht, kein Geräusch zu verursachen und erst recht nicht die Enten und Gänse zu wecken, die unsere Position verraten würden.

»Da vorne.« Finn ging hinter einem Strauch in die Hocke und schob ein paar Äste zur Seite. Dann zeigte er auf eine Stelle nur wenige Meter entfernt.

Während der Rest des Parks friedlich und aufgeräumt war, lag hier eine Holzbank in Trümmern. Der Mülleimer daneben war umgestoßen und die angepflanzten Blumen zerfetzt worden. Für andere mochte das wie ein Akt von Vandalismus aussehen, aber wir wussten es besser. Nicht zuletzt, weil sich ein mehrere Meter großer Krater im Boden gebildet hatte, als wäre eine Bombe eingeschlagen. Vom Geist selbst war jedoch nichts zu sehen. Nicht weiter ungewöhnlich – doch dann begann sich direkt vor unseren Augen eine blasse Gestalt zu materialisieren.

»Oh Shit.«

Ich hatte zwar gewusst, dass er mich nicht ohne guten Grund herrufen würde, aber ein Teil von mir hatte trotzdem gehofft, dass wir es mit einer mittelmäßig starken Seele zu tun bekämen. Denn nur die mächtigsten Geister, die wir Phase 4 zuordneten, konnten durch pure Willenskraft ihre alte Form annehmen und selbst für das normale menschliche Auge sichtbar werden. Alle anderen Geister waren für Menschen und sogar für Jäger wie Finn und mich unsichtbar. Lediglich Soul Hunter mit dem Seelenblick waren dazu in der Lage, jede Art von Geistern zu jeder Zeit und an jedem Ort wahrzunehmen – doch die waren ziemlich rar gesät. Im ganzen Londoner Quartier gab es nur einen einzigen dieser speziellen Sorte von Huntern – und Deek lag gerade mit einer Grippe flach.

»Warum hast du nicht gleich gesagt, dass es ein Phase-4-Geist ist?«

»Weil er sich bis eben keinen eigenen Körper erschaffen hat«, murmelte Finn. »Ich hab nur den Krach gehört und das Chaos gesehen.«

Was eher auf einen Geist hindeutete, den wir Phase 3 zuordneten, mit der Fähigkeit, Menschen zu besetzen und Gegenstände zu bewegen. Sie waren mächtig und gefährlich, aber nicht unbesiegbar. Anders als dieses Exemplar.

In Gedanken ging ich unsere Möglichkeiten durch. Finn war als Grim Hunter auf seine überragende Körperkraft und seine Waffen angewiesen, die er sehr gut beherrschte, doch im Kampf gegen einen Geist war beides so gut wie wirkungslos. Da konnten nur Soul Hunter oder Amulettmagie etwas ausrichten.

Kurz wanderte mein Blick über die nähere Umgebung. Ein leerer Weg, Nebel über dem Wasser, keine anderen Menschen in Sicht. Ein Plan formte sich in meinem Kopf. Ein Plan, den wir in den vergangenen Monaten oft genug zusammen durchgespielt hatten, um uns nicht mehr absprechen zu müssen.

Ich nickte Finn zu und er setzte sich in Bewegung. Geduckt schlich er weiter, suchte hinter einem Baum Deckung und verschwand dann für einen Moment aus meinem Sichtfeld. Einige Herzschläge später tauchte er wieder auf, diesmal jedoch mitten auf dem Parkweg schlendernd – als wäre er ein ganz normaler Mensch, der an diesem Freitagabend einen Spaziergang durch den Park machte. Mit etwas Glück war das Ablenkung genug, damit ich in Aktion treten konnte.

Wie erhofft, bemerkte der Geist Finns Anwesenheit sofort. Was auch nicht sonderlich schwierig war, so viel Lärm, wie der Kerl veranstaltete. Ich beobachtete die Szene, die sich vor meinen Augen abspielte, und zog das Amulett unter meinem Cape hervor. Es interessierte mich nicht sonderlich, welche Geschichte die Erscheinung hatte oder warum sie sich dazu entschlossen hatte, ausgerechnet an diesem Ort zu randalieren. Das Einzige, was mich interessierte, war, den Spirit zurück in die Unterwelt zu verbannen. Dorthin, wo er hingehörte. In das Gefängnis, aus dem ich ihn vor ein paar Monaten unwissentlich befreit hatte.

Ich umfasste das Amulett so fest, dass sich die spitzen Kanten in meine Haut bohrten. Der Schmerz hielt mich im Hier und Jetzt und vertrieb die Erinnerungen aus meinem Kopf. Ich konnte es mir nicht leisten, mich ablenken zu lassen. Nicht einmal von meinen eigenen Gedanken.

Sobald der Geist zum Angriff überging, trat ich aus meiner Deckung und lief auf die beiden zu. Der Geist setzte seine telekinetischen Kräfte ein und schleuderte einen Mülleimer auf Finn, der gerade noch rechtzeitig zur Seite sprang.

Das Brennen in meiner Schulter verstärkte sich mit jedem Schritt. Ich blendete es aus und richtete all meine Konzentration auf das Amulett um meinen Hals. Die darin eingeschlossene magische Energie pulsierte, dann glitt sie wie ein leuchtend blauer Nebelschleier durch meine Finger hindurch und schloss sich darum.

Ich blieb breitbeinig stehen und ließ die Energie durch meine Hände fließen. Im selben Moment bemerkte mich die Geistergestalt und wirbelte zu mir herum. Ihre Augen lagen in tiefen Höhlen und weiteten sich beim Anblick der konzentrierten Magie. Wahrscheinlich ahnte sie bereits, was ihr bevorstand.

Ich lächelte nur. »Bye, bye.«

Dann stieß ich die Hände nach vorne. Die Magie schoss in einem leuchtend blauen Strahl auf das Wesen zu und durchdrang es von Kopf bis Fuß. Ein, zwei Herzschläge lang schwebte es noch reglos über dem Boden, dann zersplitterte es in Tausende winzige Leuchtpartikel, die sich gleich darauf mit einem letzten Funkeln in Luft auflösten.

Stille senkte sich über den Park. Zuerst hörte ich nur meine eigenen Atemzüge und das Rauschen des Blutes in meinen Ohren, doch nach und nach drangen die nächtlichen Geräusche zu mir durch. Das leise Plätschern von Wasser. Grillenzirpen. Das Rascheln der Blätter in den Bäumen. Das Rufen einer Eule.

Finn sicherte die Umgebung ab und joggte dann auf mich zu. »Gute Arbeit. Alles klar?«

»Bestens.«

Das Brennen in meiner Schulter ließ abrupt nach, und ich konnte förmlich spüren, wie ein winzig kleiner Teil der Narbe von meiner Haut verschwand. Ich atmete erleichtert aus. Abgesehen von der beginnenden Erschöpfung, die sich nach jedem Einsatz von Amulettmagie in meinem Körper ausbreitete, ging es mir gut.

Ich schob den Anhänger wieder unter meine Kleidung und setzte die Kapuze auf. Dann drehte ich mich zu Finn um und schenkte ihm ein breites Lächeln.

Sofort zog er alarmiert die Brauen zusammen. »Was ist los?«

»Halt dich an deinem freien Abend gefälligst von Geistern und anderen Kreaturen fern!« Ich bohrte ihm den Zeigefinger in die Brust. »Und wenn ich bis morgen früh noch einmal von dir höre, wird es dir so was von leidtun.«

»Aye.« Er schüttelte belustigt den Kopf. »Na los, hau schon ab. Und genieß dein Dessert!«, rief er mir nach, aber ich drehte mich nicht mehr zu ihm um, sondern grinste nur. Irgendwie schaffte dieser Typ es immer, dass ich ihm nicht lange böse sein konnte. Und zum wiederholten Mal tauchte die Frage in meinem Kopf auf, ob es mit Niall heute wohl genauso wäre … wenn mein Bruder noch da wäre.

Der Schmerz kam schnell und plötzlich, aber nicht überraschend. Ich biss die Zähne zusammen und eilte durch den dunklen Park, während Finn in die entgegengesetzte Richtung marschierte. Und mit jedem Schritt versuchte ich, all meine Gedanken, aber vor allem die Schuldgefühle hinter mir zu lassen. Sie hatten hier nichts verloren. Denn heute Abend standen keine Geister und keine Magie mehr auf dem Programm, sondern nur noch jede Menge Spaß. Und Schokokuchen.

2. KAPITEL

Roxy

Ich bin gleich da, textete ich meinem Date noch im Gehen.

Die Antwort kam umgehend: *Kann's kaum erwarten! :D*

Lächelnd steckte ich das Handy in meine Handtasche und beschleunigte meine Schritte. Ich hatte keine Angst, nachts allein durch den Park zu laufen, da mich sowohl meine ehemalige Mentorin – eine Magic Huntress – als auch die Hunter im Londoner Quartier sehr gut ausgebildet hatten. Selbst nach Jahren mochte ich zwar kein Profi im Nahkampf sein wie Finn, aber ich konnte mich zumindest selbst verteidigen – und im Zweifelsfall immer noch Magie einsetzen. Sei es gegen irgendwelche übernatürlichen Kreaturen, die hier ihr Unwesen trieben, oder gegen aufdringliche Typen. Wobei ich denen lieber eine blutige Nase verpasste, statt mich und alle anderen Hunter in Gefahr zu bringen, indem ich mein Amulett vor den Augen eines ganz normalen Menschen aktivierte.

Ich zog die Schultern hoch und beschleunigte meine Schritte. Bis eben war mir kaum aufgefallen, wie kühl es geworden war. Aber wäre ich nicht so darauf bedacht gewesen, so rasch wie möglich zu Seamus ins Restaurant zurückzukehren, wäre ich die Strecke komplett zu Fuß gegangen, statt nur bis zur nächsten U-Bahn-Station zu laufen. Andere hätten mich vielleicht für verrückt erklärt, dass ich freiwillig durch die Gegend spazierte, allerdings stammte ich aus einem winzigen Dorf an der Westküste Irlands, und viel zu laufen hatte für mich schon immer zum Alltag dazugehört. Vor allem in Zeiten wie diesen – spätabends, wenn ein leichter Nieselregen die Stadtluft reinwusch und der erdige Geruch des Parks überdeutlich wahrzunehmen war – fiel es mir schwer, mich in die stickigen Tunnel der U-Bahn zu verabschieden.

Je näher ich dem südlichen Ausgang kam, desto mehr verblasste die Stille des Parks. Die Geräusche vorbeifahrender Fahrzeuge wurden lauter, irgendwo ganz in der Nähe schrillte eine Autoalarmanlage los. Gleich würde ich die Straße erreichen und damit auch wieder die Zivilisation.

Ich strich mir ein paar hellblonde Haarsträhnen hinters Ohr, die mir der Wind ins Gesicht geweht hatte und die kurzzeitig meine Sicht trübten. Als ich wieder etwas erkennen konnte, blieb ich abrupt stehen.

Mein Herz polterte los. Mein ganzer Körper spannte sich an. Und auf einmal bereute ich es zutiefst, meine Armbrust nicht mitgenommen zu haben.

Jetzt nahm ich die Kälte in der Luft überdeutlich wahr. Eine Gänsehaut breitete sich auf meinem Körper aus, während ich den Kerl beobachtete, der nur wenige Schritte von mir entfernt in der Dunkelheit stand.

Die Narbe an meiner Schulter brannte nicht wie bei dem Geist am See, also könnte das hier auch einfach nur ein gruseliger Typ sein und nichts Übernatürliches. Dennoch tastete ich instinktiv nach dem Amulett unter meinem Cape. Sofort spürte ich das vertraute Pulsieren der Magie unter meinen Fingern. Der Anhänger war schwer, ziemlich klobig und passte nicht zu meinem Outfit, aber selbst wenn ich eine Wahl gehabt hätte, würde ich mich eher freiwillig lebendig begraben lassen, als ihn abzunehmen. Und das als jemand mit einer ausgeprägten Klaustrophobie.

Nicht, dass ich ihn überhaupt abnehmen könnte, aber … Details.

Der Fremde rührte sich noch immer nicht, stand einfach nur da, in heruntergekommenen Klamotten, mit hängenden Schultern, dunklem, leicht gelocktem Haar und starrem Blick. Er wäre wahrscheinlich ziemlich attraktiv, wenn er nicht gerade von einem Geist besessen wäre. Ein Geist, der definitiv nicht nur mit mir plaudern wollte.

Wie ich darauf kam? Das tiefe Grollen aus seiner Kehle könnte ein Hinweis darauf sein. Oder weil er in der einen Sekunde noch stocksteif dastand und in der nächsten in einer irrsinnigen Geschwindigkeit auf mich zurannte. Vielleicht auch die Tatsache, dass er gleich darauf seine Hände um meinen Hals legte und zudrückte.

Der Fremde bewegte sich so schnell, dass ich kaum reagieren konnte. Sofort packte ich seine Handgelenke und versuchte mich zu befreien. Es war ein Reflex, obwohl ich es besser wusste. Obwohl mich die Selbstverteidigungskurse etwas anderes gelehrt hatten. Trotzdem konnte ich nicht anders. Röchelnd schnappte ich nach Luft. Vor meinen Augen begannen weiße Punkte zu tanzen. Adrenalin pumpte durch meine Adern, insbesondere als er mich hochhob und ich den Kontakt zum Boden verlor.

Ich kämpfte gegen die blanke Panik in meinem Inneren ebenso wie gegen meine instinktive Reaktion an, ließ seine Handgelenke los und tastete mit zittrigen Fingern nach meinem Amulett. Ich versuchte mich an das zu erinnern, was man mich gelehrt hatte und all meine Aufmerksamkeit auf die im Anhänger enthaltene Magie zu richten, aber der beginnende Sauerstoffmangel machte es schwer. So verflucht schwer …

Mit jeder Sekunde fühlte ich mich leichter, obwohl meine Gliedmaßen immer schwerer wurden und nur noch schlaff in der Luft hingen. Dafür wurde das Rauschen in meinen Ohren lauter, bis es sogar mein eigenes abgehacktes Keuchen übertönte.

Ich wollte nicht durch die Hand eines ruhelosen Geistes sterben, der einen menschlichen Körper besetzt hatte. Ich würde nicht so sterben, verdammt. Ich musste etwas tun. Jetzt!

Mit einem Mal war sie da. Die Wärme. Die Magie. Aber sie glitt nicht wie leuchtend blauer Nebel über meine Hände wie sonst, sondern pulsierte immer schneller, immer heftiger im Takt meines rasenden Herzens.

Dann explodierte sie mit einem ohrenbetäubenden Knall.

Die Wucht der magischen Energie schleuderte den Angreifer von mir weg, wirbelte herabgefallene Blätter meterhoch in die Luft und ließ die Bäume ächzen wie in einem schweren Sturm. Ich landete auf den Füßen, schnappte röchelnd nach Luft und stützte mich mit den Händen auf den Oberschenkeln ab. Das war verflucht knapp gewesen.

Am liebsten wäre ich zu Boden gesunken, hätte die Augen geschlossen und darauf gewartet, dass meine Kraft von allein zurückkehrte, aber ich war nicht so dumm, mich darauf zu verlassen, dass das schon alles gewesen war. Die erste Lektion in Sachen Geister? *Drehe ihnen niemals den Rücken zu.* Und die zweite? *Verliere nie den Fokus.* Also richtete ich mich wieder auf, genau in dem Moment, in dem auch der Besessene wieder aufstand. Er hatte ein paar Kratzer und Schürfwunden abgekriegt, doch dem Geist in ihm war das egal. Er nutzte diesen Körper nur für seine Zwecke und unterdrückte die Seele darin mit aller Macht.

Höchste Zeit, dem Parasiten ein Ende zu bereiten.

Als ich diesmal mein Amulett berührte, breitete sich die Magie umgehend in meinen Händen aus. Wie warmes Licht pulsierte sie zwischen meinen Fingern. Ich konnte sie nach meinen Wünschen formen, nach meinem Willen einsetzen. Und mir war nicht nach Spielchen zumute.

Ich bündelte die Magie, hielt jedoch inne und wartete, bis der Fremde näher kam. Nur noch ein kleines bisschen näher. Nur noch einen Schritt, bis er in den Lichtschein der Lampe trat und ich alles von ihm sehen konnte. Dann stieß ich die Hände nach vorne. Ein Strahl aus purer Energie schoss geradewegs auf ihn zu, fuhr durch ihn hindurch und breitete sich rasend schnell in ihm aus. Er erstarrte mitten in der Bewegung, von der Macht erschüttert. Die Lichter um uns herum begannen zu flackern, und es war, als würde die Welt den Atem anhalten … und dann war es vorbei.

Anders als vorhin sah ich das Zersplittern nicht mit bloßem Auge. Ich sah nur, wie der Mann plötzlich auf die Knie sank, als hätte jemand die Fäden einer Marionette durchschnitten. Für einen kurzen Moment lag ein Funkeln in der Luft, das gleich darauf verschwand.

Doch im Gegensatz zu meinen bisherigen Geisteraustreibungen stand der Kerl nicht wieder auf. Nein. Er sackte noch weiter in sich zusammen, fiel vornüber und blieb leblos liegen.

»Nicht dein Ernst, oder?« Fassungslos legte ich den Kopf in den Nacken und starrte in den wolkenverhangenen Himmel, obwohl mein Blick eher nach unten gehen sollte, Richtung Unterwelt. Auch wenn die sich natürlich nicht wirklich unter mir befand. »Das war so was von nicht Teil der Abmachung!«

Trotzdem rannte ich zu dem jungen Mann hinüber – denn, ganz ehrlich, was sollte ich sonst tun? Ihn hier zu meinen Füßen krepieren lassen? Sicher nicht.

Hastig sank ich neben ihm auf die Knie und prüfte, ob er noch atmete.

Nope.

Puls? Herzschlag?

Auch nichts. Dafür beschleunigte sich mein eigener gewaltig, und Panik begann sich erneut wie ein eisiges Gift in meinem Körper auszubreiten.

»Wehe, du gehst drauf!« Meine Hände zitterten, als ich nach seinem Brustbein tastete, um die richtige Stelle für die Herz-Lungen-Massage zu finden. »Ich hab dich nicht von diesem Geist befreit, damit du mir jetzt wegstirbst!«

Sobald ich die richtige Position gefunden hatte, stützte ich mich mit beiden Händen auf und startete mit den Wiederbelebungsmaßnahmen. Einen Moment später fiel mir ein, dass ich vielleicht einen Rettungswagen rufen sollte. Oder Hilfe. Finn musste noch ganz in der Nähe sein.

»Fuck!« Ich unterbrach meine Bemühungen und zerrte mein Handy aus der Handtasche. Wie in einem verdammten Albtraum dauerte es endlose Sekunden, bis ich überhaupt dazu in der Lage war, die richtige Nummer zu wählen. Sobald das erste Klingeln zu hören war, schaltete ich den Lautsprecher ein und machte mit der Herz-Lungen-Massage weiter.

Eins. Zwei. Drei. Vier. Fünf.

Scheiße, der Kerl atmete noch immer nicht. Und er war sogar noch blasser geworden, obwohl das gar nicht möglich sein sollte.

»Komm schon!«, keuchte ich. »Du bist zu heiß, um jetzt draufzugehen!«

Ich beugte mich über ihn, überstreckte seinen Kopf und begann mit der Beatmung. Seine Lippen waren so kalt, dass ich noch stärker zitterte. Und sein Bart kratzte.

Konzentrier dich, Roxy! Der Typ segnet gleich das Zeitliche, da ist es völlig egal, ob sein Bart kratzt oder nicht!

Ich richtete mich wieder auf, drückte beide Handflächen auf seinen Oberkörper, zählte weiter. All das begleitet von einem schier endlosen Klingeln.

»Hey«, ertönte endlich die bekannte Stimme am anderen Ende der Leitung. »Was ist …«

»Krankenwagen!«, rief ich. »Schick mir einen verdammten Arzt her! Einen Magier! Einen buddhistischen Wunderheiler! Völlig egal, solange irgendjemand ihn wiederbeleben kann.«

»Wiederbe… Oh, bloody hell! Wo bist du?«

»Im Park. Südlicher Eingang«, stieß ich hervor und presste die Hände wieder auf seinen Brustkorb. Ich weigerte mich, einfach aufzugeben. »Ich hab den Kerl von einem Geist befreit, dann ist er einfach umgekippt.«

Einmal musste ich ihn noch beatmen, dann kam endlich die erlösende Nachricht aus dem Lautsprecher: »Bin unterwegs!«

Dem Himmel sei Dank.

»Warte …«, murmelte ich und starrte in das Gesicht des Fremden. »Ich glaube, er atmet wieder.« Probehalber hielt ich die Finger unter seine Nase und an seine Lippen.

Da! Tatsächlich. Warme Luft strich über meine Haut. Vor Erleichterung sank ich in mich zusammen. Aber ich wusste auch, dass es noch nicht vorbei war.

»Ich bin gleich da!«, drang Finns Stimme durch den Lautsprecher, dann legte er auf.

Ächzend drehte ich den Fremden auf die Seite und brachte ihn in die stabile Seitenlage. Zum ersten Mal war ich froh darüber, dass Maxwell, der Leiter des Londoner Quartiers, uns alle paar Monate dazu zwang, den Erste-Hilfe-Kurs aufzufrischen. Das hatte diesem Typen wahrscheinlich das Leben gerettet.

Nachdem ich ein weiteres Mal sichergegangen war, dass er noch immer brav atmete, setzte ich mich neben ihn auf den Asphalt und wartete. Viel mehr konnte ich nicht tun. Ich war dazu in der Lage, Menschen von Geistern zu befreien, die von ihren Körpern Besitz ergriffen hatten, Ghule auf eine vegetarische Diät in die Unterwelt zu schicken, wenn nötig sogar Vampire und andere Monster in Schach zu halten, aber ich war weder eine Zauberin noch eine Ärztin. Und dieser Kerl brauchte dringend eins von beiden.

Während ich auf Finn und den Rettungswagen wartete, hatte ich Zeit, mir den Fremden genauer anzuschauen. Seine Kleidung wirkte abgetragen, die Schuhe hatten Löcher. Er konnte dringend eine Dusche, ein paar neue Sachen und einen Haarschnitt vertragen, denn die lockigen dunklen Strähnen standen ihm wirr vom Kopf ab. Eine Rasur hätte ihm auch nicht geschadet. Trotzdem hatte er selbst im bewusstlosen Zustand etwas an sich, das ihn attraktiv machte. Oder meine Ansprüche waren nach dem dritten verpatzten Date in diesem Monat echt gesunken. Denn nach dieser Sache war ich mir ziemlich sicher, dass ich weder Seamus noch den Schokokuchen heute Abend wiedersehen würde.

Ganz toll.

Stirnrunzelnd betrachtete ich das Gesicht des Fremden, das aus der Nähe betrachtet ziemlich hager, fast schon eingefallen wirkte. War er vielleicht obdachlos? Zumindest schien er seit seiner Besessenheit nicht allzu viel gegessen zu haben. Gut möglich, dass ihn der Geist schon seit geraumer Zeit in Besitz genommen hatte und er deshalb so abgemagert und heruntergekommen aussah. Ich hatte schon von solchen Fällen gehört, allerdings nie zuvor in London. Hier achteten Maxwells Hunter penibel darauf, die Stadt sauber zu halten. Und das bedeutete keine besessenen Menschen auf den Straßen und so wenig Geistererscheinungen wie möglich. Von Gremlins, Vampiren, Hexenwesen und den legendären Black Shucks ganz zu schweigen. Allein beim Gedanken an diese gruseligen schwarzen Hunde schauderte ich.

Schritte wurden lauter, dann tauchte Finn aus der Dunkelheit auf.

»Wo bleibt der Krankenwagen?«, fragte ich und hielt die Finger wieder an das Gesicht des Fremden. Er atmete noch. Offenbar war das Schlimmste überstanden, trotzdem war es merkwürdig, dass er mir beinahe weggestorben wäre. Normalerweise reagierten die Leute nicht so heftig auf einen Exorzismus. Sie waren vielleicht verwirrt, manchen wurde auch schwindlig oder sie kotzten ins nächste Gebüsch, aber sie gaben nicht gleich den Löffel ab.

Finn schüttelte den Kopf. »Kein Krankenwagen. Wir nehmen ihn mit ins Quartier. Hilf mir, ihn hochzuheben.« Er ging bereits neben dem Kerl in die Hocke und schob die Hände unter seine Arme.

Ein, zwei Sekunden lang konnte ich Finn nur anstarren, stand dann aber doch auf, um an den Beinen mit anzupacken. »Warum? Wer sagt das?«

Sein Blick war Antwort genug. »Maxwell.«

3. KAPITEL

Unbekannter

Mein Kopf dröhnte. Scheiße, mein ganzer Körper dröhnte, als hätte ich eine ganze Woche lang durchgemacht. Außerdem war da ein Piepen in meinem Ohr, das einfach nicht aufhören wollte.

Ein krächzender Laut bohrte sich in mein Bewusstsein. War ich das?

Ich versuchte die Augen zu öffnen, aber es war, als hätte jemand eine verdammte Langhantel mit unendlich vielen Gewichten auf meinem Gesicht abgelegt. Ächzend probierte ich es noch einmal. Etwas Helles blendete mich und zwang mich dazu, die Lider wieder zusammenzukneifen. Was zum Teufel …? War ich tot und ins Licht gegangen oder wie auch immer das hieß? Wobei sich das hier eher wie die Hölle anfühlte.

Sekunden tickten vorbei, in denen ich die Augen geschlossen hielt, während meine restlichen Sinne nach und nach zum Leben erwachten. Trotz des Hämmerns in meinem Kopf meinte ich, Schritte zu hören. Jemand war hier. Lief herum. Drei Schritte vor. Drei Schritte zurück. Wieder und wieder.

Die Temperatur war mild, und es schien kein Wind zu wehen, also musste ich mich in einem geschlossenen Raum befinden. Gut so. Allein beim Gedanken daran, dass ich im Wald sein oder auf einer Wiese liegen könnte, dem ganzen Krabbelzeug da draußen hilflos ausgeliefert, während ich meinen

Rausch ausschlief, stellten sich mir die Nackenhaare auf. Nein, danke.

Aber wo um alles in der Welt war ich dann gelandet? Und warum war ich hier? Was war passiert?

Probehalber bewegte ich erst die Finger, dann die Zehen. Funktionierte. Oh, Gott sei Dank. Höchste Zeit, aufzuwachen.

Diesmal hielt ich mich nicht mit zögerlichem Blinzeln auf. Ich öffnete die Augen – und zuckte im nächsten Moment zusammen, weil mich erneut etwas Grelles blendete. *Autsch!*

»Willkommen zurück«, erklang eine fremde Stimme. Weiblich. Hell. Irgendwie kühl.

Als ich die Augen einen Spaltbreit öffnete, starrte ich nicht mehr in das viel zu grelle Licht der Deckenlampe über mir, sondern richtete meinen Blick auf die fremde Frau, die am Bettende stand.

Sie hatte hellblondes, unglaublich langes Haar, das ihr bis zur Taille reichte, und trug ein buntes Oberteil mit einem Muster, das meine Kopfschmerzen nur noch verstärkte, dazu einen klobigen blauen Anhänger an einer Halskette. Jetzt stützte sie sich mit den Händen auf das metallene Fußende, und während ich den Teil von ihr musterte, den ich von hier aus erkennen konnte, schien sie den Blick keine Sekunde lang von meinem Gesicht abzuwenden. An ihrem Hals waren rote Spuren, aber auf die Entfernung konnte ich sie nicht allzu deutlich ausmachen. Als ich wieder bei ihrem Gesicht ankam und diesen misstrauischen Ausdruck in ihren hellbraunen Augen bemerkte, wanderten meine Mundwinkel unwillkürlich nach oben.

»Hallo, Schönheit.«

Gott, meine Stimme klang so rau und kratzig, als hätte ich nicht bloß einen Frosch im Hals, sondern einen ganzen Teich verschluckt.

Ich wollte mir übers Gesicht reiben, stieß bei der Bewegung

aber auf einen Widerstand. Zum ersten Mal schaute ich an mir hinunter.

Panik begann sich in mir auszubreiten. Und das nicht etwa, weil ich auf einem Bett unter einer dünnen Decke lag und ganz in Weiß angezogen war – sondern weil ich gefesselt war. Irgendjemand hatte meine Hand- und Fußgelenke ans Bett gekettet. Was zur Hölle?

Mein Herzschlag beschleunigte sich rapide, wodurch das bisher gleichmäßige Piepen im Hintergrund immer schneller und lauter wurde. Ein drückendes Gefühl legte sich auf meinen Brustkorb und schnürte mir die Kehle zu. Ich war an einem fremden Ort und wachte ans Bett gefesselt auf. Das rechtfertigte auf jeden Fall etwas Panik. Jede Menge Panik sogar.

Dennoch zwang ich mich dazu, ein-, zwei- oder vielleicht auch dreimal tief durchzuatmen, ehe ich den Blick wieder hob und die junge Frau am Bettende fixierte.

»Unter Fesselspielchen habe ich mir irgendwie etwas anderes vorgestellt, aber … okay.«

Kein Lächeln. Nicht mal ein Zucken in ihren Mundwinkeln. Allem Anschein nach hatte ich es hier mit einem harten und ziemlich mies gelaunten Brocken zu tun. Aber das war mir egal. Irgendwie hatte ich das Gefühl, dass solche Sprüche das Einzige waren, das mich im Moment davor bewahrte, komplett durchzudrehen.

»Ich bin Roxy«, stellte sie sich vor.

Ein melodischer Akzent begleitete ihre Worte. Ein Akzent, den ich nie zuvor gehört hatte und nicht richtig zuordnen konnte. Woher kam sie? Oder, viel wichtiger, wo waren wir hier?

»Wer bist du?«, fragte sie.

»Ich heiße …«, begann ich automatisch, hielt dann jedoch inne, als es in meinem Kopf leer blieb. Ich runzelte die Stirn, dachte angestrengt nach, versuchte mit irgendeiner Antwort aufzuwarten, aber … da war nichts. Scheiße, wer war ich? Wie lautete mein Name? Ich musste mich doch an meinen verdammten Namen erinnern können!

Wieder wurde das Piepen, das aus einem Monitor links von mir drang, deutlich lauter. Gleichzeitig tippte Roxy mit den Fingern gegen das Bettende, wobei die vielen Ringe an ihren Fingern gegen das Metall schlugen. Wieder und wieder. Der Laut bohrte sich wie ein glühender Pfeil in meinen ohnehin schon malträtierten Kopf, in dem fiese kleine Giftzwerge gerade eine Party feierten.

»Stopp!«

Sie hielt inne, zog überrascht die Brauen hoch, die ein wenig dunkler waren und in einem interessanten Kontrast zu ihren hellen Haaren standen.

»Dieses Geräusch«, murmelte ich und wollte mir über die Stirn reiben, scheiterte jedoch erneut an den Fesseln. »Gott, das ist echt zum Kotzen. Könntest du mal …?« Mit dem Kinn deutete ich darauf.

Roxy wirkte skeptisch, lehnte sich jedoch zurück und sah prüfend nach links. Wahrscheinlich zur Tür, was ich aufgrund des Sichtschutzes, den jemand freundlicherweise neben mein Bett geschoben hatte, nicht sehen konnte. Auf der anderen Seite stand eine weitere Trennwand, sodass auch keine Fenster zu erkennen waren. Nur eine Lampe über meinem Kopf beleuchtete den Raum, der winzig schien, aber genauso gut riesengroß sein konnte. Ich hatte keine Ahnung, wo ich war oder welche Tageszeit wir hatten. Aber mittlerweile hatte ich den Geruch und die Ausstattung erkannt. Ich befand mich in einem Krankenhaus. Oder in einer geschlossenen Anstalt. Nichts davon war sonderlich beruhigend. Und diese Roxy war mit ziemlicher Sicherheit nicht meine Krankenschwester.

Moment mal … Wie konnte ich das mit dem Krankenhaus wissen, wenn ich nicht mal wusste, wie mein eigener Name lautete?

Zu meiner großen Erleichterung verließ Roxy ihren Posten am Bettende und befreite nacheinander meine Hände. Die Beine waren zwar noch immer fixiert, aber wenigstens konnte ich mich jetzt aufsetzen und mir übers Gesicht und die aufgescheuerten Handgelenke reiben.

»Dein Name«, wiederholte Roxy. Diesmal schwang deutlich Ungeduld in ihren Worten mit. Nein, sie war definitiv keine nette, verständnisvolle Krankenschwester, die sich um das Wohl ihres Patienten sorgte. Aber wer war sie dann? Und wer zur Hölle war ich?

»Wie wär's, wenn du mir erst mal verrätst, wie ich hierhergekommen bin?«, schlug ich vor und sah mich nach etwas zu trinken um, da meine Kehle noch immer staubtrocken war und ich nur krächzen konnte.

Und tatsächlich. Auf dem Nachttisch neben dem Bett standen eine Flasche Wasser und ein kleiner Plastikbecher. Unerreichbar dank der Fußfesseln, die sich mit jeder Bewegung fester um meine Knöchel zu schlingen schienen.

Wortlos ging Roxy um das Bett herum und hielt mir gleich darauf mit ausdrucksloser Miene die Flasche hin. Ich nahm sie dankbar an. Niemand brauchte diesen dämlichen Becher. Ich schraubte die Flasche auf und trank direkt daraus.

»Wir sind in London«, beantwortete Roxy meine Frage und ließ mich keine Sekunde lang aus den Augen. »Ich habe dich gestern Abend im Ravenscourt Park gefunden. Du bist zusammengebrochen und ich habe dich wiederbelebt.«

Ich verschluckte mich am Wasser und musste husten. Fuck, das brannte vielleicht! Röchelnd klopfte ich mir auf die Brust, während das Piepen im Raum erneut hektischer wurde. Die

Geräte, an denen ich angeschlossen war, schlugen noch heftiger aus, doch das Einzige, woran ich denken konnte, war: Ich war tot gewesen? So richtig?

Hustend wischte ich mir mit dem Handrücken über den Mund und starrte auf die Narbe zwischen Daumen und Zeigefinger. Ich war mir absolut sicher, sie nie zuvor gesehen zu haben. Ganz zu schweigen davon, mich daran zu erinnern, wie ich sie bekommen hatte.

Das Piepen wurde schneller. Es bohrte sich genauso schmerzhaft in meinen Kopf wie das Klicken von Roxys Ringen auf dem Metall eben.

»Du hattest kein Handy bei dir. Keinen Ausweis. Keinen Führerschein. Nicht mal irgendwelche Schlüssel oder andere Dokumente, von Geld ganz zu schweigen. Erinnerst du dich, was gestern Abend passiert ist?«, hakte Roxy nach. »Was du so spät im Park gemacht hast? Wie du heißt?«

Ich starrte noch immer auf die Narbe, auf diese im Zickzack verlaufende Linie, die sich hell von meiner bronzefarbenen Haut abhob, und mir wurde klar, dass ich nicht die geringste Ahnung hatte, wie ich eigentlich aussah. Ich wusste weder, wie mein Name lautete, noch wie ich meinen Kaffee mochte. Scheiße, ich wusste nicht mal, *ob* ich überhaupt Kaffee mochte.

Ich wusste gar nichts mehr.

Roxy

Wenige Minuten später verabschiedete ich mich vom diensthabenden Arzt Doktor Fowler, der den Fremden kurz nach seiner Ankunft untersucht hatte, und schloss die Tür hinter mir um einiges ruhiger, als mir zumute war. Ich durchquerte die Krankenstation mit einem mulmigen Gefühl im Bauch und lief den Gang hinunter, der geradewegs zum Fahrstuhl führte. Draußen prasselte der Regen gegen die bodentiefen Fenster, die die ganze linke Wandseite einnahmen, und trübte den beeindruckenden Ausblick über London. Während ich auf den Aufzug wartete, lief ich rastlos hin und her. Schlimm genug, dass Finn und ich diesen Kerl, diesen … Fremden, hierhergebracht hatten, aber jetzt wachte er endlich auf – und erinnerte sich an nichts? Er hatte keine meiner Fragen beantworten können, und obwohl er einen auf cool gemacht hatte, war ihm die beginnende Panik anzusehen gewesen. Oder vielmehr anzuhören dank des piependen Monitors, der seinen Herzschlag aufzeichnete.

Wer um alles in der Welt war er? Und warum konnte er sich an nichts erinnern? War er beim Sturz mit dem Kopf aufgeschlagen und litt deswegen jetzt an einer Amnesie? Oder hatte es etwas mit seinem ausgemergelten Zustand zu tun? Hatte die Austreibung am Ende mehr Schaden angerichtet als geholfen?

Ich biss mir auf die Unterlippe. Verdammt. Unsere Oberärztin Ingrid Abrahamsson war noch immer im Quartier in Edinburgh auf der Beerdigung eines Hunters, mit dem sie befreundet gewesen war. Also mussten wir noch auf ihre Einschätzung warten, aber Doktor Fowler hatte eine umfangreiche Erstuntersuchung vorgenommen und mir versichert, dass mein neuer Freund bis auf ein paar Kratzer und Prellungen keine Verletzungen davongetragen hatte. Zumindest nicht äußerlich. Jetzt, wo er wach war, sah das ganz anders aus. Denn *keine Verletzungen* würde doch bedeuten, dass er sich an seine Vergangenheit erinnern müsste. Oder hatte er mir nur etwas vorgemacht? Aber wozu? Außerdem war das Piepen des Herzmonitors sehr deutlich gewesen.

Die Stahltüren öffneten sich vor mir und ich stieg ein. Automatisch tippte ich den Zugangscode ein und wählte die vierzigste Etage, dann setzte sich der Aufzug lautlos in Bewegung. Ich blieb breitbeinig und mit verschränkten Armen darin stehen und versuchte, langsam und kontrolliert zu atmen. Vielleicht hätte ich doch lieber die Treppe nehmen sollen. Damit wäre ich zwar nicht schneller gewesen, hätte aber zumindest etwas von der rastlosen Energie loswerden können, die auf meiner Haut kribbelte. Und ich müsste diesen Metallsarg nicht betreten … aber meine Mentorin hatte mir schon früh beigebracht, dass es sinnvoller war, mich meinen Ängsten zu stellen, statt vor ihnen davonzulaufen. Also fuhr ich Aufzug, selbst wenn ich die Enge hier drinnen aus tiefstem Herzen verabscheute.

Wenige Sekunden später öffneten sich die Türen ein weiteres Mal, nur dass mich diesmal nicht dieselbe Stille begrüßte wie unten auf der Krankenstation. Stattdessen hörte ich das Klirren von Waffen, das Ächzen von Männern und Frauen und gedämpfte Musik, die aus den Trainingsräumen drang. Der einzige Grund, aus dem ich keine Schüsse wahrnahm, war, dass der Raum fürs Schießtraining schalldicht isoliert war.

Ich grüßte zwei Hunter mit einem knappen Nicken und marschierte an ihnen vorbei, ein paar Stufen hinauf und stieß die Türen zu Trainingsraum Nr. 5 mit beiden Händen auf.

»Er hat keine Ahnung, was passiert ist!«

»Wer?« Finn hielt mitten in der Bewegung inne, in der Hand den Dolch, mit dem er auch draußen auf der Straße kämpfte. »Dein Date von letzter Nacht? War der Sex so schlecht, dass er eine Amnesie vortäuschen musste?«

Ich hob den erstbesten Gegenstand auf, den ich zu fassen bekam, und warf ihn nach ihm. Dummerweise hatte Finn gute Reflexe und wich dem heransausenden Boxhandschuh grinsend aus.

»Fick dich, MacLeod!«, knurrte ich.

Er legte den Kopf in den Nacken und lachte.

»Ich nehme an, du redest von dem jungen Mann, den du letzte Nacht von einem Geist befreit hast?«, schaltete sich Maxwell Cavendish ein.

Obwohl ich Maxwell seit drei Jahren kannte und schon einige Zeit hier im Quartier verbracht hatte, war es noch immer seltsam, ihn in Trainingshose und langärmligem, schlichtem Shirt zu sehen. Jeder hier war seine blütenreinen Hemden, Westen und Tweedsakkos gewohnt. Er reparierte sogar seinen geliebten Bentley in diesen Sachen. Aber mir war auch klar, dass viele ihn auf den ersten Blick unterschätzten. Sie sahen nur den netten älteren Herrn mit dem weißen Haar und dem gepflegten Bart, den guten Manieren und dem britischsten Akzent, den ich je gehört hatte. Sie ahnten nichts davon, dass er als Magic Hunter auf die gefährlichsten Kreaturen spezialisiert gewesen war, bevor er der Anführer der Londoner Jäger geworden war. Oder dass er einen schwarzen Gürtel 5. Grades in Karate hatte. Was erklären würde, wieso Finn trotz seiner Waffe ziemlich verschwitzt aussah, Maxwell hingegen so wirkte, als würde er gleich die nächste Teatime einläuten.

Ich presste die Lippen aufeinander und nickte knapp. »Er erinnert sich an nichts. Nicht mal an seinen Namen.«

Nachdenklich rieb sich Maxwell über den Bart. »Faszinierend. Ich setze Weston darauf an, im Archiv nachzusehen, aber meines Wissens gab es in der Geschichte der Hunter keinen Fall, bei dem nach einer Geisteraustreibung eine vollständige Amnesie eingetreten ist.«

»Es ist ja nicht nur so, als hätte er seinen Namen vergessen oder wie er gestern in den Park gekommen ist. Er weiß gar nichts mehr. Null. Nada. Nichts. Wenn ich ihn gefragt hätte, wie die Queen mit Vornamen heißt oder wer den letzten

Rugby World Cup gewonnen hat, hätte er mir wahrscheinlich nicht mal das verraten können.«

Spoiler Alert: Es war nicht England gewesen. Und obwohl ich seit Januar dauerhaft in London lebte, war ich durch und durch Irin und konnte das kleine bisschen Schadenfreude in mir nicht unterdrücken. Okay, meistens versuchte ich es gar nicht erst.

Nachdenklich ließ Finn den Dolch zwischen seinen Fingern kreisen. »Was sagt der Doc dazu?«

»Doktor Fowler will noch ein paar Untersuchungen durchführen, jetzt wo der Patient wach und ansprechbar ist, und ihn vorerst zur Beobachtung und um ihn aufzupäppeln hierbehalten. Zumindest bis Ingrid zurück ist und sie ihn sich anschauen kann.«

Finn schnaubte und packte seine Waffe ein. Das Training schien vorbei zu sein. »Also haben wir im Grunde keine Ahnung, was nicht mit ihm stimmt.«

»Genau. Und ich kann ihm ja schlecht sagen, dass er wahrscheinlich über längere Zeit von einem Geist besessen war und deswegen so abgemagert ist. Oder das vielleicht schon vorher war und die Besessenheit ihm den Rest gegeben hat. Und was den Gedächtnisverlust angeht?« Ich breitete die Arme aus, denn dafür hatte ich auch keine Erklärung. Und im Grunde sollte es mir egal sein. Ja, ich hatte diesem Typen gestern Abend mit ziemlicher Sicherheit das Leben gerettet, aber das war's auch schon. Was jetzt mit ihm passierte, ging mich nichts an. Absolut nichts. Warum machte ich mir also überhaupt Gedanken darüber?

Maxwell nickte bedächtig. »In Ordnung. Wir werden ihn eine Weile im Auge behalten.«

Oh nein. Ich kannte diesen Tonfall und diesen Blick nur zu gut. Nein, nein und nochmals nein.

Warnend hob ich den Zeigefinger. »Sag es nicht …«

Sein Lächeln war so freundlich, dass es fast schon diabolisch wirkte. »Du bist ab jetzt für ihn verantwortlich, Roxy.«

Ich gab ein Geräusch von mir, das irgendwo zwischen einem Schnauben und einem Knurren lag. »Ach, komm schon! Du weißt genauso gut wie ich, dass ich keine Zeit für so etwas habe. Ich muss …«

»Hast du ihn gestern von einem Geist befreit und ihn wiederbelebt, oder nicht?«, unterbrach Maxwell mich gnadenlos.

Ich knirschte mit den Zähnen. »Ja, habe ich.«

»Dann unterliegt diese Sache bis auf Weiteres deiner Verantwortung. Du kennst die Regeln.«

Räume immer hinter dir auf und hinterlasse keine Spuren.

Ja, ich kannte die verdammten Regeln, aber ich hatte weit Wichtigeres zu tun, als den Babysitter für einen Kerl zu spielen, der mit ziemlicher Sicherheit nicht mal wusste, wer uns den Brexit eingebrockt hatte oder wer gerade der amerikanische Präsident war. Wobei … diese Dinge sollte er ruhig vergessen. Ich wünschte, ich könnte das auch.

»Und was soll ich jetzt mit ihm anstellen?«, rief ich Maxwell nach. »Memory spielen, bis er sich wieder an alles erinnert?«

Ich erhielt keine Antwort, da die Türen in diesem Moment hinter ihm zufielen.

Toll. Ganz toll.

»Ach, komm schon, Roxy«, warf Finn lachend ein. »Das kann nicht katastrophaler werden als deine letzten paar Dates.«

Statt einer Antwort zeigte ich ihm den Mittelfinger und marschierte aus dem Trainingsraum. Als ob ich mit Finn nicht schon genug an der Backe hatte, gab es jetzt also einen weiteren Typen in meinem Leben, mit dem ich mich herumschlagen musste. Fantastisch. Genau das, was ich gerade brauchte.

4. KAPITEL

Unbekannter

Mein Kopf dröhnte noch immer. Eine hübsche rothaarige Krankenschwester namens Sandy meinte, das läge daran, dass ich total dehydriert und außerdem unterernährt war. Die Leute hier pumpten mir zwar über die Nadel in meiner Ellenbeuge irgendwelches Zeug in den Körper, aber noch spürte ich die Wirkung davon nicht. Außer, wenn Sinn und Zweck des Ganzen war, mich hungrig zu machen. Ich hatte einen Mordshunger. In den letzten beiden Tagen hatte ich so viel gefuttert, als hätte ich jahrelang nichts mehr gegessen. Und das trotz Sandys Warnung, dass sich mein Körper erst wieder an richtige Nahrung gewöhnen müsste. Ich hatte nicht auf sie gehört – und prompt meinen neuen besten Freund kennengelernt: die Kloschüssel.

Jepp. So ganz ohne Erinnerung in einem Krankenhaus zu liegen und sich die Seele aus dem Leib zu kotzen, machte riesigen Spaß. Schlimmer war nur das Fernsehprogramm. Endlose Comedy-Shows, ein Gossip-Girl-Marathon und Nachrichten aus aller Welt, die einen echt nur deprimieren konnten. Aber irgendwie musste ich mich ja beschäftigen, sonst würde ich nur wieder anfangen zu grübeln.

Wer war ich? Wie zum Teufel hieß ich? Wie war ich hier gelandet? Wer war diese Roxy, die an meinem Bett gestanden hatte, als ich die Augen das erste Mal aufgeschlagen hatte? Und warum war sie seither nicht mehr aufgetaucht?

»Guten Morgen, Jon Snow!«, trällerte Sandy, als sie das Zimmer betrat. Ich hatte keine Ahnung, wer dieser Typ war oder warum sie mich so nannte, aber die Krankenschwester war so ein Sonnenschein, dass ich es nicht über mich brachte, sie zu korrigieren. Und was hätte ich auch sagen sollen?

Sorry, das ist zwar nicht mein Name, aber ich hab auch keine Ahnung, wie ich wirklich heiße?

Ja, ganz bestimmt.

Aber auch wenn ich mich nicht an meine Vergangenheit, an meine Vorlieben und Abneigungen und all die Dinge erinnern konnte, die mich ausmachten, wusste ich dennoch ein paar Sachen. Zum Beispiel, dass ich mich in einem Krankenhaus befand, wie der Fernseher funktionierte oder dass ich lesen und schreiben konnte – eine Erkenntnis, die mich nicht nur erleichtert, sondern auch begeistert hatte. Dafür fehlten mir andere Informationen – etwa, wer der Typ in der Nachrichtensendung war und wie es gerade um die Fußball-Europameisterschaft stand.

Bis auf Weiteres stand *John Doe* auf meiner Krankenakte. Anscheinend nannte man so Patienten, deren Identität bisher nicht ermittelt worden war. Zumindest hatte Sandy mir das so erklärt, als ich das erste Mal bei Bewusstsein war, während sie meine Werte prüfte und meinen Blutdruck maß. Also versuchte ich mich mit John Doe anzufreunden … oder mit Jon Snow. Was auch immer. Meine wahre Identität schien jemand im Klo runtergespült zu haben, denn die war selbst nach zwei Tagen unauffindbar.

Aus irgendeinem Grund hatte ich fest damit gerechnet, dass wenigstens ein Polizist vorbeikommen würde, um mir Fragen zu stellen, aber bisher waren nur ein etwas hager aussehender blonder Typ mit Brille, der sich als Weston vorgestellt hatte, und ein Arzt namens Fowler da gewesen.

Offenbar vermisste mich niemand.

Ich nahm mir einen Plastikbecher mit Wackelpudding vom Nachttisch und ließ dabei Block und Stift von meinem Schoß auf die Matratze neben mir rutschen. Sandy hatte mir das Zeug gestern vorbeigebracht in der Hoffnung, dass ich irgendwas aufschrieb oder zeichnete, was meinem Gedächtnis auf die Sprünge half. Bisher waren allerdings nur krumme Strichmännchen, ein paar Blumen und Kreise mit Kreuzen daraus geworden. Wenn das meine Erinnerung ankurbeln sollte, dann hatte ich offenbar das Gedächtnis eines Vierjährigen.

Ich schob mir einen Löffel mit grünem Wackelpudding in den Mund und beobachtete Sandy dabei, wie sie den Sichtschutz beiseiteschob. An dem Zimmer hatte sich in den letzten zwei Tagen nichts verändert. Es war genauso klein wie zuvor und das Bett neben meinem noch immer leer. Genauso wie der Schrank noch immer leer und die automatischen Jalousien am einzigen Fenster weiterhin heruntergezogen waren. Gestern hatte ich kurz versucht, sie zu bewegen, um einen Blick nach draußen zu werfen. Großer Fehler. Irgendein Alarm war losgegangen und sowohl Sandy als auch der Arzt waren hereingestürmt und hatten mich wieder zurück ins Bett gescheucht. Also beschäftigte ich mich lieber weiter mit dem Fernsehprogramm, zumindest wenn ich nicht gerade schlief. Schlafen war toll, und da ich nicht träumte, auch sehr erholsam.

»Wie geht es dir heute?«, fragte Sandy, während sie mir die Manschette anlegte, um meinen Blutdruck zu messen. Der Anblick meines viel zu dünnen Oberarms war etwas, an das ich mich einfach nicht gewöhnen konnte. Es war fast so, als wäre in meinem Hirn ein anderes Bild dazu abgespeichert. Aber welches genau das sein sollte? Keine Ahnung.

»Gansch ut«, nuschelte ich mit Plastiklöffel im Mund und tastete nach der Fernbedienung, um den Actionstreifen, der gerade über den Fernseher flimmerte, auf lautlos zu stellen. Anschließend versenkte ich den Löffel ein weiteres Mal im Wackelpudding. »Ich erinnere mich an nichts. Wahrscheinlich bin ich der entspannteste und sorgenfreiste Mensch der Welt.«

»Das ist die richtige Einstellung.« Lächelnd notierte sie sich die Werte, wie sie es immer zu dieser Uhrzeit tat.

Mittlerweile waren etwas über achtundvierzig Stunden vergangen, seit ich hier aufgewacht war. Ich kannte zwar weder meinen eigenen Namen noch meine Vergangenheit, aber ich wusste mit ziemlicher Sicherheit, dass ich eine Schwäche für Wackelpudding hatte. Und für Schokolade. Und Chips. Reiswaffeln nicht so sehr, mit Kaffee musste ich mich erst noch anfreunden, Tee schmeckte ohne alles einfach nur nach Pisse, und Milch … bah! Milch war einfach nur widerlich. Mal ehrlich, wer kippte sich dieses Zeug freiwillig in den –

Ein Klopfen brachte meine Gedanken zu einem abrupten Stillstand.

Sandy schob den Sichtschutz zurück an seinen Platz und durchquerte den Raum mit schnellen Schritten. Sie wechselte ein paar Worte mit wem auch immer und verabschiedete sich, dann hörte ich die Tür wieder zugehen. Aber ich war nicht allein. Das spürte ich, noch bevor der Besucher an der Trennwand vorbeiging und am Bettende stehen blieb. Oder vielmehr die Besucherin.

Na, sieh mal einer an.

Diesmal trug sie das endlos lange Haar zu einem lockeren Zopf gebunden. Ihre Augen waren dunkel umrandet, ihre Lippen knallrot und ihre Fingernägel schwarz. Dazu präsentierte sie mir allerdings keinen Gruftie-Look, sondern eine hübsch geschnittene weiße Bluse mit kleinen bunten Blumen darauf, ähnlich wie die, die ich auf den Block gekritzelt hatte, und eine schwarze Hose, die so weit war, dass sie auch als Rock hätte durchgehen können. Zum Teufel, vielleicht war es sogar ein Rock. Was wusste ich schon?

»Hallo Rosa!«, begrüßte ich sie überschwänglich und mit einem breiten Lächeln, das meine Zähne aufblitzen ließ.

Schöne Zähne, so viel hatte ich bei einer ausgiebigen Prüfung im Spiegel feststellen können. Ich mochte kaum Muskelmasse oder Fett am Körper haben und meine Rippen traten viel zu deutlich hervor, aber ich hatte ein ganz passables Gesicht. Ein Gesicht, das mir noch immer völlig fremd war, doch darüber dachte ich lieber nicht allzu genau nach.

Mein unerwarteter Gast fasste sich an die Nasenwurzel, als würde sie es jetzt schon bereuen, hergekommen zu sein. »Roxy. Mein Name ist Roxy.«

»Oh.« Ich täuschte Überraschung vor, obwohl ich mich sehr genau an ihren Namen erinnern konnte. War ja nicht so, als müsste ich mir momentan allzu viel merken. »Sorry.« Ich schob mir einen weiteren Löffel Wackelpudding in den Mund. »Muss mir entfallen sein.«

»So wie dein ganzes bisheriges Leben?«

Eins zu null für sie.

»Na, na, es ist nicht nett, so mit einem Kranken zu reden. Wie wär's mit ein bisschen Mitgefühl?«

Sie gab einen Laut von sich, der ziemlich stark an ein Schnauben erinnerte. »Du bist nicht krank. Unterernährt, dehydriert und voller blauer Flecken, aber nicht krank.«

»Was bin ich dann?«

Diesmal hielt ich ihren Blick fest. Anders als bei ihrem ersten Besuch war ich nicht mehr ans Bett gefesselt, sondern konnte mich innerhalb meines Zimmers frei bewegen, im angrenzenden Mini-Bad duschen und wieder etwas essen. Und, tja, was sollte ich sagen? Ich fühlte mich wie ein neuer Mensch. Praktisch wie neugeboren, da ich noch immer keinerlei Erinnerungen an … irgendetwas hatte. Aber ich hatte ein paar Serien, Filme und Nachrichtensendungen angeschaut – und, ganz ehrlich? So wie die Welt gerade aussah, war es irgendwie kein Wunder, dass ich alles vergessen hatte. Zumindest war mein Seelenfrieden intakter gewesen, als ich noch nicht gewusst hatte, was dort draußen los war.

Roxy hingegen wirkte nicht wie jemand, der mich einfach nur aus Sorge um meinen gesundheitlichen Zustand besuchte. Oder weil sie ein Helfersyndrom hatte.

»Okay, womit habe ich diesen Besuch verdient?«, fragte ich, als sie nicht weiter reagierte.

Sie öffnete den Mund, presste die Lippen jedoch gleich wieder aufeinander. Statt einer Antwort sah sie sich kurz um und setzte sich dann auf einen der Stühle am anderen Ende des Zimmers, streckte die Beine aus und überkreuzte sie an den Knöcheln. Zwei Sekunden später hatte sie ein Smartphone in der Hand und starrte hochkonzentriert darauf. Allem Anschein nach war sie nicht für eine nette Plauderstunde hergekommen. Aber warum dann? Um mich zu beobachten? Weil sie nichts Besseres zu tun hatte? Das bezweifelte ich. Das bezweifelte ich sogar sehr.

»Und ich dachte, *ich* wäre gerade nicht die beste Gesellschaft«, murmelte ich, aß meinen Pudding auf und warf die Verpackung samt Löffel auf den Nachttisch. Es schepperte kurz, aber Roxy zeigte keine Reaktion. Dafür hatten sich kleine Falten auf ihrer Stirn gebildet. Ihr Blick klebte noch immer am Handy und es sah so aus, als würde sie etwas lesen. Gleich darauf flogen ihre Daumen über das Display, also schien sie mit jemandem zu texten – und ignorierte mich dabei weiterhin.

Nur mit Mühe konnte ich ein Seufzen unterdrücken. Ja, ich war genervt. Frustriert. Wütend. Und hatte eine Scheißangst.

Wer auch immer dachte, plötzlich in einem Krankenhaus aufzuwachen und sich an nichts mehr erinnern zu können wäre eine Art traumhafter Neubeginn, der irrte sich gewaltig. Es war beschissen. Ich wusste gar nichts mehr. Nicht, woher die einzelnen Narben auf meiner Haut kamen, nicht, warum ich so abgemagert und ausgehungert war, und erst recht nicht, wie ich überhaupt hierhergekommen war. Von meiner Vergangenheit ganz zu schweigen.

Dabei musste ich eine Vergangenheit haben. Mit Menschen, die ich kannte, vielleicht sogar liebte. Freunde. Kollegen. Eltern. Geschwister. Doch egal, wie sehr ich mich anstrengte, nichts davon wollte in meinem Kopf auftauchen. Keine Gesichter. Keine Orte. Keine Gefühle. Gar nichts.

Minuten vergingen, in denen keiner von uns etwas sagte und meine Besucherin sich auch nicht vom Fleck bewegte.

»Hey, Ruby?«, fragte ich schließlich.

»Roxy.« Sie hob den Kopf und warf mir einen mörderischen Blick zu, dann kniff sie die Augen zu Schlitzen zusammen. »Du machst das mit Absicht, oder?«

»Was mache ich mit Absicht?«, konterte ich unschuldig.

»Mir ständig andere Namen zu geben und so zu tun, als könntest du dich nicht daran erinnern. Dein Kopf ist so leer, du müsstest alles auswendig kennen, was du in den letzten achtundvierzig Stunden gesehen und gelesen hast.«

Meine Mundwinkel zuckten, aber ich erwiderte nichts darauf. Sie musste nicht wissen, dass ich mir sogar die Wasserflasche neben meinem Bett aus Langeweile so oft angeschaut hatte, bis ich tatsächlich alle abgedruckten Informationen zum Gehalt von Natrium, Calcium und Co. hätte herunterrattern können. Aber was sollte ich auch sonst mit meiner Zeit anfangen? Hier eingesperrt zu sein, war trotz des Fernsehers langweilig. Und trieb mich langsam, aber sicher in den Wahnsinn.

Doch statt irgendetwas davon zuzugeben, hob ich nur die Schultern. »Kein Plan, was du meinst, Rowan.«

»Echt jetzt?« Sie stand gefährlich langsam auf, schob sich das Handy in die Hosentasche und trat an mein Bett.

»Ich höre damit auf, wenn du mir sagst, was du weißt.«

Sie runzelte die Stirn. Anscheinend hatte ich sie damit überrumpelt.

»Komm schon. Ich hab zwar mein Gedächtnis verloren, aber ich bin nicht dämlich. Du bist sicher nicht hier, weil du so ein gutes Herz hast und dir Sorgen um mich machst. Also spuck's schon aus, Ruža.«

Sie verschränkte die Arme vor der Brust und funkelte mich finster an, sagte jedoch kein Wort.

»Na schön. *Roxy*«, betonte ich. Dabei wurde mir bewusst, dass ich ihren Namen gerade zum allerersten Mal aussprach. Er klang fremd und fühlte sich irgendwie scharf auf meiner Zunge an. Scharf, kühl und distanziert, genau wie seine Besitzerin. »Warum bist du hier? Was weißt du über mich?«

Sie zuckte mit den Schultern. »Ich bin nur da, um herauszufinden, woran du dich erinnern kannst. Oder sollte ich eher sagen, warum du es nicht kannst?«

»Dann hilf mir, verdammt noch mal! Hilf mir dabei, mich zu erinnern.«

»Wie denn?« Sie breitete die Arme aus. »Ich kenne dich ja nicht mal!«

»Aber du weißt etwas«, beharrte ich. »Du weißt mehr, als du zugibst. Mehr als du mir oder dem Krankenhauspersonal verrätst.«

»Ich weiß gar nichts, außer dass ich es echt bereue, hergekommen zu sein.« Mit einem Schnauben wandte sie sich ab.

»Warte!«

Plötzlich schnürte mir Panik die Kehle zu. Roxy war die

einzige Verbindung, die ich zu meinem früheren Leben hatte. Die Einzige, die mich vor diesem Krankenhausaufenthalt erlebt hatte, wenn auch nur kurz in diesem Park. Aber damit war sie auch die einzige Person, die mir einen Hinweis zu meiner Vergangenheit geben könnte. Wenn sie jetzt ging, konnte ich da sicher sein, dass sie zurückkehren würde? Ich kannte ja nicht mal ihren Nachnamen oder wusste, wie ich sie erreichen konnte. Wenn sie jetzt durch diese Tür marschierte, hatte ich keine Möglichkeit, sie zu kontaktieren. Keine Möglichkeit, mehr über mein altes Leben zu erfahren.

Sie zog ihr Handy aus der Hosentasche, warf einen kurzen Blick darauf und fluchte leise. Dann drehte sie sich langsam wieder zu mir um. Keine Ahnung, warum sie so gereizt war. An meinem natürlichen Charme konnte es nicht liegen.

»Bitte, Roxy.« Ich schämte mich nicht dafür zu betteln. Hier ging es um mein Leben. Meine Identität. Alles, was mich ausmachte. Ich musste die Wahrheit erfahren. »Ich sehe dir doch an, dass du nicht freiwillig hier bist. Wenn du also etwas über mich weißt – *irgendetwas* –, dann sag es mir.«

»Du wirst es bereuen«, warnte sie mich.

»Das Einzige, was ich bereuen werde, ist, wenn ich noch einen Tag länger hier rumsitzen und die Wände anstarren muss, ohne zu wissen, wer ich bin und was mit mir passiert ist.«

Sie seufzte tief und schob das Handy zurück in ihre Hosentasche. »Okay.«

»Okay?« Ich blinzelte überrascht und beobachtete sie dabei, wie sie sich einen Stuhl schnappte, ihn neben mein Bett stellte und sich darauf niederließ.

Erwartungsvoll setzte ich mich auf. Meine Finger kribbelten. Mein Magen zog sich vor Anspannung zusammen. Aber vielleicht war das auch nur Hunger.

»An diesem Abend vor zwei Tagen …«, begann Roxy, und ich lehnte mich ein Stück nach vorne, um auch ja kein Detail zu verpassen, »… kam ich gerade von einem Date und –«

»Kann ja nicht besonders gut gewesen sein, wenn du allein nach Hause gegangen bist«, warf ich ein.

»Im Ernst?« Sie funkelte mich an.

Abwehrend hob ich die Hände. »Sorry. Bin schon still.«

Herausfordernd zog sie eine Augenbraue hoch, doch als ich nichts mehr darauf erwiderte, sprach sie weiter. »Also. Ich war im Ravenscourt Park und plötzlich standst du da.«

»Ich stand einfach da?«, hakte ich stirnrunzelnd nach.

»Wenn du mich noch mal unterbrichst, gehe ich.«

Nur mit Mühe konnte ich ein Lachen unterdrücken. Roxy machte es mir fast schon zu leicht, sie zu reizen. Allerdings wollte ich unbedingt hören, was sie zu sagen hatte, also setzte ich jetzt alles daran, die Klappe zu halten.

»Du warst da und hast mich gruselig angeguckt, weil …« Sie atmete tief durch, als würde sie sich innerlich wappnen. »Weil du von einem Geist der Phase 3 besessen warst.«

Von einem Geist. Besessen. Ich.

Mehrere Sekunden lang starrte ich sie an, starrte in ihre ernste Miene, dann prustete ich los. Okay, das war echt gut. Fast hätte sie mich erwischt. Ein Geist? Ernsthaft?

Doch Roxy lachte nicht. Im Gegenteil. Sie fixierte mich weiterhin mit diesem finsteren Blick, der mir deutlich machte, dass sie lieber freiwillig Glasscherben schlucken würde, als dieses Gespräch mit mir zu führen. Was unweigerlich zu der Frage führte: Warum war sie dann hier? Wer hatte es ihr befohlen? Und weshalb?

Mein Lachen begann zu bröckeln. »Du meinst das wirklich ernst, oder?«

»Sehe ich so aus, als würde ich Witze machen?«

Nein, diese Frau sah so aus, als hätte sie noch nie in ihrem Leben einen Witz gehört.

»Ein Geist? Phase 3?«, wiederholte ich argwöhnisch und sah mich möglichst unauffällig nach dem Notfallknopf für die Krankenschwester um. Nur zur Sicherheit. Und falls Roxy der Meinung war, gleich noch einen Exorzismus an mir durchführen zu müssen.

Sie folgte meinem Blick und kniff die Augen zusammen. »Du glaubst mir nicht.«

Natürlich glaubte ich ihr nicht. Ich mochte zwar ohne Gedächtnis in einem Krankenzimmer aufgewacht sein, aber sogar ich wusste, dass es so etwas wie Geister nicht gab. Schon gar keine Geister, die den Körper von irgendwelchen Menschen übernahmen. Die *meinen* Körper übernahmen. Allein bei der Vorstellung schüttelte es mich.

Ohne ein weiteres Wort stand Roxy auf, stellte den Stuhl seelenruhig zurück an seinen Platz am anderen Ende des Raumes und kehrte dann an meine Seite zurück. Sie wirkte so entschlossen, dass ich gar nicht anders konnte, als sie mit wachsendem Misstrauen zu beobachten. Was hatte sie vor?

Mit einem Mal bereute ich es, sie so dazu gedrängt zu haben, mir diese Geschichte aufzutischen. Vielleicht wäre es besser gewesen, wenn sie gar nicht erst zurückgekehrt wäre, auch wenn ihr Anblick eine angenehme Abwechslung zu den weißen Wänden, dem flimmernden Fernseher und dem stets gleichbleibenden Geruch nach Gummihandschuhen und Desinfektionsmitteln war.

Roxy sagte noch immer nichts, sondern schloss die Augen und atmete tief durch. Ich nutzte die Gelegenheit schamlos aus und betrachtete sie eingehend. Sie war attraktiv. Das war mir schon bei unserer allerersten Begegnung aufgefallen. Sie hatte ein ausdrucksstarkes Gesicht, was durch ihr Make-up und die weißblonden Haare nur noch verstärkt wurde. Und ihr Mund … *Holy Shit.* Jeder erwachsene Mann mit einem Herzschlag müsste auf diese vollen roten Lippen stehen – und mit Sicherheit auch einige Frauen. Ich bildete da keine Ausnahme. Außerdem war Roxy sarkastisch und schien kein Blatt vor den Mund zu nehmen, was ich nach all dem Getüddel und den sanft säuselnden Worten von Sandy, der Krankenschwester, sehr begrüßte.

Schade nur, dass Roxy verrückt war. Denn mal ganz im Ernst: Geister?

Ich schüttelte den Kopf. Wirklich schade.

Etwas blitzte auf. Mein Blick zuckte zu dem klobigen Anhänger, der an einer Kette um Roxys Hals hing. Er wirkte wie aus dem letzten oder vorletzten Jahrhundert mit dem blauen Stein, der … plötzlich leuchtete?

Bevor ich einen klaren Gedanken fassen konnte, schlug Roxy die Augen auf und tippte auf den Anhänger. Fast im selben Moment flogen mein Essenstablett, Block, Stift, Plastikbecher und Wasserflasche vom Nachttisch und knallten gegen die Wand. Sogar meine Decke flatterte vom Bett, und der Sichtschutz fiel um, als würde ein Sturm durch das Krankenzimmer toben. Eine Sekunde später war alles vorbei und wieder ruhig.

»Ach du *heilige* Scheiße!« Ich sprang vom Bett, verhedderte mich in der Decke auf dem Boden und stützte mich mit beiden Händen an der Wand ab, um nicht umzufallen. »Was zum … was …?!« Mein Herz raste so schnell, dass ich sicher gleich einen Infarkt bekam. Fühlte es sich so an? War das mein Ende? »Wie … wie hast du das gemacht?«

»Magie.« Sie deutete auf den Anhänger. Er glühte strahlend blau auf, und es war fast, als wäre eine Art Strudel darin zu sehen, doch dann erlosch das Leuchten und der Stein sah wieder wie ein ganz normales – wenn auch nicht besonders hübsches – Schmuckstück aus. »In diesem Amulett steckt hochkonzentrierte Magie. Damit habe ich den Geist aus deinem Körper vertrieben. Normalerweise vertragen die Leute das ganz gut. Aber du bist einfach zusammengeklappt. Keine Atmung. Kein Herzschlag mehr. Gar nichts.«

Ich starrte sie an. Fassungslos. Misstrauisch. Entsetzt. Ich konnte nicht mal denken, so geschockt war ich. Offenbar funktionierte mein Mundwerk trotzdem einwandfrei. »Und dann was? Hast du mich magisch zurück ins Leben geholt?«

»Nein. Das war einfach nur Erste Hilfe.« Sie tat es mit einem Schulterzucken ab.

»Mit Mund-zu-Mund-Beatmung?«

Ihre Augen wurden ganz schmal und ich konnte ihr ansehen, dass sie kurz davor war, wieder etwas durch die Luft fliegen zu lassen. Hoffentlich nicht mich. Mein Puls hämmerte noch immer wie verrückt, aber ich brauchte das hier. Ich brauchte die Sprüche und Witzeleien, um einen klaren Kopf zu bekommen. Und wenigstens einen Ansatz von Normalität zu erschaffen. Was auch immer *normal* für mich bedeutete.

»Okay. Tun wir mal so, als wäre das wahr. Hat dieser …« Nervös leckte ich mir über die trockenen Lippen und zwang mich dazu, die Frage auszusprechen, so absurd sie auch klingen mochte. »Hat dieser Geist etwas mit meiner Amnesie zu tun?«

Ich rechnete fest damit, dass sie loslachen würde. Dass sie mit dem Finger auf mich zeigte und mich auslachte, weil ich ihr diese Geschichte jetzt tatsächlich abkaufte. Aber ich war verzweifelt. Ich wusste überhaupt nichts mehr. War es da wirklich ein Wunder, dass ich sogar die Existenz von Geistern in Betracht zog? Scheiße, schließlich war ich ja sogar selbst kurz tot gewesen. Vielleicht war ich in Wahrheit auch nur ein Geist und das hier war die Hölle. Wer wusste das schon?

Aber Roxy lachte nicht. Sie lächelte nicht mal. Und sie deklarierte das Ganze auch nicht zum Scherz, sondern studierte mich mit einem Ausdruck im Gesicht, den ich nicht ganz zuordnen konnte. War sie angepisst, weil ich auf das einging, was sie mir hier erzählte? War sie misstrauisch, dass ich sie verarschen könnte? Ich kannte nicht mal meinen Geburtstag oder meine Schuhgröße. Ich war der Letzte, der in der Position war, irgendwen zu verarschen.

»Ob dein Gedächtnisverlust mit dem Geist zu tun hat oder nicht, steht noch nicht fest«, erklärte sie ruhig.

Was auch immer Roxy in meinem Gesicht las, es brachte sie dazu, die Hand von ihrem Amulett zu nehmen – Gott sei Dank! – und den Rücken durchzudrücken. Dass sie ihre Brüste dabei nach vorne und direkt in mein Sichtfeld presste, musste ich nicht extra erwähnen, oder? Ich war ein Kerl und bis eben der reinste Gentleman gewesen. Aber diese kleine Bewegung lenkte meinen Blick und meine Aufmerksamkeit unweigerlich eine Etage tiefer.

Sie räusperte sich. Einmal. Zweimal. Beim dritten Mal, als ich schon befürchten musste, dass sie kurz vor einem Erstickungsanfall stand, riss ich meinen Blick los und sah ihr wieder ins Gesicht.

Ihre Miene war unbewegt, aber in ihren Augen blitzte Wut und … womöglich noch etwas anderes auf? »Wenn du mir noch mal auf die Brüste starrst, ramme ich dir einen Armbrustbolzen …«

»In die Eier?«, beendete ich ihren Satz, bevor sie es tun konnte, und zog eine Grimasse.

»Nein.« Sie lächelte, aber um ehrlich zu sein, wirkte es eher wie ein Zähnefletschen. »In die Oberschenkelarterie, und lasse ihn stecken, damit du langsam und qualvoll verblutest.«

»Aww«, machte ich, hätte mein Grinsen aber nicht mal dann

unterdrücken können, wenn tatsächlich mein Leben auf dem Spiel stehen würde. »Das würdest du nicht tun.«

»Abwarten.« Einen Moment lang betrachtete sie mich skeptisch, dann schien sie eine Entscheidung zu treffen, denn sie seufzte tief. »Jetzt kennst du die Wahrheit, also komm mit.«

»Wohin?«

»Du willst mehr erfahren? Dann komm mit.«

Automatisch sah ich mich in dem spartanisch eingerichteten Zimmer um. Es war ja nicht so, als hätte ich besonders viel zu packen, aber ich war immer noch ein Patient. Ich konnte nicht einfach aus dem Krankenhaus marschieren, nur weil mir gerade danach zumute war. Oder doch?

Fuck. Natürlich konnte ich das! Zwei ewig lange Tage war nichts passiert. Niemand war aufgetaucht und hatte mir meine Lebensgeschichte auf einem Silbertablett serviert, also konnte ich genauso gut gehen, wohin ich wollte. Zumindest war ich mir da relativ sicher.

»Okay.« Nach einem letzten prüfenden Blick auf Roxy, ob sie es auch wirklich ernst meinte, befreite ich mich von Nadel und Infusionsschlauch, die noch immer an meinem Körper hingen, und zog die Pantoffeln an, die Sandy mir zusammen mit der schwarzen Sporthose und dem etwas zu weiten T-Shirt zur Verfügung gestellt hatte. Auf dem Nachttisch und auf dem Boden lag nichts, was ich gebrauchen konnte. Keine persönlichen Gegenstände, keine Fotos, keine Schlüssel, kein Handy. Und den Block mit meinen Kritzeleien benötigte ich definitiv nicht.

Trotzdem sah ich mich noch einmal ganz genau um. Nur für den Fall der Fälle. Aber als ich nichts fand, das sich mitzunehmen lohnte, schob ich die Hände in die Taschen meiner verwaschenen Sporthose und folgte Roxy.

»Eins noch.« An der Tür blieb sie stehen und wandte sich zu mir um.

Fragend hob ich die Brauen.

»Wie soll ich dich eigentlich nennen?«

Bestimmt nicht John Doe. Das war der erste Gedanke, der mir durch den Kopf schoss. Statt einer Antwort irrte mein Blick durch den Raum, versuchte irgendetwas zu finden, das mir halbwegs vertraut vorkam, aber da war nichts. Absolut gar nichts.

Schließlich blieb mein Blick am Fernseher hängen, wo noch immer der Actionfilm mit den schnellen Autos lief. Ein ziemlich abgefahrener Streifen und anscheinend Teil einer Reihe, aber nur ein einziger der bisher erwähnten Namen war hängen geblieben.

»Shaw«, antwortete ich nach einem Moment. »Du kannst mich Shaw nennen.«

Roxy folgte meinem Blick zum Fernseher, aber in ihrem Gesicht war keine Regung zu erkennen. Nichts, abgesehen von einem unmerklichen Nicken. »Alles klar. Willkommen bei den Huntern in London, Shaw.«

5. KAPITEL

Shaw

Willkommen bei den Huntern in London, Shaw.

Vielleicht hätten mich diese Worte auf das vorbereiten sollen, was jetzt kam. Aber ich war nicht vorbereitet. Kein bisschen.

Ich folgte Roxy erst durch eine, dann durch eine weitere Tür, aber statt mich wie erwartet in einem Krankenhausflur voller anderer Patienten, herumeilendem Pflegepersonal und Ärzten mit wehenden Kitteln wiederzufinden, landete ich in einem schlichten grauen Korridor. Der Boden war so sauber, dass sich das Tageslicht darin spiegelte, das durch die bodentiefen Fenster hereinschien. Fenster, die nicht durch Jalousien verdeckt waren. Überrascht trat ich an eines davon und starrte hinaus.

Gebäude in den verschiedensten Größen und Formen. Manche davon so winzig, dass sie von hier oben kaum auszumachen waren, andere ragten wie Türme in den Himmel und funkelten in der Sonne. Dazwischen schlängelten sich rote Busse durch die Straßen, und ein langer Fluss teilte die Stadt in zwei Hälften. Darauf fuhren Boote und Schiffe, und mehrere Brücken überspannten das Gewässer. Zwischen all dem Grau, Braun und Blau konnte ich ein bisschen Grün ausmachen, von dem ich annahm, dass es sich dabei um Parks handelte.

Direkt vor meinen Füßen lag eine Stadt, die sich bis zum

Horizont erstreckte. Eine Stadt, die nicht die geringste Erinnerung in mir weckte.

Ich spürte Roxys wachsamen Blick auf mir, reagierte aber nicht darauf. Diesmal nicht. Ich musste erst einmal alles verdauen. Die Geistergeschichte. Den Anblick einer Stadt, mit der mich absolut nichts verband. Die Tatsache, dass ich mich nicht einmal in einem richtigen Krankenhaus befand. Und das Frustrierendste: dass ich mich an nichts, aber auch gar nichts erinnern konnte. Es war zum Haare-Raufen. Als hätte jemand alles in meinem Kopf, was mich auch nur ansatzweise ausmachte, einfach ausgelöscht – und ich hatte nicht die geringste Ahnung, wo ich überhaupt mit der Suche nach Hinweisen beginnen sollte.

Ein letztes Mal sah ich auf London hinunter. Obwohl es dort unten mit Sicherheit laut und voller Menschen sein musste, war es hier oben still und Roxy neben mir die einzige Person im Flur.

Langsam drehte ich mich zu ihr um und folgte ihr zu einem Aufzug, der sich so schnell öffnete, als hätte er nur auf uns gewartet. Ich betrat ihn nach ihr und sah dabei zu, wie sie erst einen mehrstelligen Code eintippte und dann eine Etage wählte. Die ganze Fahrt dauerte keine halbe Minute, in der Roxy nur breitbeinig dastand, die Arme vor der Brust verschränkt, und auf die Anzeigetafel starrte, als könnte sie es gar nicht erwarten, hier rauszukommen. Oder mich loszuwerden. Wahrscheinlich eher Letzteres.

Zu meiner Überraschung fuhren wir nicht nach unten, sondern weiter nach oben. Als sich die Türen vor uns öffneten, empfing uns dieselbe Stille wie vor meinem Krankenzimmer. Nein, nicht ganz. Da lag ein Summen in der Luft. Ein Summen von Gesprächen oder vielleicht auch von irgendwelchen Geräten. So genau konnte ich das nicht ausmachen. Roxy bog nach rechts ab und mir blieb gar keine andere Wahl, als ihr zu folgen.

Vor uns erstreckte sich ein langer Gang, von dem rechts mehrere Türen abgingen. Auch hier boten die riesigen Fenster auf der linken Seite einen atemberaubenden Blick über die Stadt und auf die anderen Wolkenkratzer. Am Ende des Flurs führten ein paar Stufen auf eine Zwischenebene. Ich kam gar nicht richtig dazu, die Umgebung weiter auf mich wirken zu lassen, denn in dem Moment ging eine der Türen auf und eine überraschte Stimme ertönte.

»Das ist nicht dein Ernst!« Der Kerl, dem die Stimme gehörte, war fast so groß wie ich, aber im Gegensatz zu mir muskulös und trainiert. Wie Roxy trug er eine Kette um dem Hals, allerdings mit einem unscheinbaren, kreisrunden, flachen Anhänger. Schwarzes Haar fiel ihm in die Augen. Augen, deren mörderischer Blick von Roxy zu mir wanderte, nur um wieder zu ihr zurückzukehren. In seinen Worten schwang ein weiterer mir fremder Akzent mit. »Du hast ihn rausgeholt und hergebracht? Ausgerechnet hierher?«

Roxy zuckte nur mit den Schultern. »Was hätte ich deiner Meinung nach sonst tun sollen? Ihn auf der Krankenstation verrotten lassen?«

Ich beobachtete den Austausch stirnrunzelnd. Aus irgendeinem Grund hämmerte mein Puls plötzlich. Gleichzeitig war da ein aufgeregtes Kribbeln, das in meinem Nacken begann und in meinen Fingerspitzen endete. Worum auch immer es ging, dieser Typ wollte anscheinend nicht, dass ich davon erfuhr. Was nur dafür sorgte, dass ich es erst recht erfahren wollte.

Der Fremde schnaubte. »Dein Job ist es, herauszufinden, was er weiß und was mit ihm passiert ist. Niemand hat gesagt, dass du ihn herbringen und ihm eine Einführung in die Welt des Übernatürlichen geben sollst!«

»Eigentlich hat Maxwell genau das vor ein paar Minuten entschieden. Außerdem ist er mir auf die Nerven gegangen.«

»Wie bitte?« Die blauen Augen des Kerls weiteten sich ungläubig. »Ich gehe dir ständig auf die Nerven! Trotzdem verstößt du nicht gegen die Regeln der Hunter und schleuderst mich mit deiner Magie durch die Gegend.«

»Glaub mir, Finn, die Versuchung ist da.«

Ich musste lachen, tarnte es aber schnell als Husten.

Finn beäugte mich skeptisch und wandte sich dann wieder Roxy zu. »Das ist deine Begründung? Du hast echt Glück, dass Maxwell sich aus irgendeinem Grund für ihn interessiert.«

Statt einer Antwort verdrehte sie nur die Augen und ließ ihn stehen. Gut zu wissen, dass ich anscheinend nicht der Einzige war, den sie für unausstehlich hielt.

Ich nickte Finn kurz zu, ohne ein einziges Wort mit ihm gewechselt zu haben, und folgte Roxy den Gang hinunter.

Mit dem Daumen deutete sie hinter sich. »Das war Finn. Schotte. Grim Hunter. Ignorier ihn. Er ist ein Idiot … und mein Kampfpartner«, fügte sie mit einem störrischen Murmeln hinzu.

Grim Hunter? Ich hatte nicht die leiseste Ahnung, was das bedeuten sollte, aber allem Anschein nach zog Roxy die Sache mit der Geistergeschichte durch. Und hatte ich nicht mit eigenen Augen gesehen, wie ihr Anhänger aufgeleuchtet und alles durch die Luft geflogen war? Wenn das alles nur ein Trick war, dann steckte verflucht viel Arbeit dahinter. Und dann waren offenbar alle hier völlig durchgeknallt.

Aber wenn es die Wahrheit war …

Roxy mochte genervt sein und dieser Finn war äußerst misstrauisch, aber ich? Ich war Feuer und Flamme. Endlich kam ich aus diesem dämlichen Krankenhaus raus, das nicht mal ein richtiges Krankenhaus gewesen war! Endlich erfuhr ich etwas.

Und was das alles war! Geister? Magie? Amulette? Das war total abgefahren. Selbst ohne Amnesie hätte ich Roxy kein Wort geglaubt, wenn ich sie nicht in Aktion erlebt hätte. Mit dieser Frau war eindeutig nicht zu spaßen.

»Was ist das hier?«, fragte ich und deutete im Korridor um mich.

Hohe Decken, schmucklose Wände, riesige Fenster. Nicht alle Türen, die wir passierten, waren verschlossen. Im Vorbeigehen warf ich einen Blick in einen Raum, der aussah wie … eine Art antike Waffenkammer? Heilige Scheiße. Ich hätte auch ohne Amnesie wahrscheinlich keine Namen für die Hälfte der verschiedenen, sehr alt aussehenden Schwerter und Klingen gehabt, die säuberlich übereinander in einem Glaskasten an der Wand hingen. Und waren das echte antike Schusswaffen, die da zwischen den mit Pergamentrollen vollgestopften Regalen in einer Halterung aufgereiht waren? Doch Roxy rauschte zu schnell daran vorbei, als dass ich mir ein richtiges Bild hätte machen können.

»Das hier …« Sie machte eine lässige Handbewegung. »Ist das Quartier der Jäger Londons. Herzlich willkommen. Die Sightseeingtour findet nur einmal täglich statt. Du hast sie gerade verpasst.«

Ich konnte nicht anders, als zu grinsen. »Wie gut, dass ich meinen ganz persönlichen Tourguide habe.«

»Ja, klar. Träum weiter.«

Das würde ich. Vielleicht.

Ohne Vorwarnung bog sie nach rechts ab und ging durch eine offen stehende Doppeltür in einen Raum, der sich als riesige Bibliothek herausstellte. Lauter Regalreihen aus Holz in einem dunklen, warmen Farbton, die von oben bis unten mit Büchern bestückt waren. Dicke Säulen trugen eine weitere Ebene, die von einem geschwungenen Balkon begrenzt wurde.

Soweit ich das erkennen konnte, standen dort oben ebenfalls lauter gefüllte Regale. Eine Wendeltreppe mit einem aus Holz geschnitzten Geländer verband die beiden Ebenen miteinander. Oben wie unten konnte ich vereinzelte Tische mit Stühlen und Nischen mit Lesesesseln ausmachen. Und über all dem lag der Geruch von Papier und Holz.

Im Vorbeigehen erhaschte ich einen Blick auf ein paar Buchtitel:

Hexen und Magie des Mittelalters

Geistererscheinungen in Europa

Bloody Mary – Die Geschichte von Maria I. von England

Ghule in Mythologie und Literatur

Geisterhäuser in Frankreich

Todesboten – Mythos oder Realität?

Vampire aus …

Moment mal. *Vampire?* Was um alles in der Welt …?

Die Härchen auf meinen Armen stellten sich auf – und das nicht, weil mir kalt war. Bilder tauchten in meinem Kopf auf, aber es waren keine Erinnerungen, denn dafür waren sie eindeutig zu frisch. Beim Herumzappen im Krankenzimmer war ich auf diese Fernsehserie gestoßen und daran hängen geblieben, die ziemlich altmodisch wirkte und bei der es um Vampire ging. Aber wie hieß die Serie noch mal? *Betty*? *Bunny?*

»Maxwell.« Roxys Stimme riss mich aus meinen Überlegungen. Wir waren stehen geblieben und sie klang nicht mehr so angriffslustig wie Finn und mir gegenüber, sondern ruhiger. Beinahe schon respektvoll. »Hier ist jemand, der dich gerne kennenlernen würde.«

Was? Wer? Meinte sie etwa mich?

Der Fremde, der bis eben auf einem cognacfarbenen Ledersofa gesessen hatte und in ein Buch vertieft gewesen war, hob jetzt den Kopf. Er musste um die siebzig sein. Das Haar war komplett weiß, der ebenfalls weiße Vollbart gepflegt. Die Zeit hatte Falten in sein Gesicht gegraben, vor allem in seine Stirn und rund um seine Augen. Er trug ein kariertes Tweedsakko in undefinierbaren Brauntönen, ein farblich dazu passendes Hemd samt Krawatte und Einstecktuch. Der Typ sah aus, als wäre er einem anderen Jahrhundert entsprungen, als würde er auf ein Schloss gehören, wo er sich nach der Fuchsjagd – zu Pferd, selbstverständlich – mit einer Tasse Tee hinsetzen und seine Dienstboten befehligen würde.

Erst als er das Buch zuklappte und aufstand, fiel mir auf, dass er eine Jeans trug. Eine Jeans, die trotzdem zu seinem ganzen Look passte. *Huh.* Wer hätte das gedacht?

»Das ist Shaw.« Roxy deutete auf mich. »Shaw, das ist Maxwell Cavendish, der Leiter des Quartiers.«

Ahh, jetzt verstand ich ihren respektvollen Tonfall. Allerdings konnte ich mir nicht vorstellen, dass dieser Kerl noch ein aktiver Jäger war. Die besten Jahre lagen eindeutig hinter ihm, so viel war klar.

»Freut mich, Shaw.« Sein Händedruck war fest. Fest genug, dass ich zusammenzuckte. In seinen braunen Augen meinte ich so etwas wie eine stille Belustigung lesen zu können.

»Gleichfalls«, brachte ich hervor und befreite meine Hand aus seiner Umklammerung. Auf meiner Haut waren seine Fingerabdrücke deutlich zu erkennen. Gerade so unterdrückte ich den Impuls, die Hand auszuschütteln.

»Du bist also der junge Mann, der nach der Geisteraustreibung sein Gedächtnis verloren hat.« Mit dem Buch in der Hand musterte er mich von oben bis unten. Dann deutete er mir an, ihm zu folgen.

»Der bin ich«, erwiderte ich etwas lahm und warf einen kurzen Blick zu Roxy. Die hob lediglich eine Augenbraue, was mir mehr als deutlich machte, dass ich mit diesem Maxwell mitgehen sollte. Und zwar ohne sie.

Also folgte ich ihm. Den Flur hinunter. Zurück zum Fahrstuhl, dessen Türen erneut sofort aufglitten. Auch Maxwell gab einen Code ein, dann setzte sich der Aufzug in Bewegung, und wir fuhren nach unten.

Mittlerweile war von meiner anfänglichen Begeisterung nicht mehr viel zu spüren. Ich hatte keine Ahnung, wer dieser Typ war und was er von mir wollte. Scheiße, ich wusste ja nicht mal wirklich, warum Roxy mich hierhergebracht hatte. Wohl kaum, um mir eine Einführung in die Welt des Übernatürlichen zu geben, wie dieser Finn behauptet hatte. Oder etwa doch?

Im Gegensatz zu mir schien Maxwell kein Problem mit der Stille zu haben und versuchte sie nicht mit Belanglosigkeiten zu füllen. Seine Miene war genauso ausdruckslos wie die von Roxy. Es würde mich nicht überraschen, wenn die zwei miteinander verwandt wären. Vielleicht war das aber auch eine Einstellungsvoraussetzung für Hunter.

Wir erreichten das Erdgeschoss und verließen das Gebäude zu meiner Überraschung. Durch einen Hinterausgang kamen wir auf die Straße und plötzlich war der Verkehrslärm, der oben gar nicht zu hören gewesen war, ganz nahe.

In den ersten Sekunden erschlugen mich die ganzen Eindrücke. Das Brummen von Motoren und der Geruch von Abgasen. Die frische, feuchte Luft, in der noch etwas Regen zu hängen schien. Irgendwo hupte jemand, Stimmen waren ebenso zu hören wie der Song eines Straßenmusikanten. In diesem Moment fuhr ein Sightseeing-Bus vorbei. Der Tourguide stand mit einem Mikrofon auf dem Dach und erklärte seinen Zuhörern, was es hier zu bestaunen gab.

Es dauerte eine ganze Weile, bis meine Sinne all diese neuen

Eindrücke verarbeitet hatten und ich Maxwells beobachtenden Blick auf mir spürte. Als er sich erneut in Bewegung setzte, war ich beinahe erleichtert, den ganzen Geräuschen, Gerüchen und Bildern zu entkommen.

Maxwell steuerte einen unscheinbaren Park ganz in der Nähe des Quartiers an. Zu klein, um ausgiebig darin joggen oder spazieren zu gehen, daher war auch nicht besonders viel los. Der Anblick der Bäume und das leise Rauschen der Blätter entspannte mich ebenso wie der weiche Erdboden unter meinen Füßen. Füßen, die noch immer in Pantoffeln steckten. Neben dem formell gekleideten Maxwell musste ich wie der letzte Penner wirken, aber das war nicht zu ändern. Und mir ziemlich egal, wenn ich ehrlich war.

»Die Hunter existieren schon seit Jahrhunderten, aber bisher gab es keinen einzigen Fall einer Amnesie nach einem erfolgreichen Exorzismus«, sagte er nach einer Weile, in der wir einfach nur durch den Park spaziert waren, und bedachte mich mit einem nachdenklichen Blick. »Das ist wirklich außergewöhnlich. Ich habe Roxy gebeten, dir ihre Magie zu zeigen in der Hoffnung, dass das deine Erinnerungen ankurbeln würde.« Ein fragender Unterton schwang in seinen Worten mit.

Ich schnaubte nur. »Sie hat mir die … die Magie gezeigt«, erwiderte ich und konnte selbst kaum fassen, dass ich das gerade wirklich gesagt hatte. »Und sie hat auch irgendwas von einem Geist der Phase 3 erwähnt.«

»Ahh.« Maxwell nickte. »So bezeichnen wir die Erscheinungen, die dazu in der Lage sind, den Körper eines Menschen zu besetzen. In diesem Fall deinen.«

»Und die anderen Phasen?«

Denn wenn es eine Nummer drei gab, musste es auch andere geben, oder? Hatte mich ein besonders bösartiges Wesen besetzt? Oder war es ein Kinderspiel gewesen, den Geist aus meinem Körper zu vertreiben?

»Um die musst du dir keine Gedanken machen. Spirits der ersten beiden Phasen sind praktisch harmlos. Darum kümmern sich die Soul Hunter. Phase 3 ist gefährlich, vor allem, wenn sie einen Menschen in Besitz nehmen. Aber Phase 4, die höchste Phase, ist am gefährlichsten.« Maxwell warf mir einen nachdenklichen Blick zu. Vielleicht hoffte er, mit diesen Erklärungen etwas in meinem Gedächtnis dazu zu bringen, wieder richtig zu funktionieren.

Ich schüttelte den Kopf. »Danke für die Info, aber … ich kann mich trotzdem an nichts erinnern.« Mit dem Fuß kickte ich einen Kieselstein weg.

Maxwell nickte langsam. »Wir werden selbstverständlich alles in unserer Macht Stehende tun, um dir dabei zu helfen, dein Gedächtnis wiederzuerlangen. Bis es so weit ist, würde ich vorschlagen, dass du zu deiner eigenen Sicherheit fürs Erste hier bei uns bleibst. Schau dich gerne um, lies in unseren Archiven und lerne die anderen Hunter kennen, wenn du möchtest.«

Hierbleiben. Im Quartier der Hunter.

Ich zögerte und blieb stehen, denn auf einmal wusste ich nicht mehr, ob ich überhaupt eine Wahl hatte. In meinem Krankenzimmer hatte ich selbst entscheiden können, ob ich weiter dort herumsitzen und mir in diesem viel zu harten Bett Rückenschmerzen holen wollte, oder ob ich mich selbst entließ und durch die Straßen Londons spazierte. Zumindest hatte ich das in den letzten beiden Tagen geglaubt, aber da war ich mir auch noch sicher gewesen, in einem öffentlichen Krankenhaus zu sein. Jetzt war alles anders. Und irgendetwas sagte mir, dass ich diese Wahl nicht hatte. Vielleicht sogar nie gehabt hatte.

Und, ganz ehrlich? Roxy und Co. wären schön blöd, mir von Geistern, magischen Amuletten und Jägern zu erzählen, nur um mich im Anschluss daran gehen zu lassen. Ich könnte mein ganzes neues Wissen der Polizei verraten oder an die Presse verkaufen. *Ja, klar.* Als ob mir das irgendjemand abkaufen würde.

»Bin ich ein Gefangener?« Ich musste diese Frage einfach stellen. Aus irgendeinem Grund war sie mir wichtig. Vielleicht, weil ich mir seit dem Moment, in dem ich zum ersten Mal die Augen aufgeschlagen hatte, so vorgekommen war, als stünde ich unter permanenter Beobachtung – und ich hatte die Nase gestrichen voll davon.

Maxwell deutete um sich. Auf den Park, die Straßen und Geschäfte, die vielen Autos, schwarzen Taxen und Hochhäuser, die das Bild einrahmten. »Sieh dich um. Du kannst jederzeit gehen. Ich werde dich nicht aufhalten.« Mit der Hand zeigte er auf eine Haltestelle, an der gerade ein roter Bus hielt.

So undurchschaubar dieser Mann bisher auf mich gewirkt hatte, irgendetwas sagte mir, dass er seine Worte vollkommen ernst meinte. Wenn ich wollte, konnte ich auf der Stelle verschwinden. Niemand würde mich aufhalten. Nicht Maxwell, nicht Roxy und auch kein anderer Hunter.

Vielleicht sollte ich es tun. Vielleicht war es klüger, sich allein durchzuschlagen, statt bei Leuten zu bleiben, die ich überhaupt nicht kannte. Leute, die tatsächlich an die Existenz von Geistern, Dämonen, Magie und … und *Vampiren* glaubten. Sogar ich wusste, dass das völlig bescheuert war. Aber wie ließ sich mein Gedächtnisverlust sonst erklären? Ich hatte keinerlei Kopfverletzungen, also war ich nicht einfach nur unglücklich hingefallen. Und wie hätte Roxy dieses Chaos in meinem Krankenzimmer anrichten sollen, wenn nicht durch Magie? Ich hatte es doch selbst gesehen. Wieso zweifelte ein Teil von mir also noch immer daran?

Ich fixierte Maxwell. »Ich bleibe. Fürs Erste zumindest.«

Die Falten um seine Augen vertieften sich, ganz so, als würde er innerlich lächeln, auch wenn sich seine Mundwinkel kaum bewegten. »Ich bin sicher, du wirst es nicht bereuen.«

Das würde sich noch zeigen.

Seite an Seite machten wir uns auf den Weg zurück. Bisher hatte ich es nur von innen gesehen, jetzt bemerkte ich, dass sich das Hunterquartier in einem Tower mit unzähligen Stockwerken befand. Ich musste den Kopf in den Nacken legen, um bis ganz nach oben schauen zu können. Es gab einen Haupteingang, doch die Schilder daneben wiesen auf diverse Büros und Unternehmen hin, nicht auf die Hunter. Entweder das waren Decknamen und die Firmen existierten gar nicht wirklich, oder die Hunter besetzten nur einen Teil des Wolkenkratzers. Da durch den Haupteingang lauter Businessleute in Anzügen ein- und ausgingen, tippte ich auf Letzteres.

Wir betraten den Tower durch denselben unscheinbaren Hintereingang, durch den wir das Gebäude wenige Minuten zuvor verlassen hatten. Diesmal wies Maxwell sich mit einem Code aus und hielt seinen linken Arm vor ein Display. Allerdings stand er direkt davor, sodass ich nichts Genaues erkennen konnte.

Dieser Eingangsbereich schien ebenso wie der Fahrstuhl vom restlichen Gebäude getrennt zu sein, denn hier war nichts von irgendwelchen Geschäftsmännern und -frauen zu sehen. Dafür nahm ich die Sicherheitskameras in den Ecken überdeutlich war.

Zu meiner Überraschung erwartete Roxy uns bereits, als wir kurz darauf in einem der obersten Stockwerke aus dem Aufzug stiegen.

»Ingrid ist zurück«, waren ihre ersten Worte an Maxwell.

Ingrid? Welche Ingrid?

»Sehr gut.« Erleichterung schwang in seiner Stimme mit,

und ich war mir ziemlich sicher, zum ersten Mal so etwas wie ein angedeutetes Lächeln in seinem Gesicht erkennen zu können. »Ingrid ist unsere Oberärztin. Sie war in den letzten Tagen im schottischen Quartier in Edinburgh«, fügte er an mich gewandt hinzu. »Aber jetzt, wo sie zurück ist, würde sie dich bestimmt gerne selbst untersuchen, Shaw. Vielleicht kann sie etwas finden, das uns bisher entgangen ist.«

Ich nickte, auch wenn ich das irgendwie bezweifelte. Außerdem fühlte sich der neue Name noch immer seltsam an. Aber ich hatte ihn mir ausgesucht, also würde ich jetzt auch dabei bleiben.

»Roxy?« Maxwell deutete mit dem Kopf auf mich.

Die verdrehte nur die Augen. »Komm mit.« Sie marschierte so schnell los, dass ich kaum Zeit hatte, Maxwell zum Abschied zuzunicken, bevor ich mich daran machte, ihr zu folgen. Im Gang vor der Bibliothek hatte ich sie eingeholt. »Du bist nicht besonders happy darüber, dass ich hierbleibe, oder?«

»Was hat mich verraten?«, gab sie trocken zurück und bog nach rechts zu einem weiteren Fahrstuhl ab.

Ich gab mir keine Mühe, mein Grinsen zu unterdrücken. »Keine Sorge, ich bin ziemlich pflegeleicht. Also, denke ich. So genau weiß ich das noch nicht … aber das können wir ja gemeinsam herausfinden.«

Sie warf mir einen Blick über die Schulter zu, der ziemlich deutlich ausdrückte, was sie mir gerade alles an den Hals wünschte, und ich grinste nur noch breiter. Es machte einfach zu viel Spaß, sie zu reizen. Dabei glaubte ich nicht mal, dass Roxy per se etwas gegen mich hatte. Nur ein klitzekleines bisschen. Wahrscheinlich kotzte sie diese ganze Situation an. Dass sie mich gerettet hatte und sich jetzt mit mir herumschlagen musste, statt andere Dinge zu tun. Dinge, die eine Geisterjägerin eben so tat. Vielleicht etwas Salz kaufen?

Mit dem Aufzug fuhren wir hinunter in die sechsunddreißigste Etage, in der auch mein Krankenzimmer lag. Doch diesmal bogen wir nach rechts ab statt nach links. Im Flur kamen wir an zwei Türen vorbei, ehe Roxy die letzte aufdrückte. Sofort umgab mich der Geruch nach Desinfektionsmitteln, Verbandszeug, Gummihandschuhen und lauter anderen Sachen, die mir nach den letzten Tagen nur allzu vertraut waren. *Home sweet home.* Ich schnitt eine Grimasse.

»Ingrid?«, rief Roxy. »Ich hab dir einen Patienten mitgebracht.«

Der Raum war so verwinkelt, dass ich nicht sofort erkennen konnte, ob außer uns noch jemand da war. Regale, Schränke und Vitrinen säumten die Wände, allesamt säuberlich beschriftet und gut gefüllt. Ein massiver Schreibtisch stand mitten im Raum, nur von einer einsamen Lampe beleuchtet und so voller Unterlagen, Notizen, Bücher und leerer Kaffeetassen, dass die Tischplatte darunter kaum noch zu erkennen war. Auf der anderen Seite des Zimmers stand eine Trennwand. Ich konnte nur vermuten, was sich dahinter verbarg. Wahrscheinlich Betten oder zumindest Untersuchungsliegen. Weiter hinten führte eine Tür in einen Röntgenraum. Ich starrte das Schild an, zu überrascht, um die Frau sofort zu bemerken, die jetzt hinter der Trennwand hervorkam.

Sie trug einen weißen Kittel, unter dem jedoch ein knielanges geblümtes Kleid hervorschaute. Das dunkelbraune Haar mit den grauen Strähnen hatte sie zu einer Art Knoten hochgesteckt, sodass ihr nur ein paar Ponyfransen in die Stirn fielen. Sie hatte ein attraktives Gesicht mit kleinen Falten rund um ihre Mundwinkel sowie überraschend helle blaue Augen. Das Lächeln, mit dem sie uns bedachte, wirkte ehrlich erfreut.

»Hallo Roxy.« Zu meiner grenzenlosen Verwunderung umarmte sie meine Begleitung – und Roxy stach ihr nicht die Augen aus, sondern erwiderte die Geste sogar.

»Wie geht's dir?«, fragte Roxy, sobald sie sich voneinander lösten.

Ingrid lächelte schwach. »Es geht schon. Ich glaube, am schlimmsten war es, jemanden zu beerdigen, von dem wir nicht einmal sicher wissen, dass er tot ist. Aber es muss irgendwie weitergehen.«

Roxy presste die Lippen aufeinander und nickte knapp, erwiderte jedoch nichts darauf.

Ich stand perplex daneben, bis die Frauen mit der Begrüßung fertig waren und mir ihre ungeteilte Aufmerksamkeit widmeten.

Ingrid betrachtete mich mit einem fachkundig prüfenden Blick von oben bis unten. »Ist das …?«

»Genau. Doktor Fowler und Sandy konnten in deiner Abwesenheit nichts finden. Shaw gehört ganz dir.«

Ich räusperte mich. »Habe ich auch etwas dazu zu sagen?«

»Nein«, antworteten beide gleichzeitig.

Roxy tätschelte mir im Vorbeigehen die Schulter, dann war sie auch schon verschwunden und ließ mich allein mit der Ärztin zurück. Diese war inzwischen dabei, sich Gummihandschuhe anzuziehen – nur Gott allein wusste, was sie damit alles vorhatte –, und deutete auf die Trennwand, hinter der sich tatsächlich eine Liege befand.

»Ich würde dich gerne kurz untersuchen. Shaw, richtig? Mein Name ist Ingrid Abrahamsson.« Sie warf mir ein beruhigendes Lächeln zu. »Ich bin hier die Oberärztin. Meinen Doktor habe ich in Stockholm gemacht und bin dann mit meinem Ex-Mann und unserer Tochter hergezogen. Wenn ich nicht gerade hier im Labor oder in meinem Büro bin oder verwundete Hunter versorge, unterrichte ich am King's College Medizin.«

Sie lenkte mich so mit ihrer Geschichte ab, dass ich nicht mal merkte, wie ich auf der Liege Platz nahm, sie meinen Blutdruck und meine Temperatur maß, mir in die Augen leuchtete und meine Kehle von außen abtastete. Erst beim Anblick des langen Stäbchens, das sie mir in den Rachen schieben wollte, war ich wieder ganz da und schüttelte angewidert den Kopf.

»Ich glaube kaum, dass Sie da drinnen mein Gedächtnis finden werden.«

»Ich weiß, dass es nicht besonders angenehm ist, aber es ist notwendig.« Ingrid hielt das Stäbchen in die Höhe. »Damit entnehme ich eine Probe und untersuche sie auf Bakterien oder andere Auffälligkeiten.« Ihr Tonfall war freundlich und abgeklärt – aber er ließ auch keinen Widerspruch zu.

Und mir wurde klar, dass ich sie völlig falsch eingeschätzt hatte. Wie Maxwell hatte die Ärztin einen harmlosen Eindruck auf mich gemacht. Nicht nur aufgrund des geblümten Kleids und des netten Lächelns, sondern auch wegen ihrer zierlichen Statur. Doch jetzt erkannte ich, dass mit ihr nicht zu spaßen war. Sie würde mir diese Probe entnehmen, ob ich wollte oder nicht. Irgendetwas sagte mir, dass ich mich besser nicht mit dem Doc anlegen sollte. Also öffnete ich seufzend den Mund und ließ sie mit dem Stäbchen in meinem Hals herumstochern.

Und das war erst der Anfang. Hatte ich wirklich gedacht, der Arzt auf der Krankenstation hätte mich gründlich untersucht? Pffft, von wegen. Die nächsten Stunden verbrachte ich damit, mich von Ingrid abtasten, abhören und aushorchen zu lassen, mir mit geschlossenen Augen auf die Nase zu tippen und mit einem Hammer auf beide Knie schlagen zu lassen. Ich wurde geröntgt, mein Kopf wurde in eine Röhre gesteckt, ich musste mit Elektroden an der Brust auf ein Laufband, bekam Blut abgenommen und durfte in einen Plastikbecher pinkeln. Wahrscheinlich sollte ich dankbar sein, dass ich nicht gleich eine Magen- oder Darmspiegelung kostenlos dazu erhielt.

Als wir endlich fertig waren und ich mich wieder vollständig anziehen durfte, war es draußen bereits dunkel geworden, und ich war völlig erledigt. So erledigt, dass mir sogar mein knurrender Magen egal war und ich mich nur noch nach einem Bett und zwölf Stunden Schlaf sehnte. Selbst wenn dieses Bett das mit der harten Matratze in meinem Krankenzimmer war.

Nachdem Ingrid mich mit einem nachsichtigen Lächeln hatte gehen lassen, schlurfte ich zur Tür, erleichtert darüber, den ganzen Geräten und dem allgegenwärtigen Krankenhausgeruch zu entfliehen. Ich hatte mich schließlich nicht selbst aus der Krankenstation entlassen, nur um ein paar Zimmer weiter Laborratte zu spielen.

»Hey. Du siehst beschissen aus.«

Ich hob den Kopf. Blinzelte verwundert.

Roxy lehnte im Gang neben der Tür und musterte mich von oben bis unten. Nachdem ich mich vor Ingrid bis auf die Unterwäsche ausgezogen hatte, trug ich nun wieder das schlabbrige T-Shirt, die verwaschene Sporthose und die Pantoffeln, die man mir gegeben hatte. Ich konnte es gar nicht erwarten, aus diesen Sachen rauszukommen und sie ein für alle Mal loszuwerden. Selbst wenn das bedeutete, dass ich die nächsten Tage nackt herumlaufen musste.

Als Roxys Blick wieder bei meinem Gesicht angekommen war, meinte ich, einen mitfühlenden Ausdruck in ihren Augen zu erkennen. Aber vielleicht irrte ich mich auch.

»Na komm.« Sie deutete mir an, ihr zu folgen, und ging los, ohne nachzufragen, wie die Untersuchungen gelaufen waren.

Mir konnte das nur recht sein, denn ausnahmsweise stand

mir nicht der Sinn nach Plaudern. Außerdem hatte ich auf diese Weise einen wirklich schönen Ausblick, während ich hinter ihr herlief. Ja, *lief.* Denn sie hatte ein Tempo drauf, als wären wir beim Militär.

Ohne Umwege führte sie mich zurück zum Fahrstuhl, mit dem wir diesmal bis fast ganz nach oben fuhren. Vierundvierzigste Etage. Nicht schlecht. Ich folgte ihr einen langen Flur hinunter bis zu einem Zimmer, dessen Tür nur angelehnt war. Roxy schob sie auf und bedeutete mir dann, einzutreten. Mein Blick fiel als Erstes auf das Bett an der Wand. Es war schlicht, aber mit den zwei Kissen und der aufgeschlagenen Decke sah es so einladend aus, dass ich gar nicht anders konnte, als es direkt anzusteuern und mich darauffallen zu lassen. Die Matratze war herrlich weich, ein wundervoller Gegensatz zu jener im Krankenzimmer. Ich rollte mich auf den Rücken und richtete mich auf den Ellbogen auf.

Der Raum war nicht besonders groß, aber er verfügte über ein schönes großes Fenster mit Blick über die Stadt. Dazu gab es einen zweitürigen Schrank, einen Schreibtisch samt Stuhl und einen kleinen Fernseher. Die Einrichtung wirkte modern, unaufdringlich – und teuer. Auf dem Tisch stand eine Wasserflasche, daneben lag ein kleiner Stapel mit schwarzen Klamotten, auf dem Boden davor standen zwei Paar Schuhe. Doch das Beste war, dass es in diesem Zimmer vollkommen ruhig war – und nicht nach Tod und Krankheit roch.

»Brauchst du noch etwas?« Roxy war in der Tür stehen geblieben, die Hand nach wie vor an der Klinke.

»Mein Gedächtnis.«

Sie schnaubte. »Witzig.« Bevor ich noch etwas dazu sagen konnte, deutete sie hinter sich. »Toiletten und zwei große Gemeinschaftsbäder sind drei Zimmer weiter und am Ende des Flurs.«

»Danke.« Ich nickte ihr zu. Kurz zögerte ich, sprach die Worte dann aber doch aus. »Wie geht es jetzt weiter?«

»Ingrid wird einen Bericht erstellen, sobald sie alle Untersuchungsergebnisse ausgewertet hat. Das könnte ein paar Tage dauern. Vielleicht haben wir dann schon eine Lösung – oder zumindest eine Erklärung für deinen Zustand.«

»Und wenn nicht?«

Sie zuckte mit den Schultern. »Dann finden wir einen anderen Weg. Auch wenn es keinem von uns gefällt, muss ich so lange wohl oder übel den Babysitter für dich spielen. Zumindest bis wir herausgefunden haben, ob dein Gedächtnisverlust tatsächlich etwas mit dem Geist zu tun hat, der deinen Körper besessen hat, oder nicht. Aber jetzt schlaf erst mal. Es ist spät.«

Nachdenklich sah ich ihr nach und starrte selbst dann noch auf die Tür, als Roxy sie längst hinter sich zugezogen hatte. Dann ließ ich mich ächzend zurück aufs Bett sinken.

Meine Gedanken kreisten unablässig und versuchten allem, was hier gerade passierte, einen Sinn abzugewinnen. Vergeblich. Ich wusste nur eine Sache mit absoluter Bestimmtheit: In einem Punkt irrte Roxy sich. Denn es gefiel mir, dass sie den Babysitter für mich spielen musste. Es gefiel mir sogar verdammt gut.

6. KAPITEL

Roxy

»Sicher, dass das der richtige Weg ist?«, fragte ich und wechselte einen kurzen Blick mit Finn.

Wir streiften gerade durch eine schlecht beleuchtete Gasse, die von den ganzen Pubs wegführte. Hinter uns wurden die Musik und Stimmen immer leiser, allerdings wurde die Narbe auf meiner Schulter nicht im gleichen Maße heißer, was mir anzeigte, dass kein Geistwesen in der Nähe war, das ich zurück in die Unterwelt schicken konnte. Was ärgerlich war, denn genau so eines hatten wir heute Nachmittag dank stundenlanger Recherche und mühsamer Kleinstarbeit am Rande von Soho aufgespürt. Dachten wir zumindest.

»Zu 95 Prozent, wie Linnea sagen würde«, erwiderte Finn mit einem amüsierten Unterton in der Stimme.

»Sehr hilfreich«, kommentierte ich trocken, ging aber weiter.

Finn warf seinen Dolch in die Luft und fing ihn wieder auf, ohne sich die Finger abzusäbeln. »Wir nähern uns den Koordinaten, also stehen unsere Chancen gar nicht mal so übel.«

Ich bedachte ihn mit einem zweifelnden Blick, denn anders als ich spürte er nicht, dass wir uns womöglich irgendwelchen Betrunkenen, Schnapsleichen oder verirrten Touristen näherten, nicht aber dem Geist, nach dem wir suchten. Nach dem *ich* suchte, um genau zu sein. Aber bisher war da kein Brennen in meiner Schulter. Nicht mal ein kleines Prickeln. Nichts.

»Mal ehrlich«, kam es nach ein paar Schritten von Finn, der immer noch damit beschäftigt war, mit seinem Dolch herumzuspielen. »Hätte ich vor einem halben Jahr gewusst, was uns erwartet, hätte ich mir das mit dem Kampfpartner noch mal überlegt …«

Ich runzelte die Stirn. »Du wusstest, dass ich insgesamt 449 sehr mächtige Wesen zurück in die Unterwelt schicken muss. Das war so ziemlich das Erste, was ich dir damals erzählt habe.«

»Falsch. Das Erste, was du mir erzählt hast, war, dass du Nahkampf hasst und froh wärst, einen Grim Hunter als Partner zu haben, der diesen Part für dich übernimmt.«

Statt einer Antwort rollte ich mit den Augen. Finn hatte sich freiwillig bereit erklärt, mein Hunterpartner zu werden, weil wir fast gleich alt waren und uns gut ergänzten. Als freie Huntress mit Amulettmagie bevorzugte ich den Fernkampf mit Magie und der Pistolenarmbrust, während Finn sich als Grim Hunter gerne direkt auf die Kreaturen stürzte. Win-win für alle Seiten.

»Dann war es eben das Zweite, was ich dir gesagt habe. Maxwell hätte uns sonst niemals zusammen auf die Jagd gehen lassen.«

Im Quartier gab es nur eine Handvoll Leute, die von meiner Mission wussten. Maxwell und Ingrid waren die Ersten gewesen, denen ich davon erzählt hatte, als ich Anfang des Jahres nach London zurückgekommen war. Ursprünglich hatte meine Ausbilderin Amelia mich vor drei Jahren hierhergeschickt um zu trainieren und meine Hunterprüfungen zu absolvieren. Erst nachdem ich sie bestanden hatte, galt ich offiziell als Huntress. Danach war ich ein paar Monate in London geblieben, ehe mir das Großstadtleben zu viel wurde und ich in meine Heimat zurückgekehrt war. Zurück zu Amelia. Und zu meinen Eltern …

»Ich wette, früher oder später wärst du sowieso bei uns aufgetaucht«, warf Finn ein und fing seinen Dolch wieder auf. »Höllenmission hin oder her. Du kannst ruhig zugeben, dass du uns vermisst hast.«

»Rede dir das nur ein, wenn dich das nachts besser schlafen lässt, MacLeod.«

Er grinste nur.

Auch wenn ich mit Finn darüber scherzte, konnte ich den schmerzhaften Stich, den mir der Gedanke an diese Zeit bereitete, nicht verdrängen. Nach Amelias Tod und der Beerdigung hatte ich es keine Sekunde länger in Irland ausgehalten. Und wozu hätte ich auch bleiben sollen? Meine Eltern hatten den Verlust ihres Sohnes nie überwunden, und ich … ich war nur eine Erinnerung für sie an das Kind gewesen, das sie verloren hatten.

Aber wem machte ich hier etwas vor? Ich hatte Nialls Verschwinden selbst nie überwunden. Und genau das war es, was mich Tag für Tag antrieb, egal wie aussichtslos meine verdammte Mission auch schien. Aber ich musste die entflohenen Wesen zurück in die Unterwelt schicken und die Aufgabe des Todesboten erfüllen, um noch genug Lebenszeit zu haben und meinen Zwillingsbruder zu finden. Denn ich wusste, dass er noch lebte. Wo auch immer sich Niall gerade befand, er war am Leben. Und ich würde ihn finden.

Ohne Vorwarnung blieb Finn stehen und hob die Hand. Das Amulett der Stufe 1 an seinem Hals leuchtete kurz auf und ich wusste, dass er die Gasse mit einem Schleier geschützt hatte, einer Illusion, damit niemand sah oder hörte, was wir hier taten. Diese Art von Amulett und eine Einweisung in ihre Nutzung war für jeden Hunter genauso verpflichtend wie das Kampftraining und die Grundlagen, was alle Wesen und Kreaturen anging.

Ich folgte seiner Warnung, hielt ebenfalls an. Ohne einen Laut zog ich die Pistolenarmbrust aus dem Holster an meinem Rücken, während ich mit der anderen Hand nach einem Bolzen griff und anschließend den Bogen spannte.

Obwohl wir erst seit ein paar Monaten zusammenarbeiteten, waren Finn und ich ein eingespieltes Team. Als ich ihm bei unserer Zuteilung als Kampfpartner direkt als Erstes … na gut, als Zweites von meiner Situation erzählt hatte, da hatte er keine Sekunde gezögert, sondern mir sofort seine Hilfe angeboten. Völlig egal, wie gefährlich es auch werden mochte. Und ganz gleich, wie sehr er mir manchmal auf die Nerven ging, diesen Moment, diese völlige Selbstverständlichkeit, mit der er mein Hunterpartner geworden war, würde ich niemals vergessen.

Ich vertraute ihm. Damals genauso wie hier und jetzt.

Als er mir einen fragenden Blick zuwarf, schüttelte ich den Kopf. Die Narbe brannte nicht. Was auch immer da vorne in der schlecht beleuchteten Gasse lauerte, es war keiner von meinen Geistern.

Doch das hielt das Wesen nicht davon ab, uns zu bemerken.

Der Vorteil daran, einen Grim Hunter als Partner zu haben? Er war verdammt stark und bestens ausgerüstet. Der Nachteil? Ständig liefen wir irgendwelchen Monstern in die Arme, die aus Horrorgeschichten stammen könnten.

In diesem Moment hob die Kreatur, die wie eine sehr viel größere, sehr viel bösere Version von Gollum aussah, den Kopf und starrte uns aus großen pechschwarzen Augen an. Blut lief aus seinem Mundwinkel und bedeckte seine spitzen Zähne. Direkt unter ihm lag etwas, das einmal ein Mensch gewesen sein musste, jetzt jedoch nur noch ein Haufen Fleisch, Knochen und zerfetzte Kleidung war.

Ich verzog das Gesicht. Armer Kerl – oder arme Frau. Wer

auch immer er oder sie gewesen war, das hatte diese Person nicht verdient.

Langsam, fast schon bedächtig richtete sich das Wesen auf, während seine Gliedmaßen immer länger wurden, bis es fast so riesig wie die Häuser in der Gasse wurde.

Ich krallte die Finger um meine Armbrust. »Bitte sag mir, dass es nicht das ist, was ich denke.«

»Keine Sorge. Das ist nur ein flauschiger kleiner Plüschhase«, antwortete Finn sofort und zog den Flammenwerfer aus dem Holster an seinem linken Bein. Nicht seine bevorzugte Waffe, aber die einzig effektive im Kampf gegen diese Viecher.

»Du hast uns geradewegs zu einem Wendigo geführt!«, zischte ich und trat einen Schritt zurück, um Finn das Feld zu überlassen. Das hier war sein Spielplatz.

»Hey, wie wär's mit ein bisschen Hilfe?«, rief Finn keine fünf Sekunden später und rollte sich über den Boden, um den rasiermesserscharfen Klauen der Kreatur auszuweichen.

Statt einer Antwort visierte ich den Wendigo mit meiner Armbrust an und feuerte einen Bolzen nach dem anderen auf ihn ab. Das konnte ihn zwar nicht töten, sehr wohl aber ablenken. Und mehr benötigte Finn nicht.

Im nächsten Moment leuchtete es vor mir auf und ein Flammenstrahl schoss auf die Kreatur zu.

Ein Kreischen hallte durch die Gasse, so schrill, dass ich den Impuls unterdrücken musste, mir die Ohren zuzuhalten. Reflexartig versuchte der Wendigo dem Feuer auszuweichen. Dummerweise war das Mistding nicht nur riesig, sondern auch verflucht schnell. Aber hier kam ich ins Spiel.

Mit einer Hand tippte ich mein Amulett an, dann pulsierte die Magie auch schon durch meine Finger und formte sich zu einer Art Kugel. Ich schleuderte sie auf den Wendigo, der jetzt gefangen war zwischen meiner Magie und Finns Feuerstrahl.

Wieder ertönte das Kreischen, dann fing der Wendigo Feuer und verbrannte so schnell, als würde er aus Papier bestehen. Sekunden später war nichts als ein Häuflein Asche übrig.

Ich stieß erleichtert den Atem aus – nur um im selben Moment zusammenzucken. Denn mit einem Mal brannte meine Narbe. Sie brannte, als hätte auch meine Haut Feuer gefangen.

Mit der Hand an meinem Amulett wirbelte ich herum und fand mich Auge in Auge mit einer Frau in einem altertümlichen Kleid wieder. Einer Frau, die in Wahrheit ein Geist war, der seinen alten Körper mit purer Willenskraft wiederhergestellt hatte. Eine Fähigkeit, die nur Geister der Phase 4 besaßen. Geister wie jene, die ich aus der Hölle befreit hatte. Und die ich nun einen nach dem anderen wieder dorthin zurückbefördern würde.

Als die Frau erkannte, was ich vorhatte, stürzte sie sich auf mich. Ich wich zur Seite aus, bevor sie ihre Krallen in meine Haut bohren konnte, doch das Wesen war schnell. Als ich herumwirbelte, stand es bereits wieder vor mir und ich wehrte den Hieb mit der Armbrust in meinen Händen ab.

Schüsse ertönten. Der Geist ließ von mir ab und wandte sich der neuen Bedrohung zu: Finn, der mit jedem Schuss einen Schritt näher kam. Auch wenn die Kugeln gegen einen Geist der höchsten Phase genauso wenig halfen wie die Bolzen gegen einen Wendigo, erfüllten sie ihren Zweck: Sie lenkten ihn ab. Lange genug, um mich ein weiteres Mal zu konzentrieren.

Die magische Energie prickelte zwischen meinen Händen, wurde von Sekunde zu Sekunde stärker, bis ich sie nicht länger halten konnte. Ich breitete die Finger aus, und leuchtend blaue Fasern aus purer Magie legten sich wie ein Netz um den Geist. Ein Netz, das sich immer weiter zuzog, den Geist durchdrang und ihn schließlich dorthin zurückschickte, wo er hingehörte: in die Unterwelt.

Das Brennen in meiner Schulter ließ abrupt nach, und ich konnte förmlich spüren, wie ein kleiner Teil der vernarbten Haut heilte. So wie jedes Mal, wenn ich eine der entflohenen Seelen zurückschickte.

»Alles klar?«, fragte Finn, prüfte kurz die Gasse und kehrte dann zu mir zurück.

Ich ließ schwer atmend die Arme sinken, hob die Pistolenarmbrust auf, die ich fallen lassen hatte, und wischte mir über die Wange. Finn war zwar rechtzeitig eingeschritten, trotzdem hatte mir der Geist einen kleinen, blutenden Kratzer verpasst.

»Ich werd's überleben«, erwiderte ich und kämpfte gegen den kurz einsetzenden Schwindel an. »Danke.«

Er schüttelte nur den Kopf. »Du deckst mir den Rücken, ich decke dir den Rücken. Das ist der Deal.«

Mit diesen Worten schob er die Pistole zurück ins Holster und wir setzten uns wieder in Bewegung. Die Nacht, und damit unsere eigentliche Aufgabe, das Patrouillieren auf Londons Straßen und die Jagd auf Kreaturen, die es in unserer Welt gar nicht geben sollte, hatte gerade erst begonnen.

Viel zu wenige Stunden später weckte mich ein gequälter Laut. Ich riss die Augen auf und saß in Sekundenschnelle senkrecht im Bett. Doch auch wenn mein Herz schmerzhaft schnell hämmerte, war es still um mich herum. Das Wimmern, das ich gehört hatte, war mein eigenes gewesen. Und das einzige Geräusch neben meinen abgehackten Atemzügen war das gleichmäßige Trommeln des Regens gegen die Fensterscheibe.

Ich zwang mich dazu, aufzustehen, obwohl ich nichts lieber tun würde, als mich wieder hinzulegen und weiterzuschlafen. Finn und ich waren fast bis zum Morgengrauen auf der Jagd gewesen und ich fühlte mich, als hätte ich erst vor fünf Minuten die Augen zugemacht. Doch liegen zu bleiben würde nur weitere Träume nach sich ziehen. Träume, an die ich nicht einmal denken wollte, weil sie der Realität viel zu nahe kamen.

Mit schweren Schritten schleppte ich mich vor den Ganzkörperspiegel, der neben der Tür an der Wand hing, und zog mein Schlafshirt etwas herunter, um meine linke Schulter zu entblößen. Es war ein tägliches Ritual, dennoch hielt ich unbewusst die Luft an, während sich mir gleichzeitig der Magen umdrehte. Rund um meine Schulter und meinen Oberarm waren lauter gleichmäßige, kleine Einkerbungen, die sich von meinem Schlüsselbein bis auf mein Schulterblatt zogen. Die Haut war an diesen Stellen anders verheilt und etwas heller als der Rest, doch manche der Spuren waren noch immer so rot, als wäre die Wunde nur ein paar Tage alt und nicht beinahe ein Jahr. Und an ein paar wenigen Stellen waren die Spuren gänzlich verschwunden, als Zeichen dafür, dass ich die richtigen Seelen wieder in die Unterwelt verbannt hatte. Aber es waren noch immer viel zu wenige.

Der Anblick war eine Mahnung, dass mir nicht mehr viel Zeit blieb, um all die Wesen, die ich befreit hatte, zurück in die Unterwelt zu schicken. Eine Erinnerung daran, dass ich es schaffen musste, wenn ich auch nur die Chance haben wollte, meinen Bruder weiter suchen und eines Tages auch finden zu können.

Ironischerweise war das Erlebnis mit dem Todesboten, der mich verflucht hatte, nicht der Stoff, aus dem meine Albträume gemacht waren. Nein. Denn die begannen deutlich früher. In einer verregneten Nacht in einem winzigen irischen Dorf, wo ein kleines Mädchen nicht die geringste Ahnung davon hatte, welche Schrecken es auf der Welt gab.

Der gequälte Laut hallte noch immer in meinem Kopf nach, und ich wusste, dass es nur einen Weg gab, ihn zu vertreiben und auf andere Gedanken zu kommen.

Ingrid würde mir wahrscheinlich raten, mich ein weiteres Mal von ihr untersuchen zu lassen, schließlich war sie als Oberärztin und Medizinprofessorin für die Gesundheit aller Hunter in diesem Quartier zuständig. Allerdings wusste ich nur zu gut, dass sie nichts tun konnte. Kühlende Salben, ein Verband, irgendwelche Tabletten. Nichts davon würde die hässliche Narbe verschwinden lassen. Nur eine weitere Seele, die ich zurück in die Hölle schicken konnte. Wieder und wieder, bis ich sie alle hatte. Falls ich bis dahin überhaupt noch lebte. Aber das musste ich. Ich musste es schaffen, sonst würde ich Niall niemals wiedersehen.

Mit zusammengebissenen Zähnen riss ich mir das Shirt über den Kopf und zog meine Sportsachen an, band mir das Haar zu einem hohen Pferdeschwanz zusammen und machte mich auf den Weg. Es war früh genug, um niemandem im Quartier zu begegnen, und wer auch immer gerade Wachdienst hatte, kannte mich gut genug, um mich um diese Uhrzeit gar nicht erst anzusprechen.

Mit dem Fahrstuhl fuhr ich aus der vierundvierzigsten Etage bis ganz nach unten und trat aus dem Hinterausgang, den nur die Hunter im Quartier benutzten. Die Luft war kühl, obwohl es fast Ende Juni war, und Wolken bedeckten den Himmel. Doch sobald ich loslief, spürte ich die ersten Sonnenstrahlen des Tages auf meiner Haut, selbst wenn es noch immer leicht regnete.

Manchmal hatte es auch Nachteile, direkt in der Stadt zu leben und zu arbeiten, denn der nächste größere Park war ein ganzes Stück entfernt. Trotzdem joggte ich dorthin, drehte ein paar Runden und kehrte etwa eine Stunde später zum Tower zurück – keuchend, verschwitzt, aber überraschend energiegeladen dafür, dass ich die ganze Nacht unterwegs gewesen und so mies aufgewacht war. Und dafür, dass ich Sport eigentlich nicht mochte. Leider war das eines der wenigen Dinge, die zumindest für eine kleine Weile halfen, meine Gedanken auszuschalten. Genau wie Sex. Aber da sich Seamus nach unserem verpatzten Date nicht mehr gemeldet hatte, musste ich wohl oder übel auf Sport ausweichen.

Zurück in meinem Zimmer schnappte ich mir ein Handtuch und Wechselklamotten, dann stellte ich mich im Gemeinschaftsbad unter die Regendusche und ließ das warme Wasser auf mich herabrieseln. Erst als ich schon ein dumpfes Pochen auf meiner Haut spürte, schaltete ich die Dusche aus, trocknete mich ab, zog mich an, bürstete mir das feuchte Haar und brachte meine Sachen zurück ins Zimmer.

Wenige Minuten später machte ich mich auf den Weg nach unten in die Kantine, um mir Kaffee und etwas zu essen zu besorgen, bevor ich in die Bibliothek ging, um zusammen mit Weston und Linnea das Internet nach weiteren entflohenen Höllenwesen zu durchforsten.

Als Archivare waren sie dafür zuständig, das Wissen über all die Kreaturen zu sammeln und ebenso zu archivieren wie die Ereignisse, die die Hunter überall auf der Welt betrafen. Dafür benutzten sie nicht nur Bücher, alte Aufzeichnungen und Schriftrollen, sondern prüften und werteten uralte Legenden aller Völker und Kulturen aus, scannten das Internet mit eigens dafür programmierten Algorithmen und tauschten sich mit den Archivaren anderer Quartiere aus. Nur ein kleiner Teil der Archivare hatte sich auf die Herstellung von Amuletten aus den Überresten übernatürlicher Kreaturen spezialisiert, um ihre Magie in Steinen einzuschließen und sie den Huntern zur Verfügung zu stellen. Alles, was die Archivare taten, erforderte unendlich viel Geduld und genaueste Kleinstarbeit.

Daher war ich umso erleichterter, Weston und Linnea an meiner Seite zu haben. Zusammen suchten wir nach seltsamen

Vorkommnissen, über die in den Nachrichten und auf Social Media berichtet wurde. Geistererscheinungen. Brutale Morde, an denen kein Mensch die Schuld trug, sondern Geister. Je aggressiver, mächtiger und zerstörerischer sie waren, desto höher war auch die Wahrscheinlichkeit, dass es sich dabei um eine entflohene Seele handelte wie gestern bei der Frau, die ich mit Finns Hilfe zurückgeschickt hatte.

Schon als ich die Treppen hinunter zur Kantine nahm, spürte ich das Wummern von Bässen unter den Füßen. Mit jeder weiteren Stufe wurde es stärker – darum bog ich früher ab als geplant und betrat die Etage mit den Trainingsräumen.

Die Tür zum Raum direkt neben dem Treppenhaus stand offen, was die Lautstärke erklärte. Ich rechnete mit Finn, Dinah und Ripley oder sogar Nala, auch wenn unsere Waffenmeisterin es genauso sehr hasste zu trainieren wie ich und lieber die direkte Konfrontation auf den Straßen und in dunklen Gassen suchte. Wobei ihr bevorzugter Ort hinter dem Tresen der Bar war, die sie vor zwölf Jahren in der Stadt eröffnet hatte und die ein beliebter Treffpunkt der Hunter geworden war.

Zumindest mit einer Vermutung lag ich richtig, denn es war tatsächlich Finn, der in kurzen dunklen Shorts und einem weißen T-Shirt auf den Matten stand. Aber sein Trainingspartner war kein anderer Hunter und auch nicht Maxwell.

Es war Shaw.

Überrascht runzelte ich die Stirn, dachte aber keineswegs daran, sofort wieder zu verschwinden. Ich wollte sehen, was er draufhatte. Und, okay, vielleicht drückte ich mich auch ein bisschen davor, mich mit all den Wesen zu beschäftigen, die mich erledigen würden, sobald sie mich auch nur aus der Ferne sahen. Es war eindeutig eine nette Abwechslung, Leute um mich zu haben, die mich nicht töten wollten.

Von meiner Position im Türrahmen aus beobachtete ich, wie

die beiden Männer einander umkreisten. Sie waren so auf sich fokussiert, dass sie meine Anwesenheit nicht einmal wahrnahmen. Oder die der anderen Trainierenden im Raum. Denn nur wenige Meter entfernt drangsalierte Chris, ein Grim Hunter in den Vierzigern, gerade eine Truppe junger Hunteranwärter, die noch keine siebzehn Jahre alt sein konnten und ein bisschen blass um die Nase wirkten.

Eine Bewegung rechts von mir erregte meine Aufmerksamkeit, und ich drehte gerade rechtzeitig den Kopf, um Dinah neben mir auftauchen zu sehen.

Ich hatte Dinah King mit ihrer etwas schrulligen Art von Anfang an gemocht, und seit ich wieder in diesem Quartier lebte und arbeitete, waren wir schon ein paarmal zusammen ausgegangen. Die Frau hatte kein Problem damit, sich die Hände schmutzig zu machen, und war eine verdammt gute Jägerin. Zwei Dinge, die ich respektierte.

»Mist, ich bin schon wieder zu spät«, murmelte sie und richtete sich ihre Frisur. Vor wenigen Tagen war ihr Haar noch schwarz gewesen, nun schwangen die beiden knallgrün gefärbten Zöpfe bei jeder Bewegung hin und her. Als sie mich entdeckte, breitete sich ein Lächeln auf dem herzförmigen Gesicht der Grim Huntress aus. »Hey Rox.«

Ich schmunzelte. »Morgen, Dee. Willst du die Jungs fertigmachen?« Mit dem Daumen deutete ich Richtung Trainingsmatten.

Ein freches Funkeln trat in Dinahs Augen. »Nur einen. Einen ganz bestimmten. Und er hat es verdient, weil er mich trotz Jagd letzte Nacht so früh aus dem Bett geworfen hat.«

Als würde er spüren, dass sie von ihm sprach, drehte sich ihr Hunterpartner Ripley York am anderen Ende des Trainingsraums zu uns um und bedeutete Dinah, sich endlich zu ihm zu bequemen. Sie zwinkerte mir zum Abschied zu und ging hinein. Gleich darauf begannen die beiden mit ihrem Training, und schon nach wenigen Sekunden ging Ripley zu Boden. Er wirkte so fertig, dass er einfach flach auf der Matte liegen blieb. Zumindest so lange, bis Dinah sich zu ihm beugte und ihm die Hand hinhielt, um ihm aufzuhelfen. Ganz schlechte Idee. Ripley nutzte das sofort aus und zog sie mit sich zu Boden.

Bei dem Anblick zuckten meine Mundwinkel und ich richtete meine Aufmerksamkeit wieder auf Finn und seinen Trainingspartner.

Im Gegensatz zu Finn trug Shaw eine lange schwarze Hose und ein hellgraues Tanktop das lose herabhing. Seit er sein Zimmer bezogen hatte, waren zwar mittlerweile drei Tage vergangen, trotzdem war ich überrascht, ihn trainieren zu sehen.

Ich hatte Shaw mehr oder weniger sich selbst überlassen und war mir ziemlich sicher, dass Maxwell nicht besonders glücklich darüber war. Aber was sollte ich denn bitteschön tun? Neben Shaw herumsitzen und ihm die Hand halten, während er nach Hinweisen zu seinem Leben und seiner Identität suchte? Als ob das irgendetwas daran ändern würde, dass er noch immer ein unbeschriebenes Blatt war.

Aus dem Augenwinkel registrierte ich, wie erneut jemand neben mir stehen blieb, und spannte mich automatisch an. Ein kurzer Blick nach rechts genügte jedoch, und ich atmete erleichtert auf. Kein Maxwell. Zum Glück.

»Er ist erstaunlich talentiert.« In ihrem üblichen weißen Kittel und mit einer Akte in der Hand beobachtete Ingrid die beiden Männer.

In diesem Moment wich Shaw einer Attacke aus, rollte über den Boden, sprang auf die Beine und setzte zum Gegenangriff an.

»Das ist kein Talent«, brummte ich und wünschte mir sehnlichst einen Kaffee herbei. Und Frühstück. Ganz besonders Frühstück.

Ingrid warf mir einen nachdenklichen Seitenblick zu. »Da könntest du recht haben. Nur weil er an einer Amnesie leidet, bedeutet das nicht, dass sich sein Körper nicht mehr an die Dinge erinnert, die er irgendwann gelernt hat. Das hier sieht stark nach Muskelgedächtnis aus.«

Langsam drehte ich mich zu ihr. »Willst du damit andeuten, dass er bereits kämpfen kann?«

Statt einer Antwort zeigte sie auf die beiden. Finn schien die Oberhand zu haben, doch dann wand sich Shaw aus dessen Griff und schickte Finn mit wenigen gezielten Bewegungen zu Boden. Verblüfft riss ich die Brauen hoch. Okay, na gut. Vielleicht konnte er ja wirklich kämpfen. Das löste das Geheimnis um seine Person allerdings nicht, sondern machte ihn nur noch suspekter.

»Gut möglich, dass er bei der Polizei oder der Armee war«, überlegte Ingrid laut und raschelte mit den Papieren in ihrer Hand.

Ich warf ihr einen zweifelnden Blick zu. Wenn er zur Metropolitan Police oder auch zur City of London Police gehören würde oder sonst irgendwo im System gelistet wäre, hätte doch längst jemand nach ihm gesucht, und wir hätten seine Identität im Nu aufgeklärt.

»Er hat ein paar Narben, die darauf hindeuten könnten«, verteidigte Ingrid ihre Überlegung. Dann schloss sie die Akte seufzend wieder – offenbar war sie zur gleichen Schlussfolgerung gekommen wie ich. »Ein Hunter kann er nicht gewesen sein, denn er hat keine Tätowierung, die ihn ausweist. Vielleicht ist er also einfach nur ein Adrenalinjunkie mit einer Vorliebe für Kampfsport. Und womöglich nicht mal aus London.«

»Kann sein«, gab ich nach einem Moment zu. »Er hat einen leichten Akzent, aber ich kann ihn nicht richtig zuordnen.«

»Mit ziemlicher Sicherheit kein gebürtiger Schotte oder Ire«, fügte sie mit einem Lächeln in meine Richtung hinzu. »Ich war gerade auf dem Weg zu Maxwell. Die Untersuchungen sind abgeschlossen und Shaws Werte alle im normalen Bereich. Vom medizinischen Standpunkt aus ist er zwar unterernährt, aber gesund. Und er erholt sich schnell.«

Ich nickte nur, da ich so etwas bereits geahnt hatte. Ich war in den letzten Tagen und Nächten zwar viel unterwegs gewesen, aber wenn Ingrid die Ursache für Shaws Gedächtnisverlust gefunden hätte, dann hätte sie mich längst darüber informiert.

»Er ist aber kein Blood Hunter, oder?«, hakte ich nach, da mich ihr Kommentar mit der schnellen Heilung stutzig gemacht hatte. Denn das war eine typische Eigenschaft der Blood Hunter.

Doch Ingrid schüttelte bereits den Kopf. »Der Bluttest hat ergeben, dass er zu keiner Huntergruppe gehört.«

Genau wie ich. Doch das bedeutete nicht, dass man nicht trotzdem gegen die Kreaturen der Nacht kämpfen konnte. Oder von einem Todesboten verflucht werden konnte.

»Also gibt es aus medizinischer Sicht keinen Grund für seinen Gedächtnisverlust?«

»Nein«, bestätigte sie. »Ich habe ihn in den letzten Tagen selbst mehrmals untersucht. Natürlich besteht die Möglichkeit einer retrograden Amnesie. Diese Form tritt oft nach Traumata oder einem Sturz mit Kopfverletzung auf, aber es ist höchst selten, dass der Betroffene sein komplettes Leben vergisst. Zumal Shaw keine sichtbaren Verletzungen aufweist. Wenn du mich fragst, bleibt die ganze Sache ein Mysterium.«

»Erinnert er sich inzwischen wieder an etwas?«

Sie schüttelte den Kopf. »Er sagt Nein.«

Ich richtete meine Aufmerksamkeit wieder auf die Trainierenden. Inzwischen hatten sie sich aufgeteilt: Finn gegen Dinah, Shaw gegen Ripley. Mein Hunterpartner war verdammt gut, das musste man ihm lassen. Allerdings war Finn deutlich besser mit einem Messer in der Hand als im waffenlosen Nahkampf. Vor allem, wenn er es gegen eine Grim Huntress aufnahm, die ihm in Stärke und Geschwindigkeit in nichts nachstand. Ganz im Gegenteil. Aber das war schließlich der Grund, warum er trotz seiner in Edinburgh abgeschlossenen Hunterausbildung nach London gekommen war und bis heute regelmäßig mit Maxwell trainierte: Er wollte sich stetig verbessern.

Shaw auf der anderen Seite fehlte – und ich konnte nicht fassen, dass ich das wirklich gerade dachte – die Raffinesse, die Finn an den Tag legte. Seine Bewegungen waren weniger geschmeidig, dafür war er trotz seiner Größe überraschend schnell. Und er hatte einen ziemlich kräftigen rechten Haken drauf, wenn ich Ripleys schmerzverzerrte Miene richtig deutete. Das würde ein Veilchen im hübschen Gesicht des Magic Hunters hinterlassen. Ich gab mir keine Mühe, mein Grinsen zu verbergen.

Im Gegensatz zu den meisten Huntern bevorzugte ich den Fernkampf und war dank Amulettmagie stärker, wenn ich einen Gegner gar nicht erst so nahe an mich heranließ. Normalerweise verhinderte meine nette kleine Armbrust, dass mir irgendwer zu sehr auf die Pelle rückte. Die Begegnung mit Shaw an jenem Abend im Park und der Geist letzte Nacht waren eine Ausnahme gewesen. Damals hatte sich Shaw verflucht schnell bewegt, und ich hatte den Geist in seinem Körper dafür verantwortlich gemacht. Doch wie es aussah, gehörte diese Wendigkeit tatsächlich zu ihm selbst.

»Glaubst du ihm?«, fragte ich nach einer Weile, ohne den

Blick von den Trainierenden abzuwenden, die wieder in Angriffshaltung übergegangen waren. Mittlerweile schwitzten alle vier und atmeten schwer, doch keiner von ihnen schien an eine Pause zu denken.

Ingrid zuckte mit den Schultern. »Ich glaube, dass er sich erinnern *will*. Wenn er nicht gerade trainiert oder in seinem Zimmer ist, sitzt er die ganze Zeit in einem der Rechercheräume und sucht nach Hinweisen zu seiner Vergangenheit. Allerdings könnte ihm auch etwas so Schreckliches widerfahren sein, dass er gar nicht herausfinden *kann*, was mit ihm los ist. Du musst dir das wie einen Schutzmechanismus des Gehirns vorstellen, der verhindert, dass er das traumatische Ereignis noch einmal durchleben muss. Was auch immer das Problem mit seinem Gedächtnis ist, es scheint rein psychischer Natur zu sein, denn neue Dinge kann er sich gut merken. Er hat eine schnelle Auffassungsgabe und ist sehr wissbegierig. Jemanden wie ihn könnten wir hier gut gebrauchen.«

»Warum?«, fragte ich stirnrunzelnd. »Nur weil er kämpfen kann?«

Das machte jemanden nicht automatisch zum Hunter. Ich war das beste Beispiel dafür. Ich war eine der wenigen hier, die keine geborene Huntress war und deshalb keine natürlichen Talente mitbrachte – erhöhte Körperkraft wie Grim Hunter, Immunität gegen Vampirbisse wie Blood Hunter oder die fast schon überirdische Schönheit der Magic Hunter, um nur ein paar Eigenschaften zu nennen.

Allerdings hatte Ingrid nicht ganz unrecht, schließlich waren uns auch hier in London in den letzten paar Monaten unter mysteriösen Umständen Jäger abhandengekommen. Es gab zwar ein Team, das sofort zu einer Suche aufgebrochen war und alles dafür tat, die verschwundenen Hunter aufzuspüren, allerdings in den meisten Fällen ohne Erfolg.

André war der Letzte, der nach einer Mission nicht mehr zurückgekehrt war. Er hatte sich genau wie ich auf den Kampf mithilfe von Amuletten spezialisiert und war die zuverlässigste Person, die ich kannte. Doch das hatte ihm nicht geholfen. Sein Kampfpartner, ein erfahrener Blood Hunter, war vor knapp zwei Wochen allein ins Quartier zurückgekehrt. Blutüberströmt – und ohne André. Zu verstört und zu schwer verwundet, um sich überhaupt richtig daran zu erinnern, was passiert war. Mittlerweile hatte es eine Trauerfeier für André gegeben und seine Sachen lagerten in ein paar Kartons im Keller, während sein Zimmer noch immer leer stand.

Kurz vorher hatte es Harish erwischt. Im Gegensatz zu André hatte er nicht hier im Quartier gelebt, sondern bei seiner Familie in Brixton. Auf einer Feier hatte ich mal seine Frau Indira und seine beiden Töchter kennengelernt. Auch bei seiner Beerdigung wurde ein leerer Sarg begraben. Nur Indira wusste von seiner Tätigkeit als Hunter. Der Rest seiner Familie glaubte noch immer, Harish wäre bei einem schrecklichen Brand ums Leben gekommen. Das war die Geschichte, die Maxwell ihnen aufgetischt hatte. In Wahrheit wusste niemand, was wirklich mit ihm passiert war, auch sein Kampfpartner nicht, da Harish nie zum verabredeten Zeitpunkt aufgetaucht und auch nie mehr nach Hause zurückgekehrt war. Fast so, als hätte er sich einfach in Luft aufgelöst.

Ähnlich verhielt es sich mit dem Soul Hunter in Edinburgh, auf dessen Beerdigung Ingrid gewesen war. In der einen Nacht war er noch da gewesen und auf die Jagd gegangen, in der nächsten war er verschwunden. Niemand hatte seitdem etwas von ihm gehört.

Ein Schauder kroch mein Rückgrat hinab und sorgte dafür, dass sich die Härchen auf meinen Armen aufstellten. Diese Erlebnisse waren mir viel zu vertraut. Weil es schon mal passiert war. Nicht mitten in London oder Edinburgh, sondern vor so vielen Jahren in einem kleinen Dorf an der rauen Westküste Irlands. Damals verschwand ein kleiner Junge, und genau wie heute schien niemand eine Ahnung gehabt zu haben, wer oder was dahintersteckte. Wobei diese Fälle zeitlich und räumlich so weit auseinander lagen, dass sie gar nichts miteinander zu tun haben konnten. Dennoch kehrten meine Gedanken immer wieder zu diesem einen ganz bestimmten Moment zurück. Zu Niall. Und zum letzten Mal, als ich ihn gesehen hatte.

Ich schüttelte den Kopf und zwang meine Gedanken zurück in die Gegenwart. Nur weil wir aktuell etwas unterbesetzt waren, bedeutete das nicht, dass wir jeden x-beliebigen Kerl von der Straße rekrutieren mussten. Schon gar nicht, wenn diese Person keine Ahnung vom Übernatürlichen und … von so ziemlich allem hatte.

»Du magst ihn nicht«, stellte Ingrid ruhig fest. Sie war niemand, der mit ihrer Meinung zurückhielt, egal ob es um Persönliches oder eine professionelle Einschätzung ging, und normalerweise schätzte ich das an ihr.

Ich presste die Lippen aufeinander. »Ich kenne ihn nicht. Aber ich mag keine Geheimnisse und noch weniger mag ich es, meine Zeit zu verschwenden.«

Nachdenklich schaute sie von mir zu den Trainierenden und wieder zurück. »Du denkst, herauszufinden, was mit Shaw passiert ist, wäre Zeitverschwendung?«, hakte sie behutsam nach.

Ich warf ihr einen zweifelnden Blick zu. »In meiner Situation ist alles eine Zeitverschwendung.«

Zumindest alles, was nicht direkt damit zu tun hatte, die Wesen aufzuspüren, die ich durch meine Dummheit selbst aus der Unterwelt befreit hatte.

Ingrid zögerte kurz. Ich ahnte bereits, was gleich kommen würde – und wollte es nicht hören. »Unser letztes Gespräch ist schon eine Weile her, aber ich hoffe, du weißt, dass dir meine Tür immer offen steht, Roxy.«

»Ich brauche keine Therapiesitzung«, zischte ich.

Was ich brauchte, war eine Karte, ein Kompass, eine App oder meinetwegen auch ein Metalldetektor … Hauptsache es half mir dabei, all die Seelen aufzuspüren, die ich einfangen musste, bevor meine Zeit abgelaufen war. Für mich und für meinen Zwillingsbruder. Aber leider gab es all das nicht, und so blieb mir nur die ganz klassische Suche: Patrouillen auf den Straßen Londons, Internetrecherche nach besonders starken, boshaften und aggressiven Geistern, neben denen sogar die üblichen Kreaturen verblassten. Zum Glück konnte ich dabei auf die Unterstützung und die Ressourcen dieses Quartiers zurückgreifen. Beides hatte Maxwell mir versprochen, als ich nach Amelias Tod zu ihm gekommen war. Vielleicht lag es daran, dass sie seine Schülerin gewesen war. Vielleicht fühlte er sich deshalb für mich verantwortlich.

Was es auch sein mochte, ich war dankbar dafür. Vor allem dafür, dass er diese Sache für sich behalten und nicht alle anderen Quartiere in Europa und darüber hinaus über meinen Fehler informiert hatte.

»Nein, natürlich brauchst du das nicht.« Die Ironie in Ingrids Stimme war nicht zu überhören. Sie war nicht nur unsere Ärztin, sondern setzte sich auch regelmäßig mit jedem einzelnen Teammitglied zusammen, um zu reden.

Ich wusste nicht mal, ob sie eine ausgebildete Therapeutin oder Psychologin war, aber sie konnte verdammt gut zuhören. Zu gut. Und obwohl ich mir zu einhundert Prozent sicher war, dass alles, was ich ihr erzählte, vertraulich behandelt wurde, mochte ich über gewisse Themen gar nicht erst sprechen. Manche Dinge wollte ich einfach nur vergessen, statt sie wieder ans Licht zu zerren.

»Halt mich auf dem Laufenden, was Shaw angeht, ja?« Ich vermied es, zu ihm und den anderen zurückzusehen und kehrte dem Trainingsraum den Rücken zu. Höchste Zeit, mir endlich einen Kaffee und etwas zu essen aus der Kantine zu holen und mich in der Bibliothek an die Arbeit zu machen.

Doch die Kampfgeräusche und die laute Musik folgten mir bis ins Treppenhaus, und irgendetwas sagte mir, dass das Thema Shaw damit nicht abgeschlossen war. Noch lange nicht.

7. KAPITEL

Shaw

Jeder Muskel in meinem Körper tat weh. Wahrscheinlich war es nicht die klügste Idee gewesen, mich so kurz nach meiner Nahtod-Erfahrung von Finn heute Morgen zu einer Trainingsrunde überreden zu lassen, aber – verdammt! Es hatte so verflucht gutgetan. Nicht nur die Bewegung, sondern auch aktiv etwas tun zu können. Etwas, das ich selbst beschloss und das nicht andere für mich bestimmten. Sei es die Oberärztin, die Hunter oder irgendein Geist, der sich in meinem Körper festsetzte.

Und vor allem war es etwas, das nicht wieder und wieder in einer Sackgasse endete, wie die Suche nach meiner Vergangenheit. Denn ganz egal, welchen Hinweisen ich nachgegangen war und welche Ideen ich ausprobiert hatte, am Ende des Tages saß ich immer wieder frustriert im Rechercheraum neben der Bibliothek, weil ich nichts gefunden hatte. Nicht heute, nicht gestern und morgen vermutlich auch nicht. Aber ich konnte nicht aufhören. Ich musste es wenigstens versuchen.

Seit meinem kleinen Spaziergang mit Maxwell in den Park vor knapp einer Woche hatte ich das Quartier nicht mehr verlassen. Und auch jetzt hatte ich es nicht wirklich vor. Trotzdem nickte ich nun der wachhabenden Huntress in der untersten Etage des Quartiers zu, meldete mich gehorsam ab und nahm den Aufzug nach unten in die Tiefgarage.

Es war schon fast Mitternacht und die Papiertüte in meiner Hand raschelte leise. Finn hatte eindeutig etwas gut bei mir, nachdem er extra losgezogen war und mir eine ganze Tüte voll mit Fast Food besorgt hatte. Der Geruch nach Fett, Pommes und Burgern breitete sich im ganzen Fahrstuhl aus und sorgte dafür, dass mein Magen erwartungsvoll knurrte. Falls ich Roxy verpassen sollte, würde ich all diese Burger eben allein verspeisen.

Nach einer knappen Minute öffneten sich die Türen, und ich stand in der Tiefgarage. Allein. Mitten in der Nacht. Falls da draußen noch irgendwelche Geister herumschwirrten, wirkte das hoffentlich nicht wie eine Einladung auf sie. Denn von diesen Wesen hatte ich fürs Erste wirklich genug.

Ich lehnte mich ans Geländer neben den Fahrstühlen und verfluchte die Tatsache, dass ich weder Armbanduhr noch Handy besaß. Ich hatte nicht die geringste Ahnung, ob ich zu früh oder schon zu spät dran war und Roxy womöglich bereits zurück im Quartier war. Auch meine Klamotten waren nicht meine eigenen, sondern die Standardsachen der Hunter, die jeder hier zur Ausbildung erhielt: eine schwarze Sporthose, ein schwarzes T-Shirt und Schuhe in – Überraschung! – derselben Farbe.

Seufzend legte ich den Kopf in den Nacken und versuchte die widersprüchlichen Gerüche von Fast Food, Benzin und Abgasen auszublenden. Es war vollkommen still, dafür schienen die Geräusche von draußen, aus der Stadt, hier unten wesentlich näher zu sein als in den einzelnen Etagen des Quartiers. Nicht zum ersten Mal in den letzten Tagen wurde mir bewusst, dass ich gehen könnte. Einfach hier rausmarschieren und niemals zurückkehren. Das hatte Maxwell mir schließlich angeboten. Aber was dann? Was sollte ich tun? Zur Polizei gehen und mich selbst als vermisst melden? In ein Krankenhaus spazieren und mich den gleichen Untersuchungen erneut unterziehen? Untersuchungen, die ich nicht bezahlen konnte, da ich weder Geld noch eine Versicherung hatte – zumindest keine, an die ich mich erinnerte.

Nein. In den letzten drei Tagen hatte ich dieses Szenario wieder und wieder im Kopf durchgespielt und war jedes Mal zum selben Ergebnis gekommen: Da draußen hatte ich keine Chance. Völlig egal, ob die Hunter tatsächlich die Guten waren – und woher wusste ich das schon? Sie könnten genauso gut die Bösen sein oder Teil einer abgefahrenen Sekte. Was auch nicht weniger seltsam klang als das ganze Gerede von Geistern, Hexenwesen und übernatürlichen Kreaturen. Beides war gleichermaßen beunruhigend. Doch ganz egal, was ich von den Huntern halten mochte, bisher hatten sie nur versucht, mir zu helfen. Na ja, von dem etwas holprigen Start mit Roxy und der Tatsache abgesehen, dass ich beim Aufwachen ans Bett gefesselt gewesen war. Ein Vorfall, der sich glücklicherweise nicht wiederholt hatte.

Aber selbst wenn sich alles nur als großer Humbug herausstellen sollte und alle Hunter in Wahrheit unter Wahnvorstellungen litten – an einer Sache würde das nichts ändern: Roxy hatte mir das Leben gerettet. Ingrid zufolge nicht nur dadurch, dass sie diesen Geist aus meinem Körper geschmissen hatte, sondern indem sie rechtzeitig Erste Hilfe geleistet hatte. Wäre sie nicht gewesen, würde ich jetzt mit ziemlicher Sicherheit unter der Erde liegen.

Ein gedämpftes Fluchen hallte von den Wänden wider.

Ich zuckte zusammen und sah mich um. War ich bis eben nicht felsenfest davon überzeugt gewesen, allein zu sein? Oder gab es hier unten tatsächlich Geister? In derselben Sekunde, in der diese Frage in meinem Kopf auftauchte, verpasste ich mir in Gedanken einen Tritt. Blödsinn. Wenn es in der Tiefgarage jemals gespukt haben sollte, hätten die Hunter längst alles ausgetrieben, was sich austreiben ließ. Dennoch war ich mir sicher, etwas gehört zu haben.

Widerstrebend verließ ich meinen Posten neben dem Fahrstuhl und spähte um die Ecke. Und tatsächlich: Ich war nicht allein. Denn da stand eine große Gestalt mit weißem Haar über die Motorhaube eines Autos gebeugt und murmelte leise vor sich hin.

Von allen Huntern, die ich hier unten treffen könnte, hätte ich mit Maxwell am wenigsten gerechnet. Von Roxy war nach wie vor keine Spur zu sehen, also ging ich langsam zu ihm hinüber.

Beim Näherkommen glitt mein Blick bewundernd über den Wagen. Schwarz. Klassisch. Luxuriös. Definitiv keiner der Schlitten, die ich tagtäglich in Spielfilmen und Serien zu sehen bekam.

»Wenn du dich schon anschleichst, kannst du dich auch nützlich machen«, grummelte Maxwell, ohne sich zu mir umzudrehen, und deutete auf den Werkzeugkasten neben sich.

Ich stellte die Tüte mit dem Fast Food auf der Motorhaube des daneben parkenden Wagens ab und betrachtete interessiert das Innere des Motorraums.

»Was ist das Problem?«

»Das Alter«, erwiderte er. »Dieser Bentley ist eine kleine Diva, aber ich kann mich einfach nicht davon trennen.«

Ich schnaubte amüsiert.

Zum ersten Mal warf er mir einen Blick zu. Er war ganz ähnlich gekleidet wie bei unserer ersten und bisher einzigen Begegnung, doch anders als in der Bibliothek trug er diesmal kein Tweedsakko und auch kein Einstecktuch. Die Hemdsärmel hatte er bis zu den Ellenbogen hochgekrempelt, und ich starrte einen Augenblick lang wie gebannt auf die zahlreichen farbigen Tattoos, die seine Unterarme bedeckten. Huh. Wer hätte das ahnen können?

Maxwell zog eine antik wirkende Taschenuhr aus der Hosentasche und klappte sie auf. Auf der einen Seite war das Ziffernblatt, auf der anderen ein runder Stein, ähnlich wie der von Roxy, nur von einem noch dunkleren Blau. »Was machst du um diese Zeit hier?«

Mit dem Daumen deutete ich auf die Papiertüte. »Mich mit Roxy gutstellen.«

Bildete ich mir das ein oder huschte da ein kleines Lächeln über seine Züge? Der Moment war so kurz, dass ich nicht sicher war, ob es wirklich passiert war.

»Ingrid hat mir deine Untersuchungsergebnisse vorgelegt«, sagte er und verschwand wieder unter der Motorhaube. »Und Finn MacLeod hat mir von eurem Training heute berichtet.«

»Und?«, hakte ich nach und versuchte dabei nicht zu neugierig zu klingen.

Maxwell prüfte den Keilriemen und gab ein abschätziges Geräusch von sich. »Da haben wir ja den Übeltäter.« Er lehnte sich zum Werkzeugkasten, aber ich hielt ihm bereits ein Werkzeug hin. Stirnrunzelnd nahm er es an sich. »Woher weißt du, dass ich einen Kreuzschraubenzieher wollte?«

Ich zuckte mit den Schultern. »Gut geraten.«

Maxwell gab ein undefinierbares Geräusch von sich und machte sich an die Arbeit. Sekundenlang herrschte Schweigen, während er Schrauben löste und einen Schlauch abmontierte.

»Ingrid zufolge bist du gesund.« Er wechselte das Werkzeug, um an anderer Stelle herumzuschrauben. »Und Finn gibt es zwar nicht gerne zu, aber du scheinst schnell zu sein und was vom Kämpfen zu verstehen.« Er warf mir einen kurzen Blick über die Schulter zu. »Um ehrlich zu sein, weiß keiner so recht, woher der Gedächtnisverlust stammt. Wenn du also gehen willst, um anderswo dein Glück zu versuchen, wird dir niemand einen Vorwurf machen.« Maxwell richtete sich auf, legte den alten Keilriemen beiseite und wischte sich die Hände an einem Tuch ab. »Wenn du aber bleiben willst …«

Aus irgendeinem Grund hämmerte es in meinem Brustkorb los.

»Dann …?«, hakte ich nach und sah mich kurz um, ehe ich ihm den neuen Keilriemen gab.

»Dann kannst du dich zum Hunter ausbilden lassen. Du hast ja schon Erfahrung mit dem Übernatürlichen gemacht und weißt Bescheid«, fügte er hinzu und beugte sich wieder über den Motor, um den neuen Keilriemen zu befestigen.

Nachdenklich rieb ich mir über den Nacken. »Geht das denn so einfach? Muss man nicht zum Hunter geboren sein?«

Ich meinte, ich hatte so etwas gelesen oder von jemandem gehört. Aber auch ohne Erinnerungen war ich mir ziemlich sicher, kein geborener Hunter mit irgendwelchen coolen Fähigkeiten zu sein. Und die Sache mit den Amuletten und der Magie war gruselig genug. Die überließ ich lieber anderen.

»Ja und nein«, antwortete Maxwell nach einem Moment und schaffte es tatsächlich, dabei so zu klingen, als würden wir uns bei einem Bier im Pub über das Thema unterhalten. Oder zur Teatime mit ein paar Schnittchen, je nachdem, was ihm lieber war. »Die meisten hier im Quartier sind geborene Jäger und stammen von alten Hunterfamilien ab. Es gibt vier Gruppen: Blood Hunter jagen alle Kreaturen, die Blut konsumieren. Magic Hunter jagen Hexen und magische Wesen, während Soul Hunter für die Geister zuständig sind und Grim Hunter sich um alle anderen Kreaturen kümmern. Ich bin ein Magic Hunter«, fügte er hinzu, zog seine Taschenuhr erneut aus der Hosentasche und klappte sie auf. Aus der Nähe betrachtet wirkte es so, als leuchte ein goldenes Feuer im Inneren des

Steins. »Die meisten von uns benutzen Amulette, weil uns die Arbeit damit im Gegensatz zu allen anderen besonders leicht fällt. Finn ist ein Grim Hunter und der erste seiner Familie.«

»Und Roxy?« Die Frage war mir über die Lippen gekommen, bevor ich sie aufhalten oder auch nur darüber nachdenken konnte. Doch zurücknehmen wollte ich sie nicht.

»Roxy ist eine freie Huntress, das heißt, sie gehört zu keiner der vier Huntergruppen. Aber sie ist äußerst talentiert und wurde jahrelang von einer unserer stärksten Magic Huntresses in Amulettmagie ausgebildet. Deshalb ist sie darin so gut, auch wenn ich wirklich wünschte, sie würde sich mehr für den Nahkampf interessieren.« Maxwell klappte die Taschenuhr wieder zu und steckte sie ein. Mit einem Kopfnicken deutete er auf den Wagen. »Starte mal den Motor.«

Ich tat, was er verlangte, öffnete die Fahrertür des Bentleys und glitt hinters Steuer. Erst als ich den Schlüssel umgedreht hatte und der Wagen losschnurrte, wurde mir bewusst, dass die Bewegungen völlig automatisch geschehen waren. Anscheinend konnte ich Auto fahren. Das war doch mal eine erfreuliche Entdeckung.

»Sehr gut.« Maxwell gab mir ein Zeichen und ich schaltete den Motor wieder aus.

»Heißt das, jeder kann einfach so vorbeikommen und sich zum Hunter ausbilden lassen?«, wollte ich nach dem Aussteigen wissen und drückte die Tür besonders sanft zu. Maxwell schien viel an diesem Wagen zu liegen und ich wollte es mir auf keinen Fall mit ihm verscherzen.

»Jeder, der über das Übernatürliche Bescheid weiß und den notwendigen Willen und das Talent mitbringt«, bestätigte er und schloss die Motorhaube behutsam, dann tätschelte er den Wagen.

»Ich werde drüber nachdenken«, murmelte ich und sah auf,

als ein Brummen die Tiefgarage erfüllte. Ein weiteres Auto fuhr herein und steuerte einen Stellplatz am anderen Ende der Garage an.

Maxwell packte seine Sachen ein und nickte mir noch einmal zu. Wieder meinte ich, ein kurzes Zucken in seinen Mundwinkeln wahrzunehmen – und wieder war ich nicht sicher, ob es wirklich da gewesen war. Dann ließ er mich stehen … was ich jedoch nur am Rande mitbekam, denn in diesem Moment wurde die Fahrertür des dunkelgrünen Land Rovers geöffnet. Mein Herz machte einen nervösen Satz und ich hatte nicht mal gemerkt, dass ich unbewusst die Luft angehalten hatte, bis ich sie bei Roxys Anblick ausstieß.

Seit Roxy mich in meinem Zimmer abgeliefert hatte, hatte ich nicht mehr viel von ihr gesehen – und das, obwohl sie angeblich den Babysitter für mich spielen sollte. Heute Abend hatte ich damit gerechnet, sie wieder in einem bunten Oberteil und dieser weiten schwarzen Hose oder einem ähnlichen Look anzutreffen. Was ich definitiv nicht erwartet hatte, war das dunkelrote Kleid, das wie eine zweite Haut an ihrem Körper klebte und ihr nicht mal bis zur Mitte der Oberschenkel reichte. Und noch weniger hatte ich mit der Wirkung gerechnet, die dieser Anblick auf mich hatte.

Mein Blick wanderte wie von selbst an ihr auf und ab. Von dem mörderischen Kleid über ihre langen Beine bis hinunter zu den High Heels mit so hohen Absätzen, dass Roxy und ich beinahe auf Augenhöhe waren, dann langsam wieder hoch, über jede ihrer Kurven bis hin zu ihrem Gesicht. Sie war geschminkt, ihre Lippen glänzten in einem noch dunkleren Rot als ihr Kleid, und das lange hellblonde Haar hatte sie zu einem hohen Pferdeschwanz zusammengebunden. Als sie mich entdeckte, zögerte sie kurz, fing sich jedoch schnell wieder und kam mit ihren üblichen entschlossenen Schritten näher. Nur noch wenige Meter trennten uns, da registrierte ich die Schatten unter ihren Augen, den blassen Teint und die Müdigkeit, die in jeder Bewegung mitschwang.

»Was machst du hier?«, fragte sie und zog die Brauen zusammen, die eine Spur dunkler waren als ihr Haar.

»Konnte nicht schlafen«, antwortete ich verspätet und räusperte mich, damit meine Kehle nicht mehr so verflucht trocken war. »Außerdem hab ich was für dich.« Mit diesen Worten riss ich mich aus meiner Erstarrung, griff nach der Papiertüte, die noch immer auf dem Wagen neben mir stand, und setzte mich in Bewegung. Vor dem Aufzug, in dem Maxwell vor wenigen Sekunden verschwunden war, blieben wir beide stehen.

Falls Roxy den Inhalt nicht schon aus der Ferne anhand des Geruchs vermutet hatte, wusste sie spätestens jetzt eindeutig, was sich in der Tüte befand. Ihre missmutige Miene hellte sich auf und ich meinte beinahe, so etwas wie ein Lächeln zu sehen.

»Woher …?«

Ich zuckte lässig mit einer Schulter. »Finn hat mir verraten, dass du eine Schwäche für Fast Food hast. Sieh es als Dankeschön an.«

»Als Dankeschön?«

»Dafür, dass du mir das Leben gerettet hast. Aber nur die Hälfte davon ist für dich«, fügte ich eilig hinzu, während ich ihr die Tüte überreichte. »Die andere Hälfte ist für mich. Ich bin am Verhungern.«

Roxy öffnete die Verpackung und atmete tief ein. Diesmal war ich mir ganz sicher, dass ihre Mundwinkel zuckten. »Also ist es nur ein halbes Dankeschön?«, neckte sie mich leise.

Ich grinste. »Sozusagen. Wo willst du essen? Hier?« Ich deutete um mich. Wir waren umringt von Autos und Motorrädern, die – wie ich vermutete – alle den Huntern gehörten. Da das Quartier vom restlichen Gebäude abgetrennt war, galt das mit ziemlicher Sicherheit auch für die Tiefgarage. »Oder sollen wir hoch in die Kantine fahren?«

Doch Roxy schüttelte bereits den Kopf. Sie lehnte sich neben mir gegen das Geländer und holte den ersten Burger heraus. Dann reichte sie mir die Tüte und ich bediente mich ebenfalls.

Eine Weile aßen wir schweigend, einzig unterbrochen vom gelegentlichen Rascheln des Papiers und genießenden Seufzern. Ich hatte zwar keinen Vergleich, aber das Zeug, das Finn besorgt hatte, schmeckte verdammt gut.

»Wo kommst du eigentlich her?«, fragte ich schließlich und musterte sie ohne jede Scheu erneut von oben bis unten. Der Anblick gefiel mir noch immer. »Von einem Date? Oder von der Jagd?«

Sie schnaubte amüsiert. »Von einem viel zu kurzen Date und dann von der Arbeit«, nuschelte sie und schluckte einen Bissen hinunter. »Unsere Waffenmeisterin Nala Madaki hat einen Pub nicht weit von hier. Ich bin eine ihrer Barkeeperinnen.«

»Tatsache?« Ich wusste nicht, warum mich das so überraschte.

»Was denn? Dachtest du etwa, Hunter könnten von Luft, Liebe und vernichteten Kreaturen leben?« Amüsiert schnappte sie sich ein paar Pommes und schob sie sich in den Mund. »Wir können zwar im Quartier wohnen, essen und trainieren, weil Maxwell alles finanziert, aber irgendwie müssen wir auch unser Geld verdienen.«

So war das also. Interessant.

»Hat jeder von euch einen Job?«

»Die meisten.« Roxy zuckte mit den Schultern. »Ingrid ist Dozentin an derselben Uni, an der auch Finn und Dinah einige Kurse besuchen. Maxwell stammt aus einer reichen Adelsfamilie und muss nicht arbeiten, genauso wenig wie Weston, sein Großneffe. Manche von uns gehen tagsüber einem ganz normalen Job nach, andere sind Schichtarbeiter und wieder andere, wie Ripley und Dinah, bieten ihre Dienste als Jäger der normalen Bevölkerung an, um über die Runden zu kommen.«

»Der normalen Bevölkerung?«, wiederholte ich ungläubig und verschlang den letzten Happen meines Burgers. »Wie funktioniert das?«

»Na ja, es gibt immer ein paar Verrückte, die glauben, einen Geist gesehen zu haben, oder denken, dass es bei ihnen spukt. Nur dass die meisten gar nicht verrückt sind, sondern tatsächlich etwas Übernatürlichem auf der Spur. Netterweise sind viele von ihnen bereit, Jäger wie uns dafür zu bezahlen, alles in Ordnung zu bringen.«

»Wow«, murmelte ich und holte einen zweiten Burger aus der Tüte, die mittlerweile zwischen uns auf dem Boden stand. Fragend hielt Roxy mir die Pommes-Packung hin, und ich bediente mich daran, bevor ich den Burger auspackte und hineinbiss. In meinem Kopf waren so viele Fragen, aber ich wusste, dass ich sie nicht alle heute Nacht stellen konnte, also entschied ich mich für die wirklich wichtigen Dinge. »Hat jeder Hunter ein Tattoo?«

Überrascht hielt Roxy im Kauen inne. Dann nickte sie schließlich.

»Ich hab das von Finn beim Training gesehen und er hat mir davon erzählt«, erklärte ich und erinnerte mich an das Symbol, das aus einem Kreis bestand, der in vier gleiche Teile unterteilt war. In diesen Teilen waren weitere Muster und in der Mitte eine Mondsichel zu sehen gewesen – das Zeichen für die Grim Hunter.

Direkt darunter befand sich eine Kombination aus Zahlen und Buchstaben, deren Sinn und Zweck sich mir noch nicht erschlossen hatte. Aber zumindest die Initialen FM für Finn MacLeod hatte ich erkannt.

»Er trägt sein Tattoo auf der Brust, direkt über dem Herzen«, sprach ich weiter. »Ziemlich kitschig, wenn du mich fragst, und außerdem bei *Supernatural* geklaut.«

Ein Schnauben neben mir. Als ich den Kopf zu ihr drehte, lachte Roxy. Oder erstickte halb an ihrem Burger. So sicher war ich mir da nicht.

»Alles klar?«, fragte ich belustigt. »Soll ich dir auf den Rücken klopfen? Oder brauchst du Erste Hilfe? Dann könnte ich mich schneller revanchieren, als ich dachte.«

Sie schüttelte den Kopf und fächelte sich mit der Hand Luft zu. »Alles gut«, krächzte sie.

Leider hatte ich nicht daran gedacht, etwas zu trinken mitzunehmen, sonst hätte ich ihr das jetzt anbieten können. Stattdessen behielt ich sie im Auge, bis sie außer Lebensgefahr zu sein schien.

»Wo ist dein Huntertattoo?« Wieder ließ ich den Blick an ihrem Körper entlanggleiten. Dieses Kleid bedeckte wirklich nicht viel davon, trotzdem konnte ich keine Tätowierung ausmachen. Nirgendwo blitzte auch nur der Hauch von schwarzer Tinte hervor. »Auch über dem Herzen?«

Roxy prustete leise. »Definitiv nicht.«

»Sondern …?«

Statt einer Antwort lächelte sie nur und schob sich die letzten Pommes in den Mund.

»Du wirst es mir nicht verraten, oder?«

»Nope.«

Ich seufzte, gab aber nach. »Spielverderberin«, murmelte ich leise, aber deutlich genug, dass sie es hören konnte. »Übrigens kann ich mich inzwischen an etwas erinnern.«

Roxy erstarrte. »Wirklich? Woran?«

Ich ließ mir Zeit mit der Antwort, biss von meinem Burger ab, kaute genüsslich und schluckte runter, bevor ich zu einer Antwort ansetzte.

»Nur an eine Sache. Einen Satz, um genau zu sein«, fügte ich hinzu und nahm den nächsten Bissen.

Roxy schmälerte die Augen. »Spann mich bloß nicht auf die Folter«, murmelte sie sarkastisch.

»Du bist zu heiß zum Sterben.«

Sie blinzelte. Starrte mich an. Und runzelte dann die Stirn. »Wie bitte?«

»Aww, weißt du etwa nicht mehr, was du selbst gesagt hast?«

Denn ich wusste es noch. Ihre Stimme und diese Worte hatten sich in meinem Bewusstsein verankert, auch wenn es eine Weile gedauert hatte, bis sie mir wieder eingefallen waren und ich sie richtig zuordnen konnte. Weil es kein Bild dazu gab. Keine Empfindung. Keine andere Wahrnehmung außer absoluter Finsternis und Roxys Stimme, die mir diese Worte zuraunte.

»Ich bin mir ziemlich sicher, dass ich das nicht gesagt habe«, behauptete sie, reckte das Kinn und verschränkte dabei die Arme vor der Brust. Mehr Abwehrhaltung ging kaum.

Ich gluckste leise. »Okay.«

»Okay?«, wiederholte sie und musterte mich aus zusammengekniffenen Augen. »Das ist alles? Du bestehst nicht darauf? Versuchst mich nicht zu überzeugen? Fängst keine Diskussion an?«

»Das ist alles«, bestätigte ich, schob mir den letzten Happen in den Mund und knüllte die Verpackung zusammen. Roxy beobachtete mich argwöhnisch, während ich das ganze Papier einsammelte, in der Tüte verstaute und diese in den nächsten Mülleimer warf. Ihr skeptischer Blick lag noch immer auf mir, als ich zu ihr zurückkam und dann mit dem Daumen auf den

Fahrstuhl deutete. »Sollen wir rauf? Da ist noch ein Film, den ich zu Ende schauen will.«

Wortlos drückte sie auf den Knopf und wir warteten, bis der Aufzug kam und die Metalltüren vor uns aufgingen. Drinnen drückte Roxy auf die Nummer vierundvierzig, wo sich sowohl ihr als auch mein Zimmer befand, und gab den Code ein, dann schlossen sich die Türen wieder und der Fahrstuhl setzte sich mit einem kleinen Ruck in Bewegung.

»Was für ein Film?«, fragte Roxy schließlich. Sie starrte geradeaus, statt mich anzusehen, aber hatte die Arme nicht mehr wie sonst vor der Brust verschränkt. Nur ihre Hände waren an ihren Seiten zu Fäusten geballt.

Hm. Bei unserer ersten Fahrt hatte ich ihre Anspannung noch auf ihre Gereiztheit und meine Anwesenheit geschoben, doch jetzt war ich mir da nicht mehr so sicher. Hatte es vielleicht ganz andere Gründe?

»*Pride and Prejudice and Zombies*«, antwortete ich zeitverzögert, während ich in Gedanken noch immer Theorien darüber aufstellte, was mit ihr los war.

Ganz langsam drehte sie sich zu mir um. »Du verarschst mich doch.«

»Ähm, nein?« Ein unsicheres Lächeln brach sich Bahn. »Warum?«

»Weil keiner hier diesen Film kennt. Keiner! Wenn überhaupt kennen sie nur das Original, aber nicht die Zombieversion.«

»Eine Schande«, murmelte ich. »Ich bin zwar noch nicht besonders weit, aber bisher ist der Film echt gut.«

»Und wie«, bestätigte Roxy und musterte mich noch einen Moment, sah dann aber wieder nach vorne.

Ich nickte und beobachtete, wie die Zahlen auf der Anzeige immer weiter nach oben wanderten. Bald hatten wir schon die

Etagen erreicht, die den Huntern gehörten, und dann würden sich unsere Wege trennen. Seltsamerweise würde ich das gerne noch etwas länger hinauszögern. Ich wollte nicht, dass dieses Gespräch schon endete, denn es war das erste richtige, das wir führten. Und das nichts damit zu tun hatte, dass sie mich von einem Geist befreit und mich jetzt auf Befehl des Chefs an der Backe hatte.

»Zombies sind aber kein Ding, oder?«, hakte ich nach und warf ihr einen fragenden Seitenblick zu. »Sie sind nicht real?«

Roxy prustete leise. »Sind sie nicht.«

»Gut.« Ich nickte erleichtert. »Was ist mit Dämonen? Besetzen sie Körper wie bei *Der Exorzist* oder *Constantine*? Muss ich mir Kruzifixe und einen Jahresvorrat an Salz zulegen und Kreuzungen ab jetzt meiden?«

Ihre Mundwinkel zuckten. »Nein, nein, nein und noch mal nein.«

»Huh … Und Vampire? Gibt es die wirklich?«

Diesmal zögerte sie einen Moment, schüttelte dann jedoch den Kopf. »Nope.«

Puh, Gott sei Dank. Die Viecher, die aus ihren Gräbern kletterten, waren noch gruseliger als Dämonen und Hirn fressende Zombies. Aber vielleicht hatte ich auch nur ein paar Folgen zu viel *Buffy* geschaut.

Bevor ich nach weiteren Wesen fragen konnte, erreichten wir die vierundvierzigste Etage, und die Türen glitten vor uns zur Seite. Obwohl oder gerade weil es mitten in der Nacht war, war es hier oben völlig still. Gut möglich, dass wir die einzigen Leute auf dieser Etage waren, schließlich dürften die meisten Hunter auf den Straßen Londons auf Patrouille sein.

Roxys Zimmer kam noch vor meinem. Ich nickte ihr zu und wollte schon weitergehen, als ich plötzlich meinen Namen hörte.

»Hey, Shaw?«

»Ja?« Ich drehte mich zu ihr um.

Ein winziges Lächeln umspielte ihre Lippen. »Danke für das Essen.«

Ich hielt ihren Blick einen Moment lang fest, dann zog ich die Mundwinkel in die Höhe. »Immer wieder gerne, Darling.«

8. KAPITEL

Roxy

Drei Monate später

Der Sommer in London kam und ging so schnell und war derart verregnet, dass ich das Gefühl hatte, überhaupt keinen richtigen Sommer erlebt zu haben. Was auch daran liegen konnte, dass ich zusammen mit Finn mehrere Kurztrips durch Europa unternommen hatte, um entflohene Seelen zurück in die Unterwelt zu befördern. Außerdem sollte das Wetter für jemanden, der hauptsächlich nachtaktiv war und in dieser Zeit im Pub arbeitete oder auf die Jagd ging, wahrscheinlich keine besonders große Rolle spielen.

Dennoch war ich an diesem Septemberabend froh über die letzten Sonnenstrahlen, deren Licht den Russell Square erfüllte. Ich schlenderte durch den Park und nippte an meinem Kaffee, den ich mir im Café an der Ecke gekauft hatte.

Das erste Trimester hatte gerade begonnen und überall wimmelte es nur so von Studenten. Sie saßen auf den Wiesen im Park und in den nahe liegenden Cafés zusammen, eilten in ihre nächsten Kurse, schlenderten in Grüppchen mit Rucksäcken und Laptoptaschen zur nächsten Bibliothek, unterhielten sich über ihr Studium und ihre Zukunftspläne, lachten, scherzten und planten ihr Wochenende.

Obwohl ich keine von ihnen war, genoss ich es, hier zu sein, und liebte die Atmosphäre rund um den Russell Square zwischen den modernen und altehrwürdigen Gebäuden, dem Summen der Gespräche, der Hektik und der lockeren Art der Leute. Niemand hier wusste, wer ich war oder was ich Nacht für Nacht tat. Ich könnte genauso gut eine von ihnen sein. Eine ganz normale Studentin des University College Londons, die genau wie sie versuchte, an ihre Punkte zu kommen, ihre Kurse zu überstehen und ihren Abschluss zu machen.

Das hier war der Ort, an den ich kam, um nachzudenken. Zuerst hatte ich zur Recherche die Bibliotheken mit ihren alten Dokumenten aufgesucht, die man nirgendwo sonst fand, doch mittlerweile machte es mir Spaß, durch den Park und zwischen den Gebäuden herumzuschlendern und wenigstens für eine kleine Weile so zu tun, als würde ich dazugehören. Dieser Ort, diese ganze Atmosphäre half mir dabei, mich auf etwas Alltägliches, auf etwas Normales zu konzentrieren, und lenkte mich gleichzeitig von all den anderen Dingen in meinem Leben ab. Allen voran von der tickenden Uhr über meinem Kopf.

Doch sosehr ich diese winzige Auszeit hier genoss, wusste ich auch, dass ich nicht ewig hierbleiben konnte. Seufzend trank ich meinen Kaffee aus und schmiss den Becher in den nächsten Mülleimer, dann machte ich mich auf den Weg zurück zu meinem Wagen.

Die meisten Studenten benutzen die öffentlichen Verkehrsmittel, aber die mussten auch nicht jederzeit mit dem Auftauchen eines Geistes oder einer anderen übernatürlichen Kreatur rechnen. Außerdem trugen sie mit ziemlicher Sicherheit keine Pistolenarmbrust samt Bolzen mit sich herum, um für alles gewappnet zu sein. Diese Sachen lagen, sobald ich das Quartier verließ, im Kofferraum meines Wagens, für den Fall, dass ich sogar hier mitten am Tag in Aktion treten musste.

Je näher ich dem Ausgang kam, desto lauter wurde es um mich herum. Bis eben hatte ich noch vor allem die Stimmen der Studenten gehört, doch sobald ich den Park verließ, übertönte der Verkehrslärm alles. Ich steuerte die ruhigere Seitenstraße beim Gordon Square Garden an, wo ich den dunkelgrünen Land Rover schräg gegenüber der Dr. Williams Library geparkt hatte. So wie jedes Mal, ganz gleich, ob ich die Bibliotheken aufsuchte, mir die Fakultätsgebäude anschaute oder nur durch die Parks spazierte.

Ich suchte in meiner Umhängetasche nach dem Schlüssel, den ich vorher achtlos hineingeworfen hatte. Als ich ihn endlich gefunden hatte und den Kopf hob, blieb ich abrupt stehen. Denn ich war nicht allein.

Als hätte er nicht die geringste Sorge der Welt, lehnte Shaw an der Motorhaube des Land Rovers und sah mir mit verschränkten Armen entgegen. Unsere Blicke trafen sich, und er zog langsam einen Mundwinkel in die Höhe.

Ich ignorierte jede Wirkung, die sein Anblick auf mich hatte, und zwang mich dazu, mich wieder in Bewegung zu setzen.

Shaw hatte sich in den letzten Monaten verändert. Aus dem abgemagerten, heruntergekommenen jungen Mann, der mich im Ravenscourt Park angegriffen hatte, war … jemand anderes geworden. Langsam wanderte mein Blick an ihm aufwärts. Von den braunen Boots über die verwaschene dunkelgraue Jeans bis zu dem schwarzen T-Shirt, das seinen Brustkorb und die Muskeln seiner Arme umspannte. Muskeln, die er sich in den vergangenen Wochen mit jedem Gewichtheben und jedem Übungskampf hart antrainiert hatte. Wie an den meisten Tagen hatte er sich nicht rasiert, und der Dreitagebart verlieh ihm etwas Verwegenes, selbst wenn ich das nur ungern zugab. Schon gar nicht laut. Aber mit dem dunklen, leicht gelockten Haar, das ihm in die Stirn fiel, den klaren goldbraunen Augen und dem markanten Kinn sah er eindeutig attraktiv aus. Und mittlerweile schien er sich dessen auch sehr bewusst zu sein.

Als ich vor ihm stehen blieb, umspielte das kleine Schmunzeln noch immer seine Lippen.

»Verfolgst du mich?«, fragte ich stirnrunzelnd.

Shaws Mundwinkel verzogen sich zu einem breiten Lächeln. »Nein, aber ich hab den Wagen gesehen. Außerdem weiß ich, dass du öfter herkommst.«

Er wusste das? Aber wie …? Woher …?

»Und was machst du jetzt hier?«

Er zuckte nur mit den Schultern, griff hinter sich und hielt dann wortlos eine Papiertüte in die Höhe.

Beim Anblick der Tüte setzte mein Herz einen Schlag lang aus und hämmerte dann umso freudiger weiter. Gleichzeitig machte sich mein Magen mit einem lauten Knurren bemerkbar, denn jetzt nahm ich auch den herrlichen Geruch wahr: Fast Food. Die Erkenntnis zauberte ein Lächeln auf mein Gesicht, und ich streckte sofort die Hände danach aus.

Mit einem amüsierten Ausdruck überreichte Shaw mir die Tüte, und ich lehnte mich neben ihn gegen die Motorhaube. Auf den Straßen Londons mochte es noch immer laut und voller Menschen, Autos, Taxis und Bussen sein, aber hier in dieser Seitenstraße war es wie üblich erstaunlich still.

Ich öffnete die Tüte und warf einen Blick auf die verpackten Burger, Pommes und Nuggets. »Das ist aber nicht aus unserem Lieblingsladen.«

»Aus *deinem* Lieblingsladen meinst du wohl.« Shaw nahm mir die Papiertüte wieder ab. »Die Straße runter hat ein neuer Burgerladen aufgemacht. Ich dachte, wir sollten den mal ausprobieren.«

Damit wir auch ja keinen ausließen, sondern uns durch ganz London futterten. Seit Shaw das erste Mal mit Fast Food auf mich gewartet hatte, war irgendwie ein Ritual daraus geworden. In den letzten drei Monaten hatten wir fast jeden Lieferservice getestet, ganz egal, ob es sich dabei um Burger handelte, asiatische, mexikanische oder italienische Gerichte. Wir hatten alles ausprobiert. Mal besorgte er das Essen und wartete nach der Arbeit in Nalas Bar oder nach der Jagd auf mich, mal kaufte ich das Zeug und wir aßen es zusammen nach seinem Training.

Statt etwas zu erwidern, drehte ich mich um, ignorierte Shaws angebotene Hand ebenso wie sein Grinsen und kletterte auf den Wagen. Wenige Sekunden später saß ich auf der Motorhaube, konnte die Beine baumeln lassen und endlich die hohen Schuhe ausziehen. Sie landeten mit einem dumpfen Laut auf dem Asphalt, und ich seufzte auf.

Selbst wenn ich es nicht zugegeben hätte, aber meine Füße brachten mich um. Keine Ahnung, was mich heute Morgen geritten hatte, High Heels anzuziehen. Normalerweise trug ich die nur, wenn ich im *The Bloody Vampire* jobbte – und auf Dates. Doch Letztere waren in den vergangenen Monaten rar gesät gewesen. Genauso wie entflohene Seelen.

Anfangs war es relativ leicht gewesen, sie zu finden, da sie noch nicht wirklich weit gekommen waren. Doch mittlerweile wurde es immer schwieriger, diese Spirits aufzuspüren. Es war schon viel zu lange her, seit ich ein Höllenwesen zurück in die Unterwelt geschickt hatte, und wir hatten schon seit einer Weile keines mehr aufgespürt. Langsam, aber sicher machte sich Panik in mir breit. Denn mit jedem Tag, der verging und an dem ich keine entflohene Seele zurückschickte, wurde die Chance, diese Aufgabe zu erfüllen, geringer. Und damit auch die Chance, meinen Bruder je zu finden. Nicht, dass es nicht schon von Anfang an eine unerfüllbare Aufgabe gewesen wäre. Aber ich weigerte mich noch immer, einfach aufzugeben.

In der Regel konnte ich mich mit der Arbeit in der Bar, mit Dates oder kurzen Ausflügen an die Uni gut davon ablenken, doch jetzt drohte alles wieder über mir hereinzubrechen, also atmete ich tief durch und zwang meine Gedanken in eine andere Richtung. Nämlich zu der Person, die neben mir an der Motorhaube lehnte.

In den letzten Monaten hatte Shaw mit so gut wie jedem verfügbaren Hunter im Quartier trainiert – abgesehen von mir, denn mich bekamen nur Nala oder Finn auf die Matte, und das auch nur, wenn sie mich dazu zwangen … oder mir damit drohten, mich bei Maxwell zu verpfeifen. Aber Shaw schien tatsächlich Spaß an den täglichen Fitness-, Kampf- und Schießübungen zu haben und trainierte mittlerweile sogar regelmäßig mit Maxwell. Zumindest wenn die beiden nicht damit beschäftigt waren, gemeinsam an Maxwells Bentley herumzuschrauben.

»Warum kommst du eigentlich hierher?«, fragte er direkt und setzte sich neben mich. Dann überreichte er mir den ersten Burger.

Ich zuckte mit den Schultern. »Keine Ahnung. Manchmal stelle ich mir einfach vor, wie es wäre, ganz normal zu sein und hier zu studieren.« Ich schob die Papierverpackung beiseite und biss hinein. Sofort entwich mir ein tiefes Seufzen.

»Und?« Shaw schob sich ein paar Pommes in den Mund und beobachtete mich aufmerksam. »Wie lautet das Urteil?«

Ich nahm noch einen Bissen, kaute und schluckte. »Gut«, erwiderte ich schließlich. »Aber nicht so gut wie das Essen aus meinem Lieblingsladen.«

Er grinste nur und schüttelte den Kopf. »Als hätte ich es nicht geahnt.«

Statt einer Antwort stieß ich ihn mit dem Ellbogen an. Was Essen anging, kannte Shaw mich mittlerweile fast schon zu gut.

Nicht mal Finn wusste um all meine Gelüste und Lieblingsspeisen. Shaw hingegen schon. Darum hatte er mir auch eine Cola und einen Triple Chocolate Cake als Dessert mitgebracht.

Beim Anblick des Nachtischs bekam ich große Augen. »Ich nehme alles zurück. Der neue Laden ist großartig!«

Er lachte auf, und das tiefe Timbre seiner Stimme löste ein kleines Ziehen in meiner Magengrube aus. Vielleicht lag es aber auch an der scharfen Soße auf meinem Burger.

Als Shaw mir die Schachtel mit dem Nachtisch nicht sofort gab, kniff ich misstrauisch die Augen zusammen. »Was willst du?«

»Aww«, machte er, »dass du auch immer irgendwelche Hintergedanken vermutest, Darling.«

Ich starrte ihn lediglich an.

Seine Mundwinkel hoben sich zu einem herausfordernden Lächeln. »Wie wär's mit einer kleinen Verabredung? Nur du und ich … zusammen im Trainingsraum.«

»Ich. Mit dir. Trainieren.« Ich prustete los und schob mir ein paar Pommes in den Mund. »Ja, klar.«

Shaw wirkte nicht im Geringsten eingeschüchtert. »Du bist die Einzige, mit der ich noch nie auf der Matte war.«

»Ja, und das hat auch einen guten Grund. Ich hasse Sport.«

»Dabei würde es dir so guttun.«

Ich warf ihm einen mörderischen Blick zu. Wenn er jetzt einen Kommentar über meine Figur abließ – die trotz der weichen, nachgiebigen Stellen fantastisch war, vielen Dank auch –, würde ich ihn an Ort und Stelle töten und das ganze Fast Food allein aufessen.

Doch Shaw grinste nur. »Du könntest all diese aggressive Energie loswerden«, fuhr er unbeirrt fort und deutete an mir auf und ab. »Abgesehen davon habe ich gehört, es wäre für Hunter verpflichtend.«

Ich rollte nur mit den Augen. Seit er sich in die ganzen Regeln und Grundlagen des Hunterdaseins einarbeitete, war er nur noch nerviger geworden. Erst recht, seit er ganz offiziell die Ausbildung zum Jäger begonnen hatte. Ingrids Tests zufolge war Shaw genauso wenig ein geborener Hunter wie ich, also konnte er seinen Ausbildungsschwerpunkt frei wählen: Blood, Grim, Magic oder Soul Hunter. Wobei Letzteres allein schon deshalb wegfiel, weil er nicht über den Seelenblick und die typischen Fähigkeiten eines Soul Hunters verfügte und somit keine Geister mit einer einfachen Berührung sichtbar machen und materialisieren konnte. Also blieben nur noch Blood, Grim und Magic.

Ich selbst galt als freie Huntress mit Magic-Hunter-Ausbildung. Meine Mentorin Amelia war eine geborene Magic Huntress gewesen, die ihre Ausbildung vor über zwanzig Jahren bei Maxwell in London gemacht hatte. Danach war sie lange durch die Welt gereist und hatte alle möglichen Kreaturen vernichtet, ehe sie sich schließlich an der Westküste Irlands niedergelassen und ein kleines, elf Jahre altes Mädchen unter ihre Fittiche genommen hatte, das dringend jemanden gebraucht hatte, der ihr zuhörte.

Nach Nialls Verschwinden war die Polizei bei uns zu Hause gewesen, meine Eltern und unsere Nachbarn hatten einen Suchtrupp organisiert, aber sie hatten meinen Bruder nie gefunden. Und irgendwann hatte meine Mutter mir verboten, weiter zu behaupten, was ich mit absoluter Sicherheit zu wissen glaubte: Etwas Übernatürliches war schuld an Nialls Verschwinden. Er lebte noch – und ich hatte Kontakt zu ihm. Manchmal zumindest, in seltenen Momenten, die ich überhaupt nicht beeinflussen konnte.

Nur Amelia hatte mir zugehört. Mir geglaubt. Und mehr noch: Sie hatte mich in die Welt des Übernatürlichen eingeführt und mich gelehrt, wie ich die Magie in Amuletten nach meinem Willen steuern konnte. Sie hatte mir beigebracht, wie ich die unterschiedlichsten Wesen erkennen und bekämpfen konnte. Und dann war sie selbst in einem solchen Kampf getötet worden …

»Roxy?« Shaws Stimme riss mich aus meinen Gedanken, bevor sie noch weiter in eine Richtung wandern konnten, in die ich nicht gehen wollte. Nicht schon wieder.

Provozierend hielt er das Dessert in die Höhe und musterte mich fragend.

»Vergiss es«, sagte ich und warf ihm einen vernichtenden Blick zu. »Ich habe einen langen Tag hinter mir.«

Das Einzige, was ich wollte, war die Füße hochzulegen und … etwas zu essen. Etwas, das ein Triple Chocolate Cake war. Verdammt.

»Sicher?« Wie nebenbei betrachtete Shaw das Dessert und drehte es vor meinen Augen hin und her. Obwohl es noch verpackt war, drang mir der Geruch nach Schokolade in die Nase, und ich musste mich zusammenreißen, um ihn nicht ganz tief zu inhalieren. »Mann, das sieht echt lecker aus. Und nach ganz schön viel. Ich würde dir ja was abgeben, aber …«

Mistkerl. Dämlicher, manipulativer Mistkerl.

Grummelnd stopfte ich den restlichen Burger in mich hinein und spülte mit ein paar Schlucken Cola nach.

Dann warf ich Shaw einen möglichst unauffälligen Blick von der Seite zu. Wenn ich mich jetzt auf ihn stürzte, könnte ich ihn vielleicht überrumpeln. Vermutlich nicht überwältigen, denn dazu hatte er in den vergangenen Wochen zu viel und ich eindeutig zu wenig trainiert. Aber wenn das Überraschungsmoment auf meiner Seite war …

»Ich weiß genau, was du vorhast.« Ein Funkeln trat in seine goldbraunen Augen, und er zog die Mundwinkel wieder zu diesem angedeuteten sexy Lächeln hoch. Ob er das heimlich vor dem Spiegel geübt hatte, um sicherzugehen, dass es auch ja Wirkung zeigte?

»Ach wirklich? Was habe ich denn vor?«

»Eigentlich dachte ich eher an eine Trainingsrunde im Quartier, aber wenn du dich gleich hier auf mich stürzen willst … nur zu.« Er deutete die Straße hinunter und hob herausfordernd die Brauen. »Fast gar keine Zuschauer. Du kannst mit mir tun und lassen, was immer du willst.«

Ich ignorierte das gefährliche Prickeln, das sich plötzlich zwischen uns ausbreitete, und schnaubte. »Das hättest du wohl gern.«

Sein Lächeln war Antwort genug.

Schweigend aßen wir die letzten Pommes auf und tranken aus. Dann warf Shaw scheinbar gedankenverloren den Schokokuchen in die Höhe und fing ihn wieder auf.

»Also? Wie sieht's aus?«

Nur mit Mühe unterdrückte ich einen Laut, der ziemlich an ein Knurren erinnerte. »Na schön«, gab ich nach und ließ mich von der Motorhaube gleiten. »Du willst trainieren? Dann trainieren wir.«

Ohne seine Antwort abzuwarten oder mir die Genugtuung in seinem Gesicht anzutun, hob ich meine High Heels auf, ging um den Land Rover herum und stieg ein. Die Schuhe warf ich zusammen mit meiner Umhängetasche auf den Beifahrersitz, während Shaw mir zuwinkte und zu seinem eigenen Auto ging, das direkt hinter meinem geparkt war. Ich schnallte mich an, startete den Motor und fuhr los.

An diesem Abend war nicht so viel los auf den Straßen wie tagsüber zur Rush Hour, also erreichte ich den Tower innerhalb weniger Minuten. Vor der Einfahrt zur Tiefgarage angekommen, hielt ich an und tippte meinen Zugangscode ein, bei dem zugleich auch meine Fingerabdrücke gescannt wurden. Gleich darauf erschien auf dem kleinen Display mein Huntertattoo mit dem Code RB160616LDN – meine Initialen, der Tag meiner bestandenen Hunterprüfung und mein Ausbildungsort London – und ich wurde als Roxana Blake identifiziert. Erst dann ging das Tor auf und ich konnte passieren.

Ich lenkte den Wagen hinein und stellte ihn an seinem vorgesehenen Platz ab, schaltete den Motor aus und schlüpfte widerwillig zurück in meine High Heels. Dieser Bereich war räumlich von der restlichen Tiefgarage getrennt und wurde nur von uns Huntern genutzt. Wie Maxwell das durchgesetzt hatte, wusste ich nicht, schließlich gehörte uns nicht der ganze Tower. Auf den anderen Etagen gab es ganz normale Büros von diversen Firmen, deren Mitarbeiter und Mitarbeiterinnen den Haupteingang nutzten. Mittlerweile hatte ich schon eine Handvoll Hunterquartiere in Europa von innen gesehen und wusste, dass sie unterschiedlicher nicht sein konnten. In London spielte eindeutig Maxwells Geld – und womöglich auch der Adelstitel seiner Familie – eine Rolle. Oder machten zumindest vieles einfacher.

Es roch nach Abgasen und Motoröl, als ich ausstieg und den Land Rover abschloss. Ich hatte keine Ahnung, wie spät es eigentlich war, aber die ersten Hunter durften bereits auf der Jagd sein, während sich die meisten anderen gerade dafür vorbereiteten. Alle bis auf einen. Aber der war ja auch noch kein offizieller Hunter.

Normalerweise arbeiteten Maxwell und Shaw zusammen an ihren Autos – Maxwell an seinem geliebten schwarzen Bentley und Shaw an dem leuchtend blauen 1969er Camaro mit dem breiten schwarzen Streifen in der Mitte, den er gebraucht bei seinem Job in einer Autowerkstatt ergattert hatte. Derselbe Camaro, den er jetzt gekonnt neben mir einparkte. Offenbar gehörte auch Autofahren zum Muskelgedächtnis, denn soweit ich wusste, war das eines der Dinge, die Shaw von Anfang an gekonnt hatte.

Wir erreichten den Fahrstuhl beinahe gleichzeitig und stiegen ein.

»Irgendwelche neuen Erinnerungen?«, wollte ich wissen und drückte den Knopf für die richtige Etage.

Diese Frage war ebenfalls zu einem Ritual zwischen uns geworden. Wann immer ich Shaw traf, stellte ich sie ihm. Und seine Antwort darauf war seit drei Monaten dieselbe.

»Nope.«

Ich seufzte tief. Wäre ja auch zu schön gewesen.

Der Aufzug kam mit einem kaum merklichen Rucken zum Stehen, und die Türen glitten im vierundvierzigsten Stockwerk zur Seite, wo sich unsere Zimmer befanden.

»In zehn Minuten in Trainingsraum 7.« Provozierend hielt er die Packung mit dem Triple Chocolate Cake in die Höhe. »Und komm nicht zu spät, Darling.«

Ich schüttelte nur den Kopf, schlüpfte aus den hohen Schuhen und nahm sie in die Hand, während ich an den anderen Räumen vorbei zu meinem Zimmer lief. Dabei konnte ich geradezu körperlich spüren, wie mir Shaws Blick folgte.

An der Tür angekommen, drehte ich mich zu ihm um – und begegnete seinem Blick. Sein Zimmer befand sich nur ein paar Türen von meinem entfernt und er war ebenfalls davor stehen geblieben. Ich ignorierte das seltsame Ziehen in meiner Magengegend – wahrscheinlich nur die Vorfreude auf Schokolade – und betrat mein Zimmer. Höchste Zeit, sich für das Training umzuziehen. Für Sport. Und dann auch noch ausgerechnet mit Shaw. *Ugh* …

Was zur Hölle hatte ich mir da nur eingebrockt?

9. KAPITEL

Roxy

Exakt acht Minuten später stand ich umgezogen auf den Matten in Trainingsraum Nr. 7 und fragte mich noch immer, worauf ich mich hier eigentlich eingelassen hatte. Ich trug eine schwarze Leggings, dazu ein rotes Top mit zarten Trägern und Bändern auf dem Rücken, das eindeutig nicht für Sport gedacht war. Außerdem war ich barfuß, da ich die Sportschuhe nicht schnell genug gefunden hatte, und noch immer geschminkt. Nach dem Tag, den ich mit frustrierender Recherche und viel zu viel Zeit vor irgendwelchen Monitoren verbracht hatte, war der Mascara schon etwas verwischt, und nach dem Training würde das nur noch schlimmer aussehen. Ich würde mich später abschminken, genauso wie mein langes Haar aus dem hohen Pferdeschwanz befreien, den ich schon seit heute Morgen trug und der mir langsam, aber sicher Kopfschmerzen verursachte.

All das nur für einen Triple Chocolate Cake. Ich war so leicht zu bestechen.

Shaw stand mir gegenüber und sah aus wie aus einem Fitnessmagazin entsprungen. Dank des ärmellosen schwarzen Tanktops trat sein Bizeps nur noch deutlicher hervor. Wie man sich so schnell erholen und derart definierte Muskeln aufbauen konnte, war mir schleierhaft, aber Ingrid war ganz begeistert von seinen Fortschritten.

»Bereit?«, fragte Shaw.

Ich verdrehte die Augen. »Bringen wir es hinter uns, bevor mein Kuchen vertrocknet.«

»Wenn ich gewusst hätte, dass ein bisschen Schokolade alles ist, was es braucht, um dich auf die Matte zu kriegen …«, begann er mit einem süffisanten Lächeln.

Ich ließ ihn nicht zu Ende sprechen, sondern griff an. Allerdings traf mein Schlag ins Leere. Wieder und wieder holte ich aus, doch Shaw wich jedes Mal aus. Wenn mir das dabei helfen sollte, aggressive Energien abzubauen, dann versagte das Training schon jetzt. Das Einzige, was es bisher erreicht hatte, war, dass mein Puls ganz neue Höhen erreicht hatte – aber nicht auf eine gute Weise.

Beim nächsten Versuch wich Shaw nicht aus, sondern blockte die Attacke mit dem Unterarm ab und stieß meinen Arm zur Seite. Als ich mit links ausholte, blockte er auch diesen Schlag ab und wirbelte mich herum, bis ich mit dem Rücken zu ihm stand und er ganz dicht hinter mir.

Sein warmer Atem streifte meinen Nacken, und ich biss mir auf die Unterlippe, um jede Reaktion zu unterdrücken. Von dem völlig unnötigen Kribbeln in meinem Bauch würde er nie etwas erfahren. Die prickelnde Gänsehaut, die sich in meinem Nacken ausbreitete, konnte er hingegen deutlich sehen.

»Ist das schon alles?«, raunte er an meinem Ohr. »Ehrlich gesagt hab ich mehr erwartet.«

Er wollte also mehr? Das konnte er haben.

Das Amulett an meinem Hals leuchtete auf und pulsierte in demselben schnellen Takt, den mein Herz vorgab. Eine Sekunde später stieß eine Druckwelle Shaw zurück. Er landete hart auf den Matten, während ich mich ungerührt zu ihm umdrehte.

»Magie?« Er richtete sich auf den Unterarmen auf und pustete sich ein paar dunkle Haarsträhnen aus der Stirn. »Wirklich, Roxy?«

Mein Grinsen war so breit, dass meine Wangen schmerzten. »Niemand hat etwas von fair gesagt. Es geht nur darum, zu gewinnen.«

Einen Moment lang starrte Shaw mich an, dann erfüllte sein tiefes Lachen die Luft – und wieder reagierte etwas in mir darauf. Verdammt.

»Na, wenn das so ist …« In einer fließenden Bewegung sprang er wieder auf die Beine und machte sich für die nächste Runde bereit. Doch bevor einer von uns erneut zum Angriff übergehen konnte, ertönte ein Räuspern von der Tür her.

Ich drehte mich um und versuchte mir die Irritation darüber, dass ich die Anwesenheit einer dritten Person nicht bemerkt hatte, nicht anmerken zu lassen. Am Rande der Trainingsmatten stand Weston Cavendish. Er war groß – sogar größer als Finn und Shaw –, aber wesentlich schlaksiger gebaut. Jetzt sah er kurz zwischen Shaw und mir hin und her, rückte die Brille auf der Nase zurecht und räusperte sich erneut.

»Linnea und ich haben etwas gefunden, dass dich interessieren dürfte, Roxy«, erklärte er hastig und machte auf dem Absatz kehrt.

Ich wechselte einen Blick mit Shaw, der genauso verwundert dreinschaute wie ich, dann setzte ich mich in Bewegung. Für seine Größe war Weston erstaunlich wendig und mit seinen langen Beinen locker doppelt so schnell wie ich. Wenn er wollte, könnten wir ihn zu einem Magic Hunter ausbilden, auch wenn Maxwell seinen Großneffen mit Sicherheit nicht gerne nachts auf Patrouille schicken würde. Doch Weston schien völlig zufrieden damit zu sein, als Archivar zu arbeiten und nebenher am College Englische Literatur und Geschichte zu studieren.

Wir folgten Weston zwei Stockwerke tiefer. Als wir die Bibliothek erreichten, war er schon zwischen den Regalreihen verschwunden. Bei meinem ersten Besuch vor über drei Jahren war ich aus dem Staunen gar nicht mehr herausgekommen, denn die Bibliothek der Londoner Hunter war gigantisch und hatte mich sofort an die Trinity College Library in Dublin erinnert – und mir somit ein Stück Heimat an einem Ort zurückgegeben, an dem ich nie damit gerechnet hätte.

Diesmal war ich allerdings nicht hier, um in den Büchern zu schmökern oder mich wie fast jeden Morgen in einem der separaten Rechercheräume an einen Rechner zu setzen, sondern folgte dem langen Gang vorbei an mehreren Sitzgelegenheiten bis ans andere Ende, wo sich keine Regale mehr befanden, sondern Computer. Ein überlanger Schreibtisch nahm die halbe Wand ein. Auf ihm standen ein halbes Dutzend Monitore, auf denen die unterschiedlichsten Programme liefen. Weston hatte mir mal zu erklären versucht, was genau er und Linnea da taten, aber nach ungefähr zehn Minuten hatte ich das Interesse verloren. Ich bewunderte, was die Archivare für uns leisteten, wusste aber zugleich, dass ich niemals die Geduld für diese Aufgaben aufbringen würde. Vom technischen Knowhow ganz zu schweigen. Für mich war das hier mehr Magie als der Umgang mit Amuletten. Und den zu erlernen hatte Jahre gedauert.

»Was gibt's?«, fragte Shaw und lehnte sich mit vor der Brust verschränkten Armen gegen die Wand.

Weston schreckte hoch, und ich musste mir ein Lächeln verkneifen. Wenige Sekunden am Computer, und er war schon wieder ganz in seine eigene Welt vertieft gewesen. Er setzte zu einer Antwort an, doch eine warme Stimme kam ihm zuvor: »Das wird euch gefallen.«

Ich drehte mich zu Linnea um, die gerade mit dem Rollstuhl

um die Ecke kam und vor uns anhielt. Dass sie Ingrids Tochter war, sah man ihr sofort an. Sie hatten das gleiche ovale Gesicht, das gleiche Lächeln und die gleichen hellblauen Augen. Lediglich ihr blondes Haar, das in der Sonne fast schon golden schimmerte, war der einzige Unterschied zwischen den beiden. Mit ihren sechzehn Jahren war Linnea die Jüngste im Team und machte gerade eine Ausbildung zur Archivarin. Anfangs war Ingrid nicht glücklich darüber gewesen – wenn es nach ihr gegangen wäre, würde Linnea meilenweit entfernt von allem Übernatürlichen ein unbeschwertes Leben führen. Doch mittlerweile hatte sie akzeptiert, mit wie viel Begeisterung Linnea die alten Mythen und Legenden studierte, und war stolz, wie schnell sie die Programme lernte, die die Archivare benutzten. Software, Algorithmen und Bots, die Nachrichten, Blogs, Social Media und das Dark Web scannten, immer auf der Suche nach etwas, das auf Übernatürliches hindeutete.

Und wenn ich ehrlich war, dann waren sie einer der Hauptgründe dafür gewesen, mich den Huntern in London anzuschließen, nachdem ich Irland verlassen hatte. Mit ihrer Hilfe und der gemeinsamen Suche nach den stärksten und boshaftesten Geistwesen konnte ich viel schneller viel mehr erreichen. Es hatte eine Weile gedauert, doch dann hatten wir herausgefunden, dass sich die entflohenen Höllenwesen dadurch auszeichneten, dass sie erstens ausschließlich Geister waren, zweitens besonders aggressiv und drittens verflucht stark. Was vermutlich daran lag, dass sie nicht einfach nur verwirrte oder verlorene Seelen waren, sondern geradewegs aus der Hölle kamen und daher mehr Magie in sich trugen.

Diese Hinweise waren zwar nicht viel, aber es war zumindest ein Anfang, mit dem ich arbeiten konnte. Zusammen suchten wir die Spirits, dann zogen Finn und ich los, um sie zu vernichten. Ganz egal, ob das in London oder an einem anderen Ort der Welt war. In den vergangenen Monaten war ich mehr gereist als jemals zuvor in meinem Leben und ein Ende war noch nicht in Sicht.

Die endgültige Bestätigung für unsere Recherchen lieferte das Brennen meiner Narbe – und das Verschwinden eines Teils davon, sobald ich die Kreatur wieder zurück in die Unterwelt befördert hatte.

Dass ein kleiner Teil meiner Narbe verschwand, ohne dass ich aktiv eine dieser Kreaturen getötet hatte, war bisher nur ein einziges Mal passiert. Nach einem langen Gespräch mit Maxwell waren wir zu dem Schluss gekommen, dass ein anderer Hunter irgendwo auf der Welt ausgerechnet eines meiner Wesen vernichtet haben musste. Damit hatte er oder sie mir zwar einen winzigen Part meiner Aufgabe abgenommen, doch die Wahrscheinlichkeit, dass das noch mal passierte, war verschwindend gering. Ich war diejenige, die alle Wesen aufspüren und zurückschicken musste. Ich ganz allein. Dafür hatte der Todesbote in Irland gesorgt.

»Was ist es diesmal? Ein Spirit oder eine normale Kreatur?«, fragte ich und machte einen Schritt zur Seite, damit Linnea ihren Platz am Tisch einnehmen konnte. »Bitte nicht schon wieder ein Wendigo. Und auch keine Gremlins oder Ghule. Ich hab kein Geld, um mir wieder neue Klamotten zu kaufen.«

Der letzte Kampf gegen diese Mistviecher hatte meine Lieblingsstiefel samt einer ganz neuen Hose zerstört. Zu sagen, dass sie hinterher unbrauchbar gewesen waren, wäre eine Untertreibung gewesen.

»Keine Sorge.« Linnea lächelte gut gelaunt und tippte auf der Tastatur herum, bis eine Karte auf einem der Monitore an der Wand erschien. Es war ein Gebiet außerhalb der Stadt. Eine kleine Ansammlung frei stehender Häuser. Viel Grün.

Weit entfernte Nachbarn. Keine Zeugen. »Wir haben etwas viel Besseres. Es hat etwas gedauert, um draufzukommen, aber ich bin mir zu neunzig Prozent sicher, dass wir es hier mit einem Pontianak zu tun haben. Na gut, zu fünfundachtzig Prozent«, fügte sie mit einem Seitenblick auf Weston zu und grinste bei seiner strengen Miene.

Dass er überhaupt streng mit ihr sein konnte, ging über mein Verständnis hinaus. Linnea war ein wahrer Sonnenschein – selbst im Angesicht von Tod, Geistern, Vampiren und all den anderen Kreaturen da draußen. Sie war einer der nettesten und hilfsbereitesten Menschen, die ich kannte. Außerdem machte sie jeden Kerl im Quartier beim Zocken fertig, was ihr trotz ihres Alters einen gewissen Respekt von den Jungs eingebracht hatte.

»Ein Ponti-was?«, ließ Shaw verlauten.

Stirnrunzelnd drehte ich mich zu Shaw um, doch bevor ich etwas erwidern konnte, tauchte Finn hinter ihm auf. Linnea musste ihn als meinen Hunterpartner informiert haben. Direkt nach ihm erschien Ripley – Dinahs Kampfpartner, Magic Hunter und der heiße Piratenverschnitt im Quartier. Er flirtete mit allem, was zwei Beine hat, ganz egal, ob es sich dabei um seine Kollegen und Kolleginnen handelte oder um irgendwelche Wesen, die auch nur ansatzweise menschlich aussahen. Und mit den dunklen Augen, den dichten Wimpern und dem selbstsicheren Lächeln hatte er wirklich etwas von einem sexy Piraten.

»Gibt es hier irgendetwas Spannendes?« Er zwinkerte mir zur Begrüßung zu und warf Linnea anschließend sein charmantestes Lächeln zu.

»Ein … also … ähm … ein Pontianak«, wiederholte sie und lief knallrot an. »Das ist der ruhelose Geist einer Frau, die während der Schwangerschaft gestorben ist.«

Shaw verzog das Gesicht, rührte sich aber nicht vom Fleck. Ripley wusste es besser.

»Ach so, ich bin dann mal … ich muss noch weg. Dinah wartet auf mich.« Mit dem Daumen deutete er hinter sich und war gleich darauf verschwunden.

Kluger Kerl. Soviel ich wusste, hatten Ripley und Dinah es mal während einer Reise mit einem solchen Geist aufgenommen und wären fast dabei draufgegangen. Also konnte ich es ihm wirklich nicht verübeln, dass er keine Lust auf eine weitere dieser rachsüchtigen Kreaturen hatte.

»Der Pontianak stammt ursprünglich aus der malaiischen Mythologie«, klärte Weston uns auf und klang dabei, als würde er einen Text ablesen. »Also aus Ländern wie Indonesien, Malaysia und weiteren in der Ecke«, fügt er noch hinzu.

Shaw deutete auf die Karte. »Und was macht das Ding jetzt hier?«

»Töten und fressen?« Linneas Blick wanderte von ihm zu mir.

Ein warnendes Prickeln machte sich in meinem Nacken bemerkbar, denn ich ahnte, worauf das hinauslaufen würde. Auch wenn es das Allerletzte war, wonach mir heute Nacht der Sinn stand. Das Einzige, was ich wollte, war endlich meinen Chocolate Cake zu bekommen, zu duschen und mich anschließend ins Bett zu packen. Doch wie es aussah, hatte das Schicksal andere Pläne mit mir.

Auch Shaw musterte mich jetzt fragend, nur Weston war schon wieder ganz in seine Recherche vertieft und blendete alles andere aus.

Finn war der Erste, der sich zu Wort meldete. »Ich komme mit. Und fang gar nicht erst damit an, dass du keine Hilfe brauchst«, fügte er hinzu, als ich schon Luft holen wollte. »Wir bekämpfen den Geist zusammen, so wie alle anderen Wesen.«

»Ich gehe auch mit«, kam es überraschend von Shaw.

Meine Brauen wanderten in die Höhe. Ich deutete erst auf Finn, dann auf Shaw. »Ja. Nein. Etwas Rückendeckung wäre gut, aber ich brauche keine ganze Eskorte.«

»Da wäre ich mir nicht so sicher«, murmelte Weston und hielt die Hände, die eben noch über die Tastatur geflogen waren, plötzlich still. »Wenn man die Augenzeugenberichte und die wenigen Infos der Polizei vergleicht, kann man mit einer Wahrscheinlichkeit von fünfundsechzig Prozent davon ausgehen, dass der Pontianak nicht das einzige übernatürliche Wesen in diesem Haus ist. Gut möglich, dass es weitere Geister dort drinnen gibt.«

»Jetzt weiß ich endlich, woher du das mit den Prozentangaben hast«, murmelte ich an Linnea gewandt.

Ertappt presste sie die Lippen aufeinander, während sich ihre Wangen röteten, aber sie sagte nichts dazu.

»Moment mal.« Shaw sah zwischen uns hin und her. »Augenzeugen? Polizei? Reden wir hier von einem Geist oder einem Verbrecher?«

»Oh, hat dir das keiner gesagt, Frischling?« Finn klopfte Shaw im Vorbeigehen auf die Schulter. »Pontianaks sind dafür bekannt, sich hauptsächlich auf unwissende Männer zu stürzen. Es heißt, sie schlitzen ihnen mit ihren langen Fingernägeln den Magen auf und fressen die inneren Organe.«

Weston nickte todernst. »In den letzten Tagen gab es zwei Opfer.«

Ich war mir ziemlich sicher, dass Shaws Stirnrunzeln meinem glich. »Wieso haben wir dann nicht früher davon gehört?«, fragte ich im selben Atemzug, in dem Shaw die Worte »Und die Cops tun nichts?« ausstieß.

Linnea öffnete zwei Bilder auf einem anderen Monitor. Ich war mir ziemlich sicher, dass diese Fotos nicht für die Öffentlichkeit bestimmt waren, sondern aus den Polizeiakten stammten. Eines von Westons Hobbys war es, sich noch vor dem ersten Kaffee in die Datenbank der Metropolitan Police zu hacken – was uns schon mehr als einmal nützliche Hinweise geliefert hatte.

»Oh Shit.« Shaw verzog das Gesicht.

Ich konnte es ihm nicht verübeln, denn es war kein schöner Anblick. Die Leichen waren stark verstümmelt, ihre Bauchdecken aufgerissen, Gedärme waren herausgezerrt und, wie Finn eben schon erwähnt hatte, mit ziemlicher Sicherheit gefressen worden. Nur hörte unser Pontianak hier nicht auf. Auch die Augen waren nur noch schwarze Höhlen mit vertrocknetem Blut und das ganze Gesicht war zerkratzt. Beide Opfer waren männlich, einer war vierzig, der andere gerade mal neunzehn Jahre alt. Fast noch ein Kind, auch wenn ich mit meinen einundzwanzig nicht viel älter war. Aber ich wusste wenigstens um die Gefahren, die dort draußen lauerten. Diese beiden Männer waren völlig ahnungslos gewesen.

Mit einem Mausklick schloss Linnea die Bilder wieder und drehte den Rollstuhl, um uns direkt ansehen zu können. »Die Polizei geht von einem Täter mit antisozialer Persönlichkeitsstörung aus, deshalb ist uns das bisher entgangen.«

»Antisoziale Persönlichkeitsstörung?«, wiederholte Shaw langsam.

»Im Prinzip ein kannibalistischer Soziopath.«

Er schnaubte. »Du meinst, sie denken, sie hätten es mit einer neuen Version von Hannibal Lecter zu tun?« Als wir ihn alle nur irritiert anschauten, zuckte er mit den Schultern. »Ich lese gern. Ist ja nicht so, als hätte ich in den letzten Monaten allzu viel zu tun gehabt.«

»Im Moment gibt es zwei Opfer«, erinnerte Linnea uns nach einem Moment, ohne auf Shaws Worte einzugehen.

»Aber wenn wir den Geist nicht aufhalten, werden es schon bald mehr sein.«

Das war mein Stichwort. »Wissen wir etwas über die anderen Wesen im Haus?«

Weston schüttelte den Kopf. »Normalerweise lauern Pontianaks allein an abgelegenen Orten, aber normalerweise findet man sie auch nicht in London.«

Ich wusste, dass es kein Seitenhieb war, trotzdem fühlte es sich so an. Denn genau genommen war es meine Schuld, dass dieses Miststück hier wütete. Weil ich es aus der Unterwelt befreit hatte. Diese beiden Toten waren meine Schuld.

Ich schluckte hart. »Findet so viel heraus, wie ihr könnt. Wir machen uns direkt auf den Weg.«

Eigentlich war Maxwell derjenige, der hier die Befehle erteilte. Er plante Missionen und teilte die zuständigen Hunter anhand ihrer Fähigkeiten ein. In der Regel waren immer zwei von uns unterwegs: Im Idealfall einer, der in verschiedensten Kampftechniken ausgebildet war, und einer, der die Amulettmagie beherrschte. So war es auch bei Finn und mir, doch ich kannte genug andere Hunterteams, die über keine Amulettmagie einer höheren Stufe verfügten und sich daher meist anderen Kreaturen widmeten.

Aber das hier war eine Ausnahme. Die Wesen, die der Unterwelt entflohen waren, waren mein Spezialgebiet. Und niemand würde mich davon abhalten, sie dorthin zu verbannen, wo sie hingehörten. Mir blieben noch 201 Tage und ich würde alles dafür tun, jede einzelne dieser Kreaturen zurück in die Hölle zu schicken.

Shaw folgte mir aus der Bibliothek. »Ich will mitkommen.«

Ich seufzte innerlich. Seine Worte waren keine Bitte, auch wenn sie so klangen. Ich konnte die Frustration und Verzweiflung deutlich heraushören. Und ich konnte ihm ansehen, dass er sich genauso wenig aufhalten lassen würde wie ich. Wenn ich Shaw sagte, dass er hierbleiben sollte, würde er trotzdem einen Weg finden, uns zu folgen, da war ich mir absolut sicher. Und das würde alles nur komplizierter und gefährlicher für uns alle machen.

»Also gut«, erwiderte ich gedehnt. »Aber du wirst es bereuen. Wir treffen uns in der Tiefgarage an meinem Auto.«

10. KAPITEL

Roxy

»Du siehst müde aus. Sicher, dass du fit für diese Mission bist?« Die vielen Armbänder an Nala Madakis Handgelenken klirrten, als sie die Hände in die Hüften stemmte.

Wie so oft trug sie eine farbenfrohe, weite Bluse – diesmal in einem sonnigen Gelb, das ihrem dunklen Hautton schmeichelte – und eine hautenge schwarze Lederhose, die ihre schlanke, aber kurvige Figur betonte. Dazu Schuhe, deren Absatz höher und spitzer waren als alles, was ich je tragen könnte. Ihre Ohrringe waren so lang, dass sie ihr bis fast zu den Schultern reichten, und die zahllosen Steine darin funkelten selbst in der gedämpften Beleuchtung.

In diesem Outfit könnte sie genauso gut in ihrer Bar arbeiten – doch nun standen wir in der Waffenkammer. Der Raum trug die Bezeichnung nicht ohne Grund, denn wohin das Auge reichte – überall waren Waffen. Schwerter in jeder Form und Größe hingen an den Wänden, Schusswaffen lagerten in den Schränken, während die kleineren, handlichen Waffen in unzähligen Schubladen verstaut waren, die mit einem einfachen Dagegendrücken aufgingen und zusätzlich jede Menge Dolche, Messer, Wurfsterne und Klingen aller Art offenbarten. Hier fand jeder Hunter, was sein Herz begehrte. Aber auch die persönlichen Waffen der einzelnen Jäger waren hier sicher verwahrt.

Wir waren umringt von anderen Huntern, die sich allesamt für ihre heutige Jagd ausrüsteten, sich an den Funkgeräten und Waffengürteln bedienten, ihre Pistolen und die Schärfe ihrer Dolche prüften, extra Munition einsteckten und Wetten abschlossen, wer von ihnen heute Nacht mehr Kreaturen erlegen würde.

Mein Blick landete wieder auf Nala, die mich aus wachsamen schwarzen Augen musterte.

Ich schnitt eine Grimasse. Nach viel zu wenig Schlaf, dem langen Tag und dem Training mit Shaw hatte ich mir keine Mühe gemacht, mich groß frisch zu machen. Ich war lediglich in meine flachen Stiefel geschlüpft und hatte mir mein dunkelrotes Cape übergezogen. »So offensichtlich, hm?«

»Wir kennen uns jetzt schon ganze eine Weile, Roxy«, erinnerte sie mich und warf mir ein Lächeln zu, bei dem die kleine Lücke zwischen ihren Schneidezähnen sichtbar wurde.

Ich nickte langsam.

Als ich das erste Mal nach London gekommen war, um mich auch im Kampf mit Waffen ausbilden zu lassen, hatte ich niemanden gekannt. Alle anderen Hunter waren schon länger dabei und hatten sich bereits zu Grüppchen oder Zweierteams zusammengefunden. Nala war eine der Ersten gewesen, die sich meiner angenommen hatte, und das, obwohl sie gut doppelt so alt war wie ich. Trotzdem, oder wahrscheinlich auch gerade deshalb hatte sie mich unter ihre Fittiche genommen und war auch diejenige gewesen, die meine heiß geliebte Pistolenarmbrust entworfen hatte. Sie war kleiner, leichter und handlicher als eine normale Armbrust, und ich konnte sie problemlos zusammenklappen und in das Holster auf meinem Rücken schieben. Nach jeder Mission hatte Nala sie noch ein wenig mehr perfektioniert. Heute war die Waffe zwar so etwas wie ein Relikt aus der Zeit, in der ich mich nicht hauptsächlich auf Amulettmagie verlassen konnte, aber trotzdem rüstete ich mich auf jeder Mission damit aus. Genauso wie mit einem Dolch und hin und wieder auch mit Wurfmessern. *Besser zu stark bewaffnet als zu wenig*, das war Nalas Devise, die ich mittlerweile ebenfalls verinnerlicht hatte.

Aber nicht nur die Pistolenarmbrust verdankte ich Nala. Unsere Waffenmeisterin hatte mir Anfang des Jahres einen Job in ihrer Bar gegeben, als ich dringend einen gesucht hatte. Und mittlerweile waren wir ein eingespieltes Team, sowohl in der Waffenkammer des Quartiers als auch im *Bloody Vampire*, wo unwissende Leute und Hunter gleichermaßen abends zum Entspannen, Trinken, Feiern und Tanzen hingingen.

Apropos … »Sicher, dass ihr in der Bar ohne mich auskommt?«, fragte ich mit hochgezogenen Brauen.

Sie schnaubte, aber in ihre Augen trat ein amüsiertes Funkeln. »Wenn ich jedes Mal ausflippen würde und keinen Ersatz hätte, wenn einer meiner Angestellten gerade nicht zu seiner oder ihrer Schicht kommen kann, weil eine Jagd ansteht, wäre ich schon längst pleite.« Sie machte eine wegwerfende Handbewegung, was so viel bedeutete wie: *Ich hab alles unter Kontrolle.*

Als ich sie vor einigen Monaten, kurz nach meiner Rückkehr nach London, gefragt hatte, warum sie sich damals direkt um mich gekümmert hatte, hatte sie nur auf ihre typische Weise mit den Schultern gezuckt und gemeint, sie wüsste genau, was es bedeutet, aus einem anderen Land hierherzukommen und niemanden zu kennen. Allerdings hatte sie aus Tansania eine deutlich weitere Anreise als ich.

»Pass auf dich auf.« Sie fuhr sich mit der Hand über das raspelkurze dunkelbraune Haar und deutete dann mit dem Daumen auf Finn. »Und pass vor allem auf den da auf. Hey, MacLeod! Was soll die Schrotflinte?«

Im ersten Moment wirkte Finn ertappt, dann zuckte er mit den Schultern. »Backup. Besser zu stark bewaffnet, als …«

»… als zu wenig, schon verstanden«, beendete Nala seinen Satz und machte eine scheuchende Bewegung. »Und jetzt raus hier. Andere Teams wollen auch ausgerüstet werden.«

Ich grinste. »Zu Befehl.«

Wir verließen die Waffenkammer und machten uns auf den Weg in die Tiefgarage, wo Shaw uns bereits erwartete. Als Finn ihm gleich mehrere Waffen zur Auswahl anbot, leuchteten Shaws Augen auf. Dann entschied er sich für die Schrotflinte samt Ersatzmunition. Viel Feuerkraft, aber nicht die beste Wahl für die Jagd nach einem Geist. Es war ja nicht so, als würden wir ein paar Vampire oder Wiedergänger jagen, die irgendwelchen Gräbern entstiegen waren. Gegen Geister waren Schusswaffen ziemlich nutzlos, da mussten Soul Hunter – oder Amuletttträger – her. Es sei denn, man legte es drauf an, sie abzulenken und zu ärgern.

Ich wechselte einen kurzen Blick mit Finn, doch der zuckte nur mit den Schultern und stieg grinsend in den Wagen.

Rund fünfzig Minuten später hielten wir vor dem Haus an, das uns von Linneas Vortrag bereits bekannt war, und stiegen aus. Es befand sich mitten auf dem Land, nur wenige Meilen außerhalb Londons. Auf dem Weg hierher war uns keine Menschenseele begegnet. Kein Wunder also, dass mögliche weitere Tote nicht so schnell gefunden wurden und diese Sache nicht durch die Presse ging. Und wenn wir unsere Arbeit erledigten, konnten wir dafür sorgen, dass es auch so blieb.

Links von mir zog Finn seinen Dolch. Rechts von mir umklammerte Shaw die Schrotflinte.

Zusammen mit meiner Eskorte betrat ich das verlassene Haus. Eine Diele knarzte. Aus dem Augenwinkel bemerkte ich, wie sich Shaw anspannte. Er hielt die Schrotflinte schussbereit vor sich und ließ seinen Blick genau wie Finn durch den dunklen Eingangsbereich wandern, den ich mit meiner Taschenlampe ausleuchtete. Meine Armbrust ließ ich noch in ihrem Holster.

Hier und da standen ein paar Möbel und rotteten vor sich hin: eine Kommode an der Wand, zwei umgefallene Stühle, ein paar schiefe Gemälde an den Wänden, die Wasserflecken aufwiesen und von denen sich die Tapete bereits löste. Doch abgesehen von jeder Menge Staub und Dreck war hier unten nichts zu finden. Das Haus hatte von außen recht schmucklos gewirkt, von innen entpuppte es sich jedoch als weitläufige Villa – mit Türen zu beiden Seiten und einer breiten Treppe, die in die oberen Stockwerke führte. Wenn wir jeden einzelnen Raum nacheinander absuchten, würden wir morgen früh noch immer damit beschäftigt sein.

»Wir sollten uns aufteilen«, murmelte ich, als der Raum vor uns genau das blieb, was er war: ein verlassener Eingangsbereich.

»Dir ist schon klar, dass derjenige, der das sagt, in Filmen immer als Erster stirbt?«, raunte Shaw und hielt die Schrotflinte ein Stück höher. »Was, wenn der Geist auftaucht und uns die Eingeweide rausreißen will? Was machen wir dann ohne dich?«

Gegen meinen Willen musste ich schmunzeln und hielt das Funkgerät in die Höhe. »Dann schießt du drauf, meldest dich und ich komme zu eurer Rettung herbeigeeilt. Los jetzt!«

Finn nickte mir zu, dann deutete er Shaw an, ihm zu folgen. Die beiden gingen nach links, also übernahm ich die rechte Seite. Nach fast einem Jahr waren Finn und ich ein eingespieltes Team. Wir kannten die Regeln, wir kannten das Vorgehen: schnell, sauber, effizient. Und am besten, ohne irgendwelche

Spuren zu hinterlassen. Aber vor allem wusste er, dass er auf einer Mission wie dieser hier mein Backup war und nicht andersherum, denn zurückschicken konnte nur ich die entflohenen Seelen. Sollten er oder Shaw auf etwas stoßen, war Finn erfahren genug, um dafür zu sorgen, dass ihnen nichts passierte, bis ich bei ihnen war und die Erscheinung vernichten konnte.

Wieder knarzte der Holzboden, als ich mich der ersten Tür näherte. Ein Blick hinein und ich entdeckte so etwas wie einen Salon oder Aufenthaltsraum. Alte Sessel, die mit etwas Liebe vielleicht sogar restauriert und teuer verkauft werden könnten. Zerbrochene Blumenvasen und ein Kamin, in dem schon lange kein Feuer mehr gebrannt hatte. Glassplitter knirschten unter meinen Stiefeln, während ich mich systematisch vorarbeitete. Erst alle Ecken und die Decke ableuchten, das Zimmer sichern, dann ab ins nächste.

Ein leises Prasseln war zu hören, das von Minute zu Minute lauter wurde, als der Regen gegen das Dach und die Fenster trommelte. Ein kalter Wind kroch über meine Haut und ließ mich schaudern. Irgendwo musste eine Fensterscheibe zerbrochen sein. Kurze Zeit später fand ich sie auch schon in der ehemaligen Küche. Hier lagen sogar noch Töpfe, kaputte Teller und Besteck herum. Nur der Geruch erinnerte mehr an eine Müllhalde – oder an einen Friedhof. Ich atmete flach durch den Mund, bis ich wieder im Eingangsbereich ankam. Das Untergeschoss auf meiner Seite war gesichert. Von Shaw und Finn hatte ich nichts mehr gehört, was ein gutes Zeichen war. Würden sie gerade draufgehen, wären sie mit Sicherheit lauter.

Prüfend setzte ich einen Fuß auf die erste Stufe. Das Holz knirschte, gab aber nicht unter meinem Gewicht nach. Die Zeit war nicht besonders gnädig zu dieser Treppe gewesen. Überall klafften Löcher, und ich musste im Zickzack auftreten, um überhaupt nach oben zu kommen. Innerlich verfluchte ich meine nicht vorhandene Ausdauer. Sollten wir jemals vor irgendwelchen Kreaturen wegrennen müssen, wäre ich die Erste, die gefressen werden würde.

Als ich endlich die erste Etage erreicht hatte, war meine Atmung keuchend und meine Beine schmerzten von dem Slalomlauf. Okay. Definitiv mehr Sport für mich. Auch wenn ich diesen Vorsatz mit ziemlicher Sicherheit in dem Moment vergessen würde, in dem wir dieses Herrenhaus verließen.

Mehrere Türen führten von einem langen Flur ab. Gleich die erste brachte mich in ein schmales Treppenhaus, vermutlich ein Bedienstetenaufgang. Ich seufzte und legte den Kopf in den Nacken. Noch mehr Stufen? Ernsthaft? Kopfschüttelnd machte ich kehrt, um erst einmal dieses Stockwerk abzusuchen, bevor ich mir eine weitere morsche Treppe antat.

Hinter mir knallte die Tür zu. Ich zuckte zusammen, wirbelte herum, die Hand bereits über meinem Amulett – doch da war nichts. Kein Windstoß. Kein Geräusch. Aber vor allem nichts, was auf die Anwesenheit eines Geists hindeuten würde. Nicht, dass ich da absolut sicher sein konnte, denn Pontianaks waren perfide Miststücke. Außerdem machte sich in diesem Moment ein Brennen in meiner Schulter bemerkbar – ein deutliches Zeichen dafür, dass wir auf der richtigen Spur waren.

Nach einem letzten prüfenden Rundumblick ließ ich die Hand sinken und drehte mich um. Mein Puls raste. Jeder Muskel in meinem Körper war in Alarmbereitschaft. Ich wusste, dass das Wesen irgendwo hier sein musste. Und das nicht nur dank meiner brennenden Schulter, sondern weil ich in all den Jahren, in denen ich diesen Job nun schon machte, gelernt hatte, auf meine Intuition zu vertrauen. Und die schlug in diesem gruseligen alten Gebäude total aus.

Der Regen wurde stärker, das Prasseln lauter und der Wind begann um das Haus zu pfeifen, während der Lichtschein meiner Taschenlampe über Boden und Wände glitt. Irgendwo im Haus fiel eine weitere Tür zu. Ich hielt den Atem an, versuchte etwas zu hören, aber da war nichts. Im Gegensatz zu dem Unwetter da draußen war es hier drinnen geradezu erschreckend still. Kurz sah ich auf das Funkgerät an meinem Gürtel hinab. Es blieb stumm. Keine Nachricht von Finn, also mussten die zwei noch damit beschäftigt sein, ihre Seite des Hauses abzugehen. Dass sich der Pontianak bisher nicht gezeigt hatte, bereitete mir mehr Sorgen, als wenn das Wesen uns einfach angreifen würde. Vor allem, da das Brennen in meiner Schulter konstant blieb. Wo war dieses Mistding?

Ich arbeitete mich weiter vor, überprüfte jedes Zimmer, jeden Gang, bis ich wieder zu dem schmalen Aufgang mit der Treppe nach oben zurückkehrte. Nur mit größter Mühe unterdrückte ich ein Schaudern, das nichts mit der Kälte oder dem Geist in der Nähe zu tun hatte. Ich hasste enge Räume. Etwas Schweres legte sich auf meinen Brustkorb, aber ich versuchte die beginnende Panik zu ignorieren.

Neben mir liefen die Regentropfen an den Fensterscheiben hinunter und der Druck auf meiner Brust nahm zu. Irgendetwas stimmte nicht. Ich blinzelte, doch meine Sicht verschwamm immer mehr. Ein kaum wahrnehmbares Flüstern drang in mein Bewusstsein ein. Die Dunkelheit um mich herum wurde tiefer, die Panik von Sekunde zu Sekunde stärker. Schatten tauchten am Rande meines Sichtfelds auf und schlängelten sich wie lebende Wesen immer weiter nach vorne, bis sie mein ganzes Sichtfeld ausfüllten und ich überhaupt nichts mehr erkennen konnte.

»Oh nein«, keuchte ich und tastete nach der nächsten Wand, um mich daran abzustützen. Mein Herz raste. Mein Magen zog sich zusammen. Schweiß brach mir aus. »Nicht jetzt. Bitte nicht jetzt.«

Aber es war zu spät. Der Schattenblick hatte mich in seiner Gewalt. Und das Einzige, woran ich denken konnte, war … »Niall.«

Shaw

»Niall.«

Roxys Stimme ließ mich innehalten. Sie war ganz leise, fast nur ein Hauchen, trotzdem war ich absolut sicher, sie gehört zu haben. Diese Stimme war das Letzte, was ich vor meinem Beinahe-Tod wahrgenommen hatte – und das Erste, als ich wieder zu mir gekommen war. Ich würde sie immer und überall wiedererkennen.

Ohne nachzudenken, machte ich auf dem Absatz kehrt und betrat den Raum, an dem ich gerade eben vorbeigegangen war. Ich rechnete mit einem Kampf. Mit irgendeinem widerlichen Wesen. Einem Geist. Einem Monster. Was auch immer. Aber definitiv nicht damit, Roxy auf dem Boden kniend vorzufinden. Mit einer Hand stützte sie sich gegen die Wand, als müsste sie sich aufrecht halten.

»Fuck!« Mein erster Impuls war es, sofort zu ihr zu stürzen, doch irgendetwas hielt mich davon ab. In meinem Kopf jagte ein Gedanke den nächsten, dennoch wusste ich mit einer erschreckenden Klarheit, dass ich mich erst nach potenziellen Angreifern umschauen musste.

Und genau das tat ich. Innerhalb von Sekunden leuchtete ich alles ab und sicherte den Raum, dann schloss ich die Tür hinter uns und ging vor Roxy in die Hocke. Ihre Augen waren geöffnet, blickten jedoch ins Leere.

»Hey …«, murmelte ich und streckte die Hand nach ihr aus. Sollte ich sie berühren? Durfte ich sie berühren? Oder befand sie sich in einer Art seltsamer Trance, ausgelöst durch diesen Geist – oder was auch immer das für ein Wesen war? »Hey, Roxy …«

Keine Reaktion. Ihr Blick war auf einen Punkt am Boden fixiert. Ich versuchte irgendetwas zu erkennen, leuchtete sogar die Holzdielen um uns herum mit der Taschenlampe ab, doch abgesehen von jeder Menge Staub war da nichts. Keine mystischen Symbole, keine Spur von irgendwelchen Geistern. Oder Pontidingens.

Behutsam legte ich die Hand auf Roxys Schulter. Sie gab nicht nach, sank nicht plötzlich in sich zusammen. Das war gut, oder? Das bedeutete, dass sie noch bei Bewusstsein sein musste. Irgendwie zumindest.

»Du jagst mir gerade eine Scheißangst ein.«

Sie reagierte noch immer nicht.

Vorsichtig, um ja kein Geräusch zu verursachen, das sie irgendwie erschrecken könnte, legte ich die Schrotflinte neben mir ab. In Griffweite, nur für alle Fälle. Dann legte ich einen Finger unter Roxys Kinn und hob es sanft an.

Sie sah mich nicht an, sondern starrte geradewegs durch mich hindurch. Ihre Augen waren weit aufgerissen – und hatten eine andere Farbe. Ich wusste mit absoluter Sicherheit, dass Roxy hellbraune Augen hatte, und das nicht nur, weil ich sie beim Aufwachen im Krankenhaus angestarrt hatte. Ihr Blick hatte sich mir eingeprägt, genau wie ihre Stimme und so vieles mehr, was sie betraf. Doch jetzt war die Iris nicht braun, sondern leuchtete in einem so intensiven Grün, dass es fast überirdisch wirkte. Was oder wer auch immer mich da gerade ansah, es war nicht Roxy.

»Shit.« Ich ließ sie abrupt los, wollte zurückweichen, doch sie packte mich blitzschnell am Arm und hielt mich fest.

Was zum Teufel ging hier vor sich? Was passierte mit ihr?

War das ein Zeichen dafür, dass sie ihre Magie einsetzte? Aber im Krankenzimmer hatte sich ihre Augenfarbe auch nicht geändert. Oder war sie von diesem Pontidingens besessen? Änderten sich Augenfarben bei Besessenheit? Scheiße, zu diesem Kapitel war ich in den Büchern noch nicht gekommen.

»Ich hole Hilfe, okay?«, versuchte ich sie zu beruhigen und mich gleichzeitig aus ihrem Klammergriff zu befreien.

Nichts da. Sie ließ mich nicht los. Es dauerte eine gefühlte Ewigkeit, bis ich so etwas wie ein unmerkliches Kopfschütteln bei ihr wahrnahm.

Nein? Nein, sie wollte keine Hilfe? Oder nein, ich sollte nicht gehen und sie nicht allein lassen? Woher zur Hölle sollte ich wissen, was ich tun musste?

Bevor ich handeln, bevor ich überhaupt einen klaren Gedanken fassen konnte, lief ein Zittern durch ihren Körper. Sie atmete scharf ein, blinzelte ein paarmal – und ihre Augen nahmen schlagartig wieder die normale Farbe an. Ihr Blick fokussierte sich und blieb an mir hängen.

»Rachel …?«, fragte ich zögerlich.

Ein Zucken in ihren Mundwinkeln. »Du weißt verdammt gut, dass ich nicht so heiße.«

Ich war so erleichtert, dass ich gar nicht anders konnte, als zu lächeln. »Wollte nur testen, ob du wieder du selbst bist.«

Sie nickte und hievte sich ächzend hoch. Ich stand ebenfalls auf, und erst jetzt, nach diesem Schock, wurde mir bewusst, wie winzig diese Kammer eigentlich war. Und wie nahe wir uns gerade waren.

Ich schluckte hart. »Was ist da eben passiert? War das der Geist oder …?«

Roxy schüttelte den Kopf. »Das hatte nichts mit dem Geist zu tun. Sag den anderen nichts davon.« Ihre Fingernägel bohrten sich so fest in meinen Unterarm, dass es wehtat.

Ich wusste ja nicht mal, *was* ich den anderen erzählen sollte, weil ich keinen Schimmer hatte, was geschehen war. Doch selbst wenn ich es gewusst hätte, hielten mich ihre Worte davon ab. Auch wenn mir gerade Tausende von Fragen durch den Kopf schwirrten, ertappte ich mich dabei, wie ich nickte. Ich konnte ihr diese Bitte einfach nicht abschlagen.

»Danke.« Sie atmete tief durch und ließ mich los.

Sofort fehlte mir das Gefühl ihrer Hand auf meinem Arm, aber da war auch ein Brennen auf meiner Haut, wo sich ihre Fingernägel hineingebohrt und rote Spuren hinterlassen hatten.

Roxy schien es ebenfalls zu bemerken. »Sorry.«

»Schon gut«, erwiderte ich automatisch. Einen Moment lang hielt ich ihren Blick noch fest, vielleicht um mir zu versichern, dass sie wirklich wieder ganz sie selbst war, vielleicht auch aus anderen, völlig egoistischen Gründen, dann hob ich die Schrotflinte vom Boden auf und der Bann war gebrochen.

Roxy räusperte sich und ließ den Schein ihrer Taschenlampe durch das schmale Treppenhaus wandern. »Der Pontianak muss hier irgendwo sein. Wo hast du Finn gelassen?«

»Er wollte sich den Keller anschauen und hat mich hochgeschickt.«

Sie schnitt eine Grimasse. »Hat der Kerl noch nie einen Horrorfilm gesehen?«

Ich grinste nur.

»Dieses Stockwerk habe ich abgesucht. Wir müssen weiter nach oben.« Ohne meine Antwort abzuwarten, setzte sich Roxy in Bewegung und steuerte entschlossen auf die Treppe zu.

Oh ja, sie war wieder ganz die Alte. Trotzdem wüsste ich gerne, was um alles in der Welt gerade mit ihr passiert war. Doch selbst mir war klar, dass jetzt weder der richtige Ort noch die richtige Zeit für eine Fragestunde war, also verschob ich meine Neugier auf später.

Langsam gingen wir die Treppe hoch. Roxy achtete darauf, keine morschen Stellen zu erwischen, und ich folgte ihr schweigend. Meine Muskeln waren so angespannt, dass sie vor Erschöpfung wehtaten. Verdammte Hölle. Die letzten Wochen hatte ich fast nichts anderes getan, als zu trainieren, zu essen, zu schlafen, zu arbeiten und zu lesen. Na gut, und Netflix zu schauen, weil ich nicht immer ein- oder durchschlafen konnte. Etwas, was ich dummerweise Ingrid gegenüber erwähnt hatte, die mir sofort etwas zur Beruhigung hatte verschreiben wollen. Nein, danke. Ich hatte im Koma gelegen, ich brauchte nichts, das mich wieder ausknockte. Und obwohl ich anfangs überhaupt nichts geträumt hatte, füllten sich meine Nächte nach und nach mit Träumen vom Quartier, den anderen Huntern und all den obskuren Dingen und Kreaturen, über die ich in den vergangenen drei Monaten gelesen hatte.

Ich hatte mich dieser Truppe nicht bloß aus Dankbarkeit angeschlossen. Na gut, zum Teil schon. Aber vor allem wollte ich herausfinden, wer ich eigentlich war und was mit mir geschehen war. Dafür waren Roxy und ihre Leute meine beste Chance. Genau genommen waren sie meine einzige Chance.

Der Regen war hier oben deutlicher zu hören. Irgendwo tropfte etwas laut. Ein Wasserhahn? Ein kaputtes Fenster, durch das es hereinregnete? Ich hatte keine Ahnung, aber da war definitiv etwas Zugluft und …

Eine Tür fiel zu.

Wir zuckten beide zusammen und wirbelten herum, wodurch wir instinktiv Rücken an Rücken standen. Allerdings zielte ich mit der Schrotflinte nur in die Dunkelheit. Da war keine Bewegung. Kein Geräusch. Gar nichts.

»Vielleicht hätten wir besser die Ghostbusters rufen sollen«, murmelte ich nach einem Moment, ohne die nähere Umgebung aus den Augen zu lassen. »Die Winchester-Brüder könnten auch helfen. Die Seelenwächter? Schattenjäger? Irgendjemand?«

Roxy reagierte nicht auf meinen Spruch. Stattdessen wich sie zurück, bis ich sie deutlich hinter mir spürte. »Wir sind nicht allein«, zischte sie.

Okay, vielleicht schoss mein Puls gerade *etwas* in die Höhe, aber das war schließlich mein allererster Geist. Wenn man mal von dem absah, der es sich in meinem Körper gemütlich gemacht hatte, ehe Roxy auf der Bildfläche erschienen war.

Ein Knarren rechts von uns. Ich hielt die Schrotflinte darauf – und ließ sie mit einem unterdrückten Fluchen sinken, als Finn aus den Schatten auftauchte. Gut, wenigstens hatte er den Keller überlebt. Im Gegensatz zu mir hielt er keine Schusswaffe in der Hand. Dafür blitzte sein Dolch im fahlen Licht von Roxys Taschenlampe auf.

Wieder knallte eine Tür im Haus. Wir befanden uns mitten im Flur in der zweiten Etage, umgeben von einer Vielzahl an Zimmern. Das Geräusch konnte von überall hergekommen sein. Dennoch sagte mir irgendetwas, dass unsere Pontifreundin ganz in der Nähe sein musste.

»Bloody Hell!«, fluchte Finn und stellte sich zu uns. »Was war das?«

»Bleibt bei mir, Jungs.« Ich sah zwar nicht, was Roxy hinter mir tat, aber ich erkannte das blaue Leuchten wieder, als hätte es sich bei unserer ersten Begegnung in mein Gehirn eingebrannt.

Ein ohrenbetäubendes Kreischen ertönte. Glas zersplitterte. Irgendetwas fiel mit einem dumpfen Laut zu Boden.

Schweiß trat mir auf die Stirn. Ich umklammerte die Schrotflinte fester und hielt die Stellung. Selbst dann, als ich einen kalten Luftzug an meiner linken Wange verspürte. Blitzschnell drehte ich mich um – und starrte in das Gesicht eines kleinen Jungen.

Es war kränklich grau und seine Haut geradezu durchscheinend. Seine Augen lagen in tiefen Höhlen, und als mein Blick an ihm hinabwanderte, atmete ich zischend ein. Dunkelrotes Blut klebte an seinem Bauch – oder dem, was davon übrig war, denn von seinen Innereien war nicht mehr viel zu sehen. Gleichzeitig stieg ein süßlicher Duft nach Verwesung auf.

»Tut mir leid, Kumpel«, murmelte Finn mit seinem schottischen Akzent.

Aber es war nicht er, sondern Roxy, die die Hand ausstreckte. Das Amulett um ihren Hals leuchtete auf und bläuliches Licht schoss auf den Geist zu.

Geblendet wandte ich mich ab, gerade rechtzeitig, um das andere Wesen zu entdecken, das uns angriff. Sie schwebte über dem Boden. Unendlich langes dunkles Haar breitete sich zu allen Seiten aus. Ihre Augen waren vollkommen weiß. Ihr Kleid – oder war es ein Krankenhaushemd? – war mit Blut befleckt, genau wie ihre Lippen. Lippen, die sich jetzt zu einem mörderischen Lächeln voller stecknadelgroßer und höllisch spitzer Zähne verzogen.

Ich stellte keine Fragen, sondern drückte den Abzug. Die Kugel raste auf die Frau zu – und geradewegs durch sie hindurch, als würde sie aus Luft bestehen. Das Ding zuckte nicht mal zusammen. Scheiße! Wozu hatte ich eine Schrotflinte dabei, wenn ich damit überhaupt nichts gegen den Geist ausrichten konnte?

Ein hässliches Lachen erfüllte die Luft. In der einen Sekunde schwebte die Frau noch mehrere Meter vor uns im Flur, in der nächsten stürzte sie sich geradewegs auf uns. Auf mich, um genau zu sein.

Ich hielt die Luft an. Schoss. Wappnete mich für das Schlimmste. Doch wenige Zentimeter vor mir prallte sie so heftig an etwas ab, dass sie davon zurückgeschleudert wurde.

Roxys Magie. Wie auch immer sie das geschafft hatte.

Bevor ich mich bedanken oder überhaupt irgendetwas tun konnte, brach Roxy aus unserer Formation aus.

»Sie gehört mir!«, rief sie und stürmte los.

»Warte!«, brüllte Finn, doch sie hörte ihn nicht mehr. Oder vielleicht wollte sie ihn auch gar nicht hören.

Ohne nachzudenken, rannte ich ihr hinterher, folgte ihr in den angrenzenden Raum und dann durch eine weitere Tür in den nächsten, der den Sofas und Regalen nach zu schließen mal so etwas wie ein Wohnzimmer gewesen sein musste. Doch schon beim Eintreten packte mich eine unsichtbare Macht und schleuderte mich gegen die Wand. Ich prallte hart mit dem Rücken dagegen und umklammerte die Schrotflinte mit aller Kraft. Ich versuchte sie zu heben und ein Ziel anzuvisieren, aber es war unmöglich. Es fühlte sich an, als würde ich gegen einen Sturm ankämpfen. Die beiden Türen, die in dieses Zimmer führten, knallten von allein zu.

Wenige Schritte von mir entfernt stand Roxy. Sie hatte die Füße in den Boden gestemmt, ihr langes Haar und ihr roter Umhang wehten im Wind und ihr Amulett leuchtete so hell, dass ich alles erkennen konnte, obwohl sie mit dem Rücken zu mir stand. Der Pontianak kreischte auf, so schrill, dass mir die Ohren klingelten. Wieder und wieder wollte sich das Ding auf Roxy stürzen, prallte allerdings genauso oft an ihrer Magie ab. Doch die Kreatur schien stärker zu werden – oder Roxys Kräfte ließen nach. Sie wich einen halben Schritt zurück, stemmte sich dann jedoch wieder gegen den Wind und setzte ihre Magie ein weiteres Mal ein.

Shit, ich konnte sie nicht einfach allein gegen dieses Wesen antreten lassen. Sie hatte mir das Leben gerettet. Gleich in mehrfacher Hinsicht. Das Mindeste, was ich tun konnte, war, ihr dabei zu helfen, diesen Geist zurück in die Hölle zu schicken.

Ein Poltern ertönte aus dem Flur. Finn tat alles, um reinzukommen und warf sich mit seinem ganzen Gewicht gegen die geschlossene Tür.

Meine Arme und Beine zitterten vor Anstrengung. Ich biss die Zähne zusammen, mobilisierte all meine Willenskraft und zwang mich vorwärts. Zentimeter für Zentimeter. Schritt für Schritt. Schweiß brach mir aus, und meine Knie drohten unter mir nachzugeben. Fuck. Trotz all meines Trainings fühlte ich mich wie ein Schwächling. Aber Aufgeben kam nicht infrage. Niemals. Unter Aufbietung all meiner Kräfte hob ich die Schrotflinte an, zielte erneut auf das Mistding und schoss. Einmal. Zweimal. Dreimal. In der Hoffnung, dass meine Munition dieses Mal etwas bewirkte – und tatsächlich stieß der Pontianak einen grellen Schrei aus.

Zwar schossen meine Kugeln noch immer geradewegs durch seinen geisterhaften Körper hindurch, aber er schien von Roxys Attacken geschwächt zu sein. Furienartig wirbelte der Geist herum und richtete den Blick aus seinen weißen, toten Augen geradewegs auf mich.

Ich lud nach, visierte die grässliche Fratze an und ballerte drauflos, um das Wesen von Roxy abzulenken.

Die Tür flog mit einem Krachen auf. Schritte näherten sich, dann sauste ein Wurfmesser durch die Luft. Finn tauchte an meiner Seite auf. Zusammen gelang es uns, die Kreatur in Schach zu halten. Lange genug, damit Roxy zuschlagen konnte.

Das Leuchten ihres Amuletts verstärkte sich, bis das blaue Licht den ganzen Raum ausfüllte. Es war so grell, dass ich mich abwenden und die Augen zukneifen musste. Als ich sie wieder öffnete, war die Dunkelheit zurückgekehrt, doch das Leuchten war noch da, nur in konzentrierter Form. Wie leuchtende Fäden umschloss es Roxys Arme bis zu den Fingerspitzen. In der einen Sekunde pulsierte es noch auf ihrer Haut, dann raste es blitzschnell auf den Pontianak zu.

Es war kein schöner Anblick, aber trotzdem faszinierend. Das strahlend blaue Licht erfasste das Geistwesen, breitete sich in ihm aus, angefangen in seiner Mitte bis in die Füße, die Hände und schließlich ins Gesicht. Ein letzter hasserfüllter Blick, dann leuchtete es grell auf, und die Kreatur zerbarst in Tausende kleine Splitter, die sich kurz darauf auflösten.

Stille.

Draußen pfiff noch immer der Wind ums Haus und Regen prasselte aufs Dach, doch hier drinnen war es vollkommen ruhig. Wenn man mal von meinen keuchenden Atemzügen absah. Meine Arme brannten, als ich die Schrotflinte schließlich sinken ließ.

»Haben wir es geschafft?« Ich schaute von der Stelle, an der der Geist verschwunden war, zu Roxy und anschließend zu Finn. »Ist das Miststück erledigt?«

Finn hob sein Wurfmesser auf. Er wirkte erschöpft, schmunzelte jedoch zufrieden. »Das Miststück ist wieder genau dort, wo es hingehört. Gute Arbeit, Mann.« Er nickte erst mir, dann seiner Kampfpartnerin zu. »Roxy.«

Ihr Amulett pulsierte nicht mehr. Im ersten Moment war es trotz Taschenlampen schwer, etwas in der erneuten Dunkelheit zu erkennen, aber auf einmal konnte ich sie neben mir spüren.

Roxy hielt mir die Hand hin. »Ich schätze, das war dein Aufnahmeritual. Willkommen bei den Huntern.«

Ich schlug in ihre Hand ein. Jepp. Anscheinend war ich jetzt ein vollwertiges Mitglied der Bruderschaft. Des Vereins. Der Einheit. Was auch immer.

Ich grinste. »Gern geschehen.«

Roxy verdrehte nur die Augen und ließ mich stehen, aber ihre Mundwinkel hatten gezuckt. Ich hatte es ganz genau gesehen.

11. KAPITEL

Roxy

Auf der Rückfahrt saß ich mit Ohrstöpseln und Musik auf der Rückbank, während sich Finn und Shaw vorne über irgendetwas unterhielten. Zumindest nahm ich das an, weil Shaw auf dem Beifahrersitz wild herumgestikulierte. Was auch immer sie sagten, wurde von den gleichmäßigen Klängen und der tiefen Stimme von Black Lab übertönt.

Mir tat alles weh. Der intensive Einsatz von Magie, der Schlafmangel, dieser ganze Tag und dann auch noch das kurze Training mit Shaw machten sich jetzt deutlich bemerkbar. Ich hatte das Gefühl, dass es keinen Muskel in meinem Körper gab, der nicht schmerzte, und ich war einfach nur froh, dass die Jungs mich in Ruhe ließen und sich mit sich selbst beschäftigten.

Auch wenn ich nach außen hin ruhig wirken mochte, hämmerte es in meiner Brust noch immer wie verrückt, und meine Gedanken kehrten immer wieder zu diesem einen Moment zurück – und zu Niall.

Nach Monaten ohne den geringsten Hinweis auf seinen Verbleib hatte uns der Schattenblick endlich wieder miteinander verbunden, und ich hatte für ein paar viel zu kurze Sekunden durch seine Augen sehen können. Zwar hatte ich kaum etwas erkennen können, aber da waren Bewegungen gewesen. Das leise Plätschern von Wasser. Ein wolkenloser Himmel mit einem Meer aus funkelnden Sternen. Oder waren es Glühwürmchen gewesen? Ich hatte nicht die geringste Ahnung.

Die seltenen Bilder, die ich empfing, sahen jedes Mal anders aus und gaben mir keinen Hinweis darauf, wo er sich aufhielt. Anfangs war ich noch verzweifelt gewesen, vor allem, da Mom und Dad mir nicht glauben wollten, dass ich Kontakt zu Niall hatte und es mir immer wieder auszureden versuchten. Irgendwann hatte ich aufgehört, ihnen davon zu erzählen, weil ich merkte, dass es ihnen wehtat. Dass sie die Erinnerung an ihn lieber begraben und mit ihrem Leben weitermachen wollten. Aber ich konnte das nicht, denn ich wusste mit absoluter Sicherheit, dass Niall noch am Leben war.

Ich spürte es jedes Mal, wenn uns der Schattenblick miteinander verband und ich das sah, was er gerade sehen konnte. Genau wie umgekehrt auch. Wo auch immer mein Zwillingsbruder gerade war, er lebte noch. In den vergangenen zehn Jahren hatte ich es nicht geschafft, ihn zu finden, aber jedes Mal, wenn uns der Schattenblick miteinander verband, sah ich ein bisschen mehr. Ich brauchte nur noch etwas mehr Zeit. Wenn es mir gelang, all die befreiten Seelen zurück in die Unterwelt zu schicken, konnte ich mich wieder ganz darauf konzentrieren, Niall zu suchen. Aber dafür musste ich am Leben bleiben.

Der Wagen kam zum Stehen. Ich richtete mich auf und schaute auf meine Hände hinab. Ich hatte nicht einmal gemerkt, dass ich sie zu Fäusten geballt hatte. Die sichelförmigen Spuren meiner Fingernägel waren deutlich in meine Handflächen eingegraben. Ich atmete tief durch und zog mir die Stöpsel aus den Ohren. Die hämmernden Bässe wurden von der Stille in der Tiefgarage ersetzt. Doch als wir kurz darauf in der siebenunddreißigsten Etage ankamen, um Waffen und Ausrüstung abzugeben, war davon nichts mehr zu spüren. Trotz der späten Uhrzeit war überraschend viel los.

Die Jungs verließen den Aufzug als Erste, und während Finn vorausging, fing ich Shaws Blick auf. Er war stehen geblieben und betrachtete mich mit einem besorgten Ausdruck.

»Was da vorhin im Haus mit dir passiert ist …«, begann er.

»Nicht«, unterbrach ich ihn, bevor er die Frage zu Ende bringen konnte. Mein Herz polterte bei der Erinnerung wieder los, aber ich ignorierte es ebenso wie das unangenehme Ziehen in meiner Brust. Und die Schuldgefühle. Denn durch den Schattenblick war ich für eine kurze Zeit nicht imstande gewesen zu kämpfen und hatte damit nicht nur mein eigenes, sondern vor allem das Leben von Finn und Shaw in Gefahr gebracht. Wenn ihnen in diesem Moment etwas passiert wäre … Allein bei der bloßen Vorstellung drehte sich mir der Magen um. Ich biss die Zähne zusammen. »Lass gut sein, okay?«

Damit ließ ihn stehen und eilte in Richtung Waffenkammer davon. Ja, Shaw hatte viele Fragen – aber die hatte ich auch. Und ich konnte mich nicht wieder in die Verzweiflung stürzen, die die Suche nach meinem Bruder mit sich brachte.

Nala begrüßte die Rückkehrer von der Tür zur Waffenkammer aus. Fast gleichzeitig mit uns waren noch zwei weitere Teams zurückgekommen. Wortlos streckte sie die Hände aus und nahm Waffen und Ausrüstung von Joaquin und Ilya entgegen. Gleich darauf folgten Dinah und Ripley. Als Ripley Nala seine ganzen Messer aushändigte, spiegelte sich das Licht immer wieder für einen Moment in seinem Ring. Anders als ich trug er sein Amulett lieber direkt an den Händen anstatt um den Hals.

»Hey, Dee. Rip«, begrüßte ich die beiden, während sich Finn, noch immer vollständig bewaffnet, wenige Schritte entfernt mit Ilya über irgendein Fußballspiel unterhielt.

Dinah drehte sich zu mir um und ein Lächeln breitete sich auf ihrem Gesicht aus. Ihr Make-up war verschmiert, an ihrer

Wange waren ölige schwarze Spuren zu sehen und ihr Oberteil war mit Schlamm bespritzt. Oder sehr dunklem Blut. Außerdem klebte etwas Glitschiges an ihren Stiefeln, das ich gar nicht näher betrachten wollte.

»Roxy!« Sie machte einen Schritt auf mich zu, hielt dann jedoch inne und schaute an sich hinab. »Ich würde dich ja umarmen, aber …«

»Ja. Besser nicht.«

Ripley nickte mir zu und trat dann mit einem lässigen Lächeln neben sie. »Mich kannst du jederzeit umarmen, Süße.«

»Oh, wirklich?« Dinah riss die Augen auf und tat überrascht. Dann strahlte sie ihn an. »Komm an meine Brust, York!« Sie stürzte sich auf ihn und verteilte Schlamm, glitschiges Zeug und weiß der Himmel was noch auf seine bis zu diesem Zeitpunkt einigermaßen sauberen Klamotten.

Die Aktion brachte ihnen Lacher von allen Seiten ein. Sogar Nala verzog die Lippen zu einem amüsierten Lächeln, als sie aus der Waffenkammer zurückkam.

Wie selbstverständlich legte Ripley Dinah den Arm um die Schulter und flüsterte ihr etwas ins Ohr, das mit ziemlicher Sicherheit ein eindeutiges Angebot oder ein neuer Flirtversuch war. Er versuchte es bei ihr schon länger, als ich die beiden kannte. Und Dinah … Dinah lachte ihm ins Gesicht. Natürlich.

Shaw tauchte neben mir auf. »Muss ich das verstehen?«

Ich schüttelte den Kopf. »Die zwei sind einfach einzigartige Persönlichkeiten.«

»Oh, das ist mir schon aufgefallen«, erwiderte er belustigt und beobachtete die beiden noch einen Moment lang, bis sich Nala laut räusperte. Erst dann riss sich Shaw von dem Anblick los und übergab unserer Waffenmeisterin die Schrotflinte.

Nala starrte von der Waffe in seinen Händen hoch in sein

Gesicht und wieder zurück. Ihre Stimme war gefährlich leise, dennoch hatte sie die Macht, alle Anwesenden sofort zum Schweigen zu bringen. »Finn MacLeod.«

Der zog den Kopf ein, trat jedoch vor. Noch bevor er etwas sagen oder tun konnte, legte Nala auch schon los.

»Hast du allen Ernstes einem Hunter in Ausbildung eine Schusswaffe ausgehändigt? Und habt ihr ihn etwa mit zu einer Mission genommen?«

»Was? Nein! Natürlich nicht«, antwortete Finn hastig. »Shaw hat nur … Er hat sie bloß für mich getragen. Im Aufzug. Nicht wahr, Kumpel?«

Nalas finsterer Blick wanderte noch einmal zwischen den Jungs hin und her, sie sagte jedoch nichts mehr dazu und verstaute die Schrotflinte samt Munition wieder in der Waffenkammer. Finn atmete erleichtert auf und gab seine Waffen ab, wobei er sich nur mit einem tiefen Seufzen von seinem heiß geliebten Dolch trennte. Dann trat er schleunigst den Rückzug an.

Shaw schloss zu Finn auf. »Du hättest ruhig mal erwähnen können, dass das Ding kaum gegen Geister hilft«, zischte er.

Finn zuckte nur mit den Schultern. »Hättest du mir denn geglaubt? So konntest du die Erfahrung selbst machen und wirst es nie wieder vergessen. Gern geschehen.«

Shaw brummte irgendetwas Unverständliches, während ich die kleine Armbrust, die Bolzen, Messer und den Köcher an meinem Gürtel entfernte und Nala überreichte. Nichts davon hatte ich heute Abend gebraucht, aber in den letzten Jahren hatte es genug Situationen gegeben, in denen mir die handlichen Waffen den Hintern gerettet hatten.

Da keiner von uns ernsthafte Verletzungen davongetragen hatte, erübrigte sich der Besuch auf der Krankenstation, also nahm ich einen der Aufzüge nach oben und verdrängte dabei jeden weiteren Gedanken daran, wie mich der Schattenblick heute Nacht ohne jede Vorwarnung überkommen hatte.

Niemand wusste von meiner Gabe, nicht einmal Maxwell. Wenn sie auch nur ahnen würden, dass ich über den Schattenblick verfügte, der mich jederzeit – auch während gefährlichen Missionen – kurzzeitig außer Gefecht setzen konnte, würden sie mir niemals erlauben, weiter auf die Jagd zu gehen. Dafür war das Risiko einfach zu groß. Maxwell mochte einige Ausnahmen für mich machen, weil Amelia einst sein Schützling gewesen war, aber sein Verständnis ging auch nur so weit. Außerdem hatte Amelia, selbst mit einem der vier Blicke gesegnet, mir von Anfang an eingetrichtert, nie mit jemandem darüber zu sprechen. Und daran hielt ich mich bis heute.

In meinem Zimmer holte ich saubere Klamotten und steuerte eines der Gemeinschaftsbäder an. Nur wenige Räume hatten eigene Badezimmer, genau genommen nur die Wohnung von Maxwell in der obersten Etage sowie die von Ingrid und ihrer Tochter Linnea, die eine ebenerdige Dusche mit allem, was sie benötigte, für sich beanspruchen konnte. Der Rest von uns teilte sich zwei große Bäder mit mehreren Duschen pro Stockwerk, weshalb es mich auch nicht überraschte, Dinah zu entdecken, als ich dort ankam.

»Will ich überhaupt wissen, was du heute Nacht erlegt hast?«, fragte ich und schnappte mir ein kleineres Handtuch für meine Haare vom Stapel. An Tagen wie diesen, wenn Staub und Dreck und weiß Gott was noch alles in meinen langen Haaren hingen, beneidete ich die Jungs um ihre kurzen Haare ebenso wie Nala um ihren Pixie-Cut. Keiner von ihnen musste sich anschließend noch eine Stunde lang hinsetzen und sich das ganze Zeug rauswaschen oder ausbürsten.

Dinah schnitt eine Grimasse. »Keine Ahnung. Ich hab nicht nachgefragt, sondern darauf geschossen. Aber das Ding hatte

Reißzähne! Rip hat es mit Magie gekillt. Blöderweise ist es dabei explodiert.« Sie machte eine entsprechende Geste mit den Händen und deutete an sich hinunter.

Ich grinste. »Wie gut, dass wir es heute nur mit Geistern und einem Pontianak zu tun hatten.«

»Und beide Jungs haben das unbeschadet und mit intakten Organen überlebt?« Sie stieß einen leisen Pfiff aus. »Vielleicht hat dieser Shaw ja doch was auf dem Kasten.« Sie zwinkerte mir zu und verschwand in einer der Kabinen.

Ich lächelte nur, zog meine Sachen aus und suchte mir eine eigene Dusche. Unter dem Wasserstrahl schloss ich seufzend die Augen. Die Wärme tat gut, half aber nur bedingt gegen die Müdigkeit und die Schmerzen. Auch wenn ich den Luxus von warmem Wasser genoss und wirklich zu schätzen wusste, da ich zu Hause in Irland viel zu oft hatte kalt duschen müssen, beeilte ich mich jetzt. Ich wollte endlich ins Bett.

Ich war lange vor Dinah fertig, trocknete mich ab und zog meine Schlafsachen, bestehend aus einer gemütlichen langen Hose und einem Tanktop, an. Anschließend bürstete ich mir das feuchte Haar und flocht es zu einem dicken Zopf, dann machte ich mich auf den Weg zu meinem Zimmer.

Doch als ich an den Aufzügen vorbeikam, blieb ich stehen. Zögerte. Ich wusste aus eigener Erfahrung, dass es mir morgen nicht viel besser gehen würde, nachdem ich einen so starken Gegner zurück in die Unterwelt geschickt hatte. Dafür hatte ich zu viel Amulettmagie eingesetzt, was wiederum meine eigenen Energiereserven angezapft hatte. Ich stand also vor der Wahl, morgen wie ein Zombie durch die Welt zu wanken, oder jetzt noch schnell etwas dagegen zu unternehmen. Auch wenn alles in mir dagegen protestierte, drückte ich den Knopf, schlüpfte noch mal in meine Stiefel und stieg gleich darauf in die Metallkiste, um nach unten zu fahren.

Die Gänge waren leer. Wahrscheinlich waren die meisten Hunter noch immer auf der Jagd und diejenigen, die frei hatten, waren entweder daheim, falls sie eigene Wohnungen hatten, oder vertrieben sich die Zeit in den Aufenthaltsräumen auf der neununddreißigsten Etage. Ich erreichte mein Ziel, ohne jemandem zu begegnen, und stieß die Doppeltür mit beiden Händen auf.

In der Krankenstation war es ruhig. Sandy war die Einzige, die mich bemerkte und mir freundlich zunickte. Wenigstens musste ich mich nicht erst von Ingrid untersuchen lassen, da sie mir nach einigen ausführlichen Gesprächen die Erlaubnis gegeben hatte, mir hier unten Schmerzmittel und Vitamine zu holen, wann immer ich sie brauchte. Mittlerweile wusste ich ganz genau, wo sie die Tabletten bunkerte, und steuerte diesen Schrank jetzt ohne Umwege an. Das richtig harte oder sogar gefährliche Zeug bewahrten Ingrid und die anderen Ärzte an einem wesentlich besser gesicherten Ort auf.

Ich fand die Schmerztabletten und spülte sie an Ort und Stelle mit ein paar großen Schlucken aus einer Flasche Wasser hinunter, die ich mir aus einem kleinen Kühlschrank in der Ecke nahm. Ich vermutete stark, dass Ingrid die bestorganisierte Person in diesem Quartier war – auch wenn man es ihrem Schreibtisch nicht immer ansah.

In diesem Moment wurde die Doppeltür aufgestoßen – und ich verschluckte mich vor Schreck. Hustend schnappte ich nach Luft und klopfte mir gegen die Brust, doch das half nur bedingt. Es dauerte eine ganze Weile, bis ich wieder richtig atmen konnte, dann wischte ich mir mit dem Handrücken die Tränen aus den Augenwinkeln.

Der Typ, der hereingekommen war, warf mir nur einen kühlen Blick zu. Kein Wunder – er war hier definitiv die viel größere Attraktion. Was nicht an seinen kalten, blauen Augen lag, die einen krassen Kontrast zu seinem dunkelbraunen Haar darstellten. Und auch nicht an seiner beeindruckenden Größe, seiner schwarzen Kleidung oder der Vielzahl an Waffen, die er hier reinschleppte. Es lag am Blut.

Er war voll davon. Es lief an seiner rechten Gesichtshälfte hinunter, hatte sein T-Shirt durchtränkt und würde in wenigen Sekunden anfangen, die Krankenstation vollzutropfen. Er humpelte etwas, und so wie er sich die Seite hielt, schien er mehr als nur ein paar Kratzer abbekommen zu haben.

»Brauchst du Hilfe?«, fragte ich und beobachtete ihn stirnrunzelnd dabei, wie er sich am Verbandszeug und Desinfektionsmittel in den Schränken bediente. Ich war mir absolut sicher, ihn noch nie zuvor gesehen zu haben – und ich lebte immerhin schon seit einem Dreivierteljahr dauerhaft in diesem Quartier.

Er antwortete nicht, oder vielleicht zählte das knappe Schnauben als seine Antwort.

Kurz sah ich mich um, aber abgesehen von uns beiden war niemand hier, also trat ich näher. Wahrscheinlich sollten mich der harte Blick und die kühle Ausstrahlung zurückhalten, doch das schreckte mich nicht ab. Beim Näherkommen bemerkte ich die vielen kleinen Tattoos auf seinem linken Unterarm. Lauter kleine schwarze Striche. Es mussten Hunderte sein.

Als er den Kopf hob, riss ich im selben Moment die Hände hoch. »Keine Sorge. Wenn du dich selbst zutackern und verbinden willst, werde ich dich sicher nicht aufhalten.«

Das schien ihn etwas zu beruhigen, auch wenn er nicht unbedingt weniger grimmig dreinblickte als zuvor. In einer fließenden Bewegung, die deutlich machte, dass er nicht allzu schwer verletzt sein konnte, zog er sich das Shirt über den Kopf. Er war ziemlich gut in Form. Eindeutig ein Hunter, was mir nicht nur das runde Standardamulett der ersten Stufe bestätigte, das er genau wie alle Hunter an einer unscheinbaren Kette um den Hals trug, sondern vor allem das Tattoo auf seinem anderen Unterarm. In der Mitte des mit Linien versehenen Kreises befand sich ein kleiner Blutstropfen – das Symbol der Blood Hunter. Interessant. Davon gab es in London nicht besonders viele, da hier kaum Vampire existierten.

Als ich ihm wieder ins Gesicht sah, lächelte er nicht. Er zuckte nicht mal mit den Mundwinkeln. Wow. Sogar ich hatte mehr Humor – und meine Lebenszeit lief vor meinen Augen ab.

»Wie heißt du?«, fragte ich schließlich und stützte mich mit den Händen auf der Liege zwischen uns ab, auf der er das ganze Verbandszeug ausgebreitet hatte.

Sein Blick fiel auf das Amulett an meinem Hals, genauer gesagt auf den blauen Stein, in dessen Tiefe winzige Kupferpartikel schimmerten. Ein Amulett der Stufe fünf. Es gab nur eine Stufe darüber, nur eine Art von Amuletten, die noch stärkere Magie in sich bargen, und ich konnte nur hoffen, dass ich diese Stufe erreichte, bevor mich die Höllenhunde holten, weil ich meine Aufgabe nicht rechtzeitig erfüllt hatte.

»Warden«, erwiderte der Fremde widerwillig. Seine Stimme klang rau, beinahe so, als hätte er ewig nicht mehr mit jemandem gesprochen. Außerdem schwang ein schottischer Akzent in jeder Silbe mit. »Warden Prinslo.«

Ich starrte ihn an. Man müsste schon komplett von der Welt abgeschottet leben, um nicht von ihm gehört zu haben. Ein Blood Hunter, der als der beste Jäger seiner Generation galt – also auch meiner, denn er musste ungefähr so alt sein wie ich. Mein Blick fiel auf seinen Unterarm. Jetzt ahnte ich auch, was die vielen Striche dort zu bedeuten hatten. Es war die Anzahl der Kreaturen, die er getötet hatte.

»Roxy«, stellte ich mich vor, auch wenn er nicht danach gefragt hatte. »Roxy Blake.«

»Magic Huntress?« Er deutete auf mein Amulett.

»Freie Huntress. Meine Mentorin war eine Magic Huntress.« Ich hatte keine Ahnung, warum ich ihm das überhaupt erzählte. Vielleicht, weil ich selbst mehr über ihn erfahren wollte. Vielleicht auch, um ihn hinzuhalten, bis jemand hier hereinspazierte, der tatsächlich Ahnung von Wundversorgung hatte, die über Erste Hilfe hinausging.

»Was ist passiert?«, fragte ich, statt ihm meine Hilfe anzubieten, denn die schien er weder zu wollen noch zu brauchen.

Obwohl ich nicht damit rechnete, beantwortete er meine Frage: »Eine Gruppe Vampire ist passiert. Ich bin einer Spur des Vampirkönigs gefolgt, die sich leider als Hinterhalt herausgestellt hat.« Warden gab einen undefinierbaren Laut von sich. Anscheinend war das Gespräch damit beendet. Auch gut.

Ich wollte mich gerade abwenden, als ich eine Bewegung aus dem Augenwinkel wahrnahm. Doch als ich den Kopf drehte, war da nichts. Hm. Seltsam. Allerdings warnte mich das unangenehme Prickeln in meinem Nacken davor, es einfach abzutun. Es war unwahrscheinlich, dass ein Geist oder ein anderes übernatürliches Wesen einen Weg ins Quartier gefunden hatte. Unwahrscheinlich, aber nicht unmöglich. Vielleicht war es Warden gefolgt. Vielleicht war es schon länger hier und niemand hatte es bisher bemerkt.

Mein Blick zuckte zu Warden, doch der verarztete sich weiterhin selbst und wischte sich nun mit einem Tuch das Blut aus dem Gesicht. Wenn hier tatsächlich etwas war, hatte er es entweder noch nicht wahrgenommen oder ließ sich nichts anmerken. Wenn ich raten müsste, würde ich auf Letzteres tippen.

Diesmal streifte mich ein Luftzug. Ich drehte den Kopf – und schaute in das Gesicht eines kleinen Jungen mit Pausbacken, der gerade mal bis zur Liege reichte und mich aus großen, dunklen Augen anstarrte. Er sah genauso aus wie damals, als ich ungewollt das Höllentor geöffnet hatte.

Der Tag, an dem sich mein ganzes Leben erneut komplett verändert hatte. Der Tag, an dem ich mit Amelia auf der Jagd gewesen war und ein Black Shuck sie schwer verletzt hatte. Ich hatte den dämonischen Hund mithilfe von Amulettmagie vernichtet, aber für Amelia war es zu spät gewesen. Mit blutigen, zittrigen Fingern hatte sie nach ihrem Amulett gegriffen, es sich vom Hals gerissen und mir in die Hand gedrückt. Allein die Tatsache, dass sie es abnehmen konnte, hätte mir klarmachen sollen, dass sie kurz davor war zu sterben. Doch ich hatte es nicht wahrhaben wollen, nicht einmal dann, als sie mir das Versprechen abnahm, ihr Amulett nach ihrem Tod in dem Steinkreis zu zerstören, an dem wir so oft trainiert hatten.

Es war ein Amulett der höchsten Stufe, voll von konzentrierter Magie, und es war meine Aufgabe gewesen zu verhindern, dass es in die falschen Hände geriet. Also fuhr ich gleich nach ihrer Beerdigung zum Steinkreis und setzte all meine Magie ein, um das Amulett zu zerstören.

Die Explosion war ohrenbetäubend gewesen. Die Wucht hatte mich gegen einen der Steine geschleudert. Als ich die Augen wieder geöffnet hatte, war er da gewesen. Der kleine Junge. Der Todesbote.

Es hieß immer, Todesboten würden in allen Formen und Gestalten auftauchen. In Irland waren es in der Regel Banshees, aber Todesboten existierten in allen Kulturkreisen auf der ganzen Welt. Und dieser Todesbote war ganz schön angepisst gewesen – und nicht gekommen, um meinen sofortigen Tod zu verkünden.

Noch heute konnte ich die Panik in mir fühlen. Das Gras unter meinen Füßen, als ich vor den Höllenhunden wegrannte, die er auf mich gehetzt hatte. Den harten Aufprall. Und den Schmerz in meiner Schulter, als der Höllenhund zubiss.

Wie auf Kommando begann die Narbe zu brennen, auch wenn keine entflohene Seele in der Nähe war.

Es reichte, dass *er* da war. Der Todesbote, der sich mit dem lächerlich simplen Namen Kevin vorgestellt hatte. Das Amulett im Steinkreis zu zerstören, hatte funktioniert – aber es hatte auch ein Tor zur Hölle geöffnet und 449 Seelen die Flucht ermöglicht. Kevin hatte mich nicht mit dem Todesblick bestraft – weil das gar nicht möglich war, da ich bereits einen der vier Blicke besaß. Also hatte er mich auf andere Weise verflucht. Und seither tauchte er immer mal wieder auf und beobachtete mich, ohne ein Wort zu sagen. So wie jetzt. Ganz so, als wollte er prüfen, ob ich meiner Aufgabe auch wirklich nachging. Und jedes Mal jagte mir sein Erscheinen einen Schauder über den Rücken und erinnerte mich an diesen einen, alles entscheidenden Moment in meinem Leben.

Manchmal fragte ich mich, ob Amelia davon gewusst haben könnte, doch das konnte ich mir nicht vorstellen. Selbst mit ihrer eigenen Gabe, selbst mit dem Schicksalsblick, der es ihr ermöglichte, in die Zukunft und die Vergangenheit eines Menschen zu sehen, hätte sie das nicht vorausahnen können. Und falls doch, wäre sie niemals so grausam gewesen, mir das anzutun. Sie war nicht nur eine leidenschaftliche Magic Huntress gewesen, sondern diejenige, die mich gerettet hatte, als ich glaubte, alles verloren zu haben. Erst Niall und dann auch noch meine Eltern, die mir von Tag zu Tag fremder wurden.

Ich musste mehrmals schlucken, um meine Reaktion und die damit einhergehenden Emotionen unter Kontrolle zu bringen. Auf keinen Fall würde ich Kevin die Genugtuung geben und ihm zeigen, wie sehr mich das alles belastete. Darauf wartete er doch nur.

Also zwang ich mich dazu, wegzusehen. Weg von Kevin und zurück zu Warden. Doch als sich unsere Blicke trafen, hätte ich schwören können, dass er wusste, dass wir nicht allein waren. Er nahm Kevin ebenfalls wahr. Aber wie war das möglich? Die einzigen Menschen, die Todesboten sahen, waren diejenigen, die von ihnen verflucht worden waren. Oder die schon sehr bald sterben würden.

Bevor ich etwas sagen konnte, ging die Doppeltür ein weiteres Mal auf. Diesmal kam glücklicherweise kein weiterer blutverschmierter Hunter herein, sondern Ingrid. Ihr Blick glitt an Warden auf und ab, dann zu mir und wieder zu ihm zurück, während sie die Situation erfasste. Den kleinen Jungen in der Ecke bemerkte sie nicht.

Sie deutete auf Warden. »Hinsetzen.« Ihr Ton duldete keinen Widerspruch, trotzdem rührte er sich nicht. Ingrid blieb vor ihm stehen und zog sich Gummihandschuhe über. »Ich bin Dr. Abrahamsson, Oberärztin in diesem Quartier. Setz dich, damit ich dich untersuchen kann.«

Diesmal tat Warden, was sie verlangte, und setzte sich auf eine freie Liege. Dabei wirkte er jedoch nicht missmutig oder wütend, sondern geradezu gleichgültig. Als wäre es ihm egal, ob er sich selbst verarzten musste oder es jemand anderes für ihn übernahm. Hauptsache er war wieder einsatzbereit.

»Roxy.« Ingrid sah sich nicht mal nach mir um, sondern war bereits damit beschäftigt, Wardens Verletzung knapp unterhalb der Rippen zu reinigen.

»Bin schon weg.« Ich sah mich ein letztes Mal nach Kevin um, doch der war wieder verschwunden. Ein kalter Schauder kroch mir die Wirbelsäule hinab. Ich schnappte mir meine Wasserflasche und noch ein paar Schmerztabletten, dann verließ ich die Krankenstation so schnell ich konnte. Auch wenn an Schlaf definitiv nicht mehr zu denken war.

12. KAPITEL

Roxy

Ich war total erledigt – und das nicht nur von der Mission oder weil es mittlerweile schon zwei Uhr morgens sein musste. Jedes Mal, wenn ich die Magie in meinem Amulett dafür nutzte, um eine dieser Kreaturen zurück in die Unterwelt zu schicken, kostete mich das unheimlich viel Kraft. Und dass der Schattenblick ausgerechnet heute Abend einsetzen musste, hatte es leider nicht besser gemacht. Langsam zeigten die Schmerztabletten zwar ihre Wirkung, aber nach der Begegnung in der Krankenstation war ich zu aufgewühlt, um zu schlafen. Und das, obwohl mein Körper mehr als deutlich danach verlangte.

Oder vielleicht protestierten meine Gliedmaßen auch deshalb so laut, weil ich die Treppen nach oben nahm. Erst als ich in der vierundvierzigsten Etage angekommen war, blieb ich stehen und sah auf das Amulett an meinem Hals hinab. Es war das einzige Erinnerungsstück an meine Mentorin, das ich aus Irland mitgebracht hatte. Ihre anderen Amulette, die zu stark für mich waren, hatte ich nach ihrem Tod sorgfältig in ihrer Hütte versteckt, damit sie nicht in falsche Hände gerieten.

Der Anhänger an meinem Hals erinnerte mich an meine Vergangenheit, an meine Heimat, an alles, was ich gelernt und an all die Fehler, die ich begangen hatte. Aber ich wusste auch, dass es nicht ewig halten würde. Es war nur noch eine Frage der Zeit, bis die Energie darin erschöpft sein würde und ich ein Neues brauchte. Amelia hatte mich bis Stufe fünf trainiert. Die letzte Stufe für die stärksten Amulette musste ich selbst bestreiten.

Die Magie pulsierte warm unter meinen Fingerspitzen. Ich hatte nicht mal gemerkt, wie ich die Hand gehoben und sie ans Amulett gelegt hatte, und ließ sie hastig wieder sinken. Gott, ich war wirklich reif fürs Bett.

Ich schlurfte den gefühlt endlosen Flur entlang, vorbei an unzähligen Zimmern, hielt dann jedoch inne. Ein Lichtschein kam aus dem Raum, der bis vor drei Monaten leer gestanden hatte und den nun Shaw sein Zuhause nannte. Die Tür war nur angelehnt.

Ich sollte es ignorieren und einfach ins Bett gehen. Es war ein langer Tag, wir hatten die Mission erfolgreich hinter uns gebracht, ich hatte ein weiteres Wesen in die Hölle befördern können und ... der Schattenblick hatte sich zum ersten Mal seit Monaten wieder gezeigt. Für einen winzigen Moment hatte ich Kontakt zu meinem Zwillingsbruder – und Shaw war dabei gewesen. Seit wir zurück waren, hatte er unzählige Möglichkeiten gehabt, etwas zu sagen. Irgendwelche dämlichen Fragen zu stellen. Jemandem von dem zu erzählen, was passiert war. Aber das hatte er nicht getan. Er hatte mein Geheimnis für sich behalten, genau wie ich ihn gebeten hatten.

Ich seufzte tief und verdrehte die Augen über meine eigene Unentschlossenheit. Dann ging ich zur Tür, drückte sie vorsichtig auf und sah ins Zimmer.

Shaw lag auf dem Bett, den Kopf in die eine Hand gestützt, vor sich auf der Matratze ein Buch, das er aus der Bibliothek ausgeliehen haben musste. Er hatte sich mittlerweile ebenfalls umgezogen und trug nun ein schlichtes weißes T-Shirt und eine Jogginghose.

Ich ließ meinen Blick durch den Raum wandern. Die Nachttischlampe war die einzige Lichtquelle. Ein paar Klamotten waren über den Stuhl am Schreibtisch geworfen, und am Fußende des Bettes lagen mehrere Bücher. Auf dem Boden davor befanden sich ein weiterer Stapel Bücher und jede Menge ausgedruckte Papiere – Vermisstenanzeigen, wie ich wusste. Shaw suchte noch immer nach seiner Vergangenheit. Ab und zu begegneten wir uns morgens in der Bibliothek, wenn er sich an seine Recherche setzte und ich mich auf die Suche nach weiteren meiner Geister machte. Allerdings hatten wir nie wirklich darüber geredet.

»Was liest du da?« Ich drehte den Kopf zur Seite, um den Titel auf dem Buchrücken erkennen zu können. »Bram Stoker? Wow, du fängst gleich mit den leichten Sachen an, was?«

Ein müdes Lächeln umspielte seine Lippen, aber er sah nicht auf. »Ich dachte mir, ich nehme ein bisschen was von allem mit. Das hier war echt spannend.« Ohne den Blick von seiner Lektüre zu nehmen, hielt er ein kleines schwarzes Taschenbuch in die Höhe, das ziemlich abgegriffen aussah.

Ich zog die Brauen zusammen. »*Das Geister-Einmaleins*? So was gibt es wirklich?«

»Hey, da stehen ziemlich interessante Sachen drin. Zum Beispiel, dass Salz tatsächlich keine Wirkung hat und man Geister nur mit Magie austreiben kann, nicht mit irgendwelchen lateinischen Formeln oder einem Protonenstrahler. Irgendwie schade – bei den Ghostbusters sah das ziemlich cool aus.«

Gegen meinen Willen musste ich lächeln. Ich hatte nur kurz nach ihm sehen wollen, doch jetzt erwischte ich mich dabei, wie ich sein Zimmer betrat und mich auf den Rand des Bettes setzte. Shaw legte ein Lesezeichen in seinen Roman, richtete sich etwas auf und schob die anderen Bücher beiseite, um mir Platz zu machen. Ich erspähte Titel über Geistererscheinungen und -austreibungen, aber auch ein Lexikon aller Wesen der europäischen Mythologie und einen ziemlich kitschig aussehenden Werwolf-Liebesroman. Zweifelnd sah ich zu Shaw hinüber, doch der zuckte nur mit den Schultern.

»In jeder Literatur steckt ein Körnchen Wahrheit«, beantwortete er meine unausgesprochene Frage.

»Und du glaubst, dass in dem hier« – mit spitzen Fingern hielt ich das Buch mit dem Cover hoch, auf dem eine Frau mit wallendem Kleid, üppigem Dekolleté und lustvollem Blick zusammen mit einem düsteren Kerl zu sehen war, der sich über ihren Hals beugte, als wollte er gleich zubeißen – »auch Wahrheit drinsteckt? Ich weiß zwar, dass es sie gibt, und Finn hat schon ein paar vernichtet, aber bisher ist mir kein Werwolf begegnet.«

Nicht einmal zu Hause in Irland, wo Werwölfe einen weit besseren Ruf genossen als in der restlichen Welt. Mein Wissen beschränkte sich auf das, was Amelia und Finn mir erzählt hatten.

Shaw nahm mir das Buch ab und legte es hinter sich auf den Nachttisch. »Vielleicht weißt du es nur nicht, weil sie in ihrer menschlichen Gestalt mit Jeans und T-Shirt waren und dich nicht wissen lassen wollten, was sie wirklich sind.« Er wackelte mit den Brauen.

Ich biss mir auf die Wangeninnenseite, um bei diesem Blödsinn, den er da von sich gab, nicht zu grinsen – verlor den Kampf jedoch.

»Sag bloß, du hast nichts hiervon gelesen?« Shaw deutete um sich und schloss damit nicht nur die Bücher auf dem Bett ein, sondern auch die Stapel auf dem Boden und dem Schreibtisch. Wie schnell war dieser Kerl eigentlich?

»Nur das Nötigste. Ich bin kein Fan von Theorie.«

»Also lieber Praxiserfahrung?«, stellte er gedehnt fest und zog die Brauen hoch.

Ich verdrehte die Augen. »Als Huntress. Außerdem lernt man die Arbeit mit Amuletten fast nur durch jede Menge Übung. Ich habe mich zwar schon immer für Folklore und Legenden interessiert, aber das heißt nicht, dass ich alles glaube, was ich lese. Oder in irgendwelchen Filmen und Serien sehe«, fügte ich mit einem bedeutsamen Seitenblick hinzu.

»Wie hast du dann alles gelernt? Learning by doing? Oder hast du ganz klassisch hier deine Ausbildung gemacht?«

Auf einmal fand ich die ganzen Bücher auf und neben seinem Bett hochinteressant. Ich nahm mir das Erstbeste vom Stapel und blätterte darin herum, doch nach einigen Seiten konnte ich die sich ausbreitende Stille nicht mehr ertragen und gab nach. »Daheim in Irland hatte ich eine Mentorin. Sie hieß Amelia.«

»Ahh, dachte ich mir doch, dass du nicht von hier bist. Du hast zwar kaum einen Akzent, aber hin und wieder ist da etwas Melodisches in deiner Stimme, was ich bei keinem anderen gehört habe. Ganz sicher nicht bei Finn. Wenn der mir etwas zuruft, kann ich ihn manchmal kaum verstehen«, fügte Shaw hinzu. Als ich nichts darauf erwiderte, wurde seine Stimme eine Spur sanfter. »Du hast *hieß* gesagt. Sie *hieß* Amelia. Was ist passiert?«

Ich stieß die Luft durch die Zähne aus. Wenn das so leicht zu beantworten wäre … und nicht total abgedreht klingen würde. Amelia war der Grund, aus dem ich überhaupt hier war. Und das in mehrfacher Hinsicht. Nur die wenigsten Jäger, die in diesem Stützpunkt ein und aus gingen, wussten etwas über meine Vergangenheit. Wahrscheinlich wussten sie, dass ich von der Westküste Irlands stammte und dass eine Magic Huntress mich ausgebildet hatte, bevor ich nach London gekommen war, um am Kampftraining teilzunehmen und meine theoretischen und praktischen Prüfungen abzulegen. Aber das war's auch schon. Für die meisten war ich einfach nur eine von ihnen. Eine zynische, manchmal etwas eigenbrötlerische Huntress vielleicht, aber wir hatten alle unsere Macken. Man konnte nicht jeden Tag und jede Nacht übernatürliche Wesen jagen und trotzdem normal sein. Was auch immer heutzutage als *normal* galt.

»Schon gut«, beschwichtigte Shaw mich nach einem Moment und hob abwehrend die Hände. »Du musst es mir nicht erzählen.«

Nein, das musste ich nicht. Aber da war etwas in seiner Stimme, das mich innehalten ließ. Etwas Defensives. Fast schon Verletzliches. Shaw wusste überhaupt nichts über seine Vergangenheit. Nichts über den Mann, der er früher einmal gewesen war. Vielleicht war er so wissensdurstig und neugierig, weil er diese Leere in sich irgendwie füllen wollte.

Oder es war einfach schon zu spät und ich philosophierte zu viel.

Nachdenklich betrachtete ich ihn. Nach der Mission hatte er geduscht, das verrieten mir die feuchten dunklen Haare, die ihm in die Stirn fielen, und der frische Duft, der von ihm ausging und an den ich mich viel zu schnell gewöhnt hatte.

»Du hast niemandem gesagt, was in diesem Haus mit mir passiert ist«, sagte ich leise. »Warum nicht?«

»Du wolltest nicht, dass die anderen etwas davon erfahren, also habe ich den Mund gehalten.« Shaw tat es mit einem Schulterzucken ab. Beinahe so, als wäre das nichts. Aber das stimmte nicht. Dass er diese Sache für sich behielt, war so viel mehr, als ich jemals erwartet hatte. Und er ahnte nicht einmal, dass er der Einzige war, der mein größtes Geheimnis miterlebt hatte.

Ich atmete tief durch. »Danke. Ich schätze, dafür schulde ich dir was.«

Er schüttelte sofort den Kopf. »Du schuldest mir gar nichts.

Wenn überhaupt, dann schulde ich dir etwas. Du hast mir das Leben gerettet, schon vergessen?«

»Sorry, dir das so sagen zu müssen, aber das hätte ich für jeden anderen auch getan. Du bist keine besondere Schneeflocke.«

Er grinste, ließ das Thema aber fallen und musterte mich mit einer Mischung aus Geduld und Erwartung.

Seufzend ließ ich mich auf die Matratze fallen und starrte an die Zimmerdecke. Sie war hoch, aber die Wände waren nach wie vor kahl und weiß. Genau wie in meinem Zimmer. Aber ich hatte außer ein wenig Kleidung und den Stufe-5-Amuletten von Amelia auch nichts aus meiner Heimat mitgenommen.

»Amelia war … In dem Dorf, in dem ich aufgewachsen bin, war sie eine Außenseiterin. Niemand hat sie ernst genommen, und die meisten haben sie für verrückt gehalten, weil sie mit Amuletten herumhantiert und Leute oft vor Geistern und bösen Hexen gewarnt hat. Dabei war sie eine Magic Huntress, die die Menschen in der Gegend vor übernatürlichen Wesen beschützt hat.« Nachdem ich einmal angefangen hatte zu sprechen, kamen mir die Worte ganz leicht über die Lippen. Fast schon zu leicht. »Eines Abends habe ich miterlebt, wie sie eine Kreatur vernichtet hat – und wollte das auch unbedingt lernen. Also habe ich sie darauf angesprochen. Magic Huntern fällt es besonders leicht, Amulette beherrschen zu lernen, aber ich bin keine geborene Huntress. Ich war … damals war ich gerade mal elf … und damit viel zu jung. Ich war nicht mal außergewöhnlich talentiert oder sonst irgendwas …«

»Jetzt bist du es aber«, warf Shaw ein.

Ich lächelte matt. »Das hat nichts mit Talent zu tun, sondern mit harter Arbeit und jahrelanger Übung. Nur weil Amelia so früh mit meinem Training begonnen hat, bin ich heute so stark. Sie hat mir alles beigebracht, bis …«

Ich stockte. Die letzten Momente mit meiner Mentorin spielten sich wie ein grausamer Film vor meinem inneren Auge ab. Auch wenn das Ganze fast ein Jahr zurücklag, kam es mir noch immer viel zu frisch vor. Viel zu … nahe. Und Kevins Auftauchen hatte dieses Gefühl noch verstärkt.

»Bis …?«, hakte Shaw leise nach und machte es sich ebenfalls auf dem Bett bequem.

Er sah mich nicht an, aber ich spürte die Wärme, die sein Körper ausstrahlte, so deutlich, als würde er direkt neben mir liegen, dabei mussten gute dreißig Zentimeter Abstand zwischen uns sein. Er hatte eine angenehme Stimme. Tief und warm und, wenn er so wie jetzt mit mir sprach, auch beruhigend und einlullend. Als könnte ich die Augen zumachen und einfach einschlafen. Seltsam, dass mir das erst jetzt auffiel.

»Bis wir es eines Nachts während einer Jagd mit einem Black Shuck zu tun hatten, einer Art dämonischem Hund. Er war … alles ist so schnell gegangen. Ich habe gar nicht realisiert, was los ist, als er Amelia schon angefallen hat. Und als ich ihn schließlich mit Amulettmagie vernichtet hatte, war es schon zu spät. Ich konnte Amelia nicht helfen, obwohl … obwohl ich ihr alles verdanke. Aber wir waren so weit weg von jeder Zivilisation, der Wagen war meilenweit entfernt und ich … ich konnte nichts tun. Ich konnte sie nicht retten.« Ich biss mir fest auf die Unterlippe.

»Shit. Roxy …«

»Sie … Amelia war am tiefsten Punkt meines Lebens für mich da. Ich hätte alles für sie getan. In dieser Nacht hat sie mir ihr Amulett gegeben – eines der stärksten, die existierten – und mich damit beauftragt, es zu einem Steinkreis in der Nähe des Dorfes zu bringen und dort zu zerstören. Sie wollte unbedingt verhindern, dass es den falschen Leuten in die Hände fiel. Dann ist sie in meinen Armen gestorben.«

Plötzlich spürte ich Shaws Blick ganz deutlich auf mir. »Das tut mir leid.«

Ich reagierte nicht darauf. Um ehrlich zu sein, hatte ich nicht die geringste Ahnung, warum ich Shaw meine halbe Lebensgeschichte erzählte, aber irgendwie tat es gut, die Dinge auszusprechen. Außerdem war ich mir spätestens seit heute Nacht sicher, dass ich ihm vertrauen konnte.

»Ich stand unter Schock. Irgendwie habe ich sie zum Wagen getragen und zurück nach Hause gebracht. Ich konnte niemandem erzählen, was wirklich passiert ist, also musste ich es wie einen Unfall aussehen lassen. Nach der Beerdigung habe ich ihren letzten Wunsch erfüllt, bin zu diesem dämlichen Steinkreis gefahren und habe das Amulett auf die Weise zerstört, wie sie es mir beigebracht hat.«

Shaw richtete sich auf einem Ellbogen auf und sah auf mich hinunter. »Irgendetwas sagt mir, dass das nicht das Ende der Geschichte ist.«

Ich lächelte, auch wenn mir nicht danach zumute war. Ja, ich war nicht besonders begeistert darüber gewesen, als Maxwell beschlossen hatte, ihn bei uns aufzunehmen und mich auch noch zu seiner Aufpasserin bestimmt hatte. Aber selbst ich musste zugeben, dass er Potenzial zum Jäger hatte. Er war zielorientiert, ehrgeizig und definitiv nicht auf den Kopf gefallen. Na gut, wenn man es genau nahm, irgendwie schon, aber das schien ihm zumindest nicht geschadet zu haben.

»Hast du schon mal etwas von den Toren zur Unterwelt gehört? Oder gelesen?«, fügte ich mit einem Seitenblick auf seine Büchersammlung hinzu.

Er schüttelte den Kopf. Seine Miene war hochkonzentriert.

»Es gibt sie auf der ganzen Welt. Um manche ranken sich seit jeher Legenden, andere sind so gut versteckt, dass keine Menschenseele sie je gefunden hat. Dieser Steinkreis in Irland war ein solcher Zugang, was ich damals aber nicht wusste. Und indem ich Amelias Amulett dort zerstört habe, habe ich das Tor praktisch aufgesprengt.«

Darf ich vorstellen? Die Huntress, die ein Tor zur Hölle geöffnet und zahlreiche Wesen auf die Menschheit losgelassen hatte. Verklagt mich. Steinigt mich. Nichts davon konnte schlimmer sein als das, was mir ohnehin bald bevorstand.

»Sagen wir, der Wächter dieses Tores war nicht besonders glücklich darüber. Genauso wenig wie sein Höllenhund, der mich gebissen hat.« Bevor ich es mir anders überlegen und doch noch einen Rückzieher machen konnte, setzte ich mich auf und entblößte meine Schulter, um ihm die Narbe zu zeigen, die die Reißzähne des Höllenhundes hinterlassen hatten. Dann ließ ich den Stoff zurückfallen. »Kevin, so hat sich der Todesbote genannt, hat mir exakt 449 Tage Zeit gegeben, um alle 449 entflohenen Seelen wieder einzufangen. Seither mache ich Jagd auf diese Wesen und schicke sie zurück in die Unterwelt. Der Pontianak heute Abend war eines davon.«

Schweigen.

Ich wagte es kaum, zu Shaw hinüberzuschauen. Er starrte auf einen unsichtbaren Punkt an der Wand. Vielleicht musste er das Erzählte erst mal verdauen. Es war ja nicht so, als hätte ich einen einsamen Geist verärgert. Nein, ich war gleich in die Vollen gegangen und hatte den Zorn eines Todesboten auf mich gezogen. Eines extrem schlecht gelaunten Todesboten, der sich Höllenhunde als Haustiere hielt. Eigentlich kein Wunder, dass ich Hunde nicht besonders mochte. Erst recht nicht nach der Begegnung, die Amelia das Leben gekostet hatte. Wie auf Kommando ziepte die Narbe an meiner Schulter ein wenig. Sie war eine ständige Erinnerung an das Geschehene. Und eine Erinnerung an die Uhr mit meiner Lebenszeit, die unermüdlich ablief.

»Und wenn du es nicht schaffst?«, hakte Shaw leise nach. »Wenn du die ganzen Wesen nicht rechtzeitig zurückschickst? Was dann?«

»Dann lande ich selbst in der Unterwelt. Zusammen mit den bösen Geistern, Pontianaks, Ghulen, Hexen, Höllenhunden und all den anderen übernatürlichen Kreaturen.«

Er verzog das Gesicht. »Shit.«

»Du sagst es.«

Allerdings hätte es mich auch wesentlich schlimmer treffen können. Oder nicht? Kevin hätte mich an Ort und Stelle exekutieren und mit in die Unterwelt nehmen können. Er hätte mich auch als Mitternachtssnack an seine Höllenhunde verfüttern können.

Im Grunde sollte ich dankbar sein für meine Mission – auch wenn sie unmöglich war. Das wusste ich. Das wusste Kevin. Wahrscheinlich war das Ganze nur ein sadistisches kleines Spielchen für ihn, aber ich würde alles dafür tun, um es zu schaffen. Denn nur so konnte ich weiterleben und meinen Bruder finden. Nur so hatte ich überhaupt die Chance dazu.

»Okay.«

Ich sah zu Shaw hinüber und erwiderte seinen Blick stirnrunzelnd. »Okay …?«

»Jepp.« Er nickte einmal. »Du hast dich mit einem Todesboten angelegt und musst jetzt entflohene Geister jagen. Ich habe mein komplettes bisheriges Leben vergessen. Einfach so.« Er schnippte mit den Fingern. »Wir alle haben unser Päckchen zu tragen.«

Wider Willen musste ich lächeln. Keine Ahnung, womit ich gerechnet hatte, aber seine Reaktion hatte etwas unheimlich Befreiendes. Denn im Gegensatz zu Maxwell und den wenigen anderen, denen ich davon erzählt hatte, wurde er auch nicht todernst und sah mich plötzlich mit anderen Augen. Oh nein. Shaw lehnte sich bequem auf dem Bett zurück und verschränkte die Arme hinterm Kopf, als hätte er nicht die geringste Sorge auf der Welt. Und wenn doch, dann erinnerte er sich vermutlich nicht mehr daran.

»Wer weiß noch davon?«, fragte er nach einer Weile und schielte zu mir herüber.

Ich seufzte. »Maxwell, Ingrid, Finn, Nala. Und Weston und Linnea, weil sie als Archivare immer auf der Suche nach magischen Kreaturen oder seltsamen Vorkommnissen sind und mir Bescheid geben, wenn sie etwas entdeckt haben, das zu meiner Mission passen könnte.«

Und jetzt wusste auch Shaw Bescheid. Ich hatte immer noch keine Ahnung, was mich dazu gebracht hatte, ihm diesen Teil meiner Vergangenheit anzuvertrauen, aber ich bereute es nicht. Er hatte dichtgehalten, was meinen Aussetzer während der Mission heute anging. Er würde auch jetzt dichthalten, da war ich mir sicher. Und wenn nicht, würde ich persönlich dafür sorgen, dass er sich wünschte, ich hätte ihm an jenem Abend im Ravenscourt Park nicht das Leben gerettet.

»Ich sollte jetzt gehen.« Schwungvoll setzte ich mich auf – was meine Muskeln sofort mit einem schmerzvollen Ziehen bestraften. *Autsch.*

»Und wer ist Niall?«

Ich erstarrte. Hitze und Kälte prasselten gleichzeitig auf mich ein, doch die Kälte überwog. Das tat sie immer. »Woher kennst du diesen Namen?«

»Von dir. Du hast ihn gesagt«, erwiderte er ruhig. »Während der Mission, kurz bevor du weggetreten bist.«

Verdammt. Ich hatte nicht mal gemerkt, dass ich seinen Namen laut ausgesprochen hatte.

Statt aufzustehen, wie ursprünglich geplant, blieb ich auf der Bettkante sitzen und drehte mich langsam wieder zu Shaw um. Sein Blick ruhte auf mir, allerdings nicht herausfordernd. Nicht mal wirklich neugierig. Er schien nur interessiert zu sein und abzuwarten. Mehr nicht. Und wenn ich ihm nichts dazu verraten wollte, würde er das akzeptieren. Einfach so.

Sekundenlang hielt ich seinen Blick fest, ohne zu antworten. Ich hatte keine Ahnung, was mich schließlich dazu brachte, den Mund aufzumachen. Ich schuldete ihm nichts. Aber wir waren auch … Freunde. Und ein Teil von mir wollte mit ihm darüber reden.

»Niall war … ist … mein Zwillingsbruder.«

Er zog die Brauen hoch. »Du hast einen Zwillingsbruder?«

Ich presste die Lippen aufeinander und nickte nur.

»Wo ist er?«

»Nicht hier. Er ist vor zehn Jahren verschwunden. Wir haben uns nachts rausgeschlichen, um an die Klippen zu gehen und dann … war er einfach weg.«

Kleine Falten erschienen auf Shaws Stirn. »Wie, weg? Ist er abgestürzt? Hast du irgendwas gesehen oder gehört?«

Ich war kurz davor, aufzulachen, auch wenn mir vielmehr nach Weinen zumute war. Dabei war das Ganze schon so unendlich lange her.

»Ich habe nichts gesehen, aber ich habe Schritte gehört. Gedämpfte Geräusche. Es war neblig und die Brandung so laut. Ich habe stundenlang nach ihm gesucht, aber keine Spur von ihm entdeckt. Als ich ohne ihn zurückgekommen bin, haben unsere Eltern die Polizei verständigt und es gab auch einen Suchtrupp mit allen Nachbarn, aber sie haben nichts gefunden. Niemand wollte mir glauben, dass er entführt wurde – schon gar nicht von etwas Übernatürlichem. Die offizielle Version lautet, dass er von den Klippen ins Meer gefallen ist. Es gab sogar eine Beerdigung, bei der sie einen leeren Sarg begraben haben.« Meine Stimme brach, aber ich zwang mich weiterzusprechen. Es war das erste Mal, dass ich all das mit jemandem teilte, und nun, da ich damit begonnen hatte, konnte ich nicht aufhören. Nicht, bis ich ihm die ganze Geschichte erzählt hatte. »Ich bin nicht hingegangen, sondern habe weiter nach Niall gesucht. Tag für Tag. Nacht für Nacht. Amelia war … Sie war die Einzige, die mir geglaubt hat, dass irgendwelche Wesen meinen Bruder entführt haben. Durch sie habe ich gelernt, dass es all die Kreaturen aus den Sagen und Legenden wirklich gibt. Sie hat mir nicht nur beigebracht, die Magie in Amuletten zu nutzen, sondern mir auch den Schattenblick erklärt und warum er Niall und mich verbindet. Sie wollte mir zeigen, wie ich Kontakt zu meinem Bruder herstellen kann, aber es lässt sich einfach nicht kontrollieren.«

»Was meinst du damit?« Die Bettwäsche raschelte leise, als Shaw sich mir ganz zuwandte.

»Es gibt verschiedene Arten von Blicken«, begann ich zögerlich. »Vielleicht hast du schon darüber gelesen, als du nach den Soul Huntern recherchiert hast, denn alle Soul Hunter beherrschen den Seelenblick. Aber das ist nicht der einzige. Insgesamt sind derzeit vier Formen bekannt. Menschen, die auf die eine oder andere Weise in Kontakt mit dem Übernatürlichen gekommen sind, erhalten manchmal diese Fähigkeit. Für manche ist sie ein Segen, für die meisten ein Fluch.«

»War das, was während der Mission heute mit dir passiert ist … War das ein solcher Blick?«

Ich nickte, ohne ihn anzusehen, und strich ein paar Falten in der Bettdecke glatt. »Das war der Schattenblick. Es heißt, dass nur Zwillinge ihn erhalten, die zu einer Zeit geboren wurden, an dem der Schleier zur Geisterwelt besonders dünn war. Dadurch sind sie auf ewig miteinander verbunden und können für kurze Zeit durch die Augen des anderen sehen.«

»Das bedeutet also …«, begann Shaw, und ich konnte ihm

ansehen, wie es in ihm arbeitete. Dafür, dass er erst vor wenigen Monaten ohne jede Erinnerung und ohne Wissen über das Übernatürliche aufgewacht war, nahm er das alles erstaunlich gut auf. »Als du so weggetreten warst, hast du gesehen, was dein Bruder gerade wahrgenommen hat? Und Niall andersrum genauso?«

»Könnte man so sagen.«

»Deswegen die andere Augenfarbe.« Nachdenklich rieb er sich über das Gesicht und betrachtete mich noch immer irritiert.

Doch nun war ich diejenige, die verwirrt war. »Was meinst du damit?«

»Du hast hellbraune Augen«, stellte er fest. »Das ist mir von Anfang an aufgefallen. Aber in diesem Haus waren sie für einen kurzen Moment richtig grün.«

Alles in mir erstarrte. Alles, bis auf mein Herz, denn das raste so schnell, als würde es jeden Moment explodieren. »Bist du sicher?«

»Zu hundert Prozent.«

Widerstrebend ließ ich mich ins Kissen zurücksinken. Nach außen hin mochte ich ruhig wirken, doch innerlich sah das ganz anders aus. Bis eben hatte ich nicht gewusst, dass das mit der Augenfarbe passierte. Allerdings war bisher auch niemand dabei gewesen, wenn der Schattenblick eingesetzt hatte. Nicht einmal Amelia, weil ich es einfach nicht kontrollieren konnte.

»Niall hat grüne Augen«, murmelte ich.

»Also ist er noch am Leben.« Shaws Aussage klang wie eine Feststellung, nicht wie eine Frage.

Es sollte mir nicht so viel bedeuten, dass er mir glaubte und ebenfalls davon ausging, dass mein Bruder noch lebte, aber in diesem Moment bedeutete es mir einfach alles. Mir war nicht klar gewesen, wie dringend ich diese Worte von jemand anderem hören musste, weil ich langsam, aber sicher anfing, an meinem eigenen Verstand zu zweifeln.

Zehn Jahre. So lange war Niall schon verschwunden, und ich hatte es trotz des Schattenblicks nicht geschafft, ihn zu finden. Die Episoden waren zu selten und zu kurz, und ich konnte nie genug erkennen, um einen Hinweis darauf zu erhaschen, wo ich überhaupt mit der Suche anfangen sollte. Und als Amelia gestorben war, hatte ich nicht nur meine Mentorin verloren, sondern auch den einzigen Menschen, mit dem ich über Niall sprechen konnte. Doch jetzt … Jetzt war ich nicht mehr die Einzige, die daran glaubte, dass er noch lebte.

Ganz egal, was die Zukunft brachte und was zwischen Shaw und mir passierte – oder auch nicht passierte –, in diesem Moment hatte er mir Hoffnung gegeben. Und das würde ich nie vergessen.

»Danke.«

»Wofür?«, fragte er, während ich aufstand.

»Fürs Zuhören.«

Und dafür, dass er meine Geheimnisse bewahrte. Geheimnisse, von denen kaum jemand sonst wusste.

Ich lächelte kurz. »Gute Nacht.«

»Hey, Roxy?«

Ich war bereits an der Tür, blieb jedoch stehen und drehte mich noch mal zu ihm um. »Ja?«

Statt etwas zu sagen, warf er mir etwas Kleines zu, das ich automatisch auffing. Es war ein in Karton verpackter Triple Chocolate Cake.

Als ich aufsah, hielt Shaw meinen Blick fest und zog lässig die Mundwinkel in die Höhe. »Das war ich dir noch schuldig.«

Und mit einem Mal war alles wieder wie vorher. Die Geheimnisse … alles, was ich ihm erzählt hatte, stand nicht zwischen uns. Und darüber war ich erleichterter, als ich je zugeben würde.

Lächelnd nickte ich ihm zu. »Gute Nacht.«

»Nacht, Ronnie.«

Mein Mittelfinger war die einzige Antwort auf diesen lächerlichen Namen. Shaws Lachen folgte mir selbst dann noch, als ich seine Tür hinter mir zuknallte und den Flur hinunter zu meinem eigenen Zimmer ging.

13. KAPITEL

Shaw

Obwohl ich alles versucht hatte, hatte ich nach dem Gespräch mit Roxy kein Auge mehr zutun können, also war ich aufgestanden und in die Bibliothek gegangen, wo ich die restliche Nacht verbracht hatte.

Ich wollte alles wissen – was es mit den Toren der Unterwelt, Höllenhunden und ihren Wächtern auf sich hatte. Was Todesboten waren und was es bedeutete, von einem verflucht zu werden. Ich fand sogar eine ganze Abhandlung über die vier verschiedenen Blicke, die ich inhalierte, bis mir immer wieder die Augen zufielen und ich irgendwann kurz vor Morgengrauen doch noch auf mein Zimmer zurückkehrte und ins Bett fiel.

Den Aufzeichnungen zufolge war Roxys Fall eine Ausnahme. In der Regel wählten Todesboten eine andere Art, um jemanden zu bestrafen, der sie verärgert hatte: den Todesblick. Die Betroffenen waren dann dazu verdammt, den Tod von allen Menschen, mit denen sie in Berührung kamen, vorherzusehen, ohne jemals etwas daran ändern zu können. Und als wäre das nicht schon schlimm genug, sahen diese Menschen im selben Moment ihren eigenen Tod ebenfalls. Auf der ganzen Welt war nur eine Handvoll dieser Fälle bekannt, die in der Regel kein gutes Ende genommen hatten. Oft waren die Betroffenen wahnsinnig geworden, hatten sich völlig von der Zivilisation abgeschottet oder es nicht länger ausgehalten und sich selbst das Leben genommen.

Aber es gab noch andere Arten von Blicken. Ebenfalls selten war der Schicksalsblick, mit dem man in die Zukunft und Vergangenheit schauen konnte. Und dann gab es da noch den Seelenblick, der zu den Soul Huntern gehörte. Damit waren sie in der Lage, Geister zu sehen, wo Normalsterbliche nichts wahrnahmen.

Den Schattenblick, von dem Roxy mir erzählt hatte, gab es tatsächlich nur bei Zwillingen. Sie waren ihr Leben lang dadurch miteinander verbunden, und nur der Tod des einen konnte diese Verbindung trennen – vermutete man zumindest. Ich konnte mir nicht mal ansatzweise vorstellen, was das für Roxy bedeuten musste. Dass dieser Blick sie mit Niall verband, ohne ihr genug Hinweise darauf zu geben, wo ihr Bruder war und ob es ihm gut ging, musste sie wahnsinnig machen. Ich wusste wenigstens nicht mehr, was und wen ich verloren hatte. Roxy schon.

Als ich am nächsten Morgen nach nur zwei Stunden Schlaf aufstand, schwirrte mir der Kopf noch immer. Und er schwirrte auch dann noch, als ich nach einem ausgiebigen Workout und einer schnellen Dusche in die Kantine ging. Es war noch ziemlich früh und damit relativ leer, aber Finn saß bereits hellwach mit einer Tasse Kaffee und zwei Toasts an einem der Tische. Und das, obwohl gerade mal die ersten Sonnenstrahlen durchs Fenster hereinschienen.

»Morgen.« Er prostete mir mit der Tasse zu. »Na? Wie geht's dir nach deiner allerersten Jagd?«

Ich schenkte mir ebenfalls einen Kaffee ein, schnappte mir ein paar Schokocroissants, die sicher niemand vermissen würde, und setzte mich dann ihm gegenüber an den Tisch.

»Fantastisch«, erwiderte ich trocken und trank einen großen

Schluck Kaffee. »Ich hab noch alle meine Organe«, murmelte ich in die Tasse.

Finn grinste gut gelaunt. »Das ist immer gut.« Er tippte etwas in sein Handy ein, dann legte er es neben sich auf den Tisch. Bevor das Display dunkel werden konnte, leuchtete eine neue Nachricht auf.

»Frauenprobleme?«, scherzte ich, denn ich hatte den Namen deutlich erkennen können.

Finn lachte auf und schüttelte den Kopf, während er eine Antwort schrieb. »Meine Cousine. Eine Cousine«, fügte er mit gerunzelter Stirn hinzu. »Mein Clan ist ziemlich groß, und es gibt ein paar Schwierigkeiten oben in Schottland. Aber das kriegen sie auch ohne mich hin.«

Schottland. Das erklärte dann wohl, warum ich Finn manchmal kaum verstehen konnte – obwohl es inzwischen besser geworden war.

Jemand, der entfernt so aussah wie Roxy, schlurfte mit zusammengekniffenen Augen, wirrem Haar und zerknautschtem Gesicht in die Kantine und geradewegs auf die Kaffeemaschine zu. Das Mahlen der Bohnen wurde von einem leisen Stöhnen begleitet, und sie hielt sich den Kopf. Wenige Sekunden später ließ sie sich auf den Stuhl neben Finn fallen, legte die Arme auf den Tisch und den Kopf darauf.

Verwundert zog Finn die Brauen hoch. »Also so heftig war unsere untote Freundin letzte Nacht auch nicht. Oder hab ich was verpasst?«

»Nein«, kam es einstimmig von Roxy und mir, auch wenn ihre Stimme eher wie ein gedämpftes Grummeln klang.

Finn wirkte nicht völlig überzeugt, zuckte dann jedoch mit den Schultern.

In diesem Moment tauchte Ripley an unserem Tisch auf und ließ sich auf den anderen Platz neben Finn fallen. Er musste den Wortwechsel mitgehört haben, denn sein erster Kommentar galt Roxy. »Amulettmagie einzusetzen erfordert ein immenses Maß an Willenskraft und Konzentration. Nicht, dass das gewisse Grim Hunter hier nachvollziehen könnten«, fügte er hinzu, woraufhin Finn ihm kommentarlos den Mittelfinger zeigte. »Kurz gesagt: Einen Geist oder ein anderes übernatürliches Wesen zu vernichten, macht dich einfach fertig, körperlich und geistig.«

Eines meiner Schokocroissants flog in seine Richtung.

»Klappe!«, schnauzte Roxy und ließ den Kopf wieder auf die Arme sinken.

Doch der kurze Blick in ihr Gesicht reichte als Bestätigung für Ripleys Worte. Sie war total blass, ihre Augen waren blutunterlaufen und gerötet, und so vorsichtig, wie sie sich bewegte, tat ihr jeder Knochen im Körper weh. Kein Wunder nach letzter Nacht. Und da es ihr so beschissen ging, protestierte ich nicht mal dagegen, dass sie mein Essen als Wurfgeschoss verwendete.

»Wenn das so ist«, überlegte ich laut und beobachtete Ripley, der aufgestanden war und nun Milch, Butter und Eier aus dem Kühlschrank holte. »Warum hast du dann keinen Kater nach deiner Mission mit Dinah gestern?«

Denn der Ring an seinem Zeigefinger war mir genauso wenig entgangen wie Roxys Anhänger. Beide Steine hatten dieselbe intensiv blaue Farbe mit eingesprenkelten Kupferelementen darin.

Ripley grinste nur. »Weil ich das schon viel länger und besser mache?«

Finn sprang eine Sekunde nach Roxy auf und hielt sie an den Armen fest. »Ganz ruhig, *lass.* Er will dich nur ärgern.« Sanft, aber bestimmt drückte er unseren Zombie zurück auf den Stuhl und schob ihr den Becher zu. »Hier. Trink deinen Kaffee.«

Roxy knurrte nur, tat aber wie befohlen. Interessant.

»Okay, okay.« Ripley hatte mittlerweile eine Schüssel vor sich stehen und verrührte, ohne hinzusehen, das Eier-Milch-Butter-Gemisch. »Ich habe letzte Nacht nur einen kleinen Geist vernichtet, aber Roxy hat einen Pontianak in die Hölle geschickt.«

»Stimmt.« Finn verzog das Gesicht. »Das war echt kein Kinderspiel. Schlimmer sind nur Rusalkas, die machen dich auch noch mit ihrem Fragespiel psychisch fertig.«

Ripley nickte. »Oh ja. Aber auch Pontianaks können richtig fies werden. Eine hat mich letztes Jahr in Malaysia fast aufgefressen. Im wahrsten Sinne des Wortes.«

»Wie hast du sie besiegt?«, fragte ich ehrlich interessiert und nippte an meinem Kaffee.

»Mit viel Blut, Schweiß, Amulettmagie und Dinah an meiner Seite.«

Finn grinste. »Ich schätze mal, dir ging es hinterher auch nicht viel besser als Roxy jetzt«, stellte er fest und tätschelte ihr wie ein besorgter großer Bruder den Hinterkopf.

Roxy schlug seine Hand weg. »Ich bin anwesend und kann euch hören. Außerdem: Fick dich.«

Damit hatte sie die ersten zwei vollständigen Sätze an diesem Morgen gesagt – oder vielmehr gefaucht. Es schien ihr langsam besser zu gehen. Und als Ripley in der Küche verschwand und wenig später einen Teller voller Pancakes mitten auf den Tisch stellte, hob Roxy sogar den Kopf und bediente sich schweigend daran.

»Gern geschehen«, sagte er amüsiert. »Die besten Pancakes der Welt nach dem Rezept meiner Urgroßmutter.«

Bevor ich mich versah, hatte auch Finn seinen Teller vollgeladen und ich musste mich beeilen, um überhaupt noch etwas abzukriegen. Von irgendwoher tauchte eine Flasche Ahornsirup auf, die herumgereicht wurde. Ich leerte sie fast aus und badete meinen kleinen Pancake-Turm in einem See aus Sirup.

»Brauchst du einen Löffel dazu?«, witzelte Finn.

»Nope.« Schon beim ersten Bissen erkannte ich, dass Ripley nicht übertrieben hatte. Das waren die besten Pancakes der Welt. »Ohmeingott«, nuschelte ich mit vollen Backen und schob gleich den nächsten Bissen hinterher. »Das ist fantastisch! Besser als Sex.«

Finn warf mir einen seltsamen Blick zu. »Seit du hier bist, habe ich dich nur trainieren, lesen und recherchieren gesehen. Und essen. Hattest du überhaupt Sex seit deiner Rückkehr von den Toten?«

Ich hielt im Kauen inne und starrte ihn an. Huh. Er hatte recht.

Finns Grinsen wurde von Sekunde zu Sekunde breiter. »Heißt das, du bist quasi wieder Jungfrau?«

Ripley verschluckte sich an seinem Kaffee, hustete und lachte gleichzeitig.

Einen Moment lang überlegte ich, wie ich das fand, zuckte dann aber bloß mit den Schultern. »Sieht ganz danach aus. Aber das ist okay. Dann kann ich mein erstes Mal erneut erleben und mich tatsächlich daran erinnern.«

»Darüber kann sich auch nur ein Mann freuen«, brummte Roxy in ihre Kaffeetasse.

»Aber das heißt auch, dass du keine Ahnung mehr hast, wie es geht und was du im Bett tust«, warf Finn ein und ignorierte Roxys Kommentar.

»Oh, ich weiß, wie es geht«, murmelte ich. Ich hatte schließlich viel Zeit und Zugang zu allen möglichen Kanälen, Internetseiten und Büchern. »Sex kann man nicht verlernen. Oder?«

»Nope«, kam es von Ripley, der sich einen großen Bissen Pancakes in den Mund schob. »Das ist wie Autofahren.«

»Das kann man verlernen«, wandte Finn ein.

»Dann eben Fahrradfahren!« Er zuckte mit den Schultern. »Ganz ehrlich? Du steckst ihn rein und hast eine gute Zeit. Das reicht für den Anfang. Die Raffinesse lernst du noch.«

»Leute!«, knurrte Roxy und schien bereit zu sein, uns alle mit ihrer Gabel zu erstechen. »Themenwechsel? Es sind Damen anwesend.«

Finn lachte ungläubig auf. »Wer? Du etwa?«

»Ich bestimmt nicht«, säuselte eine weiche Stimme an meinem Ohr.

Scheiße! Ich zuckte zusammen und sprang auf. Der Stuhl fiel krachend hinter mir zu Boden.

Dinah lachte nur, aber ich hatte einen halben Herzinfarkt bekommen.

»Könntest du dich bitte nicht so anschleichen? Ich bin gerade fast gestorben!«

Grinsend schlenderte sie zur Kaffeemaschine hinüber. Das knallgrüne Haar hatte sie auf dem Kopf zu zwei unordentlichen Knoten gebunden. »Aber es macht so viel Spaß!«

»Du bist definitiv keine Lady«, warf Ripley ein, aber sein Blick folgte ihr. Genauer gesagt ihrem Hintern.

»Dinah war auch nicht gemeint«, murmelte Roxy.

Ein Räuspern von der Tür her ließ uns alle erstarren. Es musste komisch aussehen, wie wir uns alle wie in Zeitlupe Richtung Tür umdrehten.

Ingrid warf ein frostiges Lächeln in die Runde und schob Linnea in ihrem Rollstuhl in die Kantine. Oh verdammt. Wie alt war die Kleine noch mal? War sie überhaupt schon volljährig? Rasend schnell ging ich in Gedanken unsere bisherigen Begegnungen durch, fand in meinem Gedächtnis jedoch kein Alter. Sie konnte unmöglich schon achtzehn sein. Mit ihren blonden Haaren, den Pausbacken und blauen Kulleraugen sah sie gerade mal aus wie vierzehn. Na gut, fünfzehn vielleicht.

»Ach, lass sie doch, Mom.« Linnea warf ein warmes Lächeln in die Runde, und Finn zwinkerte ihr verschwörerisch zu.

Dinah tänzelte durch die Kantine. Als würde sie das jeden Tag so machen, hielt sie Ingrid wie selbstverständlich eine Tasse Kaffee und Linnea einen dampfenden Tee hin. Wie sie das so schnell geschafft hatte, war mir ein Rätsel. Es sei denn, sie hatte von Anfang an gewusst, dass die beiden auf dem Weg hierher waren, und hatte uns voll ins Messer laufen lassen. Ihrem selbstzufriedenen Schmunzeln nach zu urteilen, war das ganz eindeutig der Fall. Doch als sie sich kurz darauf mit einem Teller Rührei und ihrer eigenen Tasse Kaffee zu uns setzte, machte Ripley ihr wie selbstverständlich Platz und wir rückten alle etwas zusammen.

Ingrid und ihre Tochter setzten sich an einen anderen Tisch. Und als Linnea einen Witz riss, konnte unsere Oberärztin auch schon wieder lachen.

Ich sah von einem zum anderen. Von Dinah mit den knallgrünen Haaren zu Ripley mit seinem bodenlosen Charme, weiter zu Finn, der schon wieder sein Handy in der Hand hatte und darauf herumtippte, und schließlich zu Roxy, die nicht mehr ganz so mitgenommen aussah wie noch vor einer halben Stunde, als sie hier hereingeschlurft war. Als sich unsere Blicke kreuzten, wusste ich, dass sie ebenso wie ich an unser nächtliches Gespräch dachte. Aber sie erwähnte es mit keinem Wort – und das würde ich auch nicht tun. Selbst wenn mich die Gedanken an das, worüber wir gesprochen hatten, noch immer nicht loslassen wollten.

Gut möglich, dass ich mich wie das fünfte Rad am Wagen fühlen sollte, weil ich mit zwei eingespielten Hunterteams zusammensaß, aber so war es nicht. Trotz meiner nicht vorhandenen Erinnerungen und der Tatsache, dass ich erst seit etwas über drei Monaten dabei war, fühlte ich mich als Teil dieser Gruppe. Auch wenn ich noch immer keine Ahnung hatte, wo ich da eigentlich reingeraten war.

Letzte Nacht war ich das erste Mal mit den anderen auf einer Mission gewesen und war meinem ersten Geist begegnet – ausgerechnet einer männerfressenden Seele aus der Hölle. Wobei … genau genommen war es der zweite Geist gewesen, denn der erste hatte meinen Körper besessen, bis Roxy aufgekreuzt war.

Für die anderen an diesem Tisch hingegen war dies ein Morgen wie jeder andere auch. Und warum auch nicht? Sie zogen Nacht für Nacht los und vernichteten böse Kreaturen. Das war ihr Job. Das war ihre Mission. Ihr Alltag. Und danach saßen alle zusammen in der Kantine, rissen Witze und frühstückten Ripleys selbst gemachte Pancakes.

Das war jetzt also mein Leben.

Nach dem Frühstück legte ich noch eine Stunde Waffentraining auf dem Schießstand ein und las mich anschließend durch alles, was ich zu Pontianaks finden konnte. Außerdem studierte ich noch mal die Notizen zu den vier Blicken und den Todesboten, die ich mir letzte Nacht und heute Morgen gemacht hatte. Und musste wieder mal feststellen, dass ich in den letzten Monaten lediglich einen Bruchteil dessen gelernt hatte, was man als Hunter wissen musste – geschweige denn wissen konnte.

Finn hatte ich schon mit unzähligen Fragen über die Grim Hunter gelöchert; als Nächstes standen Magic Hunter auf meiner Liste, gefolgt von Soul und Blood Huntern. Aber Deek, der einzige Soul Hunter in London, war praktisch nie da und es gab kaum Blood Hunter im Quartier. Und wenn ich einem davon mal begegnete, war er oder sie immer beschäftigt oder gerade auf dem Weg zu einer neuen Mission.

Mittlerweile war es Nachmittag und ich saß wie fast jeden Tag in einem der winzigen Rechercheräume neben der Bibliothek. Nur dass ich mich diesmal nicht hoch motiviert durch alle möglichen Internetseiten klickte oder ein Buch nach dem anderen verschlang, sondern mir erschöpft mit den Händen übers Gesicht und durchs Haar fuhr.

Fast dreieinhalb Monate. So lange war ich nun schon hier und … nichts. Keine neuen Informationen. Keine Hinweise. Keine Spuren. Aber vor allem keine einzige Erinnerung an mein bisheriges Leben. Auch die ganzen Vermisstenanzeigen, die ich in den letzten Wochen ausgedruckt hatte und immer wieder durchgegangen war, hatten mich keinen einzigen Schritt weitergebracht.

Vielleicht sollte ich es einfach sein lassen. Akzeptieren, dass es kein Zurück mehr gab. Dass ich nie herausfinden würde, wer ich früher einmal gewesen war. Dass diese Zeit endgültig vorbei war, dieses Leben, das einem Menschen gehört hatte, an den ich mich nicht mehr erinnern konnte.

Wenn es nicht so frustrierend wäre, hätte ich es längst getan. Es gab wesentlich schönere Arten, seine Tage zu verbringen. Und das alles wofür? Um am Ende genau dort zu sein, wo ich am Anfang gewesen war, als ich die Augen das erste Mal in diesem Quartier aufgeschlagen hatte.

Ich riss einen mit Stichpunkten, kleinen Kreisen und Zahlen vollgekritzelten Zettel von meinem Notizblock und warf ihn schwungvoll in den Papierkorb. Anschließend rieb ich mir über die brennenden Augen, bevor ich meinen Blick wieder auf den Bildschirm richtete. Ich hatte die Seite mit den vermissten Personen offen, obwohl ich genau wusste, dass ich mich dort nicht wiederfinden würde.

Weston und Linnea hatten alles gegeben und sich sogar in die Datenbank der Londoner Polizei gehackt, aber auch sie hatten nichts gefunden. Keine Vermisstenanzeige. Keine Personenbeschreibung, die auf mich zutraf. Keine Hinweise auf Social Media. Es war beinahe, als würde ich nicht existieren. Oder als hätte ich in meiner Zeit vor den Huntern online keinerlei Spuren hinterlassen – was im Internetzeitalter praktisch unmöglich war.

Gleichzeitig war es erschreckend zu sehen, wie viele Menschen täglich verschwanden. Allein beim Gedanken daran schüttelte es mich. Wo waren all diese Leute? Tot? Entführt? Oder wachten sie wie ich irgendwo auf und konnten sich an nichts mehr erinnern? Wie konnte das sein?

Um mich abzulenken, ließ ich den Blick durch die winzige Kammer wandern, in der ich in den letzten Wochen so viele Stunden verbracht hatte. Graue Wände. Keine Bilder, keine Fotos, es gab nicht mal Regale mit Büchern an den Wänden. Die Rechercheräume maßen nur wenige Quadratmeter, mehr eine Kabine als ein richtiger Raum. Sie hatten alle keine Fenster; das einzige Licht stammte von der einsamen Deckenlampe direkt über mir. Aber wenigstens boten diese Zimmer eine gewisse Privatsphäre und Ruhe, wenn man arbeiten oder sich, wie im Fall der jüngeren Hunter, auf die theoretischen Prüfungen vorbereiten wollte.

Doch ganz egal, wie viel Ruhe und Abgeschiedenheit ich in meiner Kammer auch hatte, heute konnte ich mich einfach nicht richtig konzentrieren. Meine Gedanken kehrten immer wieder zu letzter Nacht zurück. Zu dem Kampf gegen den Geist in dem verlassenen Haus. Dem Moment, in dem Roxy vom Schattenblick völlig außer Gefecht gesetzt worden war. Und zu dem Moment, in dem sie auf meinem Bett gesessen und sich mir anvertraut hatte.

Ein letztes Mal fuhr ich mir über das Gesicht, dann schaltete ich mit einem Seufzen den Rechner aus, räumte alles zusammen und stand auf. Wenn ich mich schon nicht richtig konzentrieren konnte, dann konnte ich genauso gut runter in die Tiefgarage gehen und an meinem Wagen herumschrauben. Vielleicht war Maxwell ja auch da und arbeitete an seinem Bentley. Seit ich ihn das erste Mal dabei angetroffen hatte, war ich ihm hin und wieder zur Hand gegangen. Und seit ich einen eigenen Wagen besaß, schraubten wir manchmal Seite an Seite an unseren Autos herum, ohne viele Worte zu verlieren. Trotzdem war es irgendwie … angenehm. Und vielleicht lenkte mich das ja von meinen Grübeleien ab.

Ich brachte die Unterlagen und Ausdrucke in mein Zimmer, dann machte ich mich auf den Weg nach unten und winkte dem wachhabenden Hunter zu.

In der Tiefgarage angekommen, atmete ich die kühle Luft und den Geruch nach Abgasen, Benzin und Motoröl ein. Noch bevor ich meinen Wagen erreichte, verriet mir ein leises Klimpern, dass ich nicht allein war.

Maxwell stand über seinen schwarzen Bentley gebeugt, die Ärmel seines Hemds hochgekrempelt, eine Kombizange in der Hand.

»Hey«, begrüßte ich ihn und ging zu meinem leuchtend blauen 1969er Chevrolet Camaro hinüber, den ich ziemlich heruntergekommen in der Werkstatt erstanden hatte, in der ich seit zwei Monaten arbeitete. Ein Schnäppchen, denn der Verkäufer hatte den Unfallwagen schon zum Tode verurteilt und auf den Schrottplatz schicken wollen. Aber mit vielen Stunden harter Arbeit, jeder Menge Pflege und Liebe hatte ich das Baby wieder hingekriegt. Jetzt war es fahrtüchtig und eine Schönheit noch dazu.

»Shaw.« Maxwell nickte mir zu und tauchte dann wieder

unter der Motorhaube ab. Er mochte zwar nichts weiter dazu sagen, aber der Werkzeugkoffer, mit dem er selbst arbeitete, stand bereits zwischen den beiden Autos. Ganz so, als hätte er damit gerechnet, dass ich vorbeischaute.

Eine Weile arbeiteten wir schweigend vor uns hin und ich musste daran denken, wie ich ihn das erste Mal hier angetroffen hatte, mit einer Tüte Fast Food in der Hand, um mich mit Roxy gutzustellen. Wenn man genauer darüber nachdachte, hatte sich seit damals nicht allzu viel verändert. Gut, ich hatte mich inzwischen erholt, an Gewicht und Muskelmasse zugelegt, hatte einen Job und einen Wagen und lernte für die Hunterprüfungen, die ich hoffentlich irgendwann ablegen würde … aber ich wartete noch immer regelmäßig mit einer Tüte Burger auf Roxy.

Als würde Maxwell etwas von meinen Gedanken ahnen, spürte ich plötzlich seinen nachdenklichen Blick auf mir. »Du warst gestern Abend gar nicht hier«, stellte er fest. Aus dem Augenwinkel nahm ich wahr, wie er sich die Hände an einem Lappen abwischte, während ich mehr Kraft als nötig dafür brauchte, eine einzige verdammte Schraube zu lockern. »Anderweitig beschäftigt?«

Die Frage klang unschuldig, trotzdem erstarrte ein kleiner Teil in mir. »Kann man so sagen«, erwiderte ich nach einem Moment gepresst, weil diese Schraube immer noch nicht nachgeben wollte. »Ich hab Roxy abgeholt und danach haben wir trainiert.«

Und waren auf eine Mission gegangen, auf der ich offiziell gar nicht hätte sein dürfen. Ob Maxwell etwas davon wusste? Hatte ihn irgendjemand informiert? Falls ja, ließ er sich nichts davon anmerken. Und ich hatte nicht vor, ihm davon zu erzählen. Weder von der Mission noch von dem Gespräch, das ich hinterher mit Roxy geführt hatte, denn das war … persönlich gewesen. Und auch wenn sie mir verraten hatte, dass Maxwell Bescheid wusste, würde ich trotzdem nicht mit ihm über sie reden. Zumal er nicht alles wusste. Die Sache mit dem Schattenblick war nach wie vor ein Geheimnis. Eines, das ich für sie bewahren würde.

»Hm«, machte Maxwell nur und klang dabei nicht besonders zufrieden. Doch als ich zu ihm hinübersah, starrte er auf das Innenleben seines Wagens. »Wie läuft das Lernen?«

Ich schnaubte, als ich daran dachte, wie ich die halbe Nacht und dann auch noch fast den ganzen Tag in der Bibliothek verbracht hatte. »Sagen wir einfach, die Praxis liegt mir momentan mehr als die Theorie.«

»Das kann ich gut verstehen.« Ein amüsierter Unterton schwang in seiner Stimme mit, während er nach einem anderen Werkzeug griff und sich wieder über den Wagen beugte. »Mir ging es damals ähnlich. Ich wollte sofort losstürmen, statt die Nase in Bücher zu stecken. Ich weiß wirklich nicht, woher Weston diese Liebe zu Recherchen hat«, fügte er hinzu und schüttelte den Kopf. »Dennoch: Die Theorie kann dir im Zweifelsfall genauso das Leben retten wie die Praxiserfahrung, Shaw. Vergiss das nicht. Nicht einmal dann, wenn du dich einer Mission anschließt, auf die du noch gar nicht gehen dürftest.«

Shit. Ich nickte nur mit zusammengepressten Lippen, antwortete aber nicht darauf. Falls er es nur vermutete, aber nicht genau wusste, wollte ich ihm keinesfalls eine Bestätigung für seine Annahme geben.

Stattdessen räusperte ich mich. »Das mit der Theorie wäre deutlich einfacher, wenn die Hunter etwas mitteilsamer wären«, murmelte ich und löste die Schraube, die endlich unter meiner Hartnäckigkeit nachgegeben hatte. »Finn habe ich schon ausgequetscht, aber Soul Hunter sind rar, und die wenigen Blood Hunter kommen nur vorbei, um zu trainieren, sich zu bewaffnen und hauen dann wieder ab. Keine Zeit für eine Plauderstunde.«

»Also wenn das deine größte Sorge ist«, erwiderte Maxwell mit einem Schmunzeln in der Stimme. »Letzte Nacht kam ein Blood Hunter aus Edinburgh zu uns. Warden Prinslo. Er war verletzt, und wie du weißt, heilen Blood Hunter schnell, aber du könntest Glück haben und ihn noch mit deinen Fragen löchern, wenn du dich beeilst.«

Ich runzelte die Stirn. »Wirklich?«

Beim Frühstück war mir kein neuer Hunter aufgefallen, aber es war auch noch ziemlich früh und ich abgelenkt gewesen.

Maxwell gab einen zustimmenden Laut von sich und schloss behutsam die Motorhaube. »Das muss fürs Erste reichen. Jetzt ist sie reisefertig.« Er tätschelte den Bentley.

»Reisefertig?«, hakte ich nach. Davon hörte ich zum ersten Mal.

»Ja. Ich werde ein paar Wochen unterwegs sein und andere Quartiere besuchen. Jedes hat einen eigenen Leiter oder eine Leiterin und agiert völlig autonom. Da ist es nützlich, sich auszutauschen und für gute Beziehungen zu sorgen. Telefonate und Videogespräche sind zwar nett, aber kein Ersatz für ein persönliches Treffen.«

Ich hatte zwar nicht viel Ahnung von der Politik der einzelnen Hunterquartiere, aber das klang einleuchtend.

»Es ist wichtig, nach vorne zu blicken«, betonte Maxwell und maß mich wieder mit diesem Blick, als wüsste er ganz genau, was ich so trieb und worüber ich mir den Kopf zerbrach.

Ich sah auf den Motor vor mir hinab. Maxwell hatte nicht ganz unrecht. In den letzten Monaten hatte ich mir ein neues Leben aufgebaut. Ich hatte einen Job in der Autowerkstatt nur ein paar Straßen von hier entfernt, der mir tatsächlich Spaß machte und etwas Geld einbrachte. Ich ließ mich zum Hunter ausbilden, lernte und trainierte, was das Zeug hielt. Und ich hatte so etwas wie Freunde gefunden. Zumindest Kollegen. Und Roxy … Ich atmete tief ein und langsam wieder aus. Was auch immer das war, noch hatte ich keine Definition dafür.

Ich hatte hier ein Leben. Ein gutes Leben. Warum versuchte ich also noch immer herauszufinden, wer ich früher einmal gewesen war? Wieso ließ mich dieses nagende Gefühl nicht los, dass ich es herausfinden musste? Damit die Leere verschwand? Damit diese endlose Schwärze in mir von Erinnerungen an ein anderes Leben, an einen anderen Menschen verdrängt wurde? Denn eines war sicher: Wer auch immer ich früher gewesen war, heute war ich ein anderer Mensch.

Während ich noch immer vor mich hin grübelte, erklangen auf einmal Schritte in der Tiefgarage hinter uns.

Maxwell und ich drehten uns gleichzeitig um und sahen Dinah entgegen, die nur wenige Meter vor uns stehen blieb. Sie stellte sich auf die Zehenspitzen, als wollte sie an uns vorbei einen Blick ins Innenleben unserer Autos werfen. »Was treibt ihr da?«

»Nicht viel«, gab ich mit einer Spur Humor zu. Denn seit ich hier unten war, hatte ich nur hier und da ein bisschen herumgeschraubt, aber nicht wirklich etwas dazu beigetragen, die Leistungsfähigkeit des Motors zu verbessern.

»Na dann.« Ein Grinsen breitete sich auf ihrem Gesicht aus. »Lust auf einen Trainingskampf?«

Ich sah zu Maxwell, der ohnehin fertig zu sein schien, und dann auf meinen Wagen. Warum eigentlich nicht?

»Und wie.«

Mit diesen Worten legte ich den Schraubenschlüssel zurück in die Werkzeugkiste, wischte mir die Hände an einem Lappen ab und schloss die Motorhaube wieder. Zusammen mit Dinah fuhr ich nach oben und zog mir in meinem Zimmer Sportklamotten an. Anschließend nahm ich die Treppe nach unten und nutzte so die drei Stockwerke, die zwischen mir und den Trainingsräumen lagen, zum Aufwärmen.

Dinah hatte Raum 2 vorgeschlagen, und als ich wenige Minuten später dort eintraf, stellte ich fest, dass wir nicht allein waren. Nur ein paar Meter weiter trainierten Finn und ein Jäger, den ich noch nie gesehen hatte. Das musste der Neuankömmling sein, von dem Maxwell erzählt hatte. Der Blood Hunter.

Doch für mehr als einen neugierigen Blick blieb mir keine Zeit. Kaum war ich auf den Trainingsmatten angekommen, winkte Dinah mich zu sich heran und warf mir ein herausforderndes Lächeln zu. »Sicher, dass du dir das zutraust, Shaw?«

»Sicher, dass du so gut bist, wie alle denken?«

Das entlockte ihr ein helles Lachen. »Das sehen wir gleich. Los geht's!«

14. KAPITEL

Roxy

Der Lärm lockte mich in den Trainingsraum. Nicht die üblichen Geräusche der Trainierenden oder die Musik, die gerne mal aufgedreht wurde, sondern die lauten Stimmen. Als ich den Raum betrat, standen bereits ein Dutzend Leute am Rande der Trainingsmatten und unterhielten sich aufgeregt miteinander.

»Zehn Pfund auf Dinah.«

Das kam von Finn, der sich gerade mit einem Handtuch über das Gesicht wischte.

Ripley stand mit vor der Brust verschränkten Armen direkt neben ihm und nickte mehrmals. »Ich gehe mit.«

Ich drängelte mich nach vorne, um zu sehen, was es da so Spannendes gab – und blinzelte erstaunt.

Auf den Matten standen sich niemand Geringeres als Dinah King, unsere beste Kämpferin, und Shaw gegenüber. Beide waren verschwitzt und atmeten schwer, also musste der Kampf schon eine Weile im Gange sein.

In diesem Moment betrat Maxwell hinter mir den Raum. Er warf einen Blick auf die beiden Kontrahenten auf den Trainingsmatten und zögerte keine Sekunde. »Zwanzig Pfund auf Shaw.«

Wie bitte? Ich war nicht die Einzige, die ihn ungläubig anstarrte. Shaw mochte sich in den vergangenen Monaten wirklich gemacht haben, aber wir sprachen hier immer noch von Dinah. Legte unser Quartiersleiter es etwa darauf an, die Wette zu verlieren?

Jetzt meldete sich auch noch Warden zu Wort, der den Kampf bisher still beobachtete hatte. »Zwanzig auf Dinah.«

Ich runzelte die Stirn. »Ist das euer Ernst?«

Warden und Ripley zuckten nur mit den Schultern.

Finn stieß mich mit dem Ellbogen an. »Komm schon, Roxy. Mach mit. Das ist eine sichere Sache.«

Ich schüttelte nur den Kopf, denn ich konnte mir weit bessere Verwendungen für mein hart erarbeitetes Geld vorstellen. Mir jede Menge Scones zu kaufen, zum Beispiel. Oder meinen Lieblingstee aus Irland. Oder einen Jahresvorrat an Peanut Buttercups. Oder auch neue Stiefel. Ein paar hübsche Ringe. Einen endlosen Vorrat an Coffee-to-go für die nächtlichen Patrouillen. Mir würden Hunderte Dinge einfallen, die ich mit meinem wenigen Geld anstellen könnte, statt es bei einer Trainingswette aufs Spiel zu setzen.

In diesem Moment kassierte Shaw einen Tritt in die Magengrube. Ich war nicht die Einzige, die das Gesicht verzog. Finn ging es genauso, und Ripley gab einen schmerzerfüllten Laut von sich. Das musste wehgetan haben. Doch Shaw erholte sich schnell wieder, wich dem nächsten Kick aus und fing Dinahs Fuß bei der darauffolgenden Attacke ab. Ein kurzes Zucken in seinen Mundwinkeln, dann verdrehte er ihr Bein so schwungvoll, dass sie zu Boden fiel. Allerdings wäre Dinah nicht Dinah, wenn sie sich nicht sofort in einer fließenden Bewegung abgerollt hätte und wieder aufgestanden wäre. Mit dem Unterarm wischte sie sich den Schweiß von der Stirn und winkte Shaw herausfordernd zu sich.

Und dann ging es Schlag auf Schlag. In der einen Sekunde hatte Dinah noch die Oberhand und ich war mir absolut sicher, dass sie gewinnen würde. In der nächsten landete sie hart auf den Matten. Shaw kniete über ihr, eine Hand an ihrer Kehle. Würde das irgendwo draußen auf den Straßen Londons passieren, im Kampf gegen eine der üblichen Kreaturen, wäre sie jetzt tot.

Ich blinzelte überrascht. Der Übungskampf war beendet und der Gewinner war … Shaw? Wie war das denn passiert?

»Bloody hell!«, kam es von Ripley, der sich mit der Hand an die Stirn fasste, als könnte er nicht glauben, was er da mit eigenen Augen sah.

»Aye …«, bestätigte Finn verdutzt.

Maxwell hingegen lächelte nur und wandte sich an die Jungs. Wortlos hielt er die Hand auf. Da er als Einziger auf Shaw gesetzt hatte, bekam er nun auch den ganzen Gewinn ausgezahlt. Aber wie hatte er das wissen können?

Dinah und Shaw trennten sich mit einem Händeschütteln und gingen an den Rand der Matten, wo Handtücher und Wasserflaschen bereitlagen. Ich warf einen kurzen Blick auf Shaw, der ziemlich zufrieden wirkte, auch wenn er sich noch immer an der Stelle über den Bauch rieb, wo Dinahs Kick ihn hart erwischt hatte.

Nachdenklich ging ich zu Dinah hinüber. »Du hast ihn gewinnen lassen, oder?«

»Was?« Sie blinzelte unschuldig. Zu unschuldig. »Wie kommst du denn darauf?«

»Dee …«

Sie schaute an mir vorbei in Richtung der Jungs und zuckte mit den Schultern. Als sie antwortete, senkte sie die Stimme ein wenig. »Erstens: Ich habe ihn nur ein ganz kleines bisschen gewinnen lassen. Wenn man ihn richtig herausfordert, ist er ein besserer Kämpfer, als er denkt. Und zweitens: Er hat es verdient. Als ich ihn vorhin in der Tiefgarage aufgegabelt habe, war er ein kleines Häuflein Elend.« Sie trank einen großen Schluck Wasser und wischte sich dann mit dem Handrücken über den Mund. »Ehrlich, Roxy, du solltest dich besser um deinen Kerl kümmern.«

»Um *meinen* Kerl?« Ungläubig starrte ich Dinah an. Das war ja wohl so was von nicht wahr!

»Untersteht er deiner Verantwortung oder nicht?«

Oh. Ich rollte mit den Augen. »Ja, aber nur, weil Maxwell es befohlen hat. Außerdem ist das schon Monate her.«

»Und weil du ihn gefunden hast, Rox«, erinnerte sie mich. Ihre Stimme klang gedämpft unter dem Handtuch, mit dem sie sich das Gesicht abtupfte. »Euch verbindet etwas, ob du es willst oder nicht. Und glaub mir, ich kann dir ansehen, dass du das nicht willst«, fügte sie gut gelaunt hinzu.

Ich schnitt eine Grimasse, zögerte aber mit einer Antwort. Obwohl ich Dinah wirklich gern hatte – und zwar nicht nur deshalb, weil es eindeutig einen Mangel an Huntresses in diesem Quartier gab –, hatte ich ihr nie die Wahrheit über mich und meine besondere Mission erzählt. Wozu auch? Wenn alles schiefging, war ich in 200 Tagen ohnehin nicht mehr da. Warum sie also unnötig mit dem Wissen darüber quälen? Außerdem war das Ganze mein Problem. Meine Aufgabe.

Allerdings hatte ich mich letzte Nacht Shaw anvertraut. Und nicht nur ein bisschen, nicht nur einen Ausschnitt aus meiner Vergangenheit, sondern so ziemlich alles …

»Alles klar?«, fragte Dinah und zog die dunklen Augenbrauen zusammen.

Ich zwang mich zu einem Lächeln. »Bestens.« Mit einem Nicken deutete ich hinter sie. »Ich glaube, da wartet jemand auf seine Chance, gegen dich anzutreten.«

Sie drehte sich um und grinste beim Anblick von Warden, der einige Schritte näher gekommen war und auf die Matte zwischen ihnen deutete. In Windeseile hatte sie das Handtuch auf den Boden geworfen und stellte sich ihrem neuen Gegner.

Ich sah ihr nach. Der beste Blood Hunter seiner Generation gegen unsere beste Grim Huntress … das dürfte interessant werden. Auch wenn ich mich weiterhin weigerte mitzuwetten.

Eine Weile sah ich dem Trainingskampf zu, während nur ein paar Meter entfernt die nächste Wette im Gange war. Diesmal beteiligte sich auch Shaw. Als er meinen Blick bemerkte, zwinkerte er mir gut gelaunt zu. Ich schüttelte nur den Kopf, aber meine Mundwinkel wanderten trotzdem ein Stück in die Höhe.

Mittlerweile fühlte ich mich nicht mehr ganz so ausgelaugt wie heute Morgen. Obwohl ich gestern die Schmerzmittel eingeworfen hatte, waren die ersten Stunden des Tages die Hölle gewesen. Wie jeden Morgen hatte ich, bevor ich zur Recherche in die Bibliothek ging, die Narbe an meiner Schulter begutachtet. Ein kleiner Teil war letzte Nacht verschwunden, nachdem ich den Pontianak vernichtet hatte. Dennoch lief mir die Zeit davon. Ich hatte keine Ahnung, wie hoch die Anzahl der Kreaturen war, die ich noch zurückschicken sollte, aber die Narbe an meiner linken Schulter ließ mich deutlich wissen, dass es mehr als genug waren. Zu viele, um es in den nächsten 200 Tagen zu schaffen. Zumindest, wenn ich weiterhin so langsam vorankam wie in letzter Zeit. In den ersten Wochen war es einfach gewesen, die entflohenen Seelen einzufangen, weil sie noch nicht weit gekommen waren. Ich war ständig auf der Jagd gewesen, erst daheim in Irland, dann vom Quartier in London aus. Doch inzwischen war es immer schwieriger geworden, die Spirits aufzuspüren – und meine Hoffnung, dass sie sich nur über Europa verteilt hatten und nicht über die ganze Welt, sank mit jedem Tag ein bisschen mehr.

Als hätte ich eine weitere Erinnerung an meine Aufgabe nötig, bemerkte ich plötzlich jemanden auf der gegenüberliegenden Seite der Halle. Diesmal war es eine junge Frau mit rabenschwarzen Haaren, die lässig an der Wand lehnte und einen Apfel in der Hand hielt, den sie immer wieder in die Luft warf. Sie könnte eine Huntress sein wie all die anderen hier, doch ihre Aufmerksamkeit lag nicht auf dem Übungskampf, sondern ganz allein auf mir.

Ich atmete zischend ein und verfluchte Kevin in Gedanken. Das war nun schon das zweite Mal innerhalb von zwei Tagen, dass der Todesbote im Quartier auftauchte. Und wie immer in einer anderen Gestalt. Aber warum war er hier? Um mich an meine Mission zu erinnern? Ich schnaubte. Als ob ich die vergessen könnte. Dennoch machte mich sein erneutes Auftauchen nervös.

Seit ich Irland verlassen hatte, war Kevin mir nur äußerst selten erschienen. Es hatte sich eher so angefühlt, als würde er zwischendurch mal kurz nach seinem Schützling sehen und mich dann wochen-, wenn nicht monatelang wieder mir selbst überlassen. Doch nun erschien er nicht nur innerhalb von vierundzwanzig Stunden mehrmals, sondern sogar in unserem Quartier. Das konnte nichts Gutes bedeuten.

Ein Ächzen lenkte meine Aufmerksamkeit zurück auf die Trainierenden. Anfangs war mir der Kampf ausgeglichen vorgekommen, doch jetzt ließ Dinah eine schnelle Attacke nach der anderen auf Warden los. Er taumelte, riss sich dann aber schnell wieder zusammen und blockte die Schläge gekonnt ab.

Zögerlich wanderte mein Blick zwischen Warden und Kevin hin und her. Der Blood Hunter aus Edinburgh war erst seit gestern Nacht im Londoner Quartier und nicht gerade in bester Verfassung hier aufgetaucht. Trotzdem trainierte er schon wieder ohne Rücksicht auf Verluste. Blood Hunter erholten sich schneller als andere, aber nicht mal Warden konnte so schnell heilen, um schon wieder völlig fit zu sein.

Seit unserer kurzen Begegnung in der Krankenstation hatten wir nicht mehr miteinander geredet, obwohl es mir auf den Nägeln brannte, ihn auf Kevin anzusprechen. Gut möglich, dass er mich für verrückt hielt, aber das konnte kein Zufall sein. Zweimal war Kevin nun im Quartier aufgetaucht – und immer war Warden in der Nähe gewesen. Konnte es sein, dass der Todesbote gar nicht meinetwegen auftauchte, sondern … seinetwegen? Lag es an seinen Verletzungen?

Doch die waren definitiv nicht tödlich gewesen. Warden legte ein beachtliches Tempo an den Tag und bewies, dass er das hier schon eine ganze Weile machte. Jetzt nahm er seine Gegnerin in den Schwitzkasten und zwang Dinah mit einer schnellen Abfolge von Treffern auf die Knie. Sie blieb schwer atmend liegen, während am Rande der Matten erneut Geldscheine den Besitzer wechselten. Nach und nach leerte sich der Raum, als die anderen Hunter sich für ihre Patrouillen fertig machten. Ripley hockte sich neben Dinah, die sich mittlerweile auf den Rücken gerollt hatte, und begann auf sie einzureden.

Zu meiner Überraschung kam Warden direkt auf mich zu – und nahm sich eines der sauberen Handtücher.

»Ingrid wird nicht besonders glücklich sein, wenn sie erfährt, dass du schon wieder trainierst«, murmelte ich, ohne den Blick von Kevin loszureißen. Er lehnte noch immer an der Wand, hatte mittlerweile aber von seinem Apfel abgebissen. Langsam drehte ich mich zu Warden um. Jetzt oder nie. »Du siehst ihn auch, oder?«

»Ich sehe … was?«, fragte er brüsk.

Mein Puls begann vor Aufregung zu hämmern. Es gab absolut keine logische Erklärung dafür, aber ich war mir sicher, auf der richtigen Spur zu sein.

»Ihn.« Mit dem Kopf deutete ich zur gegenüberliegenden Seite des Trainingsraums. »Oder eher *sie*. Bilde ich mir das ein oder trägt er da wirklich …« Ich legte den Kopf schief und kniff die Augen zusammen, um es besser erkennen zu können. »Ist das ein BTS-Shirt, das er da anhat?«

Warden seufzte genervt und hob sein eigenes Shirt an, um den Verband darunter zu checken. »Die trägt er ständig. Er ist ein Riesenfan. Jungkook ist sein Liebling.«

Ich starrte ihn an. Und starrte noch ein bisschen länger. Der Todesbote, der mich verflucht hatte, war also ein BTS-Fan und Warden wusste Bescheid. Klar, wieso auch nicht?

»Wie kommt es, dass du ihn sehen kannst?«, stieß ich hervor und hasste mich dafür, dass meine Stimme zitterte. Aber Warden war der erste Mensch, den ich kannte, der Kevin ebenfalls wahrnahm. Oder überhaupt eine Begegnung mit einem Todesboten überlebt hatte.

»Das … ist eine lange Geschichte.«

Ich schnaubte. »Ich wünschte, meine Geschichte wäre das auch.«

»Warum kannst du ihn sehen?«, hakte er nach. Bevor ich jedoch darauf antworten konnte, deutete er auf meine linke Schulter. »Hat es etwas mit der Narbe zu tun? Ich hab sie letzte Nacht in der Krankenstation gesehen. Sie stammt von einem Höllenhund, nicht wahr?«

Allein bei der Erinnerung an das riesige Viech schauderte ich und eine Gänsehaut breitete sich auf meinem Körper aus. Ich musste nicht mal die Augen schließen, um seinen heißen Atem zu spüren, genauso wie den unerträglichen Schmerz, als er mich gebissen hatte. Alles war sofort wieder da, als wäre es vor wenigen Minuten passiert und nicht vor vielen Monaten.

Die Erkenntnis, was ich getan hatte. Die blanke Panik. Die Flucht. Wie mich der Höllenhund gejagt und sich auf mich gestürzt hatte, bis er über mir war und ich nicht weglaufen, mich nicht mal wehren konnte, da meine Amulettmagie keine Wirkung bei ihm zeigte.

Alles war wie in Zeitlupe passiert, hatte sich wie eine Ewigkeit angefühlt und konnte doch nicht länger als ein paar Sekunden gedauert haben. In dem einen Moment hatte der Höllenhund noch seine Reißzähne in meine Schulter gegraben, in der nächsten pfiff Kevin ihn zurück und die Wunde verheilte in Sekundenschnelle zu einer Narbe. Eine Narbe, die jeder, der einem Höllenhund begegnet war und das überlebt hatte, erkennen konnte.

»Ja«, bestätigte ich nach einem Moment und wischte die klammen Hände an meiner Hose ab. Kevin verfolgte unsere Unterhaltung aus der Ferne mit wachsendem Interesse, näherte sich aber nicht und sprach auch nicht mit mir. Das tat er nie. Seine Gegenwart allein genügte, um mir eine Warnung zu sein. »Zu Hause in Irland habe ich einen Fehler gemacht. Einen schrecklichen Fehler, für den ich teuer bezahlen musste.«

»Du hast einen Todesboten verärgert«, schlussfolgerte Warden ruhig. Direkt vor unseren Augen begann der nächste Trainingskampf, doch keiner von uns schenkte ihm irgendeine Aufmerksamkeit. »Aber er hat dich nicht mit dem Todesblick gestraft.«

»Nein«, erwiderte ich und wandte mich Warden ganz zu. »Er hat mich dazu verpflichtet, all die Geister zurück in die Unterwelt zu schicken, die ich befreit habe. Ungewollt, wohlgemerkt. Mit jeder entflohenen Seele, die ich vernichte, verschwindet ein Stück der Narbe. Und er hat mir ein Zeitlimit gegeben.«

Einen Moment lang schien sich Warden diese Worte durch den Kopf gehen zu lassen. »Wie viel Zeit hast du noch?«

»Zweihundert Tage.«

»Und wie viele Wesen schwirren noch da draußen herum?«

Ich seufzte und deutete auf das Überbleibsel meiner Begegnung mit dem Höllenhund. »Zu viele.«

»Scheiße.«

»Jepp.« Ich nickte langsam, ohne den Blick von Kevin abzuwenden. »Du sagst es.«

Ein Grinsen breitete sich auf Kevins Gesicht aus. Er nickte uns zu und warf die Apfelreste ein letztes Mal in die Luft. Einen Wimpernschlag später war er verschwunden. Ich blinzelte leicht und schüttelte den Kopf. Warden schien das nicht weiter zu verwundern, aber ich … ich würde mich nie daran gewöhnen können.

»Hey Leute! Ich habe eine Idee!«, verkündete Dinah plötzlich lautstark.

Ripley schnaubte. »Wir sind alle verloren.«

»Ach, sei still. Ich hab großartige Ideen!« Sie wartete, bis sie unsere Aufmerksamkeit sicher hatte, dann riss sie die Arme in die Luft. »Wir sollten ausgehen! Alle zusammen!«

15. KAPITEL

Shaw

Ich konnte nicht fassen, dass ich noch nie im *Bloody Vampire* gewesen war. Auf dem Parkplatz, um Roxy von einer Schicht abzuholen, ja. Aber nie drinnen. Schließlich wollte ich ihr nicht noch mehr auf die Nerven gehen, als ich es ohnehin schon tat. Doch jetzt bereute ich es, mir das Lokal noch nie näher angesehen zu haben.

Von außen machte das Backsteingebäude nicht viel her. Normale Fassade, normale Fenster, normale Eingangstür. Aber über einen versteckten Seiteneingang, der wie ein Gartentor aussah, führten ein paar Stufen in den Keller. Und da begann der Spaß.

Nala hatte wirklich etwas aus diesem Ort gemacht. Schon beim Hereinkommen empfing mich eine warme Atmosphäre. Der Geruch nach verschiedenen Drinks, Chips und diversen Parfums lag in der Luft. Es war warm, ein bisschen stickig und rockige Musik kam aus den Lautsprechern an den Wänden. Die lange L-förmige Bar war das Erste, was mir ins Auge fiel. Leuchtstoffröhren in Neonfarben führten an der Theke entlang und stellten einen krassen Kontrast zur Einrichtung dar. Tresen und Tische aus Holz, das fast schwarz aussah. Lederbezogene Hocker und Sessel. Eine handgeschriebene schwarze Tafel über der Bar mit allen Getränken und ein paar kleineren Snacks. Eine Wand war wie die Außenfassade aus rotem Backstein, der Rest mit dunklem Holz verkleidet. An einigen Stellen hingen gerahmte Fotos und Bilder, und etwa in der Mitte der längsten Wand entdeckte ich ein rundes, beleuchtetes Fenster – hinter dem es jedoch nichts zu sehen gab, weil wir uns unter der Erde befanden. Fast hätte ich den Durchgang zum zweiten Zimmer übersehen, das überraschend groß war und bis auf ein paar einzelne Sofas und Stehtische entlang der Wände offenbar als Tanzfläche diente.

Und obwohl es mitten in der Woche war, war einiges los. Das *Bloody Vampire* schien nicht nur bei Huntern beliebt, sondern auch ein Geheimtipp unter der normalen Bevölkerung zu sein. Wir versammelten uns an zwei Tischen, die wir zusammenschoben. Dinah gab die erste Runde aus und kehrte mit einem Tablett an Getränken zurück, die sie zielsicher verteilte. Sogar Nala verließ ihren Posten hinter der Bar, um mit uns anzustoßen.

»Auf die Hunter!«, rief Dinah überschwänglich und riss ihr Glas so schnell in die Höhe, dass etwas von ihrem Gin Tonic überschwappte. Das schien sie allerdings nicht weiter zu interessieren.

Ich stieß mit den anderen an und trank einen großen Schluck von meinem Bier. Morgen würde ich ziemlich sicher höllischen Muskelkater von meinem Trainingskampf mit Dinah haben, da spielte es keine große Rolle, ob noch ein normaler Kater dazukam. Wobei ich mich nicht daran erinnern konnte, wann ich zuletzt richtigen Alkohol getrunken hatte – oder wie viel ich überhaupt vertrug. Schaffte ich ein paar Drinks und konnte noch aufrecht stehen? Oder würde ich schon nach dem zweiten Bier unterm Tisch liegen? Keine Ahnung. Ich wollte mir keine Gedanken darüber machen, genauso wenig wie um die frustrierenden, ergebnislosen Recherchen. Heute Abend wollte ich einfach nur Spaß haben und an nichts mehr denken müssen.

Nala winkte uns noch einmal mit dem Shot-Glas in der Hand zu und kehrte an die Bar zurück. Im Hintergrund lief noch immer Rockmusik, Stimmengewirr hüllte mich ein und ich merkte, wie ich mich zu entspannen begann.

»Und?«, fragte Ripley quer über den Tisch und wackelte mit den Brauen. »Hast du schon eine hübsche Frau gefunden, die dich heute Nacht entjungfern darf?«

Finn grinste. »Ach, darum der ganze Ausflug?«

Warden, der bisher eher schweigsam gewesen war, sah die beiden gleichgültig an. Bisher hatte ich ihn mit kaum einem anderen Gesichtsausdruck gesehen. »Woher willst du wissen, dass es eine Frau sein wird?«, fragte er und nippte an seinem Tee.

Huh. Ripley holte schon Luft, um wie selbstverständlich darauf zu antworten, sah dann zu mir und hielt inne. Denn Warden hatte nicht ganz unrecht. Woher sollte ich wissen, ob ich nicht auch auf Männer stand? Schließlich erinnerte ich mich noch immer an nichts. An nichts, außer an Roxys Stimme.

Du bist zu heiß zum Sterben.

Allein diese winzige Erinnerung sorgte dafür, dass meine Mundwinkel ganz von allein in die Höhe wanderten.

Ich ließ mir Zeit mit der Antwort und trank erst einen Schluck von meinem Bier. »Frauen definitiv«, sagte ich und sah dabei geradewegs zu Roxy. Sie hielt meinen Blick fest, zeigte aber keine Regung. Alles andere hätte mich bei ihr auch überrascht. »Und Kerle …?« Ich zuckte mit den Schultern und schaute wieder in die Runde. »Keine Ahnung.«

»Das lässt sich schnell herausfinden …« In Wardens blauen Augen blitzte es herausfordernd. Allerdings war es keine Angriffslust, die aus seinem Blick sprach, denn Dinah hatte er während ihres Trainingskampfes völlig anders angesehen. Er lehnte sich ein Stück in meine Richtung.

Sekundenlang passierte gar nichts, als wären alle vor Schreck und Überraschung erstarrt – dann ertönten Pfiffe und lautes Klatschen rund um uns am Tisch. Mein Blick zuckte wie von selbst zu Roxy, die genauso amüsiert dreinschaute wie alle anderen, dann wieder zurück zu Warden, der es ernst zu meinen schien. Oder? Sicher war ich mir da nicht. Das Einzige, was ich über Warden wusste, war, dass er ein echt guter Kämpfer war. Ein bisschen unheimlich zwar auch mit den ganzen Strichlisten-Tattoos auf dem Arm, aber in gewisser Weise ziemlich attraktiv. Und hey, woher sollte ich wissen, auf wen ich stand, wenn ich es nicht ausprobierte?

Ohne weitere Vorwarnung lehnte sich Warden über den Tisch, legte die Hand in meinen Nacken und presste seinen Mund auf meinen. Im ersten Moment war ich zu perplex, um zu reagieren – oder überhaupt zu begreifen, was gerade passierte.

Mein Puls schoss in die Höhe, und ich musste zugeben, dass ich das Gefühl von warmen Lippen auf meinen genoss. Ich schloss die Augen und versuchte den Kuss zu genießen. Meinen ersten Kuss seit der ganzen Sache mit der Amnesie.

Warden schmeckte nach dem Schwarztee, den er getrunken hatte. Herb und erstaunlich intensiv. Dazu mischte sich der Duft von dem frischen Duschgel, das jedem im Quartier zur Verfügung stand, aber da war auch noch ein leicht metallischer Geruch, als wäre die nächste griffbereite Waffe nur eine kleine Bewegung entfernt. Wäre ich irgendeine Kreatur, könnte er mir wahrscheinlich schneller die Kehle durchschneiden, als ich reagieren konnte. Und nein, das sollte definitiv nicht anturnend sein.

Schließlich war es Warden, der den Kontakt unterbrach, mich einen Moment lang ansah und sich dann wieder zurücklehnte. Er wirkte zufrieden mit sich.

Ich räusperte mich. Erst jetzt fiel mir auf, wie ruhig es am Tisch geworden war. Sämtliche Blicke ruhten auf uns. Alle starrten uns an, manche amüsiert, andere wie Ripley mit vor Überraschung offen stehendem Mund.

Ich nahm einen Schluck von meinem Bier und richtete meine Aufmerksamkeit wieder auf Warden. »Du bist ein echt guter Küsser.« So viel konnte ich zugeben, auch ohne mich an meine bisherigen Erfahrungen auf diesem Gebiet erinnern zu können. Mit einem entschuldigenden kleinen Grinsen hob ich die Hände. »Aber nicht mein Typ. Sorry, Mann.«

»Schon okay.« Er lächelte nicht, aber zumindest war da ein kaum merkliches Zucken in seinen Mundwinkeln. »Du bist auch nicht übel … für einen Anfänger. Aber mit etwas Übung wird das noch.« Er prostete mir mit seiner Teetasse zu. Und bildete ich mir das ein, oder hatte er gerade ganz kurz zu Roxy geschaut?

Ich lachte auf, schüttelte aber auch den Kopf. Wenigstens wusste ich jetzt mit ziemlicher Sicherheit, dass ich nicht auf Männer stand. Oder einfach nicht auf Warden, obwohl mir nicht entging, dass der so einige Blicke und auffordernde Lächeln der weiblichen Gäste kassierte. Ebenso wie von der Flirtmaschine Ripley York, der auf einmal direkt neben Warden stand und ihn in ein Gespräch verwickelte.

Ich atmete tief durch und ließ meinen Blick wandern, nun, da die Aufmerksamkeit aller nicht mehr allein auf mir lag. So gerne ich auch Witze riss und Sprüche raushaute, ich stand nicht wirklich gerne im Mittelpunkt. Noch so eine Sache, die ich in den vergangenen Wochen über mich gelernt hatte. Ich mochte zwar noch immer keine Ahnung haben, wer ich vor dem Aufwachen in der Krankenstation gewesen war, aber so langsam bekam ich ein gutes Gefühl dafür ich, wer ich jetzt war.

Nach dem Kuss hatte ich ganz bewusst nicht zu Roxy hinübergesehen. Als ich es jetzt tat, sprach sie mit Dinah, die begeistert nickte. Dann verschwanden die beiden in der Menge.

An unserem Tisch waren alle beschäftigt. Ripley stand rechts von mir, hatte mir allerdings den Rücken zugekehrt und war in ein Gespräch mit einer hübschen Blondine vertieft. Währenddessen tauschten Warden und Finn Erinnerungen aus. Wie ich aufschnappte, hatten die beiden zusammen die Ausbildung in Edinburgh gemacht.

Bisher war ich mir nie wie das fünfte Rad am Wagen vorgekommen, nicht mal auf der gemeinsamen Mission mit Roxy und Finn, aber jetzt gerade breitete sich ein seltsam drückendes Gefühl in meiner Brust aus.

Ein letztes Mal ließ ich meinen Blick durch den vollen Raum wandern. Dann trank ich mein Bier in wenigen Schlucken aus, stellte die Flasche auf den Tisch und setzte mich in Bewegung. Selbst wenn ich niemanden sonst hier kannte, konnte ich mir Besseres vorstellen, als den anderen Huntern beim Flirten zuzuschauen.

In der nächsten halben Stunde schob ich mich an wildfremden Menschen vorbei, plauderte mit Nala an der Theke, lernte einen ziemlich betrunkenen Typen auf den Toiletten kennen und flirtete mit einer kleinen Brünetten. Zumindest, bis sie von ihrem Ehemann und ihrer offenen Beziehung erzählte. Das war mein Stichwort, zu verschwinden.

Irgendwie landete ich mit einem neuen Bier in der Hand im anderen Raum und stellte mich an einen der weniger vollen Stehtische. Die Musik wechselte von harten Hip-Hop-Beats zu eher melodischem Rock, zu dem es sich genauso gut tanzen ließ. Die Tanzfläche war inzwischen noch voller als bei unserer Ankunft. Ich trank noch einen Schluck von meinem Bier und kramte in meinem Gedächtnis, ob ich irgendetwas übers Tanzen finden konnte, doch da war nichts. Absolute Leere. Wie so oft. Ich seufzte frustriert.

Würde das irgendwann enden? Entweder indem ich meine Erinnerung wiederfand oder indem ich alles einmal ausprobiert hatte und somit wusste, was ich mochte und was nicht? Oder was ich überhaupt konnte? Oder würde für den Rest meines Lebens diese Leere in mir sein, dieses schwarze Loch, das einfach nicht gefüllt werden konnte, ganz egal, wie viel Neues ich ausprobierte und wie viel ich über mich selbst herausfand?

Mein Blick wanderte über die vielen Leute, die sich zur Musik hin und her wiegten und die keine Ahnung hatten, wie es war, nichts über sich selbst und seine Vergangenheit zu wissen. Wahrscheinlich wäre es klüger, zu den anderen zurückzukehren, bevor das hier in eine Mitleidsparty ausartete, doch dann blieb mein Blick an etwas hängen, das mich innehalten ließ. Genauer gesagt: an jemandem.

Roxy stand nur wenige Meter entfernt auf der Tanzfläche. Sie hatte die Augen geschlossen und bewegte sich zum aktuellen Song. Von Dinah war weit und breit nichts zu sehen. Ein kleines Lächeln lag auf ihren rot geschminkten Lippen, und als sie die Arme über den Kopf hob, wirkte sie beinahe so, als hätte sie alles und jeden um sich herum vergessen. Als gäbe es nur noch sie und die weichen, sinnlichen Klänge der Musik.

Ich trank einen Schluck von meinem Bier. Das half zwar etwas gegen die trockene Kehle, aber gegen das kräftige Pochen in meinem Brustkorb war ich machtlos. Genauso wie gegen die Wirkung, die diese Frau auf mich ausübte. Anfangs hatte ich noch geglaubt, es läge daran, dass sie mir das Leben gerettet hatte. Daran, dass ihre Stimme das Letzte war, woran ich mich erinnern konnte, und sie zugleich das Erste war, was ich wahrgenommen hatte, als ich die Augen wieder aufgeschlagen hatte. Doch inzwischen wusste ich, dass das nicht alles war.

Sie war attraktiv, ja. Keine Frage. Aber es war auch ihre Art, wie sie mit allen umging. Freundschaftlich, kollegial und hilfsbereit. Wobei mir aufgefallen war, dass sie jeden in gewisser Weise auf Distanz hielt. Sogar ihren Kampfpartner Finn, mit dem sie regelmäßig auf die Jagd ging. Ich war nicht so dumm zu glauben, dass ich die große Ausnahme darstellte, aber zumindest hatte sie sich mir nach unserer gemeinsamen Mission ein wenig geöffnet. Und seit ich das erste Mal in der Tiefgarage mit Fast Food auf sie gewartet hatte, schien sie sich nicht mehr ganz so sehr über mich aufzuregen. Nur ein kleines bisschen. Und das war auch gut so. Meine Mundwinkel wanderten ganz von selbst in die Höhe.

Ich merkte nicht mal, wie gedankenversunken ich Roxy beobachtete, bis sich jemand mit einem lauten Räuspern bemerkbar machte.

»Das würde ich nicht tun«, kam es von Finn, der sich mit den Unterarmen neben mir auf der Tischplatte abstützte.

»Hm? Was?« Ich zog die Brauen in die Höhe und gab mein Bestes, möglichst wenig ertappt auszusehen. »Was würdest du nicht tun?«

Mit dem Kopf deutete Finn auf Roxy, die sich noch immer auf der Tanzfläche bewegte. »Sie ist … anders. Sie hat eine Vergangenheit.«

»Die haben wir alle«, murmelte ich, ohne den Blick von ihr abzuwenden. »Na ja, abgesehen von mir«, fügte ich trocken hinzu und trank mein Bier aus.

Was er nicht erwähnt hatte, war, dass Roxy keine Zukunft hatte. Dass nichts mit ihr eine Zukunft hatte, wenn sie es nicht schaffte, den Auftrag des Todesboten zu erfüllen. 449 befreite Wesen in 449 Tagen. Wer verlangte so etwas? Das war praktisch unmöglich. Aber vielleicht war das auch gerade der Sinn und Zweck dieser Mission. Roxy für ihre Tat zu bestrafen, bevor der Todesbote sie selbst in die Unterwelt zerrte. Bei der Vorstellung kroch mir ein kalter Schauder das Rückgrat hinab. Gleichzeitig machte sich ein dumpfes Gefühl in meiner Brust breit und ich brauchte einen Moment, um es zuordnen zu können. Es war Angst. Sorge. Und eine leise Panik, die mit der unweigerlichen Frage einherging: Was, wenn sie es nicht schaffte? Was, wenn sie ihre Mission nicht erfüllen konnte?

Finn seufzte. Er sah nicht glücklich aus, zuckte aber auch mit den Schultern. »Ich hab dich gewarnt, Kumpel.«

Ja, das hatte er. Und es war mir egal. Denn, ganz ehrlich? Was hatte ich schon zu verlieren? Was hatten wir beide schon zu verlieren?

»Ich weiß es«, sagte ich also nur und riss den Blick von Roxy los, um Finn geradewegs anzusehen. »Sie hat es mir erzählt.«

Das schien ihn zu überraschen. Aber bevor er antworten konnte, ließ ich ihn stehen und bahnte mir einen Weg zur Tanzfläche. Genauer gesagt zu einer ganz bestimmten Person.

Roxy

Ich verlor mich in dem melodischen, fast schon hypnotischen Song von Muse, der aus den Boxen dröhnte. Eigentlich mochte ich klassischeren und härteren Rock, aber diese Band war eine Ausnahme. Die Bässe hallten in meinem Brustkorb wider und die Melodie schien ein Teil von mir zu werden, während ich mich dazu bewegte. Selbstvergessen hob ich die Arme über den Kopf, schloss die Augen und ließ mich einfach treiben.

Keine Gedanken mehr. Keine Gefühle. Keine anderen Menschen. Nur der Klang der Musik und ich. Momente wie diese waren selten. Selten und kostbar – und das nicht nur, weil ich nicht wusste, wie viele davon mir noch blieben, bevor es zu

Ende ging. Sie waren auch deshalb so selten, weil es mir für gewöhnlich verflucht schwerfiel, den Kopf auszuschalten und einfach nur das Hier und Jetzt zu genießen. Deshalb die Dates in den vergangenen Wochen und Monaten. Deshalb die Ablenkung. Aber je mehr ich es versuchte, desto weniger schien es zu funktionieren.

Umso schöner war dieser überraschende Moment auf der Tanzfläche. Dinah schwirrte noch irgendwo hier herum, wahrscheinlich hatte sie schon einen Kerl an der Angel, mit dem sie sich austobte. Ich hoffte für sie, dass das nicht so endete wie beim letzten Mal – nämlich mit einer betrunkenen Dinah, die die Nacht über der Kloschüssel verbrachte, statt im Bett mit einem heißen Typen.

Die anderen Hunter waren größtenteils noch im Hauptraum der Bar versammelt. Ich versuchte nicht daran zu denken, wie wir alle zusammen an dem Tisch gestanden und miteinander angestoßen hatten. Vor allem nicht an diesen unerwarteten Kuss zwischen Warden und Shaw. Und erst recht nicht an diese seltsame Mischung aus Hitze und einem Stechen in der Magengegend, die dieser Anblick in mir ausgelöst hatte. Das war nur ein weiterer Grund gewesen, mich hierher zurückzuziehen und ganz in der Musik zu verlieren.

Obwohl ich von unzähligen anderen Menschen auf der Tanzfläche umgeben war, spürte ich den exakten Moment, in dem jemand hinter mich trat. Und das lag nicht an der Hunterausbildung und der Tatsache, dass wir immer auf der Hut sein mussten. Sondern einfach nur an der Person, die jetzt die Hände an meine Taille legte und begann, sich zusammen mit mir zur Musik zu bewegen.

Glücklicherweise schwieg er ausnahmsweise mal, und ich beschloss, mich darauf einzulassen. Nur für einen Moment. Nur für einen Abend, an dem ich alles andere ausblenden konnte.

Ich lehnte mich gegen Shaw, legte einen Arm locker um seinen Hals und genoss sowohl diesen Tanz als auch die Nähe und das Gefühl seiner Hände auf meinem Körper. Durch den dünnen Stoff meines Kleids spürte ich die Hitze, die von ihm ausging, insbesondere dort, wo er mich festhielt. Sein Atem strich warm über meinen Hals und löste eine kleine kribbelnde Gänsehaut aus. Ich hielt die Augen geschlossen und konzentrierte mich ganz auf diese Empfindungen, denn eine Wiederholung würde es nicht geben, das wussten wir beide. Diese wenigen Minuten auf der Tanzfläche waren eine Ausnahme. Eine kurze Auszeit fernab von jeder Realität.

Vielleicht fiel es mir deshalb so leicht, es auszukosten. Vielleicht konnte ich mich deshalb so leicht darauf einlassen. Auf diesen Tanz – und auf ihn.

Ich drehte mich nicht zu ihm um. Nicht, weil ich ihm nicht ins Gesicht sehen wollte, denn das wollte ich. Ich wollte den Ausdruck in seinen Augen sehen, wollte die Worte hören, die er zu sagen hatte, oder auch einfach nur zusammen mit ihm schweigen. Und dann wollte ich seinen warmen Atem nicht mehr nur auf meinem Hals spüren, sondern auch auf meinen Lippen. Ebenso wie seinen Mund. Allein bei der Vorstellung zog sich mein Bauch erwartungsvoll zusammen. Aber es war nur das: eine Vorstellung. Eine Fantasie. Keine Realität. Und genau aus diesem Grund drehte ich mich nicht zu Shaw um.

Der Song endete und ging in einen anderen, genauso sinnlichen über, sodass wir uns nicht voneinander lösen mussten. Ich öffnete die Augen und ließ den Blick über die Menge wandern. Lauter wildfremde Menschen. Allein, zu zweit, zu dritt oder in größeren Gruppen. Leute, die hergekommen waren, um Spaß zu haben und ihrem Alltag zu entfliehen. Niemand beachtete uns. Niemand wusste, wer – oder was – wir wirklich waren. Woraus unsere Tage und vor allem unsere Nächte bestanden. Und zum ersten Mal seit einer Ewigkeit fühlte ich mich beinahe … frei.

Ich schloss die Augen wieder und ließ mich ganz auf die Musik ein. Dicht vor Shaw bewegte ich mich zu den Klängen, eine Hand in seinem Nacken, die andere auf seinem Arm, den er jetzt um meinen Bauch legte und mich so noch eine Spur enger an sich zog. Ich öffnete die Lippen und atmete keuchend aus, was in den Geräuschen um uns herum unterging. Aber ich machte mich nicht los. Ich *wollte* das hier. Mehr als ich es je für möglich gehalten hätte. Mehr als ich mir selbst je eingestehen würde.

Er beugte sich ein wenig mehr zu mir hinunter, und seine freie Hand wanderte an meiner Seite abwärts. Langsam. Beinahe unmerklich, würde ich die Wärme nicht überdeutlich spüren. Ich hielt ihn nicht auf, dafür richtete sich all meine Aufmerksamkeit auf diese kleine Berührung. Erst an meiner Taille … dann an meiner Hüfte … dann am Saum meines Kleids. Seine Finger spielten mit dem Stoff, was beinahe unschuldig wirkte, mich aber in den Wahnsinn trieb. Ich löste meine Hand von seinem Nacken und legte sie auf seine. Er stoppte seine Bewegungen, und es war, als würden wir plötzlich beide den Atem anhalten.

Mein Herzschlag beschleunigte sich. Bisher waren all unsere Interaktionen rein freundschaftlicher, rein kollegialer Natur gewesen. Na gut, hier und da gespickt mit ein paar Flirts und kleineren, harmlosen Berührungen. Doch das hier, dieser Tanz und dieser Moment, ging eindeutig darüber hinaus – und die Entscheidung lag ganz allein bei mir.

Ich schob seine Hand ein kleines bisschen tiefer, auf meinen Oberschenkel. Als seine rauen Fingerspitzen das erste Mal mit meiner bloßen Haut in Kontakt kamen, erschauerte ich und ließ den Kopf gegen Shaws Schulter zurückfallen. Es war nur eine winzige Berührung, dennoch nahm sie allen Raum in meinem Bewusstsein ein und vertrieb jeden anderen Gedanken. Eine prickelnde Gänsehaut begann sich von der Stelle auszubreiten, während Shaw seine Finger und damit auch den Saum meines Kleides ein Stück höher schob.

Seine Atmung veränderte sich, streifte nicht mehr ganz so gleichmäßig über meinen Hals, und sein Arm hielt mich eine Spur fester. Ich konnte das Pochen seines Herzens in meinem Rücken wahrnehmen. Es hämmerte genauso schnell wie mein eigenes. Und dann spürte ich etwas ziemlich Hartes, ziemlich Eindeutiges an meinem Hintern und presste die Lippen für einen Moment aufeinander.

Er zog mich noch etwas enger an sich und ich musste mir auf die Unterlippe beißen, um jeden Laut meinerseits zu unterdrücken. Ein kleines Stöhnen beispielsweise. Verdammt ... Das letzte Mal, dass ich mit einem Mann zusammen gewesen war, war schon viel zu lange her. Seltsam, dass ich mich jetzt nicht mal mehr an all die Namen der Kerle erinnern konnte. Oder an ihre Gesichter. Wenigstens war das Essen jedes Mal köstlich gewesen.

Wir tanzten das Lied zu Ende, dann drehte ich mich in Shaws Armen um. Statt etwas zu sagen, hob er lediglich herausfordernd die Brauen und drückte mich an sich. Fest genug, um alles von ihm zu spüren, aber nicht so fest, dass ich mich nicht jederzeit losmachen könnte. Und das ganz ohne Kampftraining.

Aber ich machte mich nicht los, sondern schob die Hände über seinen Oberkörper und seine Schultern bis in seinen Nacken, wo ich die Finger miteinander verschränkte. Dann lehnte ich mich ein wenig zurück und suchte seinen Blick. »Sorry, dir das so sagen zu müssen, aber ... ich fange nichts mit anderen Huntern an.«

Shaws Mundwinkel zuckten. Er beugte sich zu mir hinunter, und raunte mir die nächsten Worte mit seiner tiefen, fast schon rauen Stimme ins Ohr: »Wie gut, dass ich noch kein Hunter bin.«

Ich schloss die Augen und genoss das Prickeln, das allein sein Tonfall – und seine Nähe – in mir auslösten.

»Bitte sag mir, dass das deine Waffe ist«, murmelte ich.

»Das *ist* meine Waffe, Darling«, bestätigte er dicht an meinem Ohr, und ich konnte ihm das Grinsen anhören, auch wenn ich es nicht direkt vor mir sah. »Geladen und einsatzbereit.«

Ich prustete los. »Oh mein Gott …«

Auch Shaw lachte leise und nahm die Hände von mir.

Als ich die Augen wieder öffnete und seinem gut gelaunten Blick begegnete, wusste ich, dass sich die Dinge zwischen uns durch diesen Tanz nicht verändert hatten. Sie hatten sich kurzzeitig aufgeheizt, aber damit konnten wir umgehen. Zumindest hoffte ich das.

Ich tätschelte seine Schulter, doch dann bemerkte ich die zusammengesunkene Gestalt am anderen Ende der Tanzfläche. Sofort versteifte ich mich.

»Was ist los?« Shaw drehte sich leicht und folgte meinem Blick.

»Dinah.« Ich seufzte. »Sie hat wieder mal viel zu viel getrunken.«

Ich hätte sie wohl doch nicht aus den Augen lassen sollen. So viel gute Laune sie im Alltag versprühte, so sehr konnte sie in einem Pub eskalieren. Dabei war es nicht mal so, dass sie ihre Grenzen nicht kannte. Aber Dinah hatte keine Schutzmechanismen, die sie warnten, wenn es an der Zeit war, aufzuhören. Sie konnte jeden anderen Hunter unter den Tisch trinken, ohne etwas zu merken. Und dann war es, als würde man einen Schalter umlegen und sie bekam den ganzen Alkohol auf einen Schlag zu spüren. So wie jetzt, weshalb sie an der Wand lehnte, die Augen halb zugekniffen und offenbar kaum noch in der Lage, sich aufrecht zu halten.

Kurz ließ ich meinen Blick durch den Raum wandern. Von Ripley war keine Spur zu sehen, aber er war schließlich auch ihr Kampfpartner und nicht ihr Aufpasser.

Ich trat einen Schritt von Shaw zurück und beendete damit endgültig den Kontakt zwischen uns. Doch als sich unsere Blicke für einen winzigen Moment trafen, kehrte das Prickeln mit einem Schlag zurück und ich wusste, dass wir noch nicht fertig miteinander waren. Doch was auch immer sich gerade hier anbahnte, falls es überhaupt irgendwo hinführte, musste es warten. Denn jetzt schob ich mich erst einmal an den anderen Tanzenden vorbei zu meiner Kollegin, die mittlerweile an der Wand heruntergerutscht war und nun zusammengekauert auf dem Boden saß.

»Hey, Dee.« Behutsam legte ich ihr den Arm um die Schultern und half ihr hoch. »Na, komm. Wir teilen uns ein Taxi zurück ins Quartier.«

16. KAPITEL

Roxy

Am nächsten Abend war alles wieder beim Alten. Dinah hatte ihren Rausch ausgeschlafen und machte sich nach Einbruch der Dämmerung in der Waffenkammer für die nächtliche Jagd fertig, ebenso wie Finn und ich. Wie ihr Kampfpartner Ripley. Wie Warden. Und genau wie Shaw, der so lange auf Warden eingeredet hatte, bis dieser sich bereit erklärt hatte, ihn mitzunehmen – wohlwissend, dass sie beide damit gegen die Regeln verstießen.

Wenn Maxwell herausfand, dass die beiden zusammen auf die Jagd gingen, würde das gewaltigen Ärger geben. Aber sie hatten Glück. Heute Morgen war unser Leiter in aller Frühe aufgebrochen, um all die anderen Quartiere in Europa zu besuchen, Informationen auszutauschen, neue Waffen und Amulette zu besorgen und die guten Beziehungen zwischen den verschiedenen Hunterquartieren aufrechtzuerhalten. Bis er zurückkehrte, dauerte es noch eine ganze Weile, und wir konnten nur hoffen, dass Shaws kleine Ausflüge bis dahin in Vergessenheit geraten waren.

Wie von selbst glitt mein Blick zu Shaw hinüber. Egal, was ich tat, meine Gedanken wanderten immer wieder zu letzter Nacht zurück – genauer gesagt zu dem Tanz im *Bloody Vampire*. Als wir uns heute am frühen Morgen in der Bibliothek über den Weg gelaufen waren. Als ich in der Kantine frühstückte und dabei zufällig seinem Blick begegnete, diesem wissenden

Funkeln in seinen Augen. Als ich unter Protest mit Dinah trainiert hatte, um wenigstens die Grundregeln der Selbstverteidigung aufzufrischen. Sogar beim Training mit der Armbrust und als ich einen Moment für mich allein in meinem Zimmer hatte, in dem ich versuchte, Kontakt zu Niall aufzunehmen. Doch der Schattenblick blieb selbst nach so vielen Jahren ein Mysterium, das ich weder lenken noch bewusst kontrollieren konnte. Er setzte kein weiteres Mal ein und ich konnte meine Gedanken einfach nicht zur Ruhe bringen.

Abends, als sich die Dunkelheit wie eine dicke Decke über London gelegt hatte, war ich geradezu erleichtert, mich endlich voll und ganz auf etwas anderes konzentrieren zu können, nämlich auf die bevorstehende Jagd. Dafür hatte ich meine schwarze Stoffhose gewählt, die so weit war, dass sie mir jede Menge Bewegungsspielraum ermöglichte, die abgetragenen Boots mit den flachen Absätzen, ein Tanktop, weil es, obwohl bereits September, nicht allzu kühl war, und darüber mein geliebtes weinrotes Cape mit Kapuze. In der Waffenkammer befestigte ich den Köcher mit den Bolzen an meiner Hüfte, schnappte mir Taschenlampe und Funkgerät und schob die Pistolenarmbrust in das Holster auf meinem Rücken. Dazu ein paar Wurfmesser, die für gewöhnlich nicht zum Einsatz kamen, da ich meine Gegner gar nicht erst so nahe an mich heranließ. Shaw war in jener Nacht im Park die Ausnahme gewesen, weil er mich so überrumpelt hatte und ich unbewaffnet gewesen war. Diesen Fehler würde ich kein zweites Mal machen.

»Bereit?«

Ich nickte Finn zu. Ein letztes Mal sah ich durch die Waffenkammer, in der sich gleich mehrere Zweierteams auf die Jagd vorbereiteten. Topper und Marie, Joaquin und Ilya, Dinah und Ripley, Warden, der seine Ausrüstung selbst mitgebracht hatte und diese um ein paar zusätzliche Messer ergänzte, und Shaw. Letzterer wurde gerade von Nala aufgehalten, die ihn mit kritischem Blick von oben bis unten musterte – und schließlich seufzte.

»Hier«, brummte sie und drückte ihm zwei Pistolen samt Holster in die Hand. »Wenn ich dich schon nicht davon abhalten kann, da rauszugehen, will ich wenigstens dafür sorgen, dass du dich verteidigen kannst. Und jetzt verschwinde, bevor ich es mir anders überlege.« Sie machte eine scheuchende Handbewegung.

In dem Moment, in dem ich mich abwenden wollte, drehte sich Shaw um und hielt meinen Blick fest. Mein Herzschlag beschleunigte sich und auf meiner Haut breitete sich dasselbe Prickeln aus wie letzte Nacht auf der Tanzfläche. Dann zog Shaw einen Mundwinkel hoch und zwinkerte mir zu.

Ich ignorierte meinen plötzlich rasenden Puls und wandte mich endgültig ab. Was auch immer das zwischen uns beiden war, ich hatte keine Zeit dafür. Zumindest nicht jetzt. Und wahrscheinlich auch danach nicht.

»Hey, Roxy!«, rief Dinah, als ich schon am Aufzug war. Ein breites Grinsen lag auf ihrem Gesicht. Von ihrer Alkoholeskapade war ihr nichts mehr anzumerken. Wahrscheinlich hatte sie nicht mal einen Kater gehabt.

Ihr Blick wanderte kurz zwischen Shaw und mir hin und her. Warnend schmälerte ich die Augen. Wenn sie jetzt auch nur irgendein Wort über diesen kurzen Moment mit Shaw verlor oder darüber, was sie letzte Nacht im *Bloody Vampire* glaubte gesehen zu haben, würde ich ihr den Hals umdrehen.

Doch Dinah deutete lediglich herausfordernd mit dem Zeigefinger auf mich. »Zwanzig Pfund, dass wir heute mehr Viecher erledigen als du und der heiße Schotte.«

»Der heiße Schotte hat einen Namen«, murmelte Finn trocken.

Ich schnaubte belustigt, während Ripley lediglich zwischen uns hin und her sah – wobei mir nicht entging, dass er mit seinem Blick eindeutig länger an Dinahs heißem Outfit hängen blieb.

»Ich bin dabei«, sagte er, ohne sie aus den Augen zu lassen.

»Ernsthaft?« Stirnrunzelnd sah ich zwischen ihnen hin und her. Es war allgemein bekannt, dass ich nicht besonders viel von Wetten hielt.

Ripley lächelte breit und stellte sich an die Seite seiner Partnerin. »Angst, von jemand anderem mit Amulettmagie geschlagen zu werden?«

Das hatte er jetzt nicht wirklich gesagt.

»Dreißig«, erwiderte ich und deutete auf die beiden. »Und ihr werdet so was von verlieren.«

Ohne auf eine Erwiderung zu warten, folgte ich Finn in den Fahrstuhl.

In der Tiefgarage stiegen wir in den Land Rover und fuhren los. Heute Nacht patrouillierten wir in Southwark. Nicht die schönste Gegend Londons, von sicher ganz zu schweigen. Doch an genau solchen Orten trieben sich oft erstaunlich viele übernatürliche Kreaturen herum. Wir begannen am Ufer der Themse, wo es nach feuchtem Holz, Algen, Öl und Abgasen roch, und drangen dann tiefer in den Stadtbezirk vor.

Die Straßen waren ruhig, obwohl es selbst mitten in der Nacht nie völlig still oder ganz dunkel in London wurde. In solchen Momenten vermisste ich mein Zuhause an der Westküste Irlands. Wir waren Teil eines Dorfes gewesen, aber unser Haus stand etwas außerhalb, was unendlich viele Wiesen, Felder und Bachläufe zum Spielen für Niall und mich bedeutet hatte. Und wenn die Sonne unterging, wurde es so still, dass nur noch der Wind und das gleichmäßige Kommen und Gehen der Wellen zu hören gewesen war. Obwohl ich mittlerweile schon einige größere und kleinere Orte in Europa besucht hatte, hatte ich bisher keinen gefunden, an dem es nachts so dunkel wurde wie zu Hause. So pechschwarz, dass der Mond, die Sterne und die Lichter der Stadt an der gegenüberliegenden Küste das Einzige war, was man noch erkennen konnte. Nicht die eigene Hand vor Augen. Nicht, wohin man den Fuß setzte, sobald man das Haus verließ.

Vielleicht wäre alles anders gekommen, wenn Niall und ich uns nicht in einer solchen Nacht rausgeschlichen hätten. Vielleicht wäre er dann noch hier. Bei mir.

»Roxy.« Finn streckte den Arm aus und hielt mich zurück, als ich die Straße überqueren wollte.

Den roten Bus hatte ich noch bemerkt, nicht jedoch das schwarze Taxi, das mit seiner Umgebung verschmolz und jetzt an uns vorbeibrauste. Wasser spritzte von einer Pfütze auf und ich wich instinktiv zurück.

»Alles klar?« Er warf mir einen besorgten Seitenblick zu. »Du bist schon den ganzen Tag so abgelenkt. Wo bist du mit deinen Gedanken?«

»Nirgendwo«, antwortete ich automatisch, obwohl wir beide wussten, dass es eine Lüge war. Wenn ich in Gedanken nicht zu gestern Nacht und diesem Tanz zurückkehrte, dann verlor ich mich in meinen Erinnerungen. Manchmal beneidete ich Shaw fast darum, sich an nichts erinnern zu können. Zumindest trug er keinen ganzen Berg an Schuldgefühlen mit sich herum.

Wir überquerten die Straße, und diesmal sah ich mich extra sorgfältig um. Womöglich hatte ich mich zu sehr daran gewöhnt, dass die Narbe an meiner Schulter mich mit ihrem Brennen warnte, sobald ich mich einem der Geister näherte, die ich aus der Unterwelt befreit hatte. Doch das galt nicht für all die anderen Kreaturen, die dort draußen in den Schatten lauerten. Wenn uns eine davon hinterrücks überfiel und Finn verletzte, weil ich nicht bei der Sache war, würde ich mir das niemals verzeihen. Und es gab schon zu viele Dinge, die ich mir selbst nicht verzeihen konnte.

»Also …«, begann Finn nach einer Weile und warf mir einen neugierigen Blick zu.

»Also?«, wiederholte ich, auch wenn ich keine Lust hatte, zu hören, was er zu sagen hatte. Aber wenn ich nicht nachfragte, würde er es mir sowieso erzählen. Warum das Unausweichliche aufschieben?

»Du und Shaw …?«

Ich schnaubte und ignorierte die Wärme, die sich in meinem Körper auszubreiten begann. Das passierte nicht wirklich. War nur Einbildung.

»Komm schon, Blake«, köderte er mich und warf seinen Dolch in die Luft, nur um ihn gleich darauf wieder zu fangen und erneut hochzuwerfen. »Ich hab euch im Pub zusammen gesehen.«

»Du hast auch Shaw und Warden knutschen gesehen. Hast du die beiden auch schon mit deinen komischen Theorien genervt?«

»Noch nicht.« Er grinste und fing den Dolch auf. »Soll ich? Ich kann alles für dich herausfinden.«

Ich verdrehte die Augen und sparte mir eine Antwort darauf. Vielleicht würde Finn sich dann ja daran erinnern, wie man die Klappe hielt. Andernfalls könnten die schottisch-irischen Beziehungen in diesem Quartier einen ziemlichen Knacks bekommen.

»Er hat gesagt, dass er davon weiß«, nahm Finn den Faden nach ein paar Minuten wieder auf und ignorierte mein genervtes Seufzen komplett. »Dass du es ihm erzählt hast.«

»Und …?«

»Und?«, echote er ungläubig und bog in eine Seitenstraße ab. »Korrigier mich, wenn ich falschliege, aber du rennst nicht gerade herum und erzählst jedem von deinem tragischen Schicksal.«

Ich verzog das Gesicht. Nicht nur aufgrund dieser lächerlichen Bezeichnung, sondern weil er … weil er recht hatte, verdammt. Allerdings wusste Shaw nicht alles. Er mochte die Auswirkungen des Schattenblicks live miterlebt haben, aber er wusste nicht, was das bedeutete. Er kannte meinen Bruder nicht. Und auch Finn war nicht allwissend, was mich betraf, selbst wenn er das vielleicht annahm. Aber wenn ich ihm erklären wollte, warum ich Shaw eingeweiht hatte, müsste ich Finn vom Schattenblick erzählen. Und bisher hatte ich das vermieden. Niemand im Quartier ahnte auch nur etwas davon, nicht einmal Maxwell. Genau genommen waren Amelia und meine Eltern die Einzigen, denen ich je davon berichtet hatte. Mom und Dad hatten mir nie geglaubt, und Amelia war tot. Warum also jemand Neues einweihen? Zumal die ganze Sache überhaupt nichts zu irgendetwas beitrug. Der verdammte Blick half mir nicht dabei, Niall zu finden, und auch nicht dabei, meine verdammte Mission zu Ende zu bringen.

Diesmal war Finn derjenige, der seufzte und kurz in den Himmel starrte. »Er steht auf dich. Das ist dir hoffentlich klar, oder?«

»Ja«, gab ich nach einem kurzen Zögern zu und ignorierte das wilde Pochen in meiner Brust. »Ist das der Moment, in dem du mich davor warnst, Shaw wehzutun? Solltest du als mein Hunterpartner nicht lieber ihn warnen, mir nicht das Herz zu brechen?«

Das entlockte Finn ein leises Lachen. »Niemand kann dir das Herz brechen, Roxy.«

Vielleicht hatte er recht. Aber auch nur, weil ich niemanden mehr so nahe an mich heranließ, dass diese Möglichkeit zu einer realen Gefahr werden konnte. Ich hatte schon genug Menschen verloren. Meinen Zwillingsbruder. Meine Familie. Meine Mentorin. Ich musste diese Erfahrung wirklich nicht wiederholen.

Durch die Seitenstraße erreichten wir eine ruhigere Gegend, in der es nicht viel mehr als ein paar schmale Gassen zu geben schien. Es war schon eine Ewigkeit her, seit das letzte Auto an uns vorbeigefahren war. Und obwohl nichts zu hören oder anderweitig auszumachen war, hielt ich dennoch inne.

»Roxy …?« Finns Stimme war nur noch ein Wispern. Auch wenn er nichts in der Dunkelheit vor uns erkennen konnte, vertraute er meinen Instinkten genauso sehr wie seinen eigenen.

»Da vorne ist irgendetwas«, murmelte ich.

In diesem Moment begann die Narbe an meiner Schulter zu brennen.

Shaw

Huntern ist es erst nach ihren erfolgreich abgeschlossenen Prüfungen gestattet, auf die Jagd zu gehen.

Jepp. Ich hatte diese Regel gelesen, darüber nachgedacht und sie für nichtig erklärt. Wo sollte man Erfahrungen sammeln, wenn nicht dort draußen auf den Straßen? Außerdem hatte ich mit Warden einen der besten Blood Hunter an meiner Seite, also was sollte schon schiefgehen?

In der Tiefgarage winkte ich Dinah und Ripley zu, die ebenfalls auf die Jagd gingen und auf zwei Motorräder stiegen, mit denen sie davonbrausten. Dann verließen Warden und ich den Tower und fuhren ein paar Minuten durch die Stadt, bis wir den Wagen auf einem Parkplatz stehen ließen und ausstiegen.

Die Luft war klar und noch erstaunlich warm an diesem Spätsommerabend. Dank Nalas Großzügigkeit steckten nun zwei Pistolen in ihren Holstern unter meiner Lederjacke. Leicht und unauffällig, auch wenn ich die Schrotflinte von meiner letzten Mission irgendwie vermisste. Aber nicht aufzufallen gehörte eindeutig zu den Grundprinzipien der Hunter.

»Maxwell hat erwähnt, dass du ein Blood Hunter bist«, bemerkte ich wie nebenbei, während ich den Blick zwischen den Häusern hin und her wandern ließ. Zwei-, höchstens dreistöckig. Eine Wohnsiedlung. Nur noch ganz vereinzelt brannte Licht hinter den Fenstern.

»Richtig«, antwortete Warden knapp und warf mir einen zweifelnden Blick zu. Offenbar war ihm mein neugieriger Gesichtsausdruck nicht entgangen. »Hat dir niemand etwas über Blood Hunter erzählt?«

Ich schüttelte den Kopf. »Ihr seid schwer zu erwischen.«

»Wir jagen Blutwesen, dazu zählen Vampire, Strigois, Ghule … eigentlich alle Kreaturen, die menschliches Blut konsumieren.«

Ich blieb stehen. Starrte ihn an. »Vam… Vampire?«

Warden runzelte die Stirn. Er wirkte todernst. Höchstens ein wenig ungeduldig darüber, dass wir dieses Gespräch überhaupt führten. »Ja«, erwiderte er nur und ging weiter.

Scheiße, ich hatte mir die ganze Zeit über eingeredet, dass unter den Begriff *Blutwesen* in den Büchern einfach Kreaturen mit ungesundem Blutdurst fielen. Fledermäuse vielleicht. Geister. Moskitos. Hatten vor ein paar Monaten nicht erst Roxy und später auch noch Finn behauptet, dass es Vampire gar nicht gab? Na, vielen Dank auch.

»Vampire also? So richtig mit Reißzähnen und allem?«, rief ich und beeilte mich, ihn wieder einzuholen. Fieberhaft versuchte ich in meinem Gedächtnis nach all den Infos zu kramen, die ich aus Romanen, Filmen und Serien zusammengetragen hatte.

»Jepp.«

Ich schauderte, denn die Vorstellung, dass jemand mein Blut trinken könnte, war einfach zu widerlich.

»Mach dir keine Sorgen«, sagte Warden, dem meine Reaktion nicht entgangen war. »Ich beschütze dich. Wir Blood Hunter sind dafür geschaffen, Vampire zu jagen. Und wenn sich uns ein Vampir nähert, rieche ich ihn hier auf zwanzig Meter.«

»Du … riechst ihn?«, wiederholte ich ungläubig.

Warden nickte. »Jede Vampirgattung hat ihren eigenen Duft, daran erkennt man sofort, ob man es mit einem Ghul, einer Strigoi oder einer Aswang zu tun hat.«

Interessant.

»Und klettern Vampire wirklich aus ihren Gräbern, so wie bei *Buffy*?«

»Nein.«

»Kann man sie mit einem Genickbruch außer Gefecht setzen wie bei *The Vampire Diaries*?«

»Das wäre viel zu einfach.«

»Haben die weiblichen Flügel wie in *Van Helsing*?«

Warden schnaubte abfällig, antwortete aber nicht.

»Was denn?« Ich zuckte mit den Schultern. »Könnte doch sein.«

»Hast du schon mal einen fliegenden Vampir gesehen?«

Ich verneinte und hielt kurz inne, obwohl mir tausend weitere Fragen auf der Zunge lagen. Allen voran, warum mich niemand davor gewarnt hatte, dass diese Viecher anscheinend so gefährlich waren.

»Benutzen Vampire Pistolen wie in der *Underworld*-Reihe?«, hakte ich weiter nach. »Und verbrennen sie im Sonnenlicht oder haben sie Tageslichtringe?«

»Tages... was?«

Okay, offensichtlich hatte Warden noch nie *The Vampire Diaries, The Originals* und auch nicht das Spin-Off mit der magischen Schule gesehen. Ich winkte ab. Tageslichtringe waren vermutlich auch zu weit hergeholt.

Während Warden die Umgebung im Auge behielt, grübelte ich weiter. Dabei fiel mir eine Buchreihe ein, die ich gerade erst begonnen hatte.

Nachdenklich kratzte ich mich am Kopf und sah zu Warden hinüber. »Stimmt es, dass alle männlichen Vampire einen Ständer kriegen, wenn ein weiblicher Vampir gerade fruchtbar ist?«

Warden blieb abrupt stehen. Drehte den Kopf langsam zu mir und starrte mich an, als hätte ich den Verstand verloren. Dann ging er kopfschüttelnd weiter. »Für jemanden, der sich nicht für Vampire interessiert, hast du dich aber ganz schön viel mit ihnen beschäftigt.«

»Ich kann sie in Filmen und Büchern unterhaltsam finden, ohne mich im echten Leben mit ihnen auseinanderzusetzen«, erwiderte ich. Zumal ich von all den Kreaturen, über die ich gelesen hatte, Vampire am unheimlichsten fand. Unheimlicher als Geister. Sogar unheimlicher als Zombies, die die Gehirne ihrer Opfer fraßen.

Moment mal …

»Roxy hat behauptet, dass es keine Zombies gibt. Aber sie hat mir auch erzählt, dass Vampire nur eine Legende sind.«

»Mit den Zombies hat sie recht.«

»Ernsthaft?«, fragte ich ungläubig. »Wieso gibt es Vampire, aber keine Zombies? Wer hat sich das bitte ausgedacht?«

»Keine Sorge, es gibt genügend andere Wesen, die deine Organe fressen und dein Blut trinken wollen«, versicherte Warden mir gleichmütig.

Daran hatte ich nach meiner Begegnung mit dem Pontidings vor ein paar Tagen nicht den geringsten Zweifel.

Eine Weile liefen wir schweigend durch die Straßen und Gassen Londons. Ich hatte keine Ahnung, wie dieser Bezirk hieß, aber hier schien es mehr Geschäfte und Pubs als Wohnhäuser zu geben. Wobei es mich auch nicht gewundert hätte, wenn wir gleich abgebogen und vor einem Friedhof gestanden hätten. Ach nein, Vampire kletterten ja nicht aus Gräbern. Und Geister hielten sich nie auf Friedhöfen auf, wie ich aus dem Geister-Einmaleins gelernt hatte. Anscheinend war das zu traumatisch für sie. Woher kamen dann bloß all diese Legenden rund um Friedhöfe?

Gedämpfte Musik und Stimmengewirr aus den Pubs begleiteten unsere Schritte. Hin und wieder begegneten wir ein paar einsamen Gestalten, von denen jedoch niemand wie ein Vampir aussah. Nicht, dass ich das hätte beurteilen können. Warum war ich noch mal mit Warden auf die Jagd gegangen?

»Ich hab nachgedacht«, ließ Warden plötzlich verlauten.

Ich sah zu ihm hinüber. »Glückwunsch.«

Er warf mir einen finsteren Blick zu, ging aber nicht weiter auf meine Stichelei ein. Diesen Kerl brachte wirklich nichts aus der Ruhe.

»Vielleicht gibt es da etwas, das Roxy helfen könnte. Mein Vater war Ingenieur und hat Waffen und andere nützliche Dinge für die Hunter entworfen. Er hat vor seinem Tod an einem Gerät gearbeitet, mit dem man Geister aufspüren kann. Wenn ich es etwas modifiziere, könnte es deiner Freundin dabei helfen, die Wesen zu finden, die sie aus der Unterwelt befreit hat.«

Ich runzelte die Stirn. »Sie hat dir …«

Er blieb abrupt stehen und hob warnend die Hand.

»Was ist?«, flüsterte ich und spähte in die Dunkelheit, während sich die Härchen in meinem Nacken aufstellten.

17. KAPITEL

Roxy

Ich starrte in die Dunkelheit, in der die Gasse vor uns endete, auch wenn sich nichts darin bewegte. Es war auch kein Geräusch zu hören oder etwas zu sehen. Dennoch wusste ich mit absoluter Bestimmtheit, dass wir nicht allein waren. Nicht mehr. Wer oder was auch immer da vorne war, es handelte sich um eines meiner Wesen aus der Unterwelt.

»Roxy?« Finns warnende Stimme folgte mir, als ich die Gasse betrat.

Ich sah nicht zurück, sondern zog meine Pistolenarmbrust und legte den ersten Bolzen ein. Meine Finger kribbelten und mein Magen zog sich vor Anspannung zusammen. Es war noch immer ruhig. Zu ruhig dafür, dass wir uns in einer Großstadt befanden.

Mein Herz schlug schneller, je tiefer ich in die Gasse vordrang, während Finn mir folgte und Rückendeckung gab. Gleichzeitig verstärkte sich der Schmerz in meiner Narbe mit jedem Schritt, den ich machte.

Zwischen den Häusern gab es keine Straßenlampen und auch sonst keinerlei künstliches Licht. Der Mond war nur eine schmale Sichel und wurde von Wolken verdeckt – zu wenig, um wirklich für Helligkeit zu sorgen. Einzig der Strahl von Finns Taschenlampe garantierte, dass wir nicht in völliger Finsternis herumtappten.

Es roch feucht und nach Abfall. Kein Lüftchen wehte, keine Brise, die die Geräusche vom anderen Ende der Gasse zu uns herübertragen konnte. Ich hatte nicht die geringste Ahnung, was mich da vorne erwartete.

Ich blendete den Schmerz aus, hob die linke Hand und schloss die Finger um mein Amulett. Im Zweifelsfall konnte ich es sofort aktivieren. Doch dazu musste ich erst mal jemanden – oder etwas – finden.

Ich rechnete fest damit, gleich aus dem Dunkel von irgendeinem Geist angegriffen zu werden. Im schlechtesten Fall haute er ab und wir mussten ihm hinterherrennen. Womit ich jedoch niemals gerechnet hätte, war die einzelne Gestalt, die plötzlich aus dem Schatten trat und wenige Schritte von mir entfernt stehen blieb.

Mein Herzschlag setzte aus. Mein ganzer Körper versteifte sich. Und das Brennen in meiner Schulter wurde schier unerträglich.

»Hallo Roxy.« Die Stimme gehörte einer Fremden. Eine Fremde, die mich beim Namen kannte – und die eine verblüffende Ähnlichkeit mit meiner Mentorin aufwies.

Ihr Gesicht war jung, jünger als ich es in Erinnerung hatte, aber sie hatte dasselbe rabenschwarze Haar, in dem keine einzige graue Strähne zu sehen war. Ihre Haut war leicht gebräunt und bis auf ein paar Fältchen rund um Augen und Mund völlig glatt. Ihre Augen waren dunkel, fast schwarz, dennoch verrieten sie ihr wahres Alter und dass sie bereits mehr erlebt und durchgemacht hatte als die meisten Menschen. Dass sie als Magic Huntress Dinge gesehen und Kreaturen bekämpft hatte, die für jeden anderen nur das Produkt einer blühenden Fantasie waren. Oder eines schrecklichen Albtraums.

Alles an ihr sah so aus, wie ich es in Erinnerung hatte – und dennoch anders. Die schlichte schwarze Hose mit den kniehohen Stiefeln. Die smaragdgrüne Bluse, die perfekt zu ihren Ohrringen passte. Aber die Narben an ihrem Hals, wo ihr ein Naturgeist zu nahe gekommen war, und an ihrer rechten Hand, die von einer Verbrennung herrührte, waren verschwunden.

Weil es nicht ihr Körper war. Ähnlich, ja, aber ich war auf ihrer Beerdigung gewesen. Amelias Überreste lagen unter der Erde.

»Ich habe schon darauf gewartet, dass wir uns wiedersehen.« Die Fremde lächelte, doch ich konnte sie nur anstarren, während mein Verstand zu begreifen versuchte, was gerade passierte. Wie das sein konnte. Und ob sie wirklich hier oder nur eine Einbildung war.

»Amelia …?«, stieß ich hervor, meine Stimme nur ein brüchiges Flüstern.

Das konnte nicht sein. Das war einfach nicht möglich.

In den vergangenen Monaten hatte ich mich immer wieder gefragt, ob sie gewusst hatte, dass es so enden würde. Ob sie einen Plan gefasst und mich deswegen mit ihrem Amulett zum Steinkreis geschickt hatte. Ob sie geahnt hatte, dass ich damit ungewollt ein Tor zur Hölle öffnen würde. Doch jedes Mal hatte ich diese Möglichkeit wieder verworfen. Amelia war eine Magic Huntress durch und durch. Sie hasste die Kreaturen der Finsternis und tat alles dafür, sie zu vernichten. Sie würde sie niemals freiwillig befreien. Aber vor allem würde sie mich niemals einer solchen Gefahr aussetzen.

Zumindest hatte ich das bis zu diesem Moment felsenfest geglaubt.

Ich brachte kein Wort hervor. In meinen Ohren rauschte es und die Gedanken in meinem Kopf tobten.

Ich hatte sie sterben sehen. Ihr Blut hatte an meinen Fingern und meiner Kleidung geklebt. Nur weil sie tot war, hatte ich ihr Amulett überhaupt an mich nehmen und ihren letzten

Wunsch erfüllen können: es zu zerstören, damit es nicht in die falschen Hände geriet.

Und jetzt stand sie hier. Lebendig.

Sie war es wirklich. Amelia war wieder da. Der einzige Mensch, der mir geglaubt hatte, dass Niall nicht einfach verschwunden war, sondern dass etwas Übernatürliches dahintersteckte.

Sie war am Leben – und dennoch tot. Das Brennen in meiner Schulter war unmissverständlich. Amelia musste eine der Seelen sein, die ich aus der Unterwelt befreit hatte – und jetzt hatte sie sich eines fremden Körpers bemächtigt. Aber wie? In die Unterwelt kamen nur Seelen, die sich etwas Schwerwiegendes zuschulden hatten kommen lassen. Eigentlich hätte Amelias Geist nach ihrem Tod in die Geisterwelt gehen müssen, schließlich war sie die beste, die gütigste Person, die ich je kennengelernt hatte.

»Wie …«, begann ich und hasste mich dafür, wie brüchig, wie schwach meine Stimme klang. »Du kannst nicht hier sein. Ich habe dich sterben sehen.«

»Das hast du«, bestätigte Amelia ruhig. »Und du hast getan, was ich dir aufgetragen habe. Du hast mein Amulett zerstört. Vielen Dank dafür.«

Übelkeit begann sich in mir auszubreiten. »Und damit ein Tor zur Unterwelt geöffnet«, wisperte ich und schüttelte fassungslos den Kopf.

Ich hatte ihr vertraut. Ich hatte Amelia mit meinem Leben vertraut, aber jetzt brannte meine Narbe und sie stand vor mir, obwohl sie eigentlich tot sein müsste und das bedeutete … Konnte das wirklich sein? Konnte ich mich so in Amelia getäuscht haben? Hatte sie gewusst, in welches Unheil sie mich mit ihrem Auftrag stürzen würde?

Aber dass sie überhaupt in der Unterwelt gelandet war statt

in der Geisterwelt, bewies mir nur, dass ich mich in ihr geirrt hatte. Dass wir alle uns in ihr geirrt hatten. Jeder andere Hunter. Sogar Maxwell.

»Blake …« Finns warnende Stimme drang zu mir durch. Er trat neben mich. Seine Finger hielten den Dolch fest umfasst, und er ließ Amelia keine Sekunde aus den Augen.

Ich schüttelte unmerklich den Kopf. Obwohl sich meine Schulter anfühlte, als würde meine ganze Haut in Flammen stehen, brauchte ich Klarheit. Ich musste die Wahrheit aus ihrem Mund hören. Ich musste erfahren, warum sie es getan hatte.

»Du wusstest, dass das passieren würde«, brachte ich hervor. Verschwunden war die Schwäche in meiner Stimme, jetzt schrie ich die Worte beinahe. Wütend. Fassungslos. Verletzt.

Gleichzeitig fügte sich in meinem Kopf alles zusammen. All die Puzzlestücke, von denen ich bisher nicht einmal gewusst hatte, dass sie nur Teile eines Puzzles waren. Ich war mir sicher gewesen, das ganze Bild zu kennen, doch nun musste ich mir eingestehen, dass ich mich geirrt hatte. Ich hatte nur das gesehen, was Amelia mich hatte sehen lassen. Doch jetzt wurde mir plötzlich alles klar.

Ich schnaubte. »Natürlich wusstest du es. Du hast die Gabe des Schicksalsblicks.«

Langsam breitete sich ein Lächeln auf ihrem neuen, makellosen Gesicht aus. »Und du warst schon immer eine gute Schülerin. So wissbegierig. So entschlossen. Du hast mich ein bisschen an mich selbst in deinem Alter erinnert.«

Ich schüttelte den Kopf und wich einen halben Schritt vor ihr zurück, auch wenn ich mich für diese Schwäche hasste. »Ich bin nicht wie du. Das könnte ich niemals sein. Du hast mich von Anfang an nur benutzt. Du wusstest, was geschehen würde. Nur deshalb wolltest du, dass ich dein Amulett zerstöre und das Tor zur Hölle öffne, nicht wahr? Damit deine Seele genau wie all die anderen entkommen kann.«

»Was?« Finn warf mir einen überraschten Blick zu.

Ich achtete nicht auf ihn. Meine Aufmerksamkeit lag einzig und allein auf Amelia.

Auch sie schenkte meinem Partner nicht die geringste Beachtung. »Ich wusste um unsere Zukunft – und wie stark sie miteinander verflochten sein würde – in dem Moment, in dem ich dich das erste Mal gesehen habe, Roxy.«

Ich stieß den angehaltenen Atem in einem bitteren Schnauben aus. Meine Hände zitterten, gleichzeitig krampften sich meine Finger so sehr um die Pistolenarmbrust, dass es wehtat. »Nur deshalb hast du mich ausgebildet. Das war der einzige Grund, oder?«

Amelia zögerte den Hauch einer Sekunde, nickte dann jedoch knapp.

»Wusstest du auch, was danach passieren würde? Dass mir ein Todesbote eine unerfüllbare Mission aufbürden würde? Dass ich selbst in der Unterwelt lande, wenn ich sie nicht erfüllen kann?«

Ich meinte, so etwas wie Bedauern in Amelias Miene aufflackern zu sehen, aber wahrscheinlich irrte ich mich. Vielleicht wollte ich genau das sehen, statt des kalten Kalküls, das hinter all ihren Handlungen steckte. Wenn sie nie diese Vision von uns gehabt hätte, wenn sie nie erfahren hätte, wie sie sterben würde und wer sie zurückholen könnte, hätte sie mich niemals ausgebildet. Dann wäre all das nie passiert. Dann wäre ich noch daheim in Irland. Vielleicht wäre dann auch Niall noch da. Unsere Familie wäre nicht daran zerbrochen und ich wäre nie eine Huntress geworden. Aber vor allem würde ich nicht meine eigene Lebenszeit mit jedem weiteren Tag, der verging, herunterzählen und mich fragen müssen, ob ich es schaffen würde, meinen Bruder zu finden – oder ob ich ihn nie mehr sehen, nie mehr mit ihm sprechen könnte.

»Das habe ich nicht vorausgesehen«, erwiderte Amelia ruhig, aber bestimmt. »Du kennst die Regeln. Menschen wie ich sehen nur einen Teil einer potenziellen Zukunft. Nicht mehr, nicht weniger. Du hingegen …«

»Das reicht.« Ich unterbrach sie, bevor sie noch mehr sagen konnte. Bevor sie verraten konnte, dass ich auch mit einem der vier Blicke *gesegnet* war, auch wenn das alles nur noch frustrierender machte. Zu wissen, dass Niall lebte und irgendwo dort draußen war, aber ihn nie finden zu können, war schlimmer, als gar nichts über seinen Verbleib zu wissen. Der Schattenblick war kein Geschenk, wie Amelia mir immer hatte weismachen wollen. Er war eine Folter.

Mit den Fingern umklammerte ich mein Amulett. Gerade als ich es aktivieren wollte, nahm ich aus dem Augenwinkel eine Bewegung wahr. An der Wand, tief im Schatten und dennoch deutlich für mich zu erkennen, lehnte ein Mädchen, höchstens vierzehn, fünfzehn Jahre alt, mit zusammengebundenen Haaren und einer BTS-Kappe auf dem Kopf. Sie stand reglos da und beobachtete die Auseinandersetzung, die sich vor ihren Augen abspielte.

Ich biss die Zähne zusammen. Kevin. Das war alles, was ich brauchte, um auch die allerletzten Zweifel beiseitezuwischen. Amelia war eine entflohene Seele. Mehr noch: Sie war der Grund, aus dem ich überhaupt in dieser beschissenen Situation war. Wenn ich sie nicht in die Unterwelt verbannte, würde das schon bald mein eigenes Schicksal sein.

»Überleg dir gut, was du jetzt tust, Roxy …« Eine deutliche Warnung lag in Amelias Stimme.

Sie machte noch einen Schritt nach vorne, bis der schwache Lichtschein auf den Anhänger an ihrem Hals fiel. Es war ein

Amulett. Nicht jenes, das ich vor über zweihundert Tagen in diesem Steinkreis zerstört hatte. Doch auch dieser Stein war von einem tiefdunklen Blau mit goldenen Sprenkeln und in eine filigrane Goldfassung eingelassen. Ein Amulett der Stufe 6 – der höchsten Stufe. Es gab keine Amulettmagie, die stärker war, und nur sehr wenige Exemplare existierten davon auf der Welt. Zwei hatte ich in einem Versteck in Amelias Haus zurückgelassen. Und eines der beiden sah genauso aus wie jenes, das sie nun um den Hals trug.

Mein eigener Anhänger war heller und hatte statt goldenen Sprenkeln ein dezentes kupferfarbenes Muster. Stufe 5. Ich mochte zwar gut sein, aber ich war lange nicht so gut wie Amelia, die seit mehr als fünfundzwanzig Jahren als Magic Huntress mit Amuletten kämpfte.

Und dennoch musste ich es versuchen. Die Erkenntnis, dass sie der Auslöser für alles war, was mir nach ihrem Tod widerfahren war, ließ mir keine andere Wahl. Ich musste, nein, ich *wollte* sie zurückschicken, nach allem, was sie mir angetan hatte. Und wenn ich jemals die Chance haben wollte, meinen Bruder wiederzufinden, dann gab es für mich nur eine einzige mögliche Entscheidung.

Ich sah nicht zu Finn hinüber, denn das wäre viel zu offensichtlich gewesen. Doch nach Monaten der gemeinsamen Jagd kannte er mich hoffentlich gut genug, um das kurze Zucken meiner Finger richtig zu deuten. Unmerklich klopfte ich mir gegen den Oberschenkel.

Drei …

Zwei …

Eins.

Statt das Amulett zu aktivieren, womit Amelia definitiv rechnete, riss ich die Pistolenarmbrust in die Höhe und schoss auf meine ehemalige Mentorin.

In derselben Sekunde leuchtete das Amulett um Amelias Hals auf und der Bolzen erstarrte mitten in der Luft. Eine Handbewegung von ihr, dann fiel er klappernd zu Boden. Ein herablassendes, fast schon mitleidiges Lächeln lag auf ihren Lippen. Aber während sie so auf mich fokussiert gewesen war, hatte sie nicht gemerkt, was Finn tat. Denn mein Partner stand jetzt nicht mehr schräg neben mir, sondern tauchte hinter Amelia auf. Mit gezogenem Dolch.

Sie wich vor seinem Angriff zurück und kam damit geradewegs auf mich zu. Ich ignorierte das schnelle Pochen in meinem Brustkorb und riss die Armbrust erneut hoch. Visierte an. Und schoss.

Diesmal sah Amelia die Attacke nicht kommen und der Bolzen traf sie in der Seite. Sie schrie vor Schmerz und Wut auf und wirbelte zu mir herum. In derselben Sekunde aktivierte ich das Amulett an meinem Hals. Jenes Amulett, das ein Geschenk von Amelia selbst gewesen war. Zu einer anderen Zeit, in einem anderen Leben, als wir uns noch nicht als Feinde gegenüberstanden. Ich schluckte das bittere Gefühl hinunter und konzentrierte mich ganz auf die Magie, die sich in einem blauen Leuchten um meine Hände und Finger rankte.

Ich richtete all meine Aufmerksamkeit auf meine ehemalige Mentorin, dann stieß ich die Hände nach vorne und ließ die geballte Magie auf sie los.

Doch sie war schnell. In der einen Sekunde stand sie noch direkt vor mir, in der nächsten war sie verschwunden – und der blaue Strahl sauste geradewegs auf Finn zu.

Nein …

In letzter Sekunde wich er aus.

Finn hob die Finger an die Wange und sah auf das Blut hinab. Die Attacke hatte ihn nur gestreift, aber das war verflucht knapp gewesen.

Mein Herz hämmerte viel zu schnell und ein ungutes Gefühl breitete sich in meiner Magengrube aus. Das war kein Zufall gewesen. Amelia musste das geplant, es vielleicht sogar in einer Vision des Schicksalsblicks gesehen haben.

»War das schon alles?«, ertönte ihre höhnische Stimme hinter mir. »Und ich dachte, ich hätte dich besser ausgebildet.«

Ich suchte Finns Blick. »Verschwinde.«

Doch der schnaubte nur und wischte sich ein letztes Mal mit dem Handrücken über die blutige Wange. »Als ob.«

Gemeinsam drehten wir uns zu Amelia um. Und obwohl ich Finn nicht hier haben wollte, weil meine ehemalige Mentorin gefährlich war und diese Konfrontation nur in einer Katastrophe enden konnte, war ein Teil von mir auch erleichtert darüber, dass er blieb. Dass ich mich auf ihn verlassen konnte – komme, was wolle.

Diesmal wählte ich nicht die Armbrust, sondern umfasste sofort das Amulett an meinem Hals. Es leuchtete in einem strahlenden Blau auf und pulsierte im Takt meines eigenen Herzens.

Amelia lächelte nur. »Denkst du wirklich, du kannst mich damit besiegen?«

Sie war eine Magic Huntress und damit immun gegen alle Kreaturen, die Magie einsetzten. Aber sie war nicht unverwundbar. Gebündelte Magie, wie sie in Amuletten der höchsten Stufen zu finden waren, konnten auch Magic Huntern etwas anhaben. Ich musste nur genug davon einsetzen – und hoffen, dass ich das überlebte.

Ich sparte mir eine Antwort und konzentrierte mich stattdessen ganz auf die Magie in meinem Amulett. Auf das gleichmäßige, schnelle Pochen. Auf die pure Macht, die mich erfüllte. Das Licht rankte sich um meine Finger bis zu meinen Handgelenken, als suchte es nach meinem Puls, um sich ganz mit mir zu verbinden. Auch Amelias Amulett erstrahlte jetzt, allerdings in einem dunkleren Blau, das von einem goldenen Schimmer begleitet wurde.

»Finn …«, murmelte ich, ohne meine Gegnerin aus den Augen zu lassen. »Du gehst besser in Deckung.«

Aus dem Augenwinkel nahm ich eine Bewegung wahr, sah aber nicht hin. Meine ganze Konzentration lag jetzt auf der Magie. In einer fließenden Bewegung hob ich die Hände vor meine Brust, atmete tief ein und stieß sie nach vorne – im selben Moment, in dem Amelia die gleiche Bewegung vollführte.

Die Magie aus unseren Amuletten prallte aufeinander und die Wucht riss mich von den Füßen. Einen Herzschlag lang flog ich durch die Luft, im nächsten krachte ich gegen eine Hausmauer und fiel zu Boden. Haut schrammte über Asphalt und ein Brennen breitete sich an meinen Händen und meinem linken Unterarm aus. Heißer Schmerz explodierte in meiner Schläfe und ein schrilles Pfeifen erfüllte meine Ohren.

Shaw

»Ich rieche Rosmarin.«

Verwirrt starrte ich Warden an. »Wovon redest du da?«

»Hier ist ein Vampir«, antwortete er lediglich und deutete auf eine Stelle weiter vorne, aber ich konnte nur eine kleine Gruppe vor einem Pub erkennen. Sie hielten ihre Gläser in den Händen, prosteten sich zu, redeten und lachten miteinander. Aber hey, wenn Vampire nach Rosmarin rochen, tranken sie vielleicht auch Bier.

Doch gerade als ich meine Gedanken dazu mit Warden teilen wollte, bemerkte ich eine Bewegung nur wenige Meter weiter auf der gegenüberliegenden Straßenseite. Im Schatten zweier Häuser hatten sich ebenfalls ein paar Personen versammelt.

Mein Puls begann zu rasen, und ich tastete automatisch nach der Pistole im Schulterholster unter meiner Jacke. Warden gab mir ein Zeichen, dann überquerten wir beide die Straße und gingen auf die kleine Gruppe zu. Beim Näherkommen erkannte ich, dass es sich um drei Männer handelte. Zwei davon mussten etwa in meinem Alter sein, höchstens Mitte zwanzig, der dritte wirkte älter, vielleicht um die vierzig. Sie trugen ganz normale Klamotten und wirkten auf den ersten Blick nicht besonders auffällig.

Ich warf Warden einen zweifelnden Seitenblick zu. Er hatte nichts mehr gesagt, und ich hatte keine Ahnung, was er vorhatte.

»Hey!«, rief er den Männern plötzlich zu und blieb wenige Schritte von ihnen entfernt stehen. »Ich suche nach Isaac. Wo ist er?«

Isaac? Wer zur Hölle war Isaac?

Die Typen reagierten nicht.

»Heh, ich rede mich euch, Pappnasen«, rief Warden, blieb dabei aber gelassen. »Wo finde ich Isaac?«

Nun kam Leben in die drei und sie wandten sich Warden zu, der sich ihre ganze Aufmerksamkeit gesichert hatte. Doch statt einer Antwort stießen die Gestalten ein Geräusch aus, das wie ein Fauchen klang, und traten aus dem Schatten. Ihre Gesichtszüge verhärteten sich und ihre Pupillen wurden blutrot, während sich schwarze Adern unter der Haut ausbreiteten. Im nächsten Moment blitzten ihre spitzen Reißzähne im Licht der Straßenlampe auf.

»Shiiiit!«, murmelte ich und wich instinktiv zurück. »Sind das etwa …?«

Scheiße, waren das Vampire? So richtig echte? Mit Blutsaugen und allem? Fuck. Das hatte ich nun davon, unbedingt mit auf die Jagd gehen zu wollen.

Ich hatte keine Angst, dass die Leute vor dem Pub oder irgendwelche Passanten etwas hiervon bemerkten. Mittlerweile wusste ich, dass jeder Hunter – und somit auch Warden – ein Amulett der Stufe 1 bei sich trug, mit dem er eine Illusion erzeugte, die uns schützte. Niemand würde sehen oder hören, was hier passierte. Trotzdem war ich nicht gerade scharf darauf, es so unvorbereitet mit einer Gruppe Vampire aufnehmen zu müssen.

Bevor einer von uns etwas sagen oder tun konnte, ging der Kampf auch schon los. Zwei der Kreaturen stürzten sich auf Warden, Nummer drei knöpfte sich mich vor. Ich wich aus und kickte den Kerl weg. Dann riss ich die Pistole aus dem Holster und feuerte drauflos. Einmal. Zweimal. Dreimal.

Der Vampir wurde von der Wucht der Kugeln zurückgeschleudert, er blutete sogar, aber er starb nicht. Stattdessen fletschte er die Zähne und war mit einem gewaltigen Sprung plötzlich direkt bei mir. Die Waffe landete scheppernd auf dem Asphalt, und ehe ich michs versah, beugte sich die Kreatur über meinen Hals. Fuck.

Nur mit Mühe hielt ich sie mir vom Leib und versuchte, den spitzen Reißzähnen auszuweichen.

»Warden! Wie kann man die Viecher vernichten?«

Die verdammten Reißzähne kamen immer näher. Ich konnte schon den Atem des Kerls in meinem Gesicht spüren und zog eine Grimasse.

Mit aller Kraft drückte ich ihn zurück, aber der Mistkerl war stark. Plötzlich blitzte etwas auf und eine Klinge trennte den Kopf vom Rumpf des Vampirs. Blut spritzte mir entgegen, kurz bevor der Körper leblos zu Boden sackte und sein Kopf davonrollte.

»Enthaupten hilft«, hörte ich Warden sagen.

Ich starrte ihn an. In seiner Hand hielt er eine Machete. Wo zur Hölle hatte er die plötzlich her? Aber bevor ich diese Frage aussprechen konnte, fiel mein Blick auf die auf dem Gehweg liegenden Gestalten. Allesamt enthauptet. Allesamt blutend. Offenbar lösten sich Vampire auch nicht in Staub auf, wenn man sie tötete. Ganz toll. Das war vielleicht eine Sauerei. Mit dem Ärmel rieb ich mir über Gesicht und Oberkörper.

»Das Reinigungskommando ist schon unterwegs«, sagte Warden, als würde er etwas von meinen Gedanken ahnen, steckte sein Handy ein und zerrte die Überreste in die nächste Seitengasse, um sie hinter einem Müllcontainer zu verstecken. Vermutlich, bis besagte Reinigungscrew aus dem Quartier hier eintraf.

Ich half ihm mit angewidert verzogenem Gesicht und wischte mir die Hände an der Hose ab, während Warden in die Hocke ging, um seine blutige Machete am T-Shirt des einen toten Vampirs sauber zu reiben.

Ich sah zurück zum Pub, doch die Gruppe war mittlerweile verschwunden. Und sie hatten nichts von dem mitbekommen, was direkt vor ihren Augen auf der anderen Straßenseite geschehen war. Sie hatten nicht mal die Schüsse gehört.

Ich ignorierte das Zittern meiner Hände und hob die Pistole vom Boden auf, um sie wieder einzustecken. Irgendwie war mir die Begegnung mit dem Geist neulich lieber gewesen. Zumindest war sie nicht ganz so blutig ausgegangen wie mein erstes Zusammentreffen mit Vampiren.

»Wer ist Isaac?«, fragte ich schließlich und räusperte mich leise.

Warden musterte mich so ungläubig, als hätte ich gerade danach gefragt, ob die Erde rund oder flach war.

»Niemand«, brummte er. »Nur der König der Vampire.«

Oh.

»Und wieso ...«

Ein ohrenbetäubender Knall unterbrach mich. Ich wich instinktiv zurück und zog den Kopf ein. Die Häuserwände wackelten. Der Boden bebte unter unseren Füßen. Und dann war plötzlich alles wieder still. Gespenstisch still.

Jeder Muskel in meinem Körper war erstarrt, doch mein Puls hämmerte wie verrückt. Als ich meine Stimme wiederfand, war sie rau, mehr ein Krächzen. »Was zur Hölle war das?«

»Keine normale Explosion«, stellte Warden grimmig fest.

»Was dann?«

Er zögerte nur kurz. »Magie.«

Einen Moment lang sahen wir uns an, dann rannten wir beide los.

Roxy

Ich blinzelte heftig, um bei Bewusstsein zu bleiben. Mein Herz raste schmerzhaft schnell. Das Pfeifen erfüllte noch immer meine Ohren. Ich hustete und versuchte wieder auf die Beine zu kommen, doch meine Muskeln zitterten so sehr, dass ich es gerade mal auf Hände und Knie schaffte. In meinem Mund breitete sich ein metallischer Geschmack aus und etwas Warmes lief meine Schläfe hinab. Doch all das war nichts gegen das Dröhnen in meinem Kopf. Es fühlte sich an, als würde da drinnen ein Erdbeben der höchsten Stärke stattfinden.

»Roxy!« Jemand schrie meinen Namen, aber ich wusste nicht, wer.

Die Stimmen vermischten sich und wurden eins mit dem Pochen meines eigenen Blutes in meinen Ohren. So hatte ich mir den Ausgang dieser Begegnung eindeutig nicht vorgestellt. Aber wenn man es genau nahm, war ich bis vor wenigen Minuten auch der festen Überzeugung gewesen, dass Amelia an jenem verhängnisvollen Tag in Irland gestorben war. Wie hätte ich bitte ahnen sollen, dass sie als Höllenwesen zurückkehren und den Körper einer unschuldigen Frau besetzen würde?

Ein Schatten fiel über mich und ich riss instinktiv die Arme hoch.

»Hey, wow, nicht schießen! Ich bin's.« Finn ging neben mir in die Hocke und schlang einen Arm um mich, um mir hochzuhelfen. »Komm schon, Blake. Wir brauchen dich noch.«

Ich stützte mich auf ihn und unterdrückte den Schwindel mit aller Macht. Trotzdem drehte sich alles vor meinen Augen und Übelkeit breitete sich in mir aus. Als ich wieder etwas erkennen konnte, stockte mir der Atem. Denn Amelia war noch da. Sie war nicht besiegt – auch wenn die Explosion sie ebenfalls erwischt zu haben schien.

Sie hielt sich den linken Arm, der in einem seltsamen Winkel herabhing. Blut klebte an ihrer Hand und in ihrem Gesicht. Sie starrte mich zornig an. Sofort begann ihr Amulett wieder zu leuchten.

»Hey!«, rief eine tiefe Stimme.

Amelia hielt inne und drehte sich zu den Neuankömmlingen um. »Und wer zur Hölle seid ihr Clowns?«

»Mein Name ist Winchester«, erwiderte Shaw todernst. »Dean Winchester.« Mit dem Daumen deutete er auf Warden. »Das ist mein Bruder Sam.«

Jeder starrte ihn an. Sogar Kevin, der seinen Posten an der Wand seit seinem Auftauchen nicht verlassen hatte.

Warden nutzte Amelias Verwirrung, holte mit seiner Machete aus und griff sie an. Finn und Shaw folgten seinem Beispiel nur einen Herzschlag später. Sie wich jeder Attacke mit unmenschlicher Geschwindigkeit aus, aber es schien mir, als würde sie mit jeder Bewegung langsamer.

Mühsam stieß ich mich von der Wand ab und umfasste mein Amulett. Die Magie flackerte kurz auf, und einen Moment lang hielt ich die Luft an. Dann war sie zurück und rankte sich mit dem vertrauten Leuchten um meine Finger.

Direkt vor meinen Augen holte Warden aus und schlug zu, doch sein Hieb erstarrte mitten in der Luft. Er stieß einen Fluch aus und versuchte den unsichtbaren Widerstand zu durchdringen, aber seine Waffe bewegte sich nicht. Amelias Magie hielt ihn an Ort und Stelle fest. Mit dem gesunden Arm blockte sie einen Schlag von Shaw ab, doch bei Finn war sie zu langsam. Sie wich aus, aber der Dolch streifte ihre Seite dennoch.

Ich machte einen Schritt nach vorne, blendete den Schmerz in meinem Kopf aus und richtete all meine Konzentration auf die pulsierende Energie in meinen Händen. Als würde Amelia es spüren, stieß sie einen wütenden Schrei aus und warf die drei Männer mit ihrer Magie zu Boden. Dann wirbelte sie zu mir herum. Unsere Blicke trafen sich, und ich musste erkennen, dass nichts mehr von der warmherzigen Frau übrig war, die mich ausgebildet hatte. Sie war nur noch eine böse Seele, die in die Unterwelt gehörte.

»Du kannst mich nicht töten, Roxy. Du bist nicht stark genug.«

Ich ballte die Hände zu Fäusten. »Lassen wir's drauf ankommen.«

Denn wenn ich mich zwischen der Frau, die mich von Anfang an nur benutzt und hintergangen hatte, und meinem eigenen Überleben entscheiden musste, dann entschied ich mich für mich. Ich entschied mich für meine Kameraden, die mir, ohne zu zögern, zu Hilfe gekommen waren und ihr eigenes Leben riskiert hatten. Und ich entschied mich für Niall, der noch immer irgendwo dort draußen war und den zu finden ich mir geschworen hatte. Selbst wenn das bedeutete, jemanden in die Unterwelt zu verbannen, der mir einst so viel bedeutet hatte.

Die Magie sammelte sich in meinen Händen und pulsierte wie ein lebendes Wesen. Dabei war es nur mein eigener rasender Herzschlag, der sich in der strahlend blau leuchtenden Energie widerspiegelte. Einer Energie, die in meinen Händen immer größer und strahlender wurde, bis sie die ganze Gasse erleuchtete.

Amelia starrte mich mit schmerzverzerrtem Gesicht an. »Oh nein, das wirst du nicht tun …«

Sie riss die Arme hoch. Im selben Moment leuchtete ihr Amulett so hell auf, dass es uns alle blendete. Ich stieß die Hände nach vorne, um sie zu stoppen, um meine Magie gegen sie einzusetzen – aber es war zu spät.

Die Schockwelle breitete sich rasend schnell in alle Richtungen aus und riss mich erneut von den Füßen. Ich prallte erneut gegen eine Mauer, jegliche Luft wurde mir aus der Lunge gepresst.

Ächzend versuchte ich mich aufzurichten, doch meine Beine gaben unter mir nach. Meine Sicht war verschwommen, und ich hörte alles nur noch wie durch eine dicke Nebelwand. Blinzelnd hob ich den Kopf, als ein Paar Schuhe in meinem Blickfeld auftauchten und sich jemand zu mir hinunterbeugte.

»Niall …?« Ich wusste nicht, ob ich den Namen aussprach oder nur dachte, denn im nächsten Moment wurde alles um mich herum schwarz.

18. KAPITEL

Shaw

Als wir heute Abend zur Jagd aufgebrochen waren, hatte ich mit ein paar Geistern gerechnet. Mit kleineren Kreaturen. Nicht mit Vampiren. Nicht mit einem Kampf gegen Roxys ehemalige Mentorin. Und erst recht nicht damit, dass wir eine blutende und bewusstlose Roxy zurück ins Quartier tragen würden.

Ich saß mit ihr auf dem Rücksitz und hielt sie fest, während Finn wie ein Irrer durch die Straßen fuhr und Warden schweigend auf dem Beifahrersitz saß. Wir hatten alle etwas abbekommen, was uns noch eine Weile an diese Begegnung mit Amelia erinnern würde, doch Roxy hatte es am schlimmsten erwischt.

Die nächsten Minuten vergingen rasend schnell und gleichzeitig so langsam, als würde alles in Zeitlupe geschehen. Die Ankunft in der Tiefgarage. Die Fahrt im Aufzug nach oben. Die Krankenstation. Ingrids und Sandys besorgte Gesichter. Erst als ich sicher war, dass Roxy nicht ernsthaft verletzt war, ließ ich zu, dass Sandy an mir herumhantierte. Als ich noch in einem der Betten gelegen hatte, war sie stets ein Sonnenschein gewesen; jetzt lernte ich eine neue Seite an ihr kennen, denn sie kommandierte mich herum und befahl mir, still zu sitzen, während sie den kleinen Cut an meiner Augenbraue behandelte und sich meine Schulter anschaute. Zum Glück war die nicht gebrochen, sondern nur geprellt. In wenigen Stunden würde ich ein paar hübsche Blutergüsse zur Schau stellen können und sie würde noch eine Weile wehtun, aber das war glücklicherweise auch schon alles.

Erst als es im Quartier ruhiger wurde und wir die Krankenstation verlassen durften, machte ich mich nach einem kurzen Umweg in die Küche auf den Weg zu Roxy. Vor ihrem Zimmer blieb ich stehen und klopfte kurz gegen die Tür, obwohl sie mit ziemlicher Sicherheit noch bewusstlos war.

Finn öffnete mir. Er sah so fertig aus, als hätte ihn ein Laster überfahren. Bleiches Gesicht, Augenringe, Verband um den linken Unterarm. Er hatte auch einen auf Rippenhöhe, wo Amelia ihn erwischt haben musste, doch dieser Verband war unter seinem zerknitterten T-Shirt verborgen.

Wortlos machte er mir Platz und ich betrat das Zimmer. Seltsam, dass mir erst jetzt auffiel, dass ich nie zuvor hier gewesen war.

Vom Aufbau her glich der Raum meinem: ein schmales Bett an der Wand, ein Schrank, ein Schreibtisch mit Stuhl und ein Fenster mit Blick auf die Stadt. Trotzdem wirkte Roxys Zuhause deutlich heimeliger als meins, und das nicht etwa, weil es so schön dekoriert war. Die Wände waren genauso nackt und weiß wie meine eigenen. Aber über dem Stuhl hing ihr rotes Cape, und neben dem Schrank befand sich eine ganze Ansammlung von Schuhen, angefangen bei praktischen flachen Boots bis hin zu mörderisch hohen High Heels. Auf dem Tisch standen ein Wasserkocher, eine Tasse und eine Packung irischer *Barry's Tea*, daneben lagen zwei Graphic Novels und eine geöffnete Packung Peanut Buttercups.

Ich sah zu Finn zurück und nickte ihm zu. Der Kerl brauchte dringend ein paar Stunden Schlaf. Einen Moment lang schien er zu zögern, dann aber ging er leise aus dem Zimmer.

Die Tür ließ er nur angelehnt. Ich konnte ihm seine Sorge um Roxy nicht verübeln, zumal er mich nicht wirklich lange kannte. Scheiße, ich kannte mich ja selbst nicht mal besonders lange oder gut.

Gerade als ich dabei war, mir zu überlegen, wo ich es mir am besten gemütlich machte, ohne Roxy zu stören, bewegte sie sich. Ein leises Stöhnen kam ihr über die Lippen, und sie öffnete blinzelnd die Augen.

»Hey …« Ich ging zu ihr hinüber und neben dem Bett in die Hocke. »Langsam. Du hast einiges abbekommen.«

Erst als ich sicher war, dass sie mich erkannte, hob ich das mitgebrachte Kühlpack und drückte es behutsam an ihre Schläfe. Sie verzog das Gesicht, griff dann aber nach meiner Hand, um sie festzuhalten, bevor ich sie wegziehen konnte.

»Wir fühlst du dich?«, fragte ich leise.

»Beschissen.« Ihre Stimme klang heiser.

Ich schraubte die Wasserflasche auf, die neben dem Bett stand, und hielt sie ihr hin. »Sorry, dir das sagen zu müssen, aber so siehst du auch aus.«

Sie schnaubte, womöglich war es aber auch ein unterdrücktes Lachen. Ihre Hände zitterten ein wenig, als sie nach der Flasche griff und sie an die Lippen hob, um daraus zu trinken.

»Ingrid zufolge hast du eine leichte Gehirnerschütterung und sollst in den nächsten Stunden möglichst liegen bleiben und dich nicht überanstrengen. Außerdem noch ein paar Kratzer, Abschürfungen und blaue Flecken.«

»Und die Nachwirkungen der Magie«, fügte sie trocken hinzu und verzog das Gesicht, als würde ihr selbst das Sprechen Schmerzen bereiten.

Diesmal schob sie meine Hand weg und setzte sich auf. Ich half ihr nicht dabei, weil sie meine Hilfe nicht brauchte und vielleicht auch nicht wollte. Aber ich nahm ihr zumindest die

Flasche ab, stellte sie auf den Boden und schob ihr das Kissen zurecht, damit sie sich anlehnen konnte. Erst dann setzte ich mich auf die Bettkante und betrachtete sie aufmerksam.

Sie war erschreckend blass. Noch immer hübsch, aber auch völlig erledigt. Schatten lagen unter ihren Augen. Ihre Unterlippe war aufgeplatzt. Sie hatte ein dickes Pflaster an der Schläfe und Verbände an den Unterarmen, um die aufgeschrammte Haut zu schützen. Nie zuvor hatte ich Roxy so fertig gesehen. So ... besiegt.

Behutsam drückte ich das Kühlpack wieder an ihre Schläfe und kühlte auch die Haut rund um das Pflaster, damit sie sich gar nicht erst grünblau verfärbte und der Schmerz erträglich war.

»Das war verdammt knapp«, murmelte ich. »Du hättest sterben können.«

Sie verzog die Lippen zu einer Grimasse. »Ich bin mir fast sicher, dass Kevin das verhindert hätte.«

»Wer ist Kevin?«

»Der Todesbote, der mich verflucht hat. Zumindest hat er sich mir als Kevin vorgestellt.«

»Ah.« Ich nickte langsam. Sie hatte mir zwar von dem Todesboten und seiner Aufgabe erzählt, den Namen jedoch ausgelassen.

Eine Weile schwiegen wir, während Roxy einfach nur dalag und ich ihre Schläfe kühlte. Meine Finger wurden langsam taub vor Kälte, aber ich hörte nicht auf, weil es ihr gutzutun schien. Und weil sie es zuließ und damit mir gegenüber zum allerersten Mal so etwas wie Schwäche zeigte.

Ein leises Seufzen kam über Roxys Lippen, und ich beugte mich sofort etwas näher zu ihr.

»Ich bin nicht auf der Krankenstation.« Ihre Stimme war leise, der darin mitschwingende Unterton aber deutlich zu hören.

»Finn hat darauf bestanden, dass du es dort hasst und lieber in deinem Zimmer sein willst. Ingrid hat nur unter der Bedingung eingewilligt, dass in den nächsten vierundzwanzig Stunden ständig jemand bei dir ist. Du hast Glück. Gerade hat meine Schicht begonnen.«

Sie schnaubte erneut, aber ich meinte auch ein Zucken in ihren Mundwinkeln zu sehen. Dann wurde ihr Blick zunehmend ernster. »Danke, Shaw.«

Ich hielt mit dem Kühlpack in der Hand inne. »Wofür?«

»Dass du da warst. Und für das hier.« Sie deutete um sich.

Selbst wenn ich gewollt hätte, hätte ich nicht gegen das Lächeln ankämpfen können, das sich auf meinem Gesicht ausbreitete. Aber ich zuckte auch mit einer Schulter. »Dafür sind Freunde da, oder nicht?«

»Sind wir das? Freunde?«, hakte sie leise nach und sah mich direkt an.

Aus irgendeinem Grund musste ich ausgerechnet jetzt an diesen Moment auf der Tanzfläche denken. War das wirklich gerade mal etwas über vierundzwanzig Stunden her? Die Erinnerung schien aus einem anderen Leben zu stammen. Doch dafür war die Hitze, die sich schlagartig in mir ausbreitete, zu deutlich spürbar.

»Klar«, erwiderte ich verspätet und musste mich räuspern, weil meine Kehle auf einmal trocken war. Und obwohl es stimmte und ich Roxy definitiv als Freundin sah, schienen wir beide zu wissen, dass da noch etwas anderes war. Etwas, das keiner von uns aussprach. Etwas, das nicht erst mit diesem Tanz begonnen hatte.

»Das war also deine ehemalige Mentorin, huh?«, versuchte ich abzulenken und konzentrierte mich wieder ganz auf meine Aufgabe, Roxys Schläfe zu kühlen.

»Amelia«, bestätigte sie mit einem Seufzen.

»Nette Person.«

Sie lachte lautlos. »Das ist sie wirklich. Wenn sie einen nicht gerade umbringen will.«

»Irgendeine Ahnung, warum sie das vorhatte?«

Sie begann den Kopf zu schütteln, hielt dann jedoch inne. »Der einzige Grund, der mir einfällt, ist der, dass ich diejenige bin, die sie zurück in die Unterwelt schicken muss. Wo sie ganz offensichtlich nicht wieder hin will.«

»Also ist sie deshalb nach London gekommen? Um dich zu finden und auszuschalten?«

»Vielleicht.« Roxy seufzte tief. »Vielleicht verfolgt sie aber auch einen ganz anderen Plan. Sie hat mir schon früher nie alles gesagt.«

Und wir konnten sie schlecht danach fragen. Mal ganz davon abgesehen, dass sie uns sicher nicht ihren Plan in allen Details erzählen würde.

»Wie kann sie überhaupt so stark sein?«, fragte ich nach einer Weile nachdenklich. »Sie hat uns alle fertiggemacht.«

»Ich weiß es nicht. Sie war schon immer mächtig, aber das …« Roxy rutschte etwas tiefer ins Kissen. »Vielleicht hat sie einen Weg gefunden, noch stärker zu werden. Oder die Unterwelt hat sie mächtiger gemacht. Die ganzen entflohenen Geister sind nicht ohne Grund alle so verflucht stark und aggressiv.« Roxys Blick schweifte für einen Moment ins Leere. Dann fügte sie kaum hörbar hinzu: »Ich dachte, sie wäre tot. Die ganze Zeit über dachte ich, sie wäre tot. Aber sie hat mich nur benutzt. Sie wusste, dass ich sie zurückholen würde, wenn sie stirbt. Nur deshalb hat sie mich ausgebildet.«

»Bist du dir ganz sicher, dass sie es wirklich ist?«, fragte ich vorsichtig. »Ich meine, du hast erzählt, dass sie in deinen Armen gestorben ist.«

»Und das ist sie auch. Aber sie ist es definitiv – nicht der

Körper, aber der Geist darin. Außerdem hat meine Narbe angefangen zu brennen – wie jedes Mal, wenn eine Seele in der Nähe ist, die ich selbst aus der Unterwelt befreit habe.«

»Hat sie damals wehgetan? In diesem Park …?«, fragte ich nach einem Moment.

Irritiert zog sie die Brauen zusammen, schüttelte dann jedoch den Kopf. »Nein. Warum?«

Ich zuckte mit den Schultern und knetete das Kühlpack, das mittlerweile ganz weich geworden war. »War nur so eine spontane Vermutung.«

Roxy setzte sich noch etwas weiter auf und sah mir fest in die Augen. »Du warst von einem Geist besessen, Shaw. Einem Geist, den ich vertrieben habe. Keine Ahnung, was da schiefgelaufen ist, aber weder du noch dieser Geist war einer von jenen, die ich in die Unterwelt verbannen muss. Meine Narbe hat damals nicht wehgetan und tut es auch jetzt nicht.«

Ich hatte nicht mal gemerkt, wie angespannt ich gewesen war, bis sie diese Worte aussprach. Erst dann hatte ich das Gefühl, wieder richtig durchatmen zu können.

»Okay. Das ist gut. Danke.«

Diesmal zuckten ihre Mundwinkel nicht nur – sie lächelte wirklich. »Jederzeit.«

Ich drehte das Kühlpack etwas und drückte es ihr wieder behutsam gegen die Schläfe. Roxy seufzte leise und schloss die Augen. Das Schweigen, das sich nun zwischen uns ausbreitete, war auf eine merkwürdige Weise entspannend. Aber vor allem war es gut zu sehen, dass Roxy sich langsam erholte – und es tat verdammt gut zu wissen, dass ich etwas dazu beitragen konnte. Als ich sie blutend auf dem Boden der Gasse liegen gesehen hatte, war mir vor Schreck kurz das Herz stehen geblieben. Und als ich zu ihr gegangen war und ihr hochgeholfen hatte, nachdem Amelia geflohen war …

Ein Klingeln riss mich abrupt aus meinen Gedanken. Wir zuckten beide zusammen. Es dauerte einen Moment, bis ich die Ursache ausgemacht hatte.

Nach einem kurzen Blick auf das Display überreichte ich Roxy das Handy. »Es ist Maxwell.«

Roxy

Aus irgendeinem Grund hämmerte mein Herz los, als ich den Anruf entgegennahm und mir das Handy ans Ohr hielt. »Ja?«

Mein Blick suchte und fand Shaw. Er legte das Kühlpack zur Seite und stand auf, um das Zimmer zu verlassen. Automatisch runzelte ich die Stirn, verzog dann aber das Gesicht und ließ es bleiben, da die Bewegung schmerzte.

Erst als er die Tür hinter sich zugezogen hatte, konnte ich mich auf das konzentrieren, was Maxwell sagte. »Was?«

»Ob du in Ordnung bist«, wiederholte er geduldig. »Ingrid hat angerufen und berichtet, was passiert ist. Geht es euch allen gut?«

Ich schnaubte. »*Gut* ist Ansichtssache, aber wir leben zumindest noch.«

Genau wie Amelia. Warum war sie zurückgekehrt? Und was machte sie ausgerechnet in London? War unsere Begegnung purer Zufall gewesen, oder hatte sie tatsächlich nach mir gesucht? Aber wo war sie dann in den letzten Monaten gewesen?

Die Fragen rauschten durch meinen Kopf und verstärkten das unangenehme Pochen nur noch, das von der Wunde an meiner Schläfe ausging. Zögernd befeuchtete ich mir die Lippen und fuhr mit der Zunge über die aufgeplatzte Stelle, dann verzog ich das Gesicht. Sie schmeckte noch immer metallisch.

»Ich hätte es dir sagen sollen«, unterbrach Maxwell das Schweigen und atmete tief durch.

Es dauerte einen Moment, bis ich begriff, worauf er hinauswollte – doch dann erstarrte alles in mir.

»Du … du wusstest davon? Du wusstest, dass sie noch lebt? Dass sie zurückgekehrt ist?«

»Ich hatte so eine Ahnung, als du nach der Sache zu mir gekommen bist und mir davon erzählt hast, aber ich wollte nichts sagen, solange ich keine Beweise hatte. Und als ich dann welche hatte … Sie ist stark, Roxy. Das war Amelia schon immer. Deshalb wollte sie sich nie den Regeln der Hunter unterordnen und hat ihr eigenes Ding durchgezogen. Aber sie war immer eine loyale und sehr erfolgreiche Huntress. Dieser Job war ihr Leben. Ich wünschte, ich könnte dir sagen, was mit ihr passiert ist, aber ich weiß es nicht. Und jetzt ist sie sogar noch stärker als früher und viel gefährlicher. Ich musste die Sache selbst in die Hand nehmen.«

»Also hast du mich angelogen«, schlussfolgerte ich bitter. »Mich und alle anderen. Du bist gar nicht zu Besuch in den anderen Quartieren, oder? Du bist auf der Jagd nach Amelia.«

»Ich wollte euch beschützen. Ganz besonders dich. Das ist meine Aufgabe. Aber wenn ich gewusst hätte, dass sie in London auftaucht, kurz nachdem ich die Stadt verlassen habe …«

»Was dann, hm?«, fiel ich ihm ins Wort. »Hättest du mir dann mitgeteilt, dass meine ehemalige Mentorin noch am Leben ist und mich töten will? Oder hättest du es mir weiterhin verheimlicht?«

Ein kurzes Zögern. »Das ist nicht fair, Roxy.«

Ich setzte mich so abrupt auf, dass mir schwindelig wurde, doch das war mir egal. Alles war mir in diesem Moment egal, außer das brennende Gefühl, ein weiteres Mal belogen und verraten worden zu sein.

Erst Amelia. Jetzt Maxwell.

»Ich sag dir, was nicht fair ist«, zischte ich und ignorierte den Schmerz. »Nicht fair ist es, diese Sache vor mir geheim zu halten. Ich verstehe vielleicht nicht, was los ist, aber dass Amelia jetzt hier ist, ist meine Schuld. Und es ist meine verdammte Aufgabe, sie zurück in die Unterwelt zu schicken.«

Meine Stimme war mit jeder Silbe lauter geworden, aber Maxwell blieb ganz ruhig. »Sie ist eine der stärksten Magic Hunter, die wir haben. Das war sie schon, bevor sie in die Unterwelt kam. Selbst wenn du alles gibst, ist sie dir, was die Erfahrung und die Amulettstufe betrifft, um Jahre voraus. Überlass es mir, sie zu finden und zu bekämpfen, Roxy. Ich habe sie ausgebildet. Ich weiß, was zu tun ist.«

Ich biss die Zähne zusammen, zwang mich jedoch dazu, mehrmals tief durchzuatmen und mir seine Worte wirklich durch den Kopf gehen zu lassen. Er hatte recht. Mit allem, was er gesagt hatte, lag er absolut richtig. Trotzdem war ich diejenige, die zehn Jahre lang von ihr ausgebildet worden war. Maxwell mochte sie vor langer Zeit unterrichtet haben und sie viel länger kennen, aber ich war ihre Vertraute gewesen. Was es umso schlimmer machte, belogen und hintergangen worden zu sein.

»Wie du willst. Ich kümmere mich weiter um die entflohenen Geister.« Das war alles, was ich dazu sagen konnte.

Keine Versprechungen. Vor allem nicht das Versprechen, mich von Amelia fernzuhalten oder nicht selbst nach ihr zu suchen. Auch wenn ich im Gegensatz zu Maxwell ja nicht einmal wusste, wo ich anfangen sollte. Aber nach der Begegnung heute Nacht würde ich ganz sicher nicht die Hände in den Schoß legen und zulassen, dass andere die Arbeit für mich übernahmen.

»Roxy …« Eine Warnung lag in seiner Stimme.

»Pass auf dich auf.« Damit legte ich auf und warf das Handy aufs Bett.

Mein Puls raste und meine Hände zitterten noch immer, als ein Räuspern an der Tür erklang. Ich hob den Kopf und sah Shaw an, der im Türrahmen stand und mich fragend musterte.

»Klingt so, als wäre das ziemlich gut gelaufen«, stellte er ironisch fest.

Ich schnaubte. »Oh ja. Ganz wundervoll.«

Shaw setzte sich wieder zu mir auf die Bettkante. »Was hast du jetzt vor?«, fragte er und hielt mir erneut die geöffnete Wasserflasche hin.

Ich nahm sie und trank einen großen Schluck. »Ganz einfach«, erwiderte ich, obwohl es sich alles andere als einfach anfühlte. Es war sogar verflucht schwer. »Ich tue genau das, was ich bisher getan habe: Die Geister suchen und sie zurück in die Unterwelt schicken. Genau wie Amelia.«

Es musste einen Weg geben, sie zu besiegen. Und ich würde ihn finden.

»Hm«, machte Shaw nachdenklich. »Warden meinte, er hat vielleicht etwas, was dir bei der Suche helfen kann.«

»Was?« Überrascht riss ich den Kopf herum – und bereute die Bewegung sofort, weil meine Schläfe mit einem dumpfen Pochen darauf reagierte.

Ein mitfühlender Ausdruck huschte über sein Gesicht. »Ein Gerät von seinem Vater, das er für deine Jagd modifizieren will. Aber es liegt noch irgendwo in Edinburgh herum.«

Ich atmete scharf ein. Wenn das wirklich möglich war, könnte das meiner Suche nach den befreiten Seelen eine ganz neue Wendung geben. Ich wäre nicht länger allein auf meine Recherchen und die von Linnea und Weston angewiesen. Und wenn das Brennen meiner Narbe dann auch nicht mehr der einzige sichere Hinweis wäre … Denn um diesen zu bekommen, musste ich näher an das Wesen heran, so wie heute Nacht bei Amelia in der Gasse. Doch dafür musste ich die richtigen Seelen erst mal finden. Und genau darin lag die Schwierigkeit.

»Wo ist Warden jetzt?«

19. KAPITEL

Roxy

»Ich finde es nicht gut, dass du so kurz nach diesem Kampf wegfahren willst«, murmelte Ingrid dicht vor meinem Gesicht, während sie die Verletzung an meiner Schläfe studierte. Sie hatte die Wunde zwar nicht nähen müssen, dennoch stand nun der unvermeidliche Verbandswechsel an.

Ich versuchte möglichst flach zu atmen und ja nicht das Gesicht zu verziehen, damit sie keinen Grund hatte, mich auf der Krankenstation behalten zu wollen. Allerdings fühlte ich mich heute, einen Tag später, noch immer so, als hätte ich wochenlang durchgemacht. Und dabei ging es mir schon besser.

Gestern hatte mein Körper noch den schlimmsten Kater des Jahrhunderts gehabt und mein Kopf hatte bei jeder Bewegung gehämmert. Obwohl ich mich sofort wieder in die Recherche stürzen und vor allem mit Warden reden wollte, war mir nichts anderes übrig geblieben, als wieder ins Bett zu gehen. Zumal meine beiden Wachhunde Finn und Shaw darauf bestanden hatten, dass ich mich ausruhte. Als hätte ich sonst nichts zu tun. Leider hatte ich jedoch einsehen müssen, dass sie recht hatten.

Erst jetzt, einen Tag und viele Stunden Schlaf später, als sich mein Körper vom Einsatz von so viel Amulettmagie erholt hatte und auch meine Wunden nicht mehr ganz so sehr schmerzten, konnte ich wieder am Hunterleben im Quartier teilnehmen. Und nach einem kurzen Gespräch mit Warden alles für die Reise nach Edinburgh vorbereiten.

»Mir geht's gut«, behauptete ich und starrte auf einen Punkt am anderen Ende des Untersuchungsraumes. »Außerdem ist es ja nicht so, als würde ich mich in den nächsten Kampf stürzen. Ich fahre nur in ein anderes Quartier.«

»Ja, nach Edinburgh«, bestätigte Ingrid und tastete die Haut rund um die Wunde ab, bis ich die Zähne zusammenbiss. »Wo es nur so vor Vampiren wimmelt.«

»Dafür haben sie aber auch jede Menge Blood Hunter, die sich darum kümmern. Und es ist ja nicht so, als wären wir wehrlos.«

»Hm«, machte Ingrid nur und klebte mir sorgsam ein Wundverschlusspflaster nach dem anderen auf die Schläfe. Sie waren hautfarben und so dünn, dass sie kaum auffallen würden. Erst recht nicht, wenn sie von meinem Haar verdeckt wurden. »Ich gebe dir die ärztliche Erlaubnis nur unter der Bedingung, dass du weder auf die Jagd gehst noch trainierst. Keine körperlichen Anstrengungen, verstanden? Du hattest eine Gehirnerschütterung, und damit ist nicht zu spaßen.«

Ich unterdrückte ein Seufzen. »Versprochen.«

Zumindest würde ich es versuchen. Außerdem fuhr ich ja nicht nach Edinburgh, um mich in die Vampirjagd zu stürzen, sondern um herauszufinden, ob Warden tatsächlich ein Gerät hatte, das mir bei der Suche nach den entflohenen Seelen helfen konnte.

Ich hatte schon zu viel Zeit verschwendet, und die letzten zweiunddreißig Stunden im Bett herumzuliegen hatte nicht gerade geholfen. Meiner akuten Gesundheit vielleicht, aber nicht meinem langfristigen Überleben.

»So. Fertig.« Ingrid trat zurück und betrachtete ihr Werk prüfend, dann nickte sie. Um die Abschürfungen an meinen

Unterarmen hatte sie sich bereits gekümmert und irgendeine eklige Salbe daraufgeschmiert, bevor sie sie neu verbunden hatte.

Wenigstens verarztete sie die Jungs genauso streng wie mich – selbst Warden, der das Ganze als noch größere Zeitverschwendung ansah als ich, weil er schneller heilte als wir alle zusammen. Zum ersten Mal in meinem Leben bedauerte ich es, keine Blood Huntress zu sein.

»Danke.« Ich brachte so etwas wie ein Lächeln zustande und rutschte von der Liege. Der Schwindel hatte mittlerweile aufgehört und meine Gliedmaßen fühlten sich nicht mehr so schrecklich schwach an wie direkt nach dem Kampf.

Ingrid murmelte vor sich hin und trug noch im Gehen etwas in meine Akte ein, während sie ihr Büro ansteuerte, das direkt an die Krankenstation grenzte. Ich sah ihr einen Moment lang nach und machte mich dann daran, so schnell wie möglich von hier zu verschwinden. Nachher fand sie doch noch einen Grund, um mich hierzubehalten. Nein, danke.

Vor der Krankenstation traf ich auf Shaw, der neben dem Fenster an der Wand lehnte, eine Nintendo Switch in der Hand, und vor sich hin fluchte.

»Alles klar?« Ich trat näher, um ihm über die Schulter zu sehen und herauszufinden, was er da spielte.

»Ja, ich … nein!«, knurrte er und schüttelte das Gerät. »Das kann doch nicht wahr sein!«

Ich presste die Lippen aufeinander, um nicht allzu offensichtlich zu schmunzeln. »Hat Linnea dich wieder geschlagen?«

Er hob den Kopf und starrte mich stirnrunzelnd an. »Zum vierten Mal hintereinander. Wie macht sie das?«

Ich grinste nur und zuckte mit den Schultern.

Shaw seufzte tief und beendete das Spiel. Dann betrachtete

er mich von Kopf bis Fuß, allen voran die frisch gepflasterte Wunde an meiner Schläfe. »Bereit?«

Ich hatte keine Ahnung, warum Shaw unbedingt mitkommen wollte. Aber sobald wir den Plan mit Warden besprochen hatten, hatte auch er seine Sachen gepackt und sich wie selbstverständlich für den Trip nach Schottland bereit gemacht. Seit dem Kampf gegen Amelia schien er mich kaum noch aus den Augen zu lassen. Oder war es schon vorher so gewesen? Vielleicht tat er das bereits seit unserem Tanz im Club.

Bei der Erinnerung daran wurde mir unweigerlich wärmer. Auch wenn ich es kein bisschen bereute, Dinah zurück ins Quartier begleitet zu haben, fragte sich ein Teil von mir, wie diese Nacht ausgegangen wäre, wenn uns nichts dazwischengekommen wäre. Würden wir heute trotzdem genauso hier stehen?

»Roxy?« Shaws Stimme riss mich aus meinen Gedanken. Dass er dabei ein wenig besorgt klang, machte es nur noch schlimmer.

Ich nickte sofort. »Ja, natürlich. Ingrid ist nicht glücklich, aber sie lässt mich gehen.«

Er musterte mich noch immer prüfend. Ich erwiderte seinen Blick und ignorierte das schneller werdende Hämmern in meiner Brust. Er konnte unmöglich wissen, in welche Richtung meine Gedanken gerade gewandert waren. Es war ja nicht so, als könnte man mir das von der Nasenspitze ablesen. Zumindest hoffte ich das.

Dennoch machte er jetzt einen halben Schritt auf mich zu und verringerte die Distanz zwischen uns. Plötzlich war die Hitze, die sein Körper ausstrahlte, nicht mehr bloß eine Erinnerung, sondern Realität, und ich war mir jeder seiner Bewegungen überdeutlich bewusst. Behutsam schlossen sich seine Finger um mein Handgelenk und hoben es etwas an, als wollte er den neuen Verband an meinem Unterarm betrachten. Aber in Wahrheit sah er mir in die Augen, und seine Finger lagen auch nicht auf dem Verband, sondern fuhren über die empfindliche Haut an meinem Handgelenk, wo mein Puls immer heftiger zu pochen begann.

»Shaw …« Ich hatte keine Ahnung, was ich sagen sollte. Keine Ahnung, was ich tun sollte. Dennoch öffnete ich die Lippen, um weiterzusprechen – und starb innerlich ein kleines bisschen, als sein Blick auf meinen Mund fiel. Wärme explodierte in meinem Inneren und ich schluckte hart.

Ein Räuspern unterbrach uns.

Ich machte mich abrupt von Shaw los und trat einen Schritt zurück. Erst dann wandte ich mich der Person zu, die wenige Meter von uns entfernt im Korridor stand. »Was ist los?«

Westons Blick wanderte kurz zwischen uns beiden hin und her, dann kehrte er zu mir zurück. »Es geht um Ripley und Dinah.«

»Was ist mit den beiden?«

»Sie sind nicht von ihrer Patrouille zurückgekehrt.«

Wo zuvor Wärme gewesen war, breitete sich jetzt eisige Kälte aus. Dinah und Ripley waren am selben Abend auf die Jagd gegangen wie Finn und ich. Wie Warden und Shaw. Aber in all dem Trubel war mir nicht aufgefallen, dass sie nicht zurückgekommen waren.

»Vielleicht sind sie untergetaucht«, überlegte ich. »Wäre nicht das erste Mal.«

»Jeder Kontaktversuch unsererseits ist gescheitert«, erwiderte Weston. Seine Stimme brach und er räusperte sich erneut.

»Willst du damit sagen, dass sie …« Shaw starrte von ihm zu mir und zurück.

Weston nickte. »Fürs Erste gelten sie als vermisst. Der Suchtrupp ist unterwegs, und wir werden alles in unserer Macht

Stehende tun, um sie zu finden, aber bis dahin wurden ihre Zugangsdaten im System gelöscht und der Code geändert. Du kennst das Protokoll. Tut mir leid.«

Oh Gott …

Ich starrte ihm nach, als er den Gang hinunterlief und schließlich im Treppenhaus verschwand. In unserem Job musste man immer damit rechnen, Kollegen und Freunde nicht mehr wiederzusehen. Jeder von uns hatte stets die Gefahr im Hinterkopf, dass er oder sie nach einer Mission nicht mehr zurückkehren könnte. Aber es wirklich zu erleben und nichts dagegen tun zu können … das war etwas völlig anderes. Und es war zum Kotzen. Vor allem, weil es nicht zum ersten Mal passierte.

Erst waren André und Hamish vor ein paar Monaten verschwunden, dann kurz darauf der Soul Hunter in Edinburgh, mit dem Ingrid befreundet gewesen war. Und jetzt auch noch Ripley und Dinah. Ausgerechnet in derselben Nacht, in der Amelia wieder aufgetaucht war. Gab es da einen Zusammenhang? Hatte sie womöglich etwas damit zu tun?

»Roxy …« Behutsam berührte Shaw mich am Ellbogen.

Ich zuckte zusammen. »Schon gut. Ich bin okay.«

Denn das musste ich sein. Uns stand die Reise nach Edinburgh bevor und dazu die Chance, mit Wardens Hilfe endlich bei der Suche nach den entflohenen Geistern weiterzukommen. Ich hatte keine Zeit, zu trauern oder mich schlecht zu fühlen. Nicht, wenn mein eigenes Leben auf dem Spiel stand – und das meines Bruders. Aber … verdammt. Ich wollte toben und wüten, schreien und irgendjemanden dafür verantwortlich machen. Aber vor allem wollte ich Dinah und Ripley hier haben. Zurück in der Sicherheit des Quartiers und nicht irgendwo dort draußen – denn das waren sie. Ich weigerte mich, irgendetwas anderes zu glauben.

»Vielleicht sind sie wirklich nur untergetaucht«, kam es nachdenklich von Shaw. »Wäre das möglich?«

Ich nickte langsam. Das könnte durchaus sein. Vermisst bedeutete nicht gleich tot. Zumindest hoffte ich das aus tiefstem Herzen. Doch mein Gefühl sagte mir etwas anderes.

»Lass uns gehen. Hier können wir nichts mehr tun.«

Zusammen mit Shaw fuhr ich nach oben in die Etage, wo sich unsere Zimmer befanden, warf die letzten Sachen in meine Reisetasche und schlüpfte in meine Boots und mein rotes Cape. Dann nahm ich die Tasche und fuhr wieder nach unten. In der Waffenkammer traf ich auf Warden, der bereits auf uns wartete und sich mit den Waffen ausstattete, die er mitgebracht hatte. Nur von Finn war nichts zu sehen.

»Keine Garantien«, kam es von Warden, während er zwei Dolche im Saum seiner schwarzen Lederjacke verschwinden ließ. »Ich versuche, das Ding zu modifizieren, aber ich kann dir nicht versprechen, dass es auch funktioniert.«

»Ich weiß«, erwiderte ich und holte meine Pistolenarmbrust aus dem Schrank. »Aber ich bin dankbar für jeden Versuch.«

Die Armbrust landete in der Reisetasche, genau wie das dazugehörige Holster und der Köcher mit den Bolzen. Uns stand eine mehrstündige Fahrt in einem öffentlichen Zug bevor, da war es klüger, nicht so offensichtlich bewaffnet zu sein.

»Wo ist …«, begann ich, unterbrach mich jedoch, als er in diesem Moment die Waffenkammer betrat.

»Leute.« Finn sah von einem zum anderen. Ich hatte ihn selten so besorgt gesehen. »Das müsst ihr euch ansehen.«

Ich wechselte einen Blick mit Shaw und Warden, dann ließ ich meine Tasche und die Waffen stehen und folgte Finn zum Fahrstuhl.

»Was ist los? Was ist passiert?«

Er schüttelte nur den Kopf und drückte auf den Knopf. Als

der Aufzug endlich kam und die Türen sich öffneten, konnte ich ihn förmlich erleichtert seufzen hören.

Wir stiegen ein und fuhren in einem seltsam angespannten Schweigen nach oben. Was war so wichtig, dass Finn uns abfing, bevor wir das Quartier verlassen konnten, es uns aber nicht direkt sagen konnte? Ich versuchte gegen das ungute Gefühl in meiner Magengrube anzukommen und biss mir von innen auf die Unterlippe. Ob es etwas mit Dinah und Ripley zu tun hatte? Waren sie wieder aufgetaucht? Oder waren sie …?

Die Türen glitten mit einem leisen *Pling* zur Seite und mir wurde klar, dass wir nur eine Etage nach oben gefahren waren, denn wir befanden uns im Stockwerk der Archivare. Finn steuerte mit schnellen Schritten auf die Bibliothek zu und wir folgten ihm.

Die Türen standen weit offen, und wir marschierten an den langen Regalreihen vorbei, bis wir das andere Ende des Raumes erreicht hatten, wo sich die ganzen Monitore befanden. Das Herzstück der Archivare. War etwa wieder ein Geistwesen aufgetaucht, das auf meine ganz spezielle Abschussliste gehörte? Bei der Vorstellung breitete sich beinahe so etwas wie Erleichterung in mir aus. Damit konnte ich umgehen. Das war etwas vollkommen anderes, als zu erfahren, dass zwei unserer besten Hunter unauffindbar, womöglich sogar tot waren.

Linnea sah auf, als sie uns bemerkte, und manövrierte ihren Rollstuhl etwas zur Seite, damit wir alle direkt vor die Monitore treten konnten. »Das wird euch interessieren.«

»Was ist los?« Ich sah von ihr zu Weston, der sich in seinem Stuhl zu uns umgedreht hatte. Nach außen hin war ich völlig ruhig, aber in meinen Gedanken sagte ich immer wieder dieselben Worte wie ein Mantra vor mich hin: *Bitte nicht noch jemand, der verschwunden ist. Bitte niemand, der gestorben ist. Bitte …*

»Nach eurem Zusammentreffen mit Amelia haben wir intensiv nach ihr gesucht und auch die anderen Quartiere informiert«, erklärte Weston und tippte auf dem Tablet in seiner Hand herum. Eine Sekunde später erschienen Fotos von Amelia und ihrem Huntertattoo sowie ein Steckbrief auf dem linken Monitor.

»Amelia Dupont«, las Shaw leise vor. »Geboren 1969 in Dublin, Irland. Magic Huntress der dritten Generation. Ausgebildet im Londoner Quartier unter der Leitung von Maxwell Cavendish. Schicksalsblick. Amulettmagie der Stufe 6. Letzter bekannter Aufenthaltsort in der Nähe von Galway, Irland. Verstorben am 6. Januar 2019.« Er hob den Kopf und sah mich an.

Ich zuckte nur mit den Schultern. Was sollte ich dazu schon sagen? Bis vor Kurzem war ich ja selbst der festen Überzeugung gewesen, dass sie tot war. Ich hatte es gesehen. Ich hatte sie in meinen Armen gehalten, hatte sie beerdigt. Und jetzt war sie zurück und hätte beinahe meine Freunde und mich getötet.

»Lies weiter«, drängte Linnea leise.

Shaw runzelte die Stirn, tat aber, was sie verlangte. »Status unklar. Letzte Sichtung in …« Er hielt inne und starrte auf den Bildschirm. »In Paris.«

Weston tippte wieder auf sein Tablet. »Dank Maxwells Bemühungen, dass sich die Quartiere besser miteinander austauschen, haben wir das hier sofort bekommen. Ein Archivar namens Jacques hat es vor fünf Minuten aus dem Quartier in Paris geschickt. Seht euch das an.«

Ein Video begann. Es war nur schwarz-weiß und krisselte ein bisschen, offensichtlich die Aufnahme einer Überwachungskamera. Mit hämmerndem Herzen trat ich näher, um jedes noch so winzige Detail erkennen zu können. Ein Zittern ging durch meinen Körper und mein Magen krampfte sich zusammen, dennoch zwang ich mich dazu, es mir anzuschauen.

Die Szene zeigte einen Parkplatz und einen Supermarkt mit ein paar Mülltonnen an der Seite. Direkt daneben stand ein leerer Einkaufswagen. Nirgendwo waren Menschen zu sehen. Es schien spät in der Nacht zu sein. Dann tauchte eine zierliche Gestalt auf, die sich nach allen Seiten umsah. Eine junge Frau. Ihre Haare schienen dunkel zu sein, aber so genau war das aufgrund der Qualität und der fehlenden Farben nicht auszumachen. Ihre Kleidung hing viel zu lose an ihr herab. Sie näherte sich den Mülltonnen, hielt dann jedoch abrupt inne und wirbelte herum. Eine Sekunde später leuchtete es auf und sie knallte gegen die Wand und fiel zu Boden.

Ich zuckte zusammen und biss die Zähne zusammen. Wie eine Erinnerung an die letzte Begegnung mit Amelia begann es in meiner Schläfe zu pochen. Ich ignorierte es und konzentrierte mich weiter auf das Video.

Und tatsächlich ... jemand Neues trat nun ins Bild. Auf den ersten Blick war mir die Frau in den Dreißigern völlig unbekannt, doch dann fiel mein Blick auf das Amulett um ihren Hals. Es war identisch mit dem, das Amelia in der Gasse getragen hatte. Nur dass sie dieses Amulett jetzt an einem neuen Körper trug, den sie übernommen hatte.

Ich runzelte die Stirn. Wie war das möglich? Niemand konnte ein Amulett abnehmen, solange im Stein noch Magie enthalten war. Das funktionierte nicht. Und dennoch schien Amelia es irgendwie geschafft zu haben. Sie hatte einen neuen Körper, benutzte aber noch dasselbe Amulett.

Ich hatte keine Ahnung, was ich als Nächstes auf der Videoaufzeichnung sehen würde. Dass Amelia die Fremde packen und töten würde? Zu diesem Zeitpunkt rechnete ich tatsächlich mit allem. Was ich jedoch nicht erwartet hatte, war, dass

Amelia neben der jungen Frau in die Hocke ging und … mit ihr redete?

Es vergingen nur zwei, drei Sekunden, dann drehte sich Amelia abrupt um und sprang auf. Drei weitere Personen traten ins Bild. Hunter. Das erkannte ich sofort an ihrer Haltung, der selbstbewussten Art – und der Tatsache, dass sie von Maxwell begleitet wurden. Das Amulett in seiner Taschenuhr leuchtete auf, und sein erster Angriff trieb Amelia mehrere Meter zurück. Sofort stellten sich die anderen drei Hunter zwischen sie und die junge Fremde. Es kam zu einem kurzen Kampf – Amelia erholte sich rasend schnell und erwiderte Maxwells Attacken. Wieder und wieder feuerte er magische Energie auf sie ab, während die anderen Hunter mit Schusswaffen und Wurfmessern auf sie losgingen. Schließlich blieb Amelia nichts anderes übrig, als zu flüchten.

Die junge Frau hatte sich derweil hinter einen der Mülleimer zurückgezogen und beobachtete das Ganze aus riesigen Augen. Aber sie wirkte nicht verängstigt, sondern erstaunlich ruhig. Beinahe so, als hätte sie ihr Schicksal akzeptiert, ohne es zu kennen. Dann war die Aufnahme zu Ende.

»Sie haben das Mädchen in Sicherheit gebracht«, kam es von Weston, der sich die Brille auf dem Nasenrücken hochschob, »aber sie weigert sich, mit irgendjemandem zu reden oder sich untersuchen zu lassen. Fürs Erste bleibt sie unter Beobachtung im Quartier.«

»Kommt mir irgendwie bekannt vor«, murmelte Shaw trocken.

»Amelia ist in Paris. Aber warum? Und was wollte sie von dem Mädchen?« Ich begriff nichts mehr. Erst starb sie in Irland, dann tauchte sie Monate später in London auf und jetzt war sie in Paris? Wonach suchte sie? Was war ihr Plan? Hatte sie überhaupt einen, nachdem sie von den Toten wiederauferstanden war? Maxwell war schon länger hinter ihr her und war ihr bis dorthin gefolgt. Hatte er inzwischen auch in Erfahrung bringen können, was sie vorhatte?

»Das haben sie nicht gesagt«, antwortete Linnea leise.

Warden trat mit vor der Brust verschränkten Armen nach vorne. »Was ist so besonders an ihr? Warum hat Amelia sie angegriffen?«

Linnea und Weston warfen sich einen schnellen Blick zu und zuckten fast zeitgleich mit den Schultern. »Das hat bisher keiner herausgefunden.«

Finn runzelte die Stirn. »Vielleicht hat Amelia überhaupt keinen richtigen Grund. Vielleicht ist sie einfach nur durchgeknallt und genauso aggressiv und boshaft wie all die anderen entflohenen Wesen. Sorry, Roxy«, fügte er in meine Richtung hinzu.

»Schon gut.«

»Sie ist so jung …«, murmelte Finn und betrachtete die schmale Gestalt genauer.

»Wahrscheinlich nicht viel jünger als du oder ich«, merkte ich nachdenklich an. »Aber sie ist keine Huntress, oder?«

Weston schüttelt den Kopf. »Ganz genau wissen es unsere französischen Kollegen noch nicht, aber die aktuelle Vermutung lautet nein.«

Shaw gab einen undefinierbaren Laut von sich. »Also, wenn ich nichts verpasst habe, dann hat Amelia keinen Grund, plötzlich auf junge Mädchen loszugehen.«

»Was auch immer Amelias Motivation ist, sie ist in Paris«, kam es von Warden. »Warum genau kann uns egal sein, aber wenn ich wüsste, wo sich Isaac aufhält, würde ich keine Sekunde verschwenden, sondern sofort hinfahren.«

Schweigen breitete sich zwischen uns aus. Schließlich war es Finn, der das Wort ergriff.

»Sieht so aus, als würde die alte Heimat noch etwas warten müssen«, murmelte er und sah in die Runde.

Ich nickte ihm zu. »Wir fahren nach Paris.«

20. KAPITEL

Roxy

Statt nach Edinburgh nahmen wir also den Zug nach Paris. Offenbar war das deutlich schneller als mit dem Auto, und in einem Flugzeug hätten wir Waffen und Ausrüstung nicht mitnehmen können. Also saßen wir jetzt zu fünft in einem Abteil. Wir, das waren Finn, Weston, Shaw, Warden und ich. Shaw vor allem deshalb, weil er darauf bestanden hatte und es niemanden gab, der es ihm verbieten konnte, da Maxwell nicht im Quartier war und wir Nala oder Ingrid gar nicht erst gefragt hatten. Weston hatte höflich darum gebeten, sich uns anschließen zu dürfen, und damit argumentiert, dass uns sein Wissen und seine Beziehungen sicherlich nützlich sein würden. Dagegen hatte niemand etwas einwenden können.

Warum Warden mitgekommen war? Als ich ihn das gefragt hatte, meinte er nur, er würde eine alte Freundin besuchen – und die Chance nutzen, um Paris nach Informationen zum Vampirkönig abzusuchen. Womöglich wollte er auch eine Revanche mit Amelia. Oder er genoss es einfach, dass Kevin, der Todesbote, nicht nur ihn terrorisierte, sondern auch mich. Denn genau der lag in Gestalt eines kleinen Mädchens über uns auf der Gepäckablage, blätterte in einem Magazin und summte dabei ein Lied vor sich hin.

Die Fahrt dauerte etwas über zwei Stunden, und als ich Kevins Gesumme nicht länger aushielt, setzte ich mir meine

Kopfhörer auf und beschallte mich mit lautstarker Rockmusik. Die meiste Zeit über starrte ich aus dem Fenster, selbst als wir durch den Tunnel fuhren, während Finn mit sich selbst Karten spielte, Weston hochkonzentriert auf seinem Tablet herumtippte, Warden Animes auf dem Handy schaute und Shaw mithilfe einer App Französisch lernte. Nicht besonders erfolgreich, so viel konnte ich an seiner Mimik erkennen, selbst wenn ich ihn dank der Musik nicht hörte.

Kurz bevor wir die Hauptstadt erreichten, gab Weston uns ein Zeichen. Ich unterbrach den aktuellen Song und nahm die Kopfhörer ab. Auch die anderen richteten ihre Aufmerksamkeit voll und ganz auf den Archivar.

Er räusperte sich. Als er sprach, tat er das ernst und gefasst, dennoch breitete sich eine leichte Röte auf seinen Wangen aus. »Nach der Meldung, die wir vom französischen Quartier erhalten haben, habe ich etwas tiefer gegraben.« Er senkte die Stimme, obwohl wir allein im Abteil waren. »Wie ihr wisst, behalten wir Archivare alles im Blick: die Medien, Blogs, Nachrichten, Social Media, Foren und so weiter.«

»Und dabei hast du herausgefunden, dass jemand wieder mal deine Instagrambilder klaut und als seine eigenen ausgibt?«, neckte Finn ihn und erntete dafür einen wütenden Blick von Weston.

»Das ist kein Spaß, sondern eine ernsthafte Verletzung des Urheberrechts!«

»Wartet mal«, warf Shaw ein und sah stirnrunzelnd zwischen den beiden hin und her. »Das ist wirklich passiert?«

Ja. Und es war ein Drama gewesen. Zumindest für Weston. Aber Linnea hatte ihn beruhigt und sie hatten das Fake-Profil gemeldet. Moment mal. Warum redeten wir eigentlich darüber?

»Das ist lange her«, beeilte ich mich zu sagen, als Weston

schon Luft holte, um die ganze Geschichte auszubreiten, während Warden nur die Augen verdrehte. »Wollen wir uns vielleicht wieder aufs Wesentliche konzentrieren?«

Weston seufzte, nickte aber. »Na gut. Also: Dieses Video war die einzige aktuelle Sichtung von Amelia. Aber vor ein paar Wochen gab es einen Tweet von einer Studentin in Brighton, die von einer durchgeknallten Frau sprach, die ihr erst zu nahe gekommen und dann wieder verschwunden ist.«

»Was ist daran so besonders?«, wollte Shaw wissen.

»Dass die durchgeknallte Frau eine Kette mit seltsamem Anhänger trug.«

»Ein Amulett«, schlussfolgerte ich und spürte, wie sich meine Schultern unwillkürlich verspannten. Und ich war mir absolut sicher: Hätten wir jetzt ein Foto davon hier, würde ich darauf genau das Amulett sehen, das Amelia bei unserer Begegnung in der Gasse getragen hatte.

»Genau.« Weston nickte mir zu. »Damals haben wir dem Ganzen keine Bedeutung beigemessen, aber jetzt …«

»Jetzt klingt es so, als ob Amelia nach etwas oder jemandem sucht«, schlussfolgerte Finn und mischte gedankenverloren seine Karten. »Aber was? Oder nach wem?«

»Im Moment ist dieses Mädchen in Paris unsere beste Chance«, fuhr Weston fort. »Seither wurden keine weiteren Angriffe aufgezeichnet. Die junge Frau ist noch immer im Quartier und steht unter dem Schutz der Hunter, bis wir mehr herausfinden. Es ist nicht viel, aber es ist die aktuellste Spur, die wir haben.«

Alle verfielen in Schweigen. Auch wenn ich die Blicke der Jungs nur zu deutlich auf mir spürte, blendete ich sie aus. Von uns allen kannte ich Amelia am längsten. Mehr noch: Ich war diejenige, die sie in dieser Form auf die Menschheit losgelassen hatte. Auf unschuldige Menschen wie diese Studentin in

Brighton und die junge Frau in Paris, die nichts von Huntern und übernatürlichen Kreaturen gewusst hatten. Was auch immer passierte, was auch immer Amelia tat – es war meine Schuld. Und es lag in meiner Verantwortung, sie so schnell wie möglich zurück in die Unterwelt zu schicken. Auch wenn ich keine Ahnung hatte, wie ich das schaffen sollte, nachdem ich letztes Mal so daran gescheitert war.

»Irgendeine Idee, wie sich eine Magic Huntress mit der höchsten Amulettstufe besiegen lässt?«, fragte ich Weston.

Der kräuselte die Nase und tippte kurz auf seinem Tablet herum. »Nein«, lautete dann die Antwort. »Statistisch gesehen hast du mit deinem Amulett eine Chance von etwa zwei Prozent, sie zu besiegen. Zumal sie ja auch deutlich mehr Erfahrung hat als … Aua!« Er warf Shaw einen empörten Blick zu und rieb sich die Rippen, die gerade Bekanntschaft mit dessen Ellbogen gemacht hatten.

»Du bist echt gut darin, jemanden aufzubauen, Kumpel.« Shaw schüttelte den Kopf.

»Was?« Stirnrunzelnd sah Weston von einem zum anderen. »Das sind die Fakten. Und Fakten lügen nicht.«

Ich verdrehte nur die Augen und seufzte tief. So viel dazu, Amelia mit ihren eigenen Waffen zu schlagen.

»Ich hab sie erwischt«, meldete sich Finn zu Wort und schob wieder hochkonzentriert seine Karten auf dem Tisch herum. »Zumindest den Körper, den sie zu dem Zeitpunkt besetzt hatte. Genauso wie Roxy mit der Armbrust. Amelia ist mächtig, aber ihr Körper ist auch für normale Waffen verwundbar. Und als eure Magien aufeinandergeprallt sind, hat ihr das den Arm gebrochen.«

»Ja, und ich habe Bekanntschaft mit einer Wand gemacht«, kommentierte ich trocken, denn auf eine Wiederholung konnte ich wirklich verzichten, auch wenn das Hämmern in meinem Kopf mittlerweile verschwunden war. Allerdings schien mir kaum eine andere Wahl zu bleiben.

»Diesmal sind wir besser vorbereitet.« Shaw nickte mir zu.

»Außerdem ist Maxwell in Paris und erwartet uns bereits«, fügte Weston hinzu und zog den Kopf ein, als sich die überraschten Blicke von uns allen auf ihn richteten. »Entschuldigt, aber ich musste ihm Bescheid geben, dass wir hinfahren. Er ist mein Großonkel. Und er kann uns helfen! Diesmal seid ihr nicht auf euch allein gestellt.«

Ja, falls Maxwell uns nicht alle einen Kopf kürzer machte, weil wir überhaupt in den Zug nach Paris gestiegen waren.

»Vielleicht kriegen wir ja auch Verstärkung von den Huntern in Frankreich«, überlegte Shaw laut.

»Was das angeht …« Weston räusperte sich. »Sie mögen uns Engländer nicht besonders.«

»Hey, ich bin Irin!«

»Ich bin kein Engländer, sondern Schotte«, antworteten Finn und Warden gleichzeitig.

»Und ich habe keine Ahnung, wer oder was ich bin.« Shaw zuckte lässig mit den Schultern.

Weston sah von einem zum anderen und seufzte schwer. »Ich seh schon. Sie werden nur *mich* nicht leiden können.«

Shaw

Aus den Erzählungen der anderen Jäger wusste ich bereits, dass jedes Hunterquartier anders war. Das in London war eines der größten in Europa und nahm zehn Stockwerke eines ganzen Wolkenkratzers ein. Angeblich befand sich das in Edinburgh unter der Erde. Also wusste ich nicht recht, was ich von dem Quartier in Paris zu erwarten hatte. Ein Schloss vielleicht? Ein abgesperrter Teil der Katakomben, der für die Öffentlichkeit unzugänglich war? Eine hübsche Boulangerie mit leckeren Croissants und Baguettes? Wenn ich die Wahl gehabt hätte, dann wäre ich definitiv für Letzteres gewesen.

Allerdings hielt das Taxi vor einem ganz anderen Gebäude. Es war ein Altbau mit heller Fassade, weißen Kastenfenstern und winzigen Balkonen. Ein paar Stufen führten zum Eingang, der aus einem epischen schwarzen Tor mit goldenen Verzierungen bestand und mindestens drei, wenn nicht sogar vier Meter hoch war. Eine antik wirkende Lampe hing rechts davon, während uns links eine Überwachungskamera ins Visier nahm.

»Wir sind vom Quartier in London«, sagte Weston und schob seinen Ärmel hoch, um das Huntertattoo an seinem Unterarm in die Kamera zu halten. »Weston Cavendish. WC121214LDN-A. Das sind Roxana Blake, Finn MacLeod, Warden Prinslo und Shaw.«

Sekundenlang passierte gar nichts. Draußen fuhren Autos vorbei, Vögel zwitscherten und die Sonne schien strahlend auf uns herab, aber von drinnen war nichts zu hören. Dann ging endlich die Tür auf und wir betraten einen dunklen Gang. Es war kühl, und nachdem die riesige Tür hinter uns wieder zugefallen war, wurde er nur durch eine kleine Lampe an der Decke erhellt.

Es klickte mehrmals aus mehreren Richtungen. Mittlerweile kannte ich das Geräusch nur zu gut, weil ich selbst oft genug damit hantiert hatte. Es handelte sich um Schusswaffen, die gerade entsichert und auf uns gerichtet wurden.

»Ausweisen!«, bellte jemand rechts von uns auf Englisch mit einem starken Akzent. Der Mann, der in den Lichtkegel trat, hatte blonde, sorgfältig in Form gestylte Locken und ein Gewehr in der Hand.

Weston zeigte erneut sein Tattoo, gefolgt von Finn, der die obersten Knöpfe seines Hemds öffnete und das Symbol auf seiner Brust entblößte. Mein Blick fiel auf Roxy. Ich überlegte schon lange, wo sie ihr Huntertattoo versteckte, da ich es bisher nie gesehen hatte und sie jedem Nachfragen meinerseits elegant ausgewichen war. Jetzt beobachtete ich sie fasziniert dabei, wie sie ihr Shirt auf der linken Seite ein Stück in die Höhe zog und gleichzeitig den Bund ihrer Hose ein wenig nach unten. Und da war es. Das Huntertattoo, ein schwarzer Kreis mit sternförmig angeordneten Linien sowie direkt darunter eine Reihe aus Zahlen und Buchstaben, prangte knapp über ihrem linken Hüftknochen. Wow.

Ich starrte noch an die Stelle, als sie ihre Kleidung wieder zurechtschob. Als ich den Kopf hob, trafen sich unsere Blicke und mir wurde schlagartig heiß. Völlig egal, wo wir uns befanden oder dass wir nicht allein waren. Ich hatte keine Ahnung, ob sie diese Wirkung von Anfang an auf mich gehabt hatte oder sich das erst im Laufe der Zeit entwickelt hatte. Ich wusste nur, dass es da war. Dass ich es genoss. Und mehr davon wollte.

Finn, der nichts von diesem kurzen Moment zwischen Roxy und mir mitzukriegen schien, deutete mit dem Daumen auf mich. »Das ist Shaw. Unser Hunter in Ausbildung.«

Eine Augenbraue wanderte in die Höhe, und ich hielt einen Moment die Luft an. Doch dann nickte der Mann nur knapp und richtete seine Aufmerksamkeit auf Warden, der als Einziger bisher weder etwas gesagt noch sich ausgewiesen hatte.

»Bonjour«, begrüßte Warden die Fremden in perfektem Französisch und schob den Ärmel seines Shirts so weit hoch, dass das Tattoo auf dem rechten Unterarm, knapp unter der Ellenbeuge, mit den Initialen WP, dem Datum seiner abgeschlossenen Ausbildung und EDI als Abkürzung für seine

Ausbildungsstätte Edinburgh sichtbar wurde. »Où est encore la salle d'armes? Je l'ai oublié.«

Ich starrte ihn perplex von der Seite an. »Du kannst Französisch?«

»Nein, aber ich kann in fünfzehn verschiedenen Sprachen fragen, wo ich Waffen finde.«

Beeindruckend. Ein bisschen unheimlich vielleicht, aber auch beeindruckend. Selbst wenn ich nicht ganz verstand, wozu er noch mehr Waffen brauchte. Reichten die Machete und sein Rucksack voller Klingen und Pistolen etwa nicht aus?

Der Fremde mit dem Gewehr starrte Warden mit unbewegter Miene an … dann hoben sich seine Mundwinkel und er ließ die Waffe sinken. Grinsend klopfte er Warden auf die Schulter. »Lange nicht mehr gesehen, Prinslo. Ich bin Sébastien«, stellte er sich dem Rest unserer Truppe vor und deutete auf die anderen. »Das sind Jacques und Dominique. Maxwell hat uns schon gesagt, dass ihr kommt. Wir haben euch erwartet. Hier entlang.«

Ich sah ihnen stirnrunzelnd nach. So machte man sich also Freunde in anderen Quartieren. Einfach in der Landessprache nach Waffen fragen. Easy.

Doch dann bemerkte ich, dass Warden und die französische Huntress stehen geblieben waren, und er sie anlächelte. Warden *lächelte.* Und dann legte er auch schon den Arm um sie und drückte ihr einen kurzen Kuss auf die Lippen.

Ich schnaubte. Von wegen *nur eine alte Freundin besuchen.* Als ob. Grinsend ging ich weiter und schloss zu den anderen auf.

Sébastien führte uns den Flur hinunter. Beim Hereinkommen war mir bereits der Überwachungsraum gleich neben der Eingangstür links aufgefallen. Auf der rechten Seite befand sich eine Art Aufenthaltsraum. Zumindest sah ich einen Billardtisch, eine Dartscheibe an der Wand, einen riesigen Fernseher und einige gemütlich wirkende Sofas und Sessel.

Wir kamen am Waffenlager vorbei, in das Warden einen prüfenden Blick warf, und blieben schließlich in einem großen kreisrunden Raum stehen, der sich ungefähr in der Mitte des Hauses befinden musste. Die Decke war so hoch wie zwei Stockwerke und ein langer Kronleuchter hing von ihr herab. Die Monitore an den Wänden und ein paar Bücherregale verrieten mir, dass es sich hierbei zumindest zum Teil um das Reich der Pariser Archivare handeln musste. Es gab auch einen langen Tisch, auf dem eine Karte und ein paar ausgedruckte Dokumente lagen. Offenbar befanden wir uns in einer Art Konferenz- oder Planungsraum.

Roxy schien etwas sagen zu wollen, klappte den Mund dann jedoch wieder zu. Ich folgte ihrem Blick – und erstarrte.

Keine vier Schritte von uns entfernt stand Maxwell. Er hatte die Ärmel seines Hemds hochgekrempelt, und die bunten Tätowierungen auf seinen Unterarmen bildeten einen krassen Kontrast zu der eleganten grauen Weste und der Bundfaltenhose in derselben Farbe. Von einem Knopf seiner Weste führte eine goldene Kette in die dazugehörige Tasche.

»Schön, dass ihr alle heil hier angekommen seid«, begrüßte er uns scheinbar ruhig.

Okay, ich hatte mich geirrt. Er war nicht ruhig, sondern wütend. Sehr wütend sogar. Nacheinander maß er uns mit einem zornigen Blick. Einzig für Weston hatte er den Anflug eines Lächelns übrig.

Dann richtete er seine ganze Aufmerksamkeit auf Roxy. »Ich hatte dir doch gesagt, dass ich mich darum kümmere.«

»Amelia ist mein Problem«, beharrte sie und verschränkte die Arme vor der Brust. »Das weißt du genauso gut wie ich.«

Er schüttelte den Kopf, und sein nächster wütender Blick

war direkt auf mich gerichtet. »Ich sollte euch den Allerwertesten dafür aufreißen, dass ihr in London auf die Jagd gegangen seid. Du, weil du noch kein ausgebildeter Jäger bist, und du, Warden, weil du ihn mitgenommen hast. Was habt ihr euch dabei gedacht? Wir haben diese Regeln aus gutem Grund, und zwar nicht, um euch zu ärgern oder einzuschränken, sondern um euch zu schützen.« Es war nicht nur Wut, die in seiner Stimme mitschwang, sondern auch Enttäuschung.

Ich biss die Zähne zusammen. Mir lag eine Erwiderung auf der Zunge, allerdings zwang ich mich dazu, sie hinunterzuschlucken. Damit würde ich im Moment niemandem helfen, am allerwenigsten mir selbst.

»Aber …« Maxwell seufzte tief und schaute von einem zum anderen. »Nach dem, was Ingrid mir erzählt hat, wären Roxy und Finn ohne euch beide wahrscheinlich in noch größere Schwierigkeiten geraten. Also erspare ich euch und mir die Predigt. Doch der unerlaubte Trip hierher wird Konsequenzen haben, sobald wir wieder in London sind«, fügte er hinzu und warf uns allen nacheinander einen strengen Blick zu. Zuletzt Warden, der Maxwell allerdings gar nicht richtig zuzuhören schien.

Ich presste die Lippen aufeinander, um nicht zu grinsen, und nickte leicht, während sich Erleichterung in mir ausbreitete. Es war eine Sache, gegen die Regeln zu verstoßen, aber eine völlig andere, die Konsequenzen daraus zu tragen.

»Nachdem das geklärt ist«, begann Sébastien mit einem amüsierten Ausdruck im Gesicht, »wird euch Dominique zeigen, wo ihr übernachten könnt. Macht es euch bequem. Kommt erst mal an. Anschließend besprechen wir, was wir wegen der abtrünnigen Magic Huntress tun.«

Dominique winkte uns zu sich. Sie hatte langes schwarzes Haar, das ihr bis zum Hintern reichte – und den Blick jedes anwesenden Mannes genau dorthin lenkte, als sie sich umdrehte.

»Unsere Krankenstation ist nicht besonders groß, aber wir sind mit allem Wichtigen ausgestattet und haben ein Abkommen mit einem Krankenhaus ganz in der Nähe«, erklärte Dominique mit weicher, sanfter Stimme und führte uns die Treppe hoch. »Sie behandeln uns, ohne Fragen zu stellen.«

Nett. Genauso nett wie die Zimmer, die sie uns jetzt zeigte. Sie waren kleiner als die Räume im Londoner Quartier, dafür deutlich detailverliebter ausgestattet. Bilder an den Wänden, bunt bestickte Vorhänge vor den Sprossenfenstern, ein kleiner Fernseher und Möbel in warmen Holzfarben verliehen dem Ganzen einen fast schon heimeligen Eindruck. Und die Bettwäsche sah himmlisch weich aus.

»Ihr habt Glück«, schloss sie und drehte sich auf dem Flur in der ersten Etage zu uns um. Mit den Fingern spielte sie an ihrem tropfenförmigen Kettenanhänger herum. Er hatte einen kräftigen Magentaton mit goldenen Funken darin – ein Amulett der Stufe 4, wenn ich mich nicht irrte. »Momentan sind die meisten unserer Jäger auf Mission oder verreist, daher haben wir genügend Zimmer frei und ihr müsst euch keins teilen.«

»Zu schade«, murmelte ich ironisch und erntete dafür einen etwas irritierten Blick von Finn. Weston war gar nicht erst mit nach oben gekommen, sondern hatte sich im Konferenzraum direkt in die Recherchen gestürzt. Ob sich der Kerl jemals eine Auszeit gönnte?

Dominique warf Warden einen vielsagenden Blick zu. »Du kannst natürlich wieder bei mir schlafen.«

Mit einem kurzen Nicken marschierte Warden in das Zimmer, das der Treppe am nächsten war.

Auch Finn entschied sich ziemlich schnell, wodurch das

letzte Zimmer am Ende des Korridors für Weston blieb, während Roxy und ich die zwei direkt nebeneinanderliegenden Räume beziehen konnten. Obwohl unsere Zimmer in London nicht besonders weit voneinander entfernt waren, war es dennoch etwas völlig anderes, ihr jetzt so viel näher zu sein. Selbst wenn das absolut nichts zu bedeuten hatte …

Ein Magenknurren unterbrach meine Gedanken, bevor sie in eine Richtung wandern konnten, in die sie nicht gehörten. Nicht hier. Nicht jetzt. Und definitiv nicht in einem Quartier mit Dutzenden anderen Leuten, von denen ich die meisten nicht mal kannte.

Ich stellte die Reisetasche aufs Bett, zog mir das Shirt aus und ließ es auf den Boden fallen, während mein Magen sich erneut lautstark meldete. Verdammt, ich brauchte dringend etwas zu essen. Ich holte das erstbeste saubere Oberteil aus der Tasche, machte mir aber nicht die Mühe, den Rest auszupacken. Wenn alles gut lief, waren wir ohnehin nur ein, zwei Nächte da.

Mit dem T-Shirt in der Hand ging ich in den Flur und zum nächsten Zimmer, um Roxy zu fragen, ob sie auch etwas essen wollte. Die Tür war nur angelehnt, also klopfte ich kurz an und wartete auf Roxys Antwort, ehe ich die Tür ganz aufdrückte.

21. KAPITEL

Roxy

Die bestickten Vorhänge flatterten leicht im Wind. Ich stieß die Tür hinter mir zu und warf die Reisetasche aufs Bett. Dann öffnete ich die bodentiefen Fenster und trat auf den winzigen Balkon hinaus.

Das Zimmer ging nicht auf die Straße hinaus, sondern auf eine kleine Gasse. Die gegenüberliegenden Gebäude hatten weiße und beigefarbene Fassaden, hübsche Verzierungen und lauter winzige Balkone mit verschnörkelten schwarzen Geländern. An der Hauswand des Hunterquartiers kletterte Efeu hinauf. Ich hatte beim Hereinkommen keinen Garten gesehen, aber so wie es auf all den kleinen Balkonen wuchs und wucherte, musste es in diesem Stützpunkt jemanden geben, der Pflanzen liebte und sich um sie kümmerte. Auch an meinem Balkon hingen zwei große Blumentöpfe. Eine warme Brise strich mir das Haar aus dem Gesicht und wiegte die rosafarbenen Blüten hin und her, während aus der Ferne das Brummen von Autos, das Klingeln von Fahrrädern und gedämpfte Stimmen in einer Sprache zu hören waren, die ich kaum verstand.

Es war geradezu idyllisch – wenn ich nicht genau gewusst hätte, dass Amelia sich mit großer Wahrscheinlichkeit irgendwo in dieser Stadt aufhielt.

Tief atmete ich die warme Septemberluft ein und wappnete mich innerlich für das, was passieren würde. Amelia und ich –

für eine von uns würde Paris das Ende bedeuten. Warum hatte ich also ein schlechtes Gewissen, wenn ich daran dachte, Amelia zurück in die Unterwelt zu schicken? Das war völlig absurd. Dennoch kam ich nicht gegen das nagende Gefühl von Schuld an, ganz gleich, wie sehr ich mich dagegen wehrte.

Ich biss mir fest auf die Unterlippe und war fast schon erleichtert, als es klopfte.

»Ja?« Ich drehte mich um und kehrte ins Zimmer zurück.

Shaw drückte die Tür auf.

Ich holte schon Luft, um zu fragen, was er wollte, doch die Worte blieben mir im Halse stecken. Wie von selbst wanderte mein Blick von seinem Gesicht abwärts, über die starken Schultern, den trainierten Bizeps und an seinem Oberkörper hinunter bis zu den definierten Bauchmuskeln. Ein schmaler Pfad aus dunklem Haar führte von seinem Bauchnabel nach unten und verschwand in der tief sitzenden Jeans. Ich schluckte hart.

Warum hatte er kein Shirt an? Und warum starrte ich ihn noch immer an?

Ich konnte problemlos die Magie eines mächtigen Amuletts kontrollieren, aber es kostete mich mehr Willenskraft, den Blick von seinem Oberkörper mit der weichen, gebräunten Haut loszureißen, als ich je für möglich gehalten hätte. Als ich den Kopf hob und unsere Blicke sich trafen, breitete sich schlagartig Hitze in mir aus. Weil ich dieselbe Reaktion auch in seinen Augen sah.

Ein Prickeln wanderte über meine Haut, und ich musste mich daran erinnern weiterzuatmen, bevor ich in ernste Schwierigkeiten geriet. Denn auch Shaw musterte mich jetzt von oben bis unten, dabei hatte ich im Gegensatz zu ihm noch alle meine Klamotten an. Ich hatte nicht mal Zeit gehabt, mich umzuziehen, also war da nichts Neues, was er anschauen konnte. Dennoch glitt sein Blick wie eine Liebkosung über meinen Körper, und ich musste mir erneut fest auf die Unterlippe beißen. Nur dass es jetzt absolut nichts mit deplatzierten Schuldgefühlen zu tun hatte.

Als sich unsere Blicke diesmal trafen, machte Shaw einen Schritt nach vorne ins Zimmer hinein. Diese kleine Bewegung genügte, damit mir das Herz kurz stehen blieb, nur um dann umso schneller weiterzuhämmern. Ich öffnete den Mund, um etwas zu sagen, irgendetwas, das diesen Bann zwischen uns brechen würde – oder vielleicht noch intensivieren. Zu diesem Zeitpunkt wusste ich selbst nicht mehr, was ich noch wollte, was richtig und was falsch war.

Wie von selbst senkte sich Shaws Blick auf meine Lippen. Das allein genügte, um erneut Hitze durch meinen Körper zu jagen. Was zur Hölle hatte es nur mit diesem Kerl auf sich? Wann hatte ich damit angefangen, mich so verflucht stark zu ihm hingezogen zu fühlen? Und wieso kam …

»Hey Blake … oh.« Finn stoppte abrupt im Türrahmen.

Ich zuckte zusammen und war plötzlich wieder in der Realität.

Er schaute kurz zwischen uns hin und her, dann verzogen sich seine Mundwinkel zu einem wissenden Schmunzeln.

Als ob. Ich schnaubte innerlich. Er hatte ja keine Ahnung.

»Ich hab Hunger«, verkündete er schließlich. »Wie sieht's bei euch aus?«

Shaw nickte sofort und wirkte ganz so, als wäre überhaupt nichts passiert. Als wäre er bis vor wenigen Sekunden nicht genauso gebannt gewesen wie ich. »Pizza?«

»Im Ernst jetzt?« Ich stieß ein ungläubiges Lachen aus. »Du bist das erste Mal in Frankreich und willst Pizza bestellen?«

Shaw zuckte nur mit den Schultern und streifte sich das graue T-Shirt über den Kopf, das ich bisher nicht mal bemerkt hatte, weil ich so abgelenkt gewesen war. »Ich glaube nicht, dass irgendjemandem hier nach Baguette oder Coq au vin ist.«

»Ich bin mir ziemlich sicher, dass die französische Küche mehr zu bieten hat als das.«

»Aber nichts, was so schnell geht und auch noch Fast Food ist.« Er wackelte verheißungsvoll mit den Brauen. »Also, bist du dabei oder nicht?«

Ich sah zu Finn, der bisher keine Einwände geäußert hatte, aber er konnte auch futtern wie ein Scheunendrescher und stellte in der Regel keine großen Ansprüche an das, was er vorgesetzt bekam. Also blieb die Entscheidung an mir hängen.

Ich rollte mit den Augen. In Wahrheit kannten wir alle bereits die Antwort. »Na gut. Bestell mir eine mit.«

Shaw grinste. »Liebend gerne. Vielleicht finde ich irgendwo ja auch noch ein paar Eclairs oder Macarons für dich.«

Argh! Wieso kannte dieser Kerl mich so gut?

Ich sparte mir eine Antwort darauf und deutete auf die Tür. »Raus.«

Finn salutierte spielerisch und war gleich darauf verschwunden, aber Shaw ließ sich Zeit. Ein letztes Mal wanderte sein Blick an mir auf und ab, und ich musste mich zusammenreißen, nicht sofort zu ihm zu gehen, um … keine Ahnung was zu tun. Ihn rauszuwerfen? Ihn zu küssen, bis wir beide den Verstand verloren? Ihn an seinem T-Shirt zu packen und aufs Bett zu stoßen? Ich wusste es ehrlich nicht. Und ich kam nicht dazu, irgendetwas davon in die Tat umzusetzen, weil er mir in diesem Moment zuzwinkerte und das Zimmer verließ. Er zog sogar die Tür hinter sich zu, aber sein Duft hing noch immer in der Luft. Eine Mischung aus dem typischen Duschgel, das es im Quartier gab, mit noch etwas anderem, das ich nicht einordnen konnte, das aber ganz Shaw war.

Ich erlaubte mir, tief durchzuatmen und für einen Moment

die Augen zu schließen. Dann riss ich mich selbst aus meinen Tagträumen und holte ein paar saubere Klamotten aus der Reisetasche. Innerhalb weniger Sekunden war ich umgezogen und trug wieder meine schwarze Haremshose und ein dunkelrotes Tanktop. Wenn es schon zu warm für mein Cape war, konnte ich wenigstens meiner Lieblingsfarbe treu bleiben. Anschließend zog ich den Lippenstift nach, bürstete mir das lange Haar, das von der Reise und durch das andere Klima hier im Süden ganz verknotet war, und band es zu einem hohen Pferdeschwanz zusammen. Erst dann ging ich aus dem Zimmer und nahm die Treppe nach unten zurück in den Kontrollraum.

Auf den ersten Blick entdeckte ich Weston, Maxwell und den Archivar mit den rotblonden Locken und den Sommersprossen im Gesicht, den Sébastien uns als Jacques vorgestellt hatte. Die beiden jungen Männer saßen vor den Monitoren, tippten wild auf den Tastaturen herum oder starrten auf die Bildschirme, auf denen jede Menge Daten erschienen. Maxwell stand hinter ihnen, den nachdenklichen Blick auf die Bildschirme gerichtet.

Wenige Schritte entfernt stand Sébastien und unterhielt sich mit Warden und Shaw, während Finn an der Wand lehnte und gelangweilt dreinschaute.

»Sébastien?«, wandte ich mich an den Anführer des Pariser Quartiers. »Wir sind auch wegen der jungen Frau hier, die von Amelia angegriffen wurde. Könnten Finn und ich sie kurz sehen?«

»Aber natürlich.« Er lächelte und gab seinem Kollegen ein Zeichen. »Jacques wird euch hinbringen.«

Ich vermied es, in Shaws Richtung zu schauen, und nickte dankbar. Jacques löste sich von seinem Posten vor den Monitoren und bedeutete uns, ihm zu folgen. Finn und ich wechselten einen kurzen Blick, als er uns aus dem Kontrollraum durch einen langen Flur und schließlich eine schmale Treppe hinabführte.

Im Keller roch es etwas modrig, auch wenn er trocken zu sein schien. Die Wände waren aus dunklem Stein, genau wie der Boden. Wir folgten einem Gang und bogen nach rechts ab, dann blieb Jacques vor etwas stehen, das wie ein riesiges Fenster aussah. Erst beim Näherkommen registrierte ich, dass es sich um eine Art doppelseitigen Spiegel handeln musste, wie es sie in Verhörräumen und auf Polizeirevieren gab. Auf der rechten Seite befand sich eine Tür.

Hinter dem Fenster war ein kleiner Raum, etwa so groß wie unsere Zimmer oben, mit einem schmalen Bett, einem Waschbecken, WC, einem kleinen Fernseher und ein paar Büchern. Keine Bilder an den Wänden, keine hübschen Vorhänge wie in den Zimmern im ersten Stockwerk. Und keine Fenster. Der einzige Zugang war durch diese Tür.

Auf dem Bett lag eine kleine zusammengekauerte Gestalt unter einer geblümten Bettdecke und schlief.

Ich trat näher an die Scheibe, auch wenn sich mir bei dem Anblick der Magen zusammenzog. Sie schien nicht besonders groß zu sein und wirkte sehr schmal – fast schon zu dünn. Ein bisschen erinnerte sie mich an Shaw, als er mir das erste Mal begegnet war. Abgemagert. Heruntergekommen. Abgehetzt. Ich konnte ihre Augen nicht erkennen, da ihr Gesicht von uns abgewandt war, aber sie schien ungefähr in meinem Alter zu sein. Das dunkle Haar war zu einem Zopf geflochten, aus dem sich kleine Locken gelöst hatten, die sich vor allem am Haaransatz kringelten.

Jacques räusperte sich leise. »Wir wollten ihr eines der oberen Zimmer geben, aber sie hat sich geweigert und darauf bestanden, hier unten zu bleiben, damit wir sie bewachen. Angeblich, weil sie eine Gefahr für uns darstellt.«

Ich runzelte die Stirn. »Was hat das zu bedeuten?«

Er zuckte mit den Schultern. »Das hat sie nicht erklärt. Sie hat sich hierher zurückgezogen und lässt sich nicht mal von unserer Ärztin untersuchen. Sie war die ganze Nacht wach und ist hin und her gelaufen.«

Aus dem Augenwinkel bemerkte ich, wie Finn die Stirn runzelte. »Hat sie mit irgendjemandem gesprochen? Erzählt, wie es zu dem Angriff kam?«

Jacques schüttelte den Kopf. »Seit sie hier unten ist, redet sie nicht mehr. Zumindest nicht mit uns.«

»Sollen wir sie wecken?«, fragte Finn, doch das Zögern war seiner Stimme deutlich anzuhören.

Wenn das Mädchen tatsächlich die ganze Nacht in dieser Zelle auf und ab gelaufen war, musste sie selbst jetzt am späten Nachmittag noch immer vollkommen erschöpft sein. Und sie hatte schon genug mitgemacht. Schlimm genug, dass Amelia sie wie aus dem Nichts angegriffen hatte und die Hunter sie aus ihrem gewohnten Umfeld gerissen hatten. Nein, sie hatte die Ruhe mehr als verdient.

»Lassen wir sie erst mal schlafen«, antwortete ich, als ich bemerkte, dass die anderen beiden mich abwartend ansahen. Ich warf einen letzten Blick auf die zusammengerollte Gestalt, dann machte ich mich wieder auf den Weg nach oben. Wir mussten definitiv mit ihr reden, so viel war klar – aber nicht jetzt.

Im Erdgeschoss angekommen, nahm ich sofort den intensiven Geruch nach Tomatensoße, Käse und italienischen Gewürzen wahr. Mein Magen knurrte heftig, und ich stellte verwundert fest, dass ich mich nicht daran erinnern konnte, wann ich zuletzt etwas gegessen hatte. Was eine Premiere war. Hatte ich im Zug an etwas geknabbert? Oder war das Frühstück in der Kantine im Londoner Quartier wirklich meine letzte Mahlzeit gewesen?

Ich folgte dem Duft bis in den Aufenthaltsraum, wo die Jungs es sich bereits auf den Sofas gemütlich gemacht hatten, während im Fernsehen irgendeine Sendung auf Französisch lief.

Von Weston und Maxwell war nichts zu sehen, vermutlich hingen sie noch vor den Monitoren im Kontrollraum. Dafür hatten sich uns Sébastien und Dominique angeschlossen, die dicht neben Warden saß, und auch Jacques ließ sich jetzt seufzend in die Polster fallen.

»Pizza!« Finn stürzte sich sofort auf einen der Kartons und biss gleich darauf auch schon in ein Stück. Mit der anderen Hand deutete er auf den Tisch.

Liebend gern. Ich wollte mich schon am Essen bedienen, als Shaw sich mit einem »Moment!« zwischen uns schob. Bevor ich meinem Unmut darüber Luft machen konnte, trat er auch schon wieder zur Seite – und erst da erkannte ich, was er gemacht hatte. Irritiert starrte ich ihn an.

»Hast du wirklich gerade ein Pentagramm in die Pizza geschnitten?«

»Ja.« Mittlerweile hatte er den unschuldigen Hundeblick wirklich gut drauf. Ohne mit der Wimper zu zucken, angelte er sich ein Stück, fing die Fäden des geschmolzenen Käses mit den Fingern ein und biss hinein. »Man kannie voschichtich genuschein«, nuschelte er mit vollem Mund.

Ich verdrehte die Augen und kämpfte gegen ein Schmunzeln an. Dieser Typ …

Unwillkürlich wanderten meine Gedanken zurück zu dem kurzen Moment in meinem Zimmer, und ich musste schlucken. Ich hatte Shaw beim Training schon öfter ohne Shirt gesehen. Aber das war etwas völlig anderes. Dieser Moment vorhin hatte etwas erschreckend Intimes an sich gehabt. Nicht nur die Tatsache, dass er halb nackt gewesen war, sondern auch die

Selbstverständlichkeit, mit der er das Zimmer betrat, in dem ich für die Dauer unseres Aufenthalts schlafen sollte.

Eigentlich ließ ich mich nicht auf andere Hunter ein, weil das nur zu Problemen oder seltsamen Situationen führte. Ich suchte mir meine Dates und One-Night-Stands lieber außerhalb. Allerdings war es schon so lange her, dass ich überhaupt auf einem Date gewesen war. Von der Gelegenheit, mit einem männlichen Wesen zu sprechen, das kein Hunter, Archivar, Geist und auch kein Todesbote war, ganz zu schweigen.

Womöglich war es nur das. Simple Lust und zu lange unterdrücktes Verlangen. Vielleicht reagierte mein Körper nur deshalb so auf Shaw. Doch ein Blick aus diesen goldbraunen Augen genügte, um mich sofort zu all diesen kleinen Momenten zurückzukatapultieren, die es in den letzten Wochen zwischen uns gegeben hatte. Wie wir auf der Motorhaube meines Wagens saßen und gemeinsam Burger aßen. Der Tanz im Club und das Gefühl seiner warmen, rauen Finger auf meiner Haut. Sein konzentrierter Blick, als ich ihm erst von Amelia und dann sogar von Niall und dem Schattenblick, der uns verband, erzählt hatte. Etwas, was ich niemandem bisher gesagt hatte, nicht einmal Finn, der Nacht für Nacht mit mir sein Leben riskierte.

Die Sache mit dem Schattenblick ... meine Verbindung zu Niall ... all das war zu persönlich. Außerdem würde es mich zu einem Risikofaktor machen, wenn die anderen wüssten, dass mich der Schattenblick jederzeit überkommen und sogar mitten in einer Mission für ein paar Sekunden oder sogar Minuten ausschalten konnte.

Dennoch hatte Shaw etwas an sich, das mich dazu brachte, ihm meine Geheimnisse anzuvertrauen. Nein, *ihm* zu vertrauen. Auch wenn ich absolut keine Ahnung hatte, was das war. Oder warum es da war.

Entschlossen schob ich all diese Grübeleien beiseite und bediente mich an der Pizza, dann ließ ich mich neben ihm aufs Sofa fallen. Es war etwas durchgesessen, aber trotzdem gemütlich, und mein Magen belohnte mich für den ersten Bissen mit wohliger Wärme und einem zufriedenen Grummeln. Pizza wäre mir in Frankreich sicher nicht als Erstes eingefallen, aber ich musste zugeben, dass die hier echt gut war.

Während ich kaute, ließ ich meinen Blick durch den Raum wandern. Allem Anschein nach waren Westons Befürchtungen völlig umsonst gewesen, denn die Hunter in Paris hatten uns – nachdem sie uns mit jeder Menge Waffen begrüßt hatten – herzlich aufgenommen. Der Archivar Jacques unterhielt sich mit Finn, der ihm grade lang und breit erklärte, warum Schottland absolut nichts mit England gemeinsam hatte. Dominique flirtete ziemlich offensichtlich mit Warden, der die Aufmerksamkeit zu genießen schien und sogar den Arm hinter sie auf die Lehne gelegt hatte. Es war faszinierend, dabei zuzusehen, wie jemand, der sonst so verschlossen schien wie Warden, auch mal entspannte.

»Wer will Nachtisch?«, rief Shaw, sobald die Kartons leer waren, und hielt eine Papiertüte in die Höhe, bei der meine Augen riesig wurden.

Ich setzte mich abrupt auf. »Hast du etwa …?«

Er zog einen Mundwinkel hoch. »Ich hab doch gesagt, dass ich dir was Süßes besorge, Darling.«

Bildete ich mir das nur ein oder waren seine Worte genauso zweideutig wie sein Lächeln? Ich ignorierte das warme Prickeln in mir und streckte die Hand nach der Tüte aus. Darauf stand in verschnörkelter Schrift irgendetwas, vermutlich der Name der Boulangerie, in der er es bestellt hatte. Egal. Ich wollte es essen. Jetzt.

Mit einem amüsierten Ausdruck auf dem Gesicht packte

Shaw den Inhalt aus, der sich als Eclairs herausstellte – mit Schokolade überzogen und gefüllt, mit Karamellguss, mit Zitronen- und Vanillecreme gefüllt, mit Nüssen oben drauf und mit einem knallig rosafarbenen Zuckerguss, inklusive Zuckerstreusel. Allein beim Anblick lief mir das Wasser im Mund zusammen. Auch die anderen aus unserer Truppe jubelten, einzig unsere französischen Kollegen hielten sich zurück und beobachteten unsere Begeisterung mit einer gewissen Belustigung.

Ich biss in das Stück, das ich mir als erstes gekrallt hatte. Sofort flutete der Geschmack von Schokolade meinen Mund, während sich das Gebäck praktisch auf meiner Zunge auflöste.

»Ohmeingooott«, stöhnte ich und schloss genießend die Augen.

»So gut?« Shaws Stimme war viel zu nahe, und ich konnte das Kribbeln nicht unterdrücken, das sein Mund so dicht an meinem Ohr auslöste. Aber ich zwang mich dazu, mich voll und ganz auf den Nachtisch zu konzentrieren. Diese Eclairs waren so verdammt perfekt, dass ich weinen wollte.

»Pssst!« Ich wedelte mit der Hand. »Ich bin im Desserthimmel. Stör mich nicht.«

Er lachte leise und tief, ließ mich aber in Ruhe weiteressen.

Ich öffnete die Augen, biss erneut von meinem Eclair ab und ließ den Blick ein weiteres Mal durch den Raum wandern. Mittlerweile hatten sich auch alle anderen auf die Süßigkeit gestürzt und die Gespräche wieder aufgenommen. Ein bisschen erinnerte mich diese Szene an jenen Morgen in der Kantine, als ich nach der Begegnung mit dem Pontianak so fertig gewesen war. Alle waren um mich herumgewuselt, hatten Witze gerissen, sich gegenseitig geärgert, und Ripley hatte uns mit Pancakes nach dem Rezept seiner Urgroßmutter versorgt. Bei der Erinnerung daran zog sich mein Magen zusammen und ich konnte ein Seufzen kaum unterdrücken. Gott, ich hoffte, dass es ihm und Dinah gut ging. Dass sie nur untergetaucht oder auf eine geheime Mission gegangen waren. Sie konnten nicht einfach so verschwinden. Sie mussten noch am Leben sein. Sie mussten.

»Hey.« Shaw stieß mich mit der Schulter an. »Wir finden sie. Ganz bestimmt.«

Ich lächelte, auch wenn er nicht mal ahnen konnte, in welche Richtung meine Gedanken gerade gewandert waren. Wahrscheinlich glaubte er, ich würde an Amelia denken.

»Wir haben es also mit einer übermächtigen, abtrünnigen Magic Huntress zu tun«, begann Sébastien.

Sofort änderte sich die lockere Stimmung und alle Gesichter wurden ernst. Jetzt entdeckte ich auch Maxwell, der schweigend an einer Wand lehnte, und meinen Blick ruhig erwiderte.

Sébastien sah aufmerksam in die Runde. Er hatte es sich als Einziger auf dem Boden bequem gemacht. Hinter ihm hing der große Fernseher an der Wand, vor ihm standen der Tisch und die Sofas mit uns allen darauf. Anders als Dominique, Maxwell und ich schien er kein Amulett einer höheren Stufe bei sich zu tragen, sondern nur den Standardanhänger, mit dem sich eine Illusion erzeugen ließ. Er war auch nicht so groß und breit gebaut wie die meisten Grim Hunter und hatte nicht die typischen weißgrauen Augen eines Soul Hunters, also tippte ich bei ihm auf einen Blood Hunter, genau wie Warden.

Ich spürte die Blicke aller auf mir. Niemand machte Anstalten, etwas zu sagen. Das war offenbar meine Aufgabe. Ich biss die Zähne zusammen. Diese Hunter waren unsere Verbündeten. Wir waren auf ihre Unterstützung und Gastfreundschaft angewiesen und ich wollte sie nicht anlügen. Gleichzeitig sträubte sich alles in mir, ihnen davon zu erzählen, warum Amelia überhaupt in ihrer Stadt ihr Unwesen trieb.

»Ihr Name ist Amelia Dupont«, begann Maxwell plötzlich, und ich warf ihm einen erleichterten Blick zu. »Sie war eine loyale und sehr erfahrene Magic Huntress, ausgebildet in London, und kämpfte mit der höchsten Amulettstufe. Außerdem war sie Roxys Ausbilderin in Irland. Offiziell ist sie im Januar gestorben. Jetzt ist sie zurück, mächtiger als zuvor, und wir versuchen herauszufinden, was sie vorhat. Das Ganze wird zusätzlich dadurch erschwert, dass sie ein Geist ist und die Körper unschuldiger Menschen besetzen kann.«

Kleine Falten erschienen auf Sébastiens Stirn, auch wenn seine blonden Locken sie größtenteils verdeckten. »Du weißt, dass meine Leute bereits die Stadt durchkämmen und die Hot Spots aufsuchen. Aber wir brauchen einen Hinweis, entweder auf Amelias Plan oder darauf, warum sie das Mädchen angegriffen hat. Andernfalls können wir nicht für ihre Sicherheit garantieren. Erst recht nicht, wenn diese Amelia es wieder versuchen wird.«

»Sie kommt niemals hier rein«, warf Dominique ein und strich sich das schwarze Haar hinter die Ohren. Erst jetzt fiel mir ihre ungewöhnliche Augenfarbe auf, die wie ein dunkles Violett anmutete. Ob das echt war? Oder nur farbige Kontaktlinsen?

»Da wäre ich nicht so sicher …« Jacques zuckte mit den Schultern. »Was? Es stimmt doch. Oder habt ihr diesen Geist vergessen, der letzten Monat hier herumgespukt hat? Den haben die Sicherheitsmaßnahmen überhaupt nicht zurückgehalten.«

Sébastien lehnte sich vor und wuschelte ihm durchs Haar, was nur zur Folge hatte, dass Jacques eine Grimasse zog und seine Hand wegstieß. »Dein Pessimismus ist wie immer erfrischend.«

»Lieber zu vorsichtig als leichtgläubig oder überheblich«,

brummte Finn und rieb sich gedankenverloren über die kleine Wunde an seiner Wange. »Amelia ist gefährlich.« Sein Blick in Wardens, Shaws und meine Richtung reichte aus. Wir waren zu viert kaum gegen sie angekommen. Vielleicht hätten wir sie besiegen können, wenn sie nicht geflohen wäre, doch irgendetwas sagte mir, dass uns das weit mehr gekostet hätte als eine leichte Gehirnerschütterung meinerseits und ein paar blaue Flecken bei den anderen.

Sébastien nickte entschlossen. »Dann sorgen wir dafür, dass wir ihr zuvorkommen. Zwei unserer stärksten Magic Hunter sind bereits auf der Suche nach ihr, und die anderen Hunter habe ich ebenfalls schon zurückbeordert. Wir finden Amelia, bevor sie uns finden kann. Und diesmal sind wir vorbereitet.«

22. KAPITEL

Roxy

Die nächsten Stunden verbrachten wir damit, ganz Paris nach Amelia abzusuchen. Weston und Jacques saßen vor den Monitoren im Kontrollraum. Jacques ging jedem Hinweis in den Weiten des Internets nach, der auf Amelia hindeuten könnte, während sich Weston in die Überwachungskameras der Stadt gehackt hatte und uns damit leitete, während wir in Zweierteams durch die Straßen streiften.

Es war faszinierend zu beobachten gewesen, wie Maxwell, der Leiter des Londoner Quartiers, und Sébastien, der Leiter des Pariser Quartiers, die Köpfe zusammengesteckt hatten und an einem gemeinsamen Plan arbeiteten. Die beiden hatten alle Teams rausgeschickt, die sich im Quartier befanden. Einzig bei Shaw hatte Maxwell Einspruch erhoben und ihm als noch nicht ausgebildetem Hunter verboten, wieder auf die Jagd zu gehen. Shaw hatte vehement widersprochen, weil er mit dabei sein wollte, nach ein paar warnenden Worten von Maxwell jedoch eingesehen, dass es klüger war, den Leiter des Quartiers, in dem er seine Ausbildung machte, besser nicht weiter zu reizen.

Während Warden mit Dominique auf Patrouille ging, lief ich mit Finn durch die Straßen von Paris. Dort, wo die ganzen Touristen nach Romantik suchten, suchten wir nach übernatürlichen Kreaturen – und nach meiner ehemaligen Mentorin. Ich hatte die Pistolenarmbrust im Quartier gelassen, weil ich die Waffe nicht an meinem Körper verbergen konnte. Also musste ich mich auf mein Amulett und ein paar Wurfmesser verlassen.

»Ich hab kein gutes Gefühl bei der Sache«, murmelte ich und ließ meinen Blick über die abendliche Beleuchtung am Ufer der Seine wandern.

»Weil wir nicht Sekt schlürfend hier sind oder uns auf einem der Boote vergnügen?«, kommentierte Finn trocken. »Sehe ich genauso.«

Ich verdrehte die Augen und strich mir eine Haarsträhne aus dem Gesicht, die sich aus meinem Pferdeschwanz gelöst hatte. »Das meine ich nicht, und das weißt du. Ich kenne Amelia. Sie wird uns hier nicht einfach in die Arme laufen.«

Finn blieb stehen und drehte sich stirnrunzelnd zu mir um. »Hast du eine bessere Idee? Herumsitzen und nichts tun liegt mir nämlich nicht. Keinem von uns.«

Ich nickte, weil er recht hatte. Trotzdem wurde ich dieses nagende Gefühl nicht los, dass wir irgendetwas übersahen oder genau das Falsche taten. »Wenn sie nicht gefunden werden will, dann finden wir sie auch nicht.«

»Wir müssen es zumindest versuchen, Blake.« Damit setzte er sich wieder in Bewegung.

Ich biss die Zähne zusammen, folgte ihm jedoch. Es war die typische Vorgehensweise der Hunter. Wir saßen Probleme nicht aus und warteten auch nicht auf eine Lösung, die vom Himmel fiel, sondern suchten aktiv danach. Dennoch fühlte sich alles an dieser Patrouille falsch an. Ich musste unbedingt mit der jungen Frau in der Zelle reden. Ich musste herausfinden, was sie wusste. Was Amelia zu ihr gesagt oder ob sie sie nach etwas oder jemandem gefragt hatte. Aber vor allem, was Amelias seltsames Verhalten zu bedeuten hatte.

Statt zu versuchen, mit dem Mädchen zu reden, verschwendete ich meine Zeit damit, durch die Stadt zu laufen, als würden wir ganz zufällig über Amelia stolpern. Nein. Sie war berechnend. Sie wusste genau, was sie wollte und wie sie es bekam. Genau so hatte sie mich ausgebildet. Gut möglich, dass sie bereits hatte, was sie brauchte, und die Stadt längst verlassen hatte, um Gott weiß was zu tun. Aber es war genauso gut möglich, dass sie es noch mal versuchen würde.

Bei dem Gedanken daran grub ich die Fingernägel unwillkürlich in meine Handflächen, so fest, dass meine Arme zitterten.

Womöglich war die junge Frau auch nur ein Ablenkungsmanöver gewesen. Etwas, um die Hunter zu beschäftigen, während Amelia tat, wofür auch immer sie hergekommen war. Ja, das würde zu ihr passen.

Ich textete Weston und Shaw in der Hoffnung, etwas Neues zu erfahren, doch auch die Archivare hatten bislang keine Spur gefunden, die zu Amelia führte. Es war beinahe, als wäre sie vom Erdboden verschwunden. Und wie Jacques mir mitteilte, war das Mädchen im Keller inzwischen zwar aufgewacht, weigerte sich aber noch immer, auch nur ein einziges Wort zu sagen.

Das Ganze als frustrierend zu bezeichnen, wäre die Untertreibung des Jahrhunderts gewesen. Während wir durch die Rue Dieses und die Avenue Jenes patrouillierten, wurde ich von Minute zu Minute unruhiger. Schließlich hielt ich es nicht länger aus und blieb stehen.

»Lass uns zurückgehen.«

Finn musterte mich stirnrunzelnd. »Dein Ernst?«

»Ja. Irgendetwas stimmt nicht, und hier draußen finden wir Amelia nicht.«

Er zögerte kurz, als würde er meine Worte innerlich abwägen, nickte dann jedoch. »Alles klar.«

Erleichterung machte sich in mir breit, und ich warf ihm ein dankbares Lächeln zu, bevor wir den Rückweg einschlugen.

Als wir wenig später wieder im Quartier ankamen und uns mit unseren Tattoos auswiesen, war es weit nach Mitternacht. Alles war ruhig, nichts deutete auf einen versuchten Angriff oder Einbruch hin. Warden, Dominique und die anderen französischen Hunter waren noch immer unterwegs.

Wir fanden Maxwell und Sébastien im Konferenzraum. Beide standen über den großen Tisch gebeugt und redeten leise miteinander. Die Karte von Paris war in mehrere Felder aufgeteilt und farblich markiert: Viertel, die jeweils von einem Hunterteam durchkämmt wurden. Ein großer Teil war bereits durchgestrichen, aber es gab noch immer genug Gegenden, in denen keiner von uns gewesen war. Dafür hatten wir zu wenig Leute und die Stadt war zu groß.

»Amelia hat noch ein paar Kontakte in Paris«, sagte Maxwell gerade und rieb sich nachdenklich über den Bart. »Ich habe sie bereits angewiesen, uns sofort Bescheid zu geben, sollte sich Amelia bei ihnen melden. Es sind bloß Informanten und alte Freunde, keine Hunter, aber wir sollten sie unbedingt auch überprüfen.«

Sébastien nickte. »Morgen früh müsste eine größere Truppe Hunter von einer Mission außerhalb zurückkehren. Wir können sie sofort dafür einsetzen.«

Maxwell schien etwas hinzufügen zu wollen, bemerkte uns dann jedoch und hob den Kopf.

Als Nächstes drehte sich Sébastien zu uns um und zog fragend die Brauen hoch.

»Habt ihr etwas gefunden?« Die Frage kam von Shaw, der sich einen Platz neben Jacques und Weston vor den Monitoren gesichert hatte und uns aufmerksam musterte.

Finn schüttelte den Kopf. »Roxy wollte zurück.«

»Ich will mit dem Mädchen reden«, verkündete ich und deutete Richtung Keller. »Womöglich weiß sie etwas.«

Maxwell folgte meinem Blick. »Zumindest ist sie diejenige, mit der Amelia als Letzte gesprochen hat. Ich habe es bereits versucht, genau wie unsere französischen Kollegen. Leider vergeblich. Sie sagt kein Wort.«

»Vielleicht kann Roxys Charme sie überzeugen«, warf Finn ein.

Ich warf ihm einen frostigen Blick zu. »Witzig.«

»Hey, das war ernst gemeint!«, protestierte er, doch seine Mundwinkel zuckten verdächtig. »Ich kann dich ja begleiten, um sicherzugehen, dass dein Charme auch wirkt.«

Statt einer Antwort zeigte ich ihm den Mittelfinger. Shaw grinste und sogar Maxwell und Sébastien wirkten amüsiert. Ich schüttelte nur den Kopf und ließ die Jungs stehen. Hinter mir hörte ich Finns Schritte, während ich die Stufen zum Keller hinunter nahm. An der Tür stand eine weitere Wache, die nach einem kurzen Blick auf Finn und mich beiseitetrat und uns weitergehen ließ.

Wieder schlug mir der muffige Geruch entgegen und ich unterdrückte ein Schaudern.

»Richtig gemütlich hier«, murmelte Finn neben mir, und ich konnte ihm nur still beipflichten.

Wir erreichten die Zelle nach wenigen Schritten. Wieder war da der doppelseitige Spiegel, durch den wir zwar in den Raum schauen konnten, von innen aber niemand sah, was draußen passierte.

Ich nickte der wachhabenden Huntress zu, die von ihrem Stuhl aufsprang, ein Tablet zur Seite legte und die Zelle aufschloss. Ich atmete tief durch, dann betrat ich den kleinen Raum, dicht gefolgt von Finn.

Diesmal schlief die junge Frau nicht, sondern saß in der hintersten Ecke auf dem Boden. Bei unserem Eintreten zuckte sie zusammen und riss den Kopf hoch.

»Keine Angst«, sagte ich in einer Tonlage, die hoffentlich überzeugend oder wenigstens beruhigend war. »Wir werden dir nicht wehtun. Wir wollen nur reden.«

Jetzt, da sie wach war und nicht mehr zu einem Ball zusammengerollt auf dem Bett lag, konnte ich mehr von ihr erkennen. Ihr Haar war nicht dunkel, sondern von einem kräftigen Rotbraun, ihre Brauen waren breit und ein paar Nuancen dunkler. Sie war blass und schien ungeschminkt zu sein, dennoch fielen mir ihre langen Wimpern auf, die ihre braunen Augen einrahmten. Augen, unter denen dunkle Ringe lagen. Ihr Gesicht war kantig geschnitten, mit hohen Wangenknochen und einem unerwartet runden Kinn. Sie war eindeutig hübsch, auch wenn ihr Blick gehetzt zwischen uns hin und her wanderte und nun kleine Falten auf ihrer Stirn erschienen.

»Ich bin Roxy«, stellte ich mich leise vor und deutete hinter mich. »Das ist Finn.«

Ihr Blick heftete sich auf ihn. Aus dem Augenwinkel bemerkte ich, wie er grüßend die Hand hob, sich ihr aber nicht weiter näherte. Anders als ich, die jetzt einen Schritt auf sie zu machte und in die Hocke ging.

»Verstehst du mich? Sprichst du Englisch?« Kurz überlegte ich, ihr dieselben Worte noch mal in ihrer Sprache zu sagen, doch dafür reichte mein Schulfranzösisch leider nicht aus. »Ich werde dir nichts tun. Versprochen. Du bist hier in Sicherheit.«

Sie reagierte nicht, sah nur von Finn wieder zu mir und starrte mich an. Als ich noch ein Stück näher kommen wollte, wich sie zurück und grub die Finger in den kalten Steinboden. Ich blieb sofort stehen. Sie hatte eindeutig Angst. Aber warum? Wegen Amelia? Oder gab es andere Gründe?

Ich zwang mich dazu, meine Ungeduld im Zaum zu halten

und weiter sanft auf sie einzureden. »Wir sind hergekommen, weil du angegriffen wurdest. Erinnerst du dich noch daran? Auf dem Parkplatz?«

Keine Reaktion. Keine Antwort.

Ich versuchte es erneut. »Wir sind auf der Suche nach der Frau, die dich attackiert hat. Kannst du uns irgendetwas dazu sagen? Vielleicht wo sie hingegangen ist? Was sie von dir wollte?«

Sie schwieg, sah nur von mir zu Finn und dann zur Tür, die offen stand, da die Huntress dahinter weiterhin Wache schob. Ich verstand den Wink, auch wenn ich wünschte, dieses Gespräch wäre anders verlaufen. Seufzend stand ich auf.

Da trat Finn nach vorne und ging vor ihr in die Hocke. Sie zuckte auch vor ihm zurück und drückte sich enger gegen die Steinwand.

»Brauchst du etwas?«, fragte er sanft. »Etwas zu essen vielleicht? Wir müssten oben noch ein paar richtig gute Eclairs übrig haben. Das heißt, falls Roxy sie nicht alle aufgefuttert hat«, fügte er mit einem verschmitzten Seitenblick in meine Richtung hinzu.

»Hey!«, protestiere ich.

Überaschenderweise glätteten sich die Falten auf ihrem Gesicht ein wenig und sie wirkte beinahe … neugierig. Also schien sie doch Englisch zu verstehen.

»Ich kann für dich nachsehen«, bot Finn an. »Wie wär's mit noch was zu lesen? Oder Musik? Magst du Musik?«

Wieder huschte ihr Blick zwischen uns hin und her, blieb diesmal jedoch an Finn hängen und sie nickte langsam.

Er lächelte dieses Lächeln, bei dem ihm Frauen für gewöhnlich um den Hals fielen, doch diese hier blieb in ihrer Ecke sitzen. Wenigstens wirkte sie nicht mehr ganz so verängstigt und verschlossen wie zuvor.

»Alles klar. Essen, Musik und noch etwas zu lesen.« Finn stand auf. »Gib mir ein paar Minuten.«

Damit wandte er sich ab und verließ den Raum. Verdutzt betrachtete ich die Fremde, die noch immer kein Wort gesagt hatte – und dennoch hatte mein Hunterpartner es irgendwie geschafft, mit ihr zu kommunizieren. Erstaunlich. So viel Feingefühl hätte ich ihm niemals zugetraut.

Die junge Frau sah ihm nach, rührte sich aber noch immer nicht. Ich unterdrückte ein Seufzen. Natürlich gab es Mittel und Wege, wie ich sie dazu zwingen könnte, mit mir zu reden. Doch das würde mich nicht besser machen als Amelia, die sie auf offener Straße angegriffen hatte. Meine Mentorin mochte mir zwar alles beigebracht haben, was ich wusste, aber ich war nicht so wie sie. Ich könnte nie jemanden so ausnutzen, wie sie es mit mir getan hatte. Also drehte ich mich um und ging, ohne noch einmal zurückzusehen.

Die wachhabende Huntress, deren Namen ich nicht kannte, drückte die Tür hinter mir zu. »Keine Sorge. Niemand kommt hier rein«, versicherte sie mir. »Von außen mag das Quartier nicht nach viel aussehen, aber wir haben eine Rund-um-die-Uhr-Überwachung. Außerdem ist immer jemand hier unten, um sie zu beschützen.«

»Danke«, erwiderte ich ehrlich. »Ich glaube, fürs Erste könnt ihr das Finn überlassen«, fügte ich hinzu, da er bereits wieder um die Ecke kam. In den Händen balancierte er einen Teller mit zwei Eclairs, einen kleinen Lautsprecher und sein Handy, außerdem hatte er sich ein Buch unter den Arm geklemmt.

Wir beobachteten ihn dabei, wie er die Zelle erneut betrat und der Fremden alles brachte. Er setzte sich sogar zu ihr auf den Steinboden und leistete ihr Gesellschaft, während sie sich auf das Dessert stürzte. Meine Mundwinkel zuckten. Sooft ich Finn manchmal die schlimmsten Krankheiten an den Hals wünschte, wusste ich doch, dass er einer von den Guten war. Das bestätigte mir diese Szene nur.

»Sieht so aus, als hätte sie einen neuen Freund gefunden.« Und vielleicht würde Finn es ja mit seiner sanften Beharrlichkeit schaffen, zu ihr durchzudringen. Davon konnte nicht nur das Leben dieser jungen Frau, sondern auch das von uns allen abhängen.

Wieder oben angekommen, kehrte ich in den Kontrollraum zurück. Mittlerweile brannten meine Augen vor Müdigkeit und jede einzelne Bewegung fühlte sich schwerfällig an. Ich hatte keine Ahnung, wie spät es inzwischen war. Zwei Uhr nachts? Drei? Spielte es eine Rolle? Ich musste erfahren, ob es etwas Neues gab. Doch als ich vor den Monitoren ankam, schüttelte Maxwell nur den Kopf. Er hatte Weston offenbar schon ins Bett geschickt und seinen Posten übernommen. Sébastien stand noch immer am Planungstisch, das Handy am Ohr und telefonierte leise.

»Du könntest ein paar Stunden Schlaf vertragen, Roxy«, wies Maxwell mich sanft zurecht, als ich mich auf den Stuhl neben ihn fallen ließ.

»Ich weiß.« Ich rieb mir mit den Händen übers Gesicht. »Aber Amelia ist meine Verantwortung. Mein Problem.«

»Das ist nicht wahr und das wissen wir beide.« Bekümmerung schwang in seiner Stimme mit und er seufzte tief. »Wenn wir hier schon Schuldzuweisungen aussprechen wollen, liegt mindestens genauso viel bei mir, wenn nicht sogar mehr, immerhin war ich derjenige, der sie in Amulettmagie ausgebildet hat.«

»Mag sein«, gab ich widerwillig zu, »aber du konntest nicht wissen, dass sie eines Tages von den Toten auferstehen und abtrünnig werden würde.«

»Das nicht«, gab er zu und senkte die Stimme etwas, vermutlich um Sébastien nicht zu stören, der gerade Rücksprache mit seinen Huntern hielt, wenn ich die paar Worte, die ich verstehen konnte, richtig deutete. »Aber die Tatsache, dass sie überhaupt in der Unterwelt gelandet ist, sagt bereits viel über ihr Leben und ihre Taten aus. Nur böse Seelen werden nach ihrem Tod in die Unterwelt geholt«, erinnerte er mich leise.

»Und alle anderen gehen in die Geisterwelt. Zumindest wenn sie nicht beschließen, hierzubleiben und herumzuspuken«, murmelte ich. »Ja, ich weiß.«

»Wirklich?«, hakte er nach und wirkte dabei fast schon väterlich. »Denn das bedeutet, dass Amelia genug böse Taten getan hat, um die Unterwelt zu verdienen. Und dafür kannst du nichts, Roxy. Ich hätte sie besser im Auge behalten sollen, nachdem sie das Londoner Quartier verlassen hat. Aber sie war so stark, mental ebenso wie mit der Amulettmagie, dass ich mir viel zu wenig Gedanken um sie gemacht habe.« Er seufzte.

»Trotzdem wäre sie ohne mich jetzt nicht hier. Ich habe sie und all diese Seelen freigelassen. Ich muss das wiedergutmachen.«

Maxwell rieb sich nachdenklich über den Bart. »Und trotzdem vergisst du eine wichtige Sache, Roxy: Du bist nicht allein. Ja, ich weiß, ich hätte dir viel früher sagen sollen, dass Amelia zurückgekehrt ist, aber ich habe versucht, dich vor diesem Schmerz zu beschützen. Ich habe versucht, das Ganze allein zu regeln – und genau das war mein Fehler. Du und ich, wir haben Kollegen und Kolleginnen, die uns unterstützen.« Er nickte in Richtung Sébastien. »Freunde.«

Seine Worte schwebten zwischen uns in der Luft. Ich presste die Lippen aufeinander. Auch wenn ich nichts erwiderte, wussten wir beide, dass er recht hatte.

Ich atmete tief durch. »Schon okay«, gab ich widerwillig zu und suchte seinen Blick. »Du wolltest das Richtige tun, als du dich auf die Jagd nach ihr gemacht hast. Das kann ich nachvollziehen.«

Er nickte langsam. Mit einem Mal wirkte er viel älter als sonst. Ganz so, als hätten ihm all die Jahre als Hunter und als Leiter des Quartiers viel mehr zugesetzt, als er jemals zugeben oder uns wissen lassen wollte. Er wirkte … müde.

Dennoch lächelte er jetzt aufmunternd. »Geh schlafen. Du bist niemandem eine Hilfe, wenn du völlig übermüdet bist.« Er schüttelte den Kopf. »Genau dasselbe habe ich auch schon zu Shaw gesagt. So langsam komme ich mir vor wie eine gesprungene Schallplatte.«

»Wie eine was?«, neckte ich ihn leise.

Seine Augen wurden ganz schmal, aber er zuckte auch mit den Mundwinkeln. »Ab auf dein Zimmer, junge Dame!«

Ich grinste nur und stand auf. Seltsamerweise fühlte ich mich nach diesem Gespräch ein kleines bisschen leichter, auch wenn die Erschöpfung und die Schuldgefühle noch immer zentnerschwer auf mir lasteten. Aber mit Maxwell darüber zu reden und seine Entschuldigung zu hören, hatte irgendwie geholfen.

Kurz zögerte ich noch, setzte mich dann aber in Bewegung. Denn leider war Maxwell nicht nur deutlich älter als ich, sondern auch weiser. Sosehr ich mich auch in die Arbeit stürzen wollte, ich brauchte Ruhe und Erholung, um richtig funktionieren zu können. Andernfalls würde ich Fehler machen, und als Huntress konnte ein Fehler schnell tödlich enden.

Bei dem Gedanken blieb ich stehen und drehte mich noch mal zu Maxwell um. »Hast du etwas aus London gehört? Von Dinah und Ripley?«

Ein Schatten huschte über sein Gesicht. Er presste die Lippen aufeinander. »Leider nicht. Die Suchtrupps konnten sie nicht finden.«

Bis eben hatte ich nicht einmal gemerkt, dass ich ein kleines bisschen Hoffnung gehegt hatte. Ich spürte sie erst jetzt, wo sie in sich zusammenfiel.

»Oh. Okay. Gute Nacht.« Und damit zwang ich mich dazu, die Treppe nach oben zu nehmen. Sollte sich etwas ergeben oder ein Hinweis auftauchen, dem wir unbedingt nachgehen mussten, würde mich jemand wecken. Da war ich mir sicher.

Ich ging in mein Zimmer, holte meine Schlafsachen und ein großes Handtuch aus der Tasche, dann schleppte ich mich ins nächste Bad, um zu duschen. Das warme Wasser war wie Balsam auf meiner Haut und wusch die Reste des Tages und der Reise fort. Was blieb, waren meine Gedanken, die sich unaufhörlich im Kreis drehten und einfach nicht zur Ruhe kommen wollten.

Nach einer gefühlten Ewigkeit überwand ich mich schließlich und stellte das Wasser ab. Ich trat aus der Dusche und trocknete mich ab. Mit der Hand wischte ich etwas Dampf vom Spiegel über dem Waschbecken und erschrak bei meinem eigenen Anblick. Dunkle Augenringe. Blasse, ungesunde Haut. Kein Wunder, dass Maxwell mich ins Bett geschickt hatte. Seufzend bürstete ich mir das lange Haar und flocht es zu einem Zopf, dann zog ich meine Schlafshorts mit den bunten Blümchen an und dazu ein einfaches Tanktop. Mehr brauchte ich nicht, da es hier in Paris selbst nachts wärmer war als tagsüber in London oder daheim in Irland.

Nach der Dusche spürte ich die Müdigkeit nur noch stärker. Meine Beine waren schwer, meine Schritte nur noch schleppend, und ich gab mir keine Mühe, mein Gähnen zu unterdrücken. Zum Glück war es nicht weit bis zu meinem Zimmer. Ich drückte die Tür hinter mir zu und schlüpfte unter die dünne Bettdecke. Der Schlaf kam in dem Moment, in dem mein Kopf das Kissen berührte.

Sekunden, Minuten oder auch Stunden später erwachte ich mit einem Zucken und riss die Augen auf. Doch die Dunkelheit blieb, schränkte mein Sichtfeld ein und verschlang mich, bis ich gar nichts mehr wahrnahm.

Kälte flutete meinen Körper. Mein Atem ging immer schwerer und mein Herz raste. Körperlich mochte ich noch hier sein, aber mein Geist war woanders.

»Niall …«, wisperte ich, doch meine Stimme klang in meinen eigenen Ohren fremd.

Über mir ergossen sich Tausende kleine Lichter, fast schon zu viele, um Sterne zu sein. Aber was sollte es sonst darstellen? Ein Plätschern drang an meine Ohren. Wasser. Hier musste es irgendwo Wasser geben. Aber wo war *hier*? Wo war ich? Wo war Niall?

Ich blinzelte, versuchte mehr zu erkennen. Und musste feststellen, dass ich mich geirrt hatte. Über mir war kein Himmel. Ich stand in einer riesigen Höhle und an der Decke funkelten lauter kleine Glühwürmchen. Die Wände waren von Kletterpflanzen überwuchert, die ich nie zuvor gesehen hatte. Seltsam geformte Blätter, Blüten in den unterschiedlichsten Farben, Formen und Größen.

Mein Blick zuckte wieder nach oben. Gigantische Stalaktiten hingen von der Höhlendecke herab. Immer wieder tropfte etwas Wasser von ihnen auf den Boden. Doch das Plätschern, das Rauschen kam woanders her. Es musste ein Fluss sein. Ein Fluss ganz in der Nähe. Ich begann loszulaufen und –

Keuchend setzte ich mich auf und drückte mir die Faust gegen die Brust. Ich war wieder in meinem Zimmer. Nicht in London und ganz gewiss nicht zu Hause in Irland. Es war das Quartier in Frankreich. Nach und nach kehrten alle Erinnerungen zurück und mir wurde klar, was soeben passiert war.

Der Schattenblick hatte mich ein weiteres Mal überwältigt – nur diesmal im Schlaf. Das war nie zuvor passiert. Aufgewühlt stieß ich die Decke beiseite und sprang auf. Obwohl ich körperlich nie an diesem fremdartigen Ort gewesen war, hatte ich noch immer das Gefühl, die Feuchtigkeit der Höhle auf meiner Haut spüren zu können. Ich hob den Blick, aber über mir war nur die kahle Zimmerdecke. Keine Sterne. Keine Glühwürmchen. Wo zur Hölle war ich da gerade gewesen? Was war das für ein Ort, an den ich immer wieder zurückkehrte, weil Niall dort war. Konnte er ihn vielleicht nicht verlassen? War er ein Gefangener? Hatte ich ihn deswegen in all den Jahren nicht finden können?

Mein Herz hämmerte noch immer wie verrückt, auch wenn das Rauschen in meinen Ohren langsam nachließ. Aber an Schlaf war nicht mehr zu denken.

Ganz leise öffnete ich die Tür und verließ mein Zimmer. Etwas frische Luft würde helfen. Ich brauchte … ich hatte keine Ahnung, was ich gerade brauchte. Ich wusste nur, dass ich es keine Sekunde länger allein da drinnen aushielt.

Glücklicherweise begegnete ich niemandem, als ich den Flur durchquerte. Doch an der Treppe angekommen, hielt ich inne und runzelte die Stirn. Mein ganzer Körper erstarrte und mein Puls schoss wieder in die Höhe, dabei hatte ich keine Ahnung, warum genau. Aber ich hatte schon vor langer Zeit gelernt, auf meine Instinkte zu vertrauen.

Unbewusst hielt ich den Atem an, ließ meinen Blick durch den leeren Flur wandern und begann zu lauschen. War da ein Geräusch gewesen? War jemand in diesem Gebäude, der nicht hierhergehörte? Hatte Amelia es doch irgendwie geschafft, ins Quartier einzubrechen? Oder schlich Kevin wieder mal irgendwo herum und wollte mich auf seine alles andere als dezente Weise an meine Mission erinnern?

Es dauerte ein paar Sekunden, bis ich den Grund für mein

Zögern begriff. Da war tatsächlich ein Geräusch gewesen. Ein unterdrücktes Stöhnen. Eine gedämpfte Stimme. Mein Blick irrte durch den Flur und blieb schließlich an einer der geschlossenen Türen hängen. Shaws Zimmer.

Das Pochen in meiner Brust verstärkte sich, genau wie das ungute Gefühl in meinem Bauch. Ich machte einen kleinen Schritt in die Richtung, blieb dann jedoch stehen und sah mich um. Was sollte ich tun? Ich konnte nicht einfach in sein Zimmer platzen, wenn er Gott weiß was darin trieb. Würde er das bei mir machen, würde ich ihm den Hals umdrehen – nachdem ich ihn mittels Amulettmagie einmal quer durch den Raum befördert hätte. Aber wenn er schlecht schlief oder irgendetwas passiert war, das ihn so aus der Fassung brachte wie mich eben …

Nachdenklich biss ich mir auf die Unterlippe. Es waren definitiv keine vergnügten Laute gewesen, die ich gehört hatte, sondern gequälte. War jemand bei ihm? Oder hatte er einen Albtraum und redete im Schlaf? Wäre er dankbar, wenn ich mich einmischte und ihn weckte? Oder verärgert, weil er sich keine Blöße geben wollte?

Argh. Warum hatte ich ihn überhaupt gehört? Alles wäre so viel einfacher gewesen, wenn ich gar nichts davon mitbekommen hätte, was nebenan passierte, und einfach nach unten gegangen wäre. Aber nun stand ich hier, mitten im Flur, und wusste einfach nicht, was ich tun sollte.

Als wieder dieser gequälte Laut an meine Ohren drang, gab ich mir selbst einen Ruck und ging zur Tür.

Ich klopfte leise. »Shaw?«

Keine Reaktion. Nur ein leises Gemurmel, das ich nicht verstehen konnte.

Ich atmete tief durch. Ein letztes Mal sah ich auf den Flur zurück und schob all meine Bedenken beiseite, dann legte ich die Hand an die Klinke und öffnete die Tür.

23. KAPITEL

Shaw

Ich renne durch Dunkelheit. Es ist so kalt, dass mein Atem in der eisigen Luft sichtbar ist und ich das Gefühl habe, als würden sich lauter Eiskristalle auf meiner Haut ausbreiten. Trotzdem renne ich weiter. Verfolge. Jage.

Das Herz schlägt mir bis zum Hals. In meinen Ohren ist ein Rauschen. Und ich habe nur noch ein Ziel vor Augen. Also packe ich die Waffe in meiner Hand fester und renne. Weiter, immer weiter, vorbei an kahlen Bäumen, bis ich sie sehe.

Das Glitzern von Schnee im Mondlicht durchbricht die Finsternis um mich herum. Und es lässt mich die beiden Gestalten erkennen, die mitten im Wald stehen geblieben sind, sich verzweifelt anschauen und zu mir umdrehen.

Ich werde langsamer und nähere mich ihnen wie ein Raubtier seiner Beute. Bedächtig. Selbstsicher. Meine Mundwinkel wandern nach oben. Das war einfacher als gedacht. Doch noch während ich einen Schritt nach dem anderen auf sie zu mache, will ich mich davon abhalten. Ein ungutes Gefühl breitet sich in mir aus. Eine dunkle Vorahnung. Ich versuche mich zu stoppen, versuche stehen zu bleiben, aber es funktioniert nicht. Ich gehe immer weiter. Direkt auf den Mann und die brünette Frau zu.

»Shaw …«

Eine Stimme durchdrang die Dunkelheit. Ich kannte sie, dennoch brauchte ich einen Moment, um sie richtig zuzuordnen. Es war die eine Stimme, die ich gehört hatte, als ich zwischen Leben und Tod geschwebt hatte. Die eine Stimme, die ich immer und überall wiedererkennen würde. Trotzdem konnte auch sie mich nicht aus der Finsternis reißen, aus der es einfach kein Entkommen gab.

Etwas erhellt die Nacht. Es ist in meiner Hand. Ein Amulett? Magie? Was zur Hölle? Gleich darauf leuchtet es vor mir auf und eine heftige Energiewelle schleudert mich zurück … oder sollte das tun, aber es passiert nichts. Ich strecke die Hände nach vorne und blocke sie ab, als wäre es nichts.

Das Amulett des Mannes erlischt. Sein Gesicht ist jetzt so bleich wie der Schnee, der bei jedem weiteren Schritt, den ich auf die beiden zu mache, unter meinen Schuhen knirscht. Im fahlen Mondlicht blitzt eine Waffe auf. Ein langes Schwert. Ich schnaube. Das wird ihnen jetzt auch nicht mehr helfen. Ich hole aus – und greife an.

»Shaw!«, rief die vertraute Stimme erneut. Diesmal lauter. Drängender.

Ich wand mich, kämpfte gegen das erdrückende Gefühl, das mir jedes bisschen Luft abschnürte. Plötzlich war da etwas Warmes an meiner Schulter und dann auf meinem Arm. Ich zuckte zusammen und riss die Augen auf, konnte mich jedoch nicht rühren. Im ersten Moment glaubte ich, noch immer in der Finsternis gefangen zu sein, doch nach und nach konnte ich Konturen erkennen. Ein schmaler Nachttisch. Ein Schrank am anderen Ende des Zimmers. Ein Schreibtisch. Vorhänge, die sich sanft hin und her bewegten. Ich war nicht länger draußen in der Kälte, sondern in einem Zimmer. Jetzt bemerkte ich auch den Luftzug, der mir in einer kühlen Brise über das verschwitzte Gesicht strich. Und da war noch immer die Berührung an meinem Arm.

»Schhh«, machte die vertraute Stimme hinter mir und rieb mir beruhigend über die Haut. »Alles okay?«

Das Hämmern in meinem Brustkorb war beinahe schmerzhaft. Meine Hände zitterten. Doch nun, da meine Gedanken kein Chaos aus Panik und Dunkelheit mehr waren, konnte ich diese Stimme endlich zuordnen.

»Roxy …?«, krächzte ich.

Ich musste mich mehrmals räuspern, um überhaupt dieses eine Wort über die Lippen zu bringen. Was um alles in der Welt machte sie hier? In meinem Bett. Mitten in der Nacht. Bildete ich mir das nur ein? War das ein Traum in einem Traum? Wenn ja, sollte er bitte nicht allzu schnell wieder enden, denn dafür fühlte es sich zu gut an, ihren weichen, warmen Körper zu spüren. So gut, dass ich es nicht wagte, mich zu ihr umzudrehen, weil ich befürchtete, sie damit verscheuchen zu können.

»Ja«, erwiderte sie nur, ohne sich zu bewegen. Ohne aufzustehen und auch ohne die sanften Streichelbewegungen zu beenden, mit denen sie an meinem Oberarm auf und ab fuhr.

Ich lag auf der Seite, das Gesicht der Tür zugewandt, und Roxy … Roxy war direkt hinter mir. Im Bett. Wie zur Hölle war das passiert? Als die Erkenntnis ganz einsickerte und die letzten Reste des Albtraums von mir abließen, begann ich auch körperlich auf ihre Nähe zu reagieren. Mein Puls schoss aus ganz anderen Gründen in die Höhe und meine Muskeln spannten sich an. Roxys warmer, leicht blumiger Duft drang mir in die Nase, und auch andere Teile meines Körpers erwachten zum Leben. Shit. *Shit.*

»Was … was machst du hier?« Ich musste mir die Lippen befeuchten und mich erneut räuspern, damit ich nicht mehr ganz so heiser klang. Aber ich bewegte mich nicht. Auf keinen Fall würde ich irgendetwas tun, das sie dazu veranlasste, jetzt aufzustehen und zu gehen. Nicht, wenn sich diese unerwartete Nähe so verflucht gut anfühlte. Und das, obwohl ihre Hand das

Einzige war, das mich berührte. Dennoch spürte ich die Wärme, die von ihrem Körper hinter meinem ausging, und musste jeden Instinkt in mir unterdrücken, mich zu ihr umzudrehen. Sie an mich zu ziehen. Sie endlich, *endlich* zu küssen. Stattdessen blieb ich liegen und wartete darauf, dass sie irgendetwas sagte. Irgendetwas, das mich von all den Gedanken in meinem Kopf ablenkte.

»Ich hab dich gehört«, gab sie nach einem Moment zu. »Es klang nicht so, als hättest du Spaß.«

Ein Bild blitzte vor meinen Augen auf. Der Mann und die Frau im Schnee. Da war keine Panik in ihren Augen gewesen, sondern Resignation. Sie hatten gewusst, dass sie verloren hatten. Ich schauderte und vertrieb die Gedanken mit aller Kraft. Das war nicht echt. Es war nur ein Traum gewesen. Wahrscheinlich verursacht durch das neue Quartier, die Gefahr, die von Amelia und ihrem Amulett ausging und dem bevorstehenden Kampf gegen sie. Nicht mehr und nicht weniger.

Aber was, wenn es nicht nur ein Traum gewesen war? Was, wenn es sich dabei um eine verquere Erinnerung handelte?

Übelkeit breitete sich in mir aus und ich musste mehrmals schlucken, bevor ich überhaupt etwas sagen konnte.

»Spaß sieht anders aus«, murmelte ich und zwang mich dazu, ruhig zu atmen. »Und hört sich vermutlich anders an.«

»Das dachte ich mir.« Eine Spur von Humor schwang in ihrer Stimme mit, doch ihre nächste Frage machte das gleich wieder zunichte. »War es nur ein Albtraum? Oder eine Erinnerung?«

Wieder fluteten die Bilder mein Bewusstsein, und ich versteifte mich unwillkürlich. Es war alles so … real gewesen. Die Jagd durch den Schnee. Wenn ich die Augen schloss, konnte ich die beißende Kälte noch immer auf meiner Haut spüren, auch wenn die Gesichter des Paares verschwommen waren.

Selbst im Traum hatte ich sie nicht deutlich erkennen können. War das nicht der Beweis dafür, dass es nur ein Traum gewesen war und keine … keine Erinnerung? Denn wenn es eine war …

»Ich weiß es nicht.« Seufzend rieb ich mir mit der Hand über die Augen und versuchte die Bilder, aber vor allem die Empfindungen zu vertreiben, die dieser Albtraum in mir hinterlassen hatte. »Ich hoffe nicht.«

Denn das würde bedeuten, dass mein Leben vor dieser Amnesie ziemlich beschissen gewesen war. Vielleicht war ich damals schon eine Art Hunter gewesen? Oder … oder ein Mörder. Bei dem Gedanken musste ich hart schlucken. Nein. Das akzeptierte ich nicht. Ich war einer von den Guten. Ich lernte Tag und Nacht und tat alles dafür, den Menschen im Kampf gegen übernatürliche Wesen zu helfen. Und wenn ich die Prüfungen abgelegt hatte, würde ich ganz offiziell ein Hunter sein. Das war mein wahres Ich. Nicht das, was dieser Albtraum mir weismachen wollte.

Als würde sie meine Unruhe wahrnehmen, strich Roxy wieder über meinen Arm und hoch zu meiner Schulter, dann fuhren ihre Finger durch mein Haar. Ich atmete tief ein und mit einem langen Seufzen wieder aus. Keine Ahnung, wie sie das machte, aber die Anspannung in meinen Muskeln ließ langsam nach.

»War das der erste Albtraum?«

»Ja«, gab ich nach einem Moment zu.

Es hatte etwas Unwirkliches, in der Dunkelheit mit Roxy zu reden. Als würde nichts von dem, was wir sagten oder taten, irgendwelche Konsequenzen nach sich ziehen, sobald die Sonne aufging. Weil es für immer zwischen uns bleiben würde. Genau wie die Geheimnisse, die sie mir anvertraut hatte.

»Willst du mir davon erzählen?«, fragte sie nach einem Moment leise. Mittlerweile war sie so nahe, dass ihr Atem meinen Nacken streifte und ich unwillkürlich erschauerte.

»Nein.«

Es war die eine Sache, zuzugeben, dass mich ein beschissener Albtraum gequält hatte, aber Roxy in allen Details zu berichten, was ich darin erlebt hatte? Nein. Ich würde es ja am liebsten selbst wieder vergessen.

»Das ist in Ordnung.« Ihre Stimme war ganz leise. Sie zögerte nur einen winzigen Moment. »Soll ich gehen?«

Ohne nachzudenken, schüttelte ich den Kopf. Ich wagte es zwar noch immer nicht, mich zu ihr umzudrehen, aber ich wollte auch nicht, dass sie ging. Nicht, wenn sich das hier so verdammt gut anfühlte.

»Okay. Dann versuch wieder einzuschlafen.« Mit den Fingern strich sie mir noch immer durchs Haar. Wieder und wieder, bis sich meine Muskeln entspannten und mir die Augen ganz von allein zufielen.

»Du machst das wirklich gut …«, murmelte ich schläfrig. Noch kämpfte ich gegen die Müdigkeit an, doch in Roxys Gegenwart war es viel zu einfach, sich zu entspannen. Und zu vergessen, was für Schreckgespenster meine Fantasie eben noch produziert hatte.

»Als wir klein waren, hatte mein Bruder oft schlimme Albträume«, erzählte sie leise. »Ich war die Einzige, die ihn dazu bringen konnte, wieder einzuschlafen.«

»Wie …?«

»Manchmal habe ich ihm etwas vorgelesen, manchmal einfach nur irgendetwas erzählt, bis er wieder die Augen zugemacht hat.«

Genau das tat ich jetzt auch, nur dass ihre Nähe, ihre Berührungen und das, was sie in mir auslösten und wie ich darauf reagierte, alles andere als unschuldig waren.

Ich merkte nicht einmal, wie ich einschlief … und diesmal blieben die Albträume fern. Erst als ich mich nachts irgendwann auf die andere Seite drehte und spürte, dass Roxy noch immer da war, wurde ich wieder etwas wacher. Nicht genug allerdings, um darüber nachzudenken, was ich da tat. Oder warum ich es vielleicht besser nicht tun sollte.

Also zog ich sie an mich, schlang den Arm um ihren weichen Körper und vergrub das Gesicht in ihrem herrlich duftenden Haar. Roxy gab ein leises Geräusch von sich, das wie eine Mischung aus Seufzen und Stöhnen klang, und schmiegte sich an mich. Und zum ersten Mal, seit ich die Augen aufgeschlagen und mein neues Leben ohne Erinnerung begonnen hatte, fühlte es sich so an, als wäre ich wirklich angekommen. Als wäre ich genau dort, wo ich sein sollte. Egal, was in meiner Vergangenheit lag. Oder wer ich einmal gewesen war.

Tief atmete ich Roxys Duft ein, der mich genau wie ihre gleichmäßigen Atemzüge und die Wärme, die ihr Körper ausstrahlte, wieder in den Schlaf lullte. Morgen würde ich sie darauf ansprechen, nahm ich mir vor. Oder besser noch: dafür sorgen, dass keiner von uns dieses Bett allzu schnell wieder verließ und wir endlich das fortsetzten, was wir auf der Tanzfläche im *Bloody Vampire* begonnen hatten.

Morgen. Jetzt gewann die Erschöpfung und ich schlief wieder ein.

Doch als ich ein paar Stunden später die Augen aufschlug und das erste Tageslicht ins Zimmer fiel, war das Bett neben mir leer und Roxy verschwunden.

Ich stellte die beiden dampfenden Tassen vorsichtig auf das Tablett, auf dem bereits ein Teller mit einem Croissant stand. Die Küche war zu dieser frühen Uhrzeit so gut wie ausgestorben. Mir war nur ein übermüdeter Jacques begegnet, der mich mit einem Brummen begrüßt hatte und dann mit einem Kaffee in der Hand den Weg zum Wachraum direkt neben dem Eingang eingeschlagen hatte.

Ich nahm das Tablett in die Hände und verließ die Küche. Finn hatte mich gestern auf eine Idee gebracht, also trug ich das Tablett nach unten, folgte dem langen Gang, bog um die Ecke und betrat die Zelle, nachdem ich ein paar Worte mit Dominique gewechselt hatte, die hier unten Wache hielt.

»Kannst du uns allein lassen?«, fragte ich, bevor sie die Tür hinter mir zudrückte. Ich bemerkte zwar ihr Stirnrunzeln, doch das hielt mich nicht davon ab, weiterzumachen. »Ich möchte für ein paar Minuten ungestört mit ihr reden. Bitte.«

Dominique zögerte, warf einen schnellen Blick auf ihre Armbanduhr und gab schließlich nach. »Fünf Minuten, dann ist Schichtwechsel. Wenn du länger allein hier unten bist, kriege ich Ärger von Sébastien.«

»Danke«, erwiderte ich und lächelte ihr kurz zu.

»Ich schließe hinter dir ab. Das heißt, keine von euch kann den Raum verlassen, bis ich zurück bin – oder die nächste Wache.«

Meine Klaustrophobie meldete sich in Form meines plötzlich viel zu heftig hämmernden Herzens, dennoch zwang ich mich zu einem Nicken. »Alles klar.«

Fünf Minuten. Wenn ich jeden Tag mit diesem Metallsarg namens Aufzug fahren und mich meiner Angst stellen konnte, würde ich es auch fünf Minuten in dieser Zelle aushalten.

Auch wenn wir von allen Seiten von Stein umgeben waren. Auch wenn es kein Fenster, kein Tageslicht und keinen Ausweg gab. Ich schluckte mehrmals, um die beginnende Übelkeit im Zaum zu halten, dann richtete ich meine ganze Aufmerksamkeit auf die junge Frau.

An diesem Morgen drückte sie sich nicht ängstlich in eine Ecke, sondern saß auf dem schmalen Bett an der Wand und beobachtete jede meiner Bewegungen aus aufmerksamen braunen Augen.

»Hi«, begrüßte ich sie. »Erinnerst du dich noch an mich? Ich bin Roxy und war gestern zusammen mit Finn hier. Ich hab dir was mitgebracht.«

Langsam näherte ich mich ihr und stellte das Tablett neben sie auf die Matratze. Der Tee schwappte dabei etwas über, aber ansonsten hatte ich alles heil nach unten gebracht. Ich trat zwei Schritte zurück, um nicht zu aufdringlich zu wirken, und wartete ab.

Sie betrachtete erst mich argwöhnisch, dann das Tablett und griff schließlich nach einer der beiden Tassen. Ich hatte keine Ahnung, wie sie ihren Kaffee trank und konnte nur hoffen, mit ein bisschen Milch und Zucker richtig zu liegen. Als sie nach dem ersten Schluck die Augen schloss und genüsslich seufzte, lächelte ich erleichtert.

Statt sie sofort mit Fragen zu bombardieren, ließ ich den Blick durch die Zelle wandern. Grauer Stein auf grauem Stein, dazu die spartanische Ausstattung ... wie sie hier drinnen nicht verrückt wurde, war mir ein Rätsel. Ich wäre längst ausgeflippt. Und das nicht nur, weil es mir irgendwann so vorkommen würde, als würden Wände und Decke auf mich zukommen und als könnte ich kaum noch atmen, sondern auch, weil ich vor lauter Nichtstun durchdrehen würde. Doch dann bemerkte ich das Buch, das Finn ihr gestern mitgebracht hatte und das aufgeschlagen auf dem Boden neben dem Bett lag. Auch der Lautsprecher war noch da, obwohl es im Moment still war. Keine Musik. Keine Geräusche. Es war beinahe, als wären wir in einer hermetisch abgeriegelten Kammer eingesperrt.

Ich drehte mich zur Glaswand um und starrte mein eigenes Spiegelbild an. Noch immer etwas bleich, mit leicht gelockten Haaren und wahllos übergeworfenen Klamotten. Als ich vorhin nicht nur in Shaws Bett, sondern auch in seinen Armen aufgewacht war, hatte der Fluchtinstinkt eingesetzt und alles andere an Gedanken und Gefühlen vertrieben. Wie ich es geschafft hatte, mich so schnell von ihm zu lösen und zu verschwinden, ohne ihn zu wecken, würde ich wohl nie erfahren. Zurück in meinem eigenen Zimmer hatte ich die erstbesten Klamotten angezogen, die ich in der Reisetasche gefunden hatte, den geflochtenen Zopf gelöst und war statt mit einer Bürste nur mit den Fingern durch mein Haar gefahren. Kein Make-up. Nicht mal mein Lieblingslippenstift. Ich war sofort nach unten gegangen, hatte Weston kurz nach neuen Infos gefragt und mich dann in die Vorbereitungen für einen weiteren Besuch im Keller gestürzt. Alles, um jeden Gedanken an letzte Nacht zu vermeiden. Alles, um nicht daran denken zu müssen, wie es sich angefühlt hatte, in Shaws Armen einzuschlafen. Und um auszublenden, dass sein Duft noch immer an mir haftete und mich wahnsinnig machte.

»Merci.« Dieses eine Wort, ausgesprochen in einer sanften, ein bisschen kratzigen Stimme, ließ mich erstarren.

Ganz langsam drehte ich mich um und musterte die junge Frau. Hatte ich mir das nur eingebildet oder hatte sie gerade wirklich mit mir gesprochen? Mein Blick fiel auf das Tablett. Vom Croissant waren nur noch Krümel übrig und der Kaffee war ausgetrunken. In den Händen hielt sie die zweite Tasse mit dem dampfenden Tee und trank einen vorsichtigen Schluck.

»Darf ich?«, fragte ich und deutete auf die Matratze.

Sie rutschte instinktiv von meiner Hand weg, nickte jedoch nach einem kurzen Zögern. Ich beschloss, das als gutes Zeichen zu werten. Zumindest war ich damit weiter als gestern Abend.

Ich setzte mich langsam aufs Bett, darum bemüht, keine allzu schnellen Bewegungen zu machen, um sie nicht zu erschrecken. »Wie heißt du?«

Sekunden tickten vorbei, in denen sie nichts sagte, sich nicht mehr bewegte, bis ich bereits zu glauben begann, dass ich mir dieses leise Merci nur eingebildet hatte.

»Giselle.« Ihre Stimme war kaum hörbar, dafür aber erstaunlich fest. Ein starker französischer Akzent begleitete ihre Worte, aber zumindest schien sie Englisch sprechen zu können. »Mein Name ist Giselle Beauvais.«

»Freut mich, Giselle. Ich bin Roxy. Roxy Blake.«

Sie nahm noch einen Schluck von ihrem Tee. Dann noch einen. Und einen dritten, während ihr Blick über mich wanderte, als würde sie nach Anzeichen für Gefahr suchen – oder dafür, dass ich sie gleich angreifen könnte wie meine ehemalige Mentorin. Als sich ihre Aufmerksamkeit ganz auf das Amulett an meinem Hals richtete, bedeckte ich den Anhänger mit der Hand, allerdings ohne die darin enthaltene Magie zu aktivieren.

»Ich werde dir nichts tun. Das ist ein Versprechen, okay?«

Nur mühsam riss sie den Blick von dem Schmuckstück und sah mir wieder in die Augen, nickte jedoch zumindest. »Bien.«

»Okay.« Ich lehnte den Kopf gegen die kalte Steinmauer und gab uns beiden einen Moment zum Durchatmen und um uns aneinander zu gewöhnen. Giselle schien die Nähe anderer Menschen unangenehm zu sein, und ich musste mich zusammenreißen, damit ich sie nicht gleich mit Hunderten von

Fragen überschüttete. Andererseits rannte mir die Zeit davon. Dominique würde nicht ewig fort sein und ich wollte nicht, dass sie zu viel mitbekam. Vor allem nicht, was Amelia anging. Oder mich selbst.

Zu meiner Überraschung war es Giselle, die das Wort ergriff. »Diese Narbe …« Ihr Blick heftete sich auf meine linke Schulter, die teils durch das T-Shirt mit dem weiten Ausschnitt entblößt war. »Das war ein … wie sagt man … ein Höllenhund, non?«

Ich blinzelte überrascht und biss die Zähne zusammen, um die aufsteigende Übelkeit bei der Erinnerung daran zu unterdrücken. Dann nickte ich langsam.

»Du hast einen *messager de la mort* verärgert«, stellte sie erstaunlich ruhig fest. »Einen Boten des Todes.«

»Ja. Und er hat mich verflucht.«

Giselle senkte den Blick auf ihre Tasse. Mit einem Mal zitterten ihre Hände so stark, dass der Tee beinahe überschwappte.

»Alles okay?« Ich richtete mich auf. Instinktiv streckte ich die Hand nach ihr aus, um sie zu beruhigen oder ihr mit der Tasse zu helfen, doch Giselle zuckte vor mir zurück.

»Nicht!« Sie starrte mich aus riesigen Augen an. »Nicht anfassen.«

»Tut mir leid«, sagte ich sofort und senkte die Hand. »Ich wollte dir nicht wehtun.«

»Ich … ich weiß, aber …« Nervös befeuchtete sie sich die Lippen. Mittlerweile umklammerten ihre Finger die Tasse so fest, dass die Knöchel weiß hervortraten. »Ich habe auch einen Todesboten verärgert. Immer wieder habe ich einem kleinen Mädchen aus der Nachbarschaft das Leben gerettet. Erst war es nur Zufall, dann habe ich angefangen, wirklich auf sie aufzupassen und sie vor Gefahren zu beschützen. Sie war doch erst sechs Jahre alt und sollte schon sterben. Das war nicht fair. Also hat er mich verflucht.«

Diesmal war ich diejenige, die sie anstarrte. Fassungslos. Sprachlos. Denn mit einem Mal wusste ich, was ihr Geheimnis war. Und ich begriff, warum Amelia sie aufgesucht hatte.

»Der Todesblick«, brachte ich hervor. »Er hat dich mit dem Todesblick verflucht.«

Ihre Augen füllten sich mit Tränen, aber sie nickte.

Großer Gott … Soweit ich wusste, gab es auf der ganzen Welt nur eine Handvoll Menschen mit dieser Fähigkeit. Und sie alle waren von einem Todesboten verflucht worden.

»Du … du hast gesagt …«, begann Giselle zögerlich und klang dabei fast schon hoffnungsvoll. »Du bist auch verflucht?«

Ich schluckte hart. »Ja. Aber nicht mit dem Todesblick.«

Ihre Schultern sackten herab, doch statt Enttäuschung oder Bitterkeit huschte etwas Fragendes, beinahe Neugieriges über ihre Züge. »Wie ungewöhnlich.«

Noch während sie die Worte aussprach, schüttelte ich den Kopf. »Du kannst niemanden mit einem Blick strafen, der schon einen anderen hat. Das funktioniert nicht.«

»Non?«

»Der Schattenblick«, gab ich leise zu. Zu leise, als dass mich irgendjemand vor der Zelle hören könnte. Nur für den Fall, dass die fünf Minuten bereits um waren und Dominique zurückgekehrt war.

»Du bist mit jemandem verbunden«, stellte Giselle erstaunt fest, seufzte dann jedoch tief. »Auch das kann eine Bürde sein. Genau wie der Todesblick.«

Ein kaltes Prickeln breitete sich in meinem Nacken aus. Automatisch wanderte mein Blick durch den Raum und blieb an einer einsamen Gestalt hängen, die mit vor der Brust verschränkten Armen an der Wand lehnte. Diesmal hatte er die

Form einer alten Frau in Lumpen und mit weißem, zotteligem Haar gewählt. Doch sein Armband in Pastellfarben, die von einem weichen Pfirsichorange bis hin zu einem sanften Himmelblau reichten, verriet ihn.

Ich drehte den Kopf wieder zu Giselle. »Siehst du ihn?«

Sie warf nicht mal einen Blick in Kevins Richtung. »Oui«, erwiderte sie monoton. »Aber er ist nicht meinetwegen hier.« Ehrliches Erstaunen schwang in ihrer Tonlage mit. »Er ist deinetwegen hergekommen.«

Obwohl mir so viele Fragen auf der Seele brannten, ignorierte ich sie und versuchte, mich aufs Wesentliche zu konzentrieren. Auf den Grund, aus dem ich überhaupt hier runtergekommen war.

»Ich habe gesehen, wie du auf dem Parkplatz angegriffen wurdest. Auf einem Überwachungsvideo«, fügte ich hinzu und hoffte, dass sie so viel in der für sie fremden Sprache verstand. »Weißt du, warum die Frau dich attackiert hat? Was sie von dir wollte?«

Giselle zögerte und nippte an ihrem Tee. Als sie schließlich antwortete, schaute sie mich nicht an, sondern starrte an die gegenüberliegende Wand, als würde dort ein Film ablaufen, den nur sie sehen konnte. »Sie hat gefragt: Bist du Giselle Beauvais? Dann hat sie ... sie wollte, dass ich sie berühre, damit sie durch mich ihren eigenen Tod sehen kann. Ich habe gesagt: Non, das willst du nicht. Alle glauben, dass sie es wissen wollen, aber wenn sie es dann tun, hassen sie mich.« Hastig wischte sie sich eine Träne von der Wange. »Aber diese ... diese Frau wollte nicht hören. Alles ging so schnell. Plötzlich war Hilfe da und dann wurde ich mit hierher genommen. Aber jetzt bin ich froh.«

»Warum?«

Sie lächelte, doch es erreichte ihre Augen nicht, die noch

immer in Tränen schwammen. Statt sie diesmal wegzuwischen, ballte sie die freie Hand zur Faust. »Ich habe so lange abgeschieden von allen gelebt und mich versteckt. Aber jetzt kann ich mich nicht mehr verstecken. Ich hatte Hunger und … und … ich kann nicht mit Menschen zusammenleben, aber ich kann bei ihnen sein. In ihrer Nähe. Nicht mehr allein …«

Ich nickte langsam, als ich begriff, worauf sie hinauswollte. Sie war einsam und völlig auf sich selbst gestellt gewesen. Den Schattenblick zu haben, der mich genauso plötzlich und ohne Vorwarnung überkommen konnte wie andere Leute ein Migräneanfall, war die eine Sache. Damit konnte ich umgehen, weil er die restliche Zeit über keinen Einfluss auf mein Leben hatte. Aber jedes Mal, wenn man einem anderen Menschen zu nahe kam, dessen Tod vorherzusehen und es diesem Menschen auch noch ungewollt mitzuteilen? Das war eine Qual. Die Hölle auf Erden.

»Du bist auch deshalb zu mir gekommen«, stellte sie nach einem Moment fest und sah mich geradewegs an. »Du willst wissen, wie du stirbst.« In ihren Augen lag eine Ruhe, die ich dort nicht vermutet hätte. Beinahe so, als hätte sie sich bereits auf das Unausweichliche eingestellt und es akzeptiert.

»Nein, bis eben wusste ich nicht mal …«, begann ich, hielt dann jedoch inne. Weil sie recht hatte.

Niemand sollte wissen, wann und unter welchen Umständen er oder sie starb. Doch da Kevin sei Dank eine immer lauter tickende Uhr über meinem Kopf schwebte, wollte, nein, musste ich es erfahren. Ich musste erfahren, ob ich es schaffen würde, alle Wesen zurückzuschicken oder ob mein Leben damit endete, von Höllenhunden in die Unterwelt gezerrt zu werden. Ich musste wissen, ob ich Niall je wiedersehen würde oder ob es bereits zu spät war. Es war ein Risiko – aber eines, das ich eingehen musste.

»Du bist auch vom Tod verflucht, also tu es.« Sie löste ihre zur Faust geballte Hand und hielt sie mir hin.

Ich zögerte. Starrte auf ihre Hand hinab. Schaute ihr wieder ins Gesicht. Meinte sie das ernst? Warum sollte sie sich freiwillig einer solchen Tortur unterziehen, wenn sie jeden Kontakt zu anderen Leuten bisher gemieden hatte? Warum bot sie mir an, was sie Amelia verweigert hatte?

»Tu es«, forderte sie mich erneut auf. »Aber du musst verstehen, dass nichts mehr so sein wird wie vorher. Zu wissen, wie und wann du sterben wirst, ändert alles.«

Mein Herz begann zu hämmern, während ich auf ihre Hand hinabstarrte, die im Gegensatz zu meiner nicht mehr zitterte. Da war sie: meine Chance, zu erfahren, wie alles enden würde. Aber … wollte ich das wirklich erfahren? Könnte ich damit leben? Gab es die Möglichkeit, etwas daran zu ändern, es vielleicht sogar zu vermeiden?

Während mir all diese Gedanken durch den Kopf rasten, wurde mir plötzlich klar, warum Amelia Giselle aufgesucht hatte. Seit sie gestorben und zurückgekehrt war, musste sie eine unglaubliche Angst davor haben, erneut zu sterben und auch diesmal wieder in der Unterwelt zu landen. Selbstverständlich wollte sie wissen, wie ihr Tod aussehen würde. Und natürlich würde sie alles in ihrer Macht Stehende tun, um ihn aufzuhalten. Einmal hatte ihr eigener Schicksalsblick sie zu mir geführt, zu der Person, die sie Jahre später ins Leben zurückholen würde. Aber wenn sie ihre eigene Zukunft womöglich nicht mehr sah, blieb nur noch die Vision eines Menschen, der mit dem Todesblick gestraft war. Jemand wie Giselle.

Was sie mir hier freiwillig und von sich aus anbot, war Wahnsinn und Versuchung zugleich. Doch ganz egal, wie sehr ich dagegen ankämpfte, ich kam nicht gegen diesen inneren Drang an. Meine Zeit lief bereits ab. Es waren keine zweihundert Tage mehr, die mir noch blieben. Was schadete es also, wenn ich erfuhr, ob ich die mir auferlegte Mission schaffte oder nicht?

Ich ignorierte Kevins Anwesenheit ebenso wie seinen neugierigen Blick und wandte mich ganz Giselle zu.

»Ich muss es wissen«, flüsterte ich und rieb mir über die Narbe an der Schulter. »Ich muss wissen, ob mir noch genug Zeit bleibt, um meinen Bruder zu finden. Es tut mir leid, Giselle. Ich weiß, dass du es genauso sehen und spüren wirst wie ich.«

Sie lächelte nur, auch wenn sie nicht glücklich dabei wirkte.

»Ich werde dich jetzt berühren«, warnte ich sie und beobachtete jede ihrer Reaktionen genau. »Bitte sag mir, ob das okay ist.«

Ich hielt eine gefühlte Ewigkeit den Atem an, aber es schien beinahe so, als würde Giselle nicht darauf warten, dass sie selbst dazu bereit war, sondern dass ich es war. Dann nickte sie – und ich legte meine Hand in ihre.

Plötzlich saß ich nicht mehr mit Giselle auf einem schmalen Bett in einer Zelle unter dem Pariser Hunterquartier, sondern war an einem anderen Ort, in einer anderen Zeit.

In der einen Sekunde spüre ich noch den festen Körper, den ich zur Seite stoße, in der nächsten durchzuckt mich ein heißer Schmerz. Ich sehe an mir hinab, starre auf die Klinge, die mich von hinten durchbohrt hat und vorne herausragt, dann wird sie zurückgerissen. Meine Beine drohen unter mir nachzugeben, aber ich wirble herum, aktiviere die Amulettmagie und stoße die Hände nach vorne. Der Angreifer wird von der gewaltigen Macht weggeschleudert und knallt gegen die Steinwand.

Nur einen Atemzug später kann ich mich nicht länger aufrecht halten. Der Boden kommt rasend schnell auf mich zu, aber ich pralle nicht darauf. Zwei starke Arme fangen mich auf und ziehen mich an sich.

»Shit, Roxy …« Shaw kniet neben mir und beugt sich über mich. Er blutet an der Schläfe und da ist ein Schnitt direkt unter seinem Auge, der mit Sicherheit eine Narbe in seinem attraktiven Gesicht hinterlassen wird.

Ich strecke die Hand danach aus, will ihn berühren, aber es ist, als würde alle Kraft aus mir herausfließen, bis selbst das Atmen immer schwerer wird.

»Warum hast du das getan?« Shaw klingt verzweifelt. Wütend. Fast schon panisch. Mit einer Hand hält er mich fest, mit der anderen übt er Druck auf die Wunde in meinem Bauch aus, um die Blutung zu stillen. »Halt durch! Halt verdammt noch mal durch!«

Meine Lippen verziehen sich zu einem Lächeln, gleichzeitig spüre ich etwas Warmes über meine Wangen auf meinen Hals laufen. »Es ist okay«, bringe ich heiser hervor. »Es tut nicht … nicht weh. Es ist …«

»Halt durch!«, unterbricht er mich barsch. Die Panik ist ihm deutlich anzusehen. Sie liegt in seinen Augen, in seiner Stimme und in dem Zittern seiner Hände. »Wag es ja nicht, mich jetzt im Stich zu lassen!«

»Es tut mir leid ….« Ich packe sein Handgelenk.

»Nicht.« Seine Augen weiten sich. »Roxy!«

Das Hämmern in meiner Brust wird immer schneller, immer panischer. Ich kann meine Beine nicht länger bewegen und Kälte beginnt sich in mir auszubreiten. Doch da ist auch etwas Warmes. Eine sanfte Brise streift mein Gesicht und bringt eine nie da gewesene Ruhe mit sich. Und für einen winzigen Moment wirkt es beinahe friedlich.

Dann höre ich das Heulen der Höllenhunde.

Ich riss meine Hand zurück und sprang so schnell auf, dass das Geschirr auf dem Tablett klapperte, aber ich hörte es kaum, denn in meinen Ohren war ein einziges Rauschen. Ich zitterte am ganzen Körper. Übelkeit verkrampfte meinen Magen und Panik drückte mir die Kehle zu. Meine Hand lag an der Stelle, wo mich die Klinge durchbohrt hatte, aber da war kein Blut. Keine Wunde. Weil es nicht passiert war. Noch nicht. Dennoch raste mein Herz so schnell, als würde es in diesem Moment genauso ums Überleben kämpfen wie in der Zukunftsvision.

Ich sah zu Giselle. Sie war bleich geworden, wie erstarrt, auch wenn sie das Ganze weniger mitgenommen zu haben schien als mich. Kein Wunder, es war schließlich mein Tod, den sie gesehen hatte, nicht ihr eigener, und sie kannte mich kaum.

Im nächsten Moment traf mein Blick den von Kevin – und ich erstarrte. Seine Miene wirkte so ausdruckslos wie immer, aber ich meinte, ein kleines Zucken in seinen Mundwinkeln zu erkennen. Der Mistkerl wusste genau, was ich gerade gesehen hatte. Er war schließlich ein Todesbote. Niemand kannte mein Todesdatum so genau wie er.

Ich wandte den Blick ab, schluckte mehrmals und zwang mich dazu, die Worte zu formen, die mir auf der Zunge lagen. Nicht nur, weil mich die Antwort wirklich interessierte, sondern auch, um mich selbst daran zu erinnern, wo ich war. Und dass ich – zumindest jetzt, in diesem Moment – noch am Leben war.

»Du hast keinem anderen erlaubt, dich zu berühren. Nur mir. Du hast auch mit niemandem vorher gesprochen. Nicht einmal mit Finn. Warum?«

»Du warst nett zu mir und hast mir Essen gebracht. Kaffee«, fügte sie fast schon schüchtern hinzu und zupfte am Ärmel ihres Shirts herum. Erst dann sah sie mich direkt an. »Außerdem erkenne ich Verzweiflung, wenn ich sie sehe. Tut mir leid, dass du bald sterben wirst. *Je suis désolé.*«

Ich nickte langsam und versuchte das bittere Gefühl in mir zu vertreiben. Vergeblich.

»Ja …«, bestätigte ich leise und zwang mich zu einem Lächeln, auch wenn es sich nicht im Geringsten echt anfühlte. Genau genommen hatte es sich nie falscher angefühlt. »Mir auch.«

Vor allem die Art und Weise, *wie* ich sterben würde. Ausgerechnet in Shaws Armen.

24. KAPITEL

Roxy

Als ich nach oben zu den anderen Huntern zurückkehrte, war es, als würde ich eine andere Welt betreten. Eine Welt, die mir plötzlich fremd geworden war. Die tickende Uhr über meinem Kopf war nicht mehr nur eine Metapher – ich hatte ein klares Bild vor Augen, wie ich sterben würde. Und auch wenn die Vision nicht mit einem exakten Datum und einer Uhrzeit einhergegangen war, wusste ich dennoch, dass es bald sein würde. Shaw hatte genauso ausgesehen wie jetzt. Kein bisschen älter. Vielleicht würde mich die nächste Begegnung mit Amelia also bereits das Leben kosten, vielleicht passierte es auch erst in ein paar Wochen. Aber dass es geschehen würde, stand fest. Und jetzt wusste ich auch genau wie.

Ich schluckte hart, doch der bittere Geschmack in meinem Mund wollte nicht verschwinden, genauso wenig wie das Ziehen in meinem Bauch. Es war genau so, wie Giselle gesagt hatte: Ich hatte unbedingt wissen wollen, wie ich sterben würde, und jetzt musste ich mit diesem Wissen leben. Ich musste mich zusammenreißen, verdammt. Dennoch brannten meine Augen und meine Hände zitterten, als ich das Erdgeschoss erreichte.

Aus der Küche hörte ich die Stimmen der anderen Hunter. Das Klappern von Geschirr. Das Brummen der Kaffeemaschine. Finns Lachen. Gesprächsfetzen. Eine ausgelassene, entspannte Stimmung trotz der Gefahr, die uns allen drohte. Das hatte ich an den Huntern immer am meisten gemocht. Egal, wie schlimm es stand, es gab immer irgendjemanden, der einen dummen Witz riss und die Stimmung auflockerte. Doch jetzt veränderte sich alles. Erst waren Ripley und Dinah verschwunden und bald schon würde ich auch kein Teil dieser Truppe mehr sein.

Ich blieb mitten im Flur stehen. Mein Blick zuckte zum Kontrollraum, wo sich mit Sicherheit Weston und Maxwell aufhielten, um zum x-ten Mal alle Informationen zu prüfen. Ich sollte hinübergehen, sollte nach Neuigkeiten fragen, aber ich konnte mich nicht dazu überwinden, auch nur einen Schritt in diese Richtung zu machen. Und wieder war da dieses verfluchte Brennen in meinen Augen. Ich blinzelte mehrmals und wandte mich ab.

Nur ein paar Minuten. Ich brauchte nur ein paar Minuten, ein bisschen Zeit allein, um wieder klarzukommen. Um mich daran zu erinnern, dass mein Tod schon seit Monaten absehbar gewesen war. Aber vor allem brauchte ich Zeit, um herauszufinden, wie ich Shaw gegenübertreten sollte … jetzt, da ich wusste, dass sein Gesicht das Letzte sein würde, was ich sah, bevor es mit mir zu Ende ging. Bevor mich die Höllenhunde in die Unterwelt zerrten und ich weder ihn noch die anderen Hunter oder meinen Bruder je wiedersehen würde.

Ich steuerte die Treppe nach oben an, blieb jedoch auf dem untersten Treppenabsatz stehen, als mir jemand entgegenkam.

»Hey Darling …« Shaws Stimme war wie Samt, wie etwas, das alles in mir beruhigte und gleichzeitig aufwühlte. Genau wie seine Gegenwart mich letzte Nacht beruhigt hatte – obwohl ich diejenige gewesen war, die ihn aus seinem Albtraum geweckt hatte und anschließend bei ihm geblieben war. Er runzelte die Stirn. »Was ist los?«

»Nichts.« Ich kniff die Augen zusammen und sah zur Seite, auch wenn ich ihm damit ziemlich offensichtlich auswich.

Eine sanfte Berührung an meinem Ellbogen. »Rox …«

Ich schüttele den Kopf. Mein Kiefer tat weh, weil ich die Zähne so fest zusammenbiss. Wenn ich gewusst hätte, dass ich Shaw begegnen würde, hätte ich gar nicht erst den Weg nach oben eingeschlagen, sondern das Quartier auf dem schnellsten Weg verlassen. Ich hätte einen verdammten Spaziergang machen sollen, wenn ich allein sein wollte. Stattdessen war ich ausgerechnet ihm in die Arme gelaufen. Der Mann, mit dem ich den Großteil der letzten Nacht verbracht hatte – und das, ohne dass irgendetwas zwischen uns passiert wäre. Wir hatten uns nur festgehalten. Ich ihn, damit er wieder einschlafen konnte, und später hatte er mich an sich gezogen und dafür gesorgt, dass ich mich sicher genug fühlte, um weiterschlafen zu können.

Doch jetzt war es nicht mehr Nacht und wir waren nicht allein in seinem Bett. Es war heller Tag und nichts mehr so wie zuvor. Ich öffnete den Mund, schloss ihn jedoch unverrichteter Dinge wieder, da ich ihm unmöglich sagen konnte, was ich gesehen hatte. Er durfte niemals erfahren, dass seine Augen das Letzte waren, was ich sehen würde, wenn es zu Ende ging.

Ich atmete ganz tief ein und langsam wieder aus, um mich zu beruhigen. Nach außen hin mochte das funktionieren, doch innerlich war ich alles andere als ruhig. Dennoch zwang ich mich schließlich dazu, ihn anzusehen. »Ich war bei Giselle. Dem Mädchen unten in der Zelle. Es scheint ihr besser zu gehen, aber ich … ich glaube nicht, dass sie auf Dauer hierbleiben kann.«

Nicht hier, wo die Gefahr allgegenwärtig war, dass Amelia sie wieder attackieren könnte. Hier, wo niemand außer mir wusste, welche Fähigkeit sie in sich trug.

Shaw schwieg einen Moment lang und musterte mich genau. »Du willst sie mitnehmen, oder? Zurück nach London?«

»Nur wenn sie das selbst auch möchte. Aber ich glaube, dass ich ihr helfen kann.«

»So wie du mir helfen wolltest?«

Ich verdrehte die Augen, konnte den Anflug eines Lächelns aber weder von meinem Gesicht noch aus meiner Stimme verbannen. »Du bist mir einfach nur auf die Nerven gegangen und Maxwell hat mir den Job aufgedrückt. Ich hatte keine Chance, Nein zu sagen.«

Er lachte leise. Dabei entstanden kleine Fältchen rund um seine Augen, die mir zuvor nie aufgefallen waren. Und das vergnügte Funkeln in seinen goldbraunen Augen schien auf einmal etwas anderes zu bedeuten. »Red dir das nur ein, Darling. Du kannst es ruhig zugeben: Ich hab dich schon damals mit meinem unwiderstehlichen Charme um den Finger gewickelt.«

Ich schnaubte. »Du meinst wohl eher mit deinem vorlauten Mund Aggressionen in mir geweckt.«

»Mein Mund könnte noch ganz andere Gefühle in dir wecken.«

Wider Willen prustete ich los. Dieser Spruch … das war ganz Shaw. Und es tat so verflucht gut, ihn so zu erleben – uns beide so zu erleben –, obwohl es gleichzeitig wehtat. Denn ich würde ihn vermissen. Ich würde das hier vermissen, was auch immer das zwischen uns war. Doch nun, da ich wusste, wie schnell meine Zeit ablief, konnte ich nicht zulassen, dass dieses Etwas zwischen uns weiterging. Dass es sich weiterentwickelte und zu mehr wurde, als es sein durfte. Das konnte ich ihm nicht antun.

Also räusperte ich mich und zwang mich dazu, ihn wieder anzusehen. »Das hättest du wohl gerne.«

»Du hast ja keine Ahnung.« Er grinste ungeniert.

Ich musste lächeln, doch es bröckelte sofort, als Shaw bei einem lauten Scheppern Richtung Küche sah, und wurde von etwas anderem ersetzt: Angst. Ich wusste seit Anfang des Jahres, dass ich sterben würde. Daran hatte Kevin keinen Zweifel gelassen. Genauso wenig wie sein Höllenhund. Automatisch fuhr ich mir über die Schulter, wo noch immer die Bissspuren zu sehen waren. Es waren noch immer zu viele Markierungen auf meiner Haut. Zu viele, um sie alle loswerden zu können, bevor ich meinen letzten Atemzug tat.

Ohne auch nur etwas von dem zu ahnen, was gerade in meinem Kopf vor sich ging, wandte sich Shaw mit einem schiefen Lächeln wieder mir zu. Mit dem Daumen deutete er zur Küche. »Finn hat erzählt, dass sie nicht redet. Hat sie mit dir gesprochen?«

»Ja. Der Kaffee scheint sie überzeugt zu haben.«

»Interessant. Hast du etwas herausgefunden?«

Zu viel. Mehr als ich je wissen wollte – und dennoch genau das, was ich wissen musste, um handeln zu können. Zumindest, wenn ich meine eigenen Gefühle endlich beiseiteschieben und mich auf das Wesentliche konzentrieren konnte.

»Ich weiß jetzt, warum Amelia hinter ihr her ist. Und sie wird es wieder versuchen.«

Falten erschienen auf Shaws Stirn und jedes bisschen Humor verschwand aus seiner Miene. »Bist du sicher?«

»Absolut. Wenn Amelia etwas will, dann setzt sie alles daran, um es …«

»Leute.« Weston trat in den Flur. Obwohl Maxwell ihn gestern irgendwann schlafen geschickt hatte, lagen Ringe unter seinen Augen, und seine sonst perfekt in Form geföhnten Haare standen in alle Richtungen ab, als wäre er sich mehrmals mit den Fingern hindurchgefahren. Selbst seine Brille saß leicht schief auf seiner Nase. Sein Blick blieb an uns hängen. »Wir haben da etwas.«

Ich runzelte die Stirn. »Amelia?«

Er nickte. »Eine weitere Videoaufzeichnung, aus einem Park gar nicht weit von hier. Und sie ist keine halbe Stunde alt.« Weston ging zur Küchentür und bedeutete den anderen, zu ihm zu kommen.

Ehe wir uns versahen, fand mitten im Flur eine Versammlung statt. Auch Maxwell kam aus dem Kontrollraum und blieb mit vor der Brust verschränkten Armen im Türrahmen stehen. Dann berichtete Weston, was er Shaw und mir gerade erzählt hatte.

Jedes Lächeln verschwand aus Sébastiens Miene. »Wir müssen sofort handeln.«

Maxwell runzelte die Stirn. »Seit wir hier sind, haben wir keinen einzigen Hinweis auf Amelia gefunden, obwohl wir die ganze Stadt durchkämmt haben. Weston und Jacques haben das Internet durchsucht, während die Hunter die Straßen patrouilliert haben. Nichts. Ohne Ergebnis. Und jetzt taucht einfach so eine Videoaufnahme auf?«

»Was willst du damit sagen?« Ich ignorierte die Blicke der anderen, die sich nun auf mich richteten, und konzentrierte mich ganz auf Maxwell. Er war noch immer der Leiter des Londoner Quartiers. Er würde die richtige Entscheidung treffen. Zumindest hoffte ich das.

»Du kennst Amelia«, erinnerte er mich nachdrücklich. »Sie macht das Ganze schon sehr viel länger als die meisten hier. Sie ist klug und gerissen, das weißt du am besten. Wenn jetzt diese Aufzeichnung aufgetaucht ist, dann nur weil sie *will*, dass wir sie sehen.«

»Vielleicht hast du recht«, gab Sébastien zu und fuhr sich mit der Hand durch die blonden Locken. »Aber das ist mein

Quartier und ich kann es nicht riskieren, dass eine abtrünnige Magic Huntress als Geist weiterhin unschuldige Menschen besetzt und frei in Paris herumläuft. Noch dazu mit einem Amulett der höchsten Stufe. Wir müssen etwas unternehmen.«

Noch während er sprach, ging die Eingangstür auf und eine Truppe aus zehn Huntern kehrte zurück. Manche von ihnen zogen sich noch im Gehen die Mützen vom Kopf, andere waren noch vermummt und legten erst mal die Waffen ab, die sich unter ihren langen Jacken und Mänteln verbargen. Bei ihrem Anblick hob Sébastien fragend die Brauen. Ein Kopfschütteln von dem Hunter, der das Gebäude als Erster betreten hatte, reichte aus, um ihn zu informieren.

Er nickte ihnen zu. »Ihr habt ein paar Minuten, um euch zu erholen, dann brauchen wir euch, um Amelias Kontakte in der Stadt zu überprüfen.« Ohne zu zögern, suchte Sébastien Dominiques Blick. »Alle Teams, die bereitstehen, sollen sofort in den Park und die umgebenden Straßen ausrücken. Zwei bis vier Leute, mindestens ein Magic Hunter. Wir werden Amelia stellen und, falls nötig, ausschalten.«

Ich wollte widersprechen, doch Maxwells warnender Blick hielt mich davon ab, also sagte ich nichts weiter dazu. Das hier war Sébastiens Quartier, das hatte er nur zu deutlich gemacht. Die Entscheidungsgewalt lag ganz allein bei ihm, völlig egal, ob ich sein Handeln gut oder schlecht fand. Völlig egal, dass sich direkt vor meinen Augen eine Katastrophe anbahnte. Wir hatten bereits einmal versucht, Amelia mit roher Gewalt und Amulettmagie zu besiegen – und waren daran gescheitert. Die nächste Begegnung konnte nur in einem Blutbad enden.

Finn schüttelte den Kopf, doch auch er blieb stumm. Genau wie Shaw. Genau wie Warden, der sich bisher im Hintergrund gehalten hatte und sich ohnehin nur einmischte, wenn er wirklich etwas zu sagen hatte.

»Ich habe ein ganz schlechtes Gefühl bei der Sache …«, murmelte ich und rieb mir über die linke Schulter, während sich die Versammlung vor unseren Augen auflöste.

Hunter aus dem Quartier und auch jene, die gerade erst zurückgekehrt waren, verteilten sich, manche eilten an uns vorbei, andere bewaffneten sich bereits wieder und riefen sich Sachen auf Französisch zu, die ich nicht verstand. Aber es klang nicht nach irgendwelchen Scherzen. Dominique hatte das Handy am Ohr und packte ein zweites Amulett ein, wahrscheinlich für den Fall, dass ihr aktuelles nicht ausreichte, und ich musste den Impuls unterdrücken, sie zu warnen. Amelia war unglaublich stark. Dominique hatte mit einem Amulett der Stufe 4 keine Chance. Verdammt, nicht mal ich, mit einem stärkeren Amulett und zehn Jahren als Amelias Schülerin, hatte eine echte Chance gegen sie. Seit sie aus der Unterwelt zurückgekehrt war, war sie mächtiger als jemals zuvor.

Maxwell trat entschlossen vor. »Sébastien? Können wir kurz reden?«

Sébastien wirkte nicht begeistert, so von einem anderen Quartier-Leiter zur Seite genommen zu werden, nickte aber und die beiden verschwanden im Kontrollraum.

»Roxy?«

»Hm?« Ich drehte mich zu Shaw um, der mich stirnrunzelnd musterte. Aber es war nicht mein Gesicht, dass er betrachtete. »Deine Schulter …«

Ich erstarrte. Meine Hand lag noch immer an meiner linken Schulter. An der Narbe, die angefangen hatte zu brennen. Ganz leicht nur, beinahe unmerklich, doch jetzt immer deutlicher.

»Nein …«, flüsterte ich und ließ den Blick über die vielen Hunter wandern, während sich mein Magen vor Übelkeit zusammenzog. »Sie ist schon hier.«

»Was?«, rief Finn und sah verwirrt von Roxy zu mir und wieder zurück.

Doch Roxy antwortete nicht. Sie rannte bereits los. Und wir hinterher.

Nicht zu den Huntern, die sich gerade auf die Mission vorbereiteten. Nicht zu Maxwell und Sébastien in den Kontrollraum. Und auch nicht nach oben zu den Zimmern, sondern hinunter in den Keller. Unsere Schritte donnerten auf dem Steinboden und hallten von den Wänden wider. Roxy und Finn waren direkt vor mir, Warden hinter mir.

Wie hatte Amelia es überhaupt hier reingeschafft? Hatten Sébastien und die anderen nicht behauptet, niemand kam an den Wachen vorbei? Musste sich nicht jeder mittels Huntertattoo ausweisen? Und wurden die Daten und Zugangscodes nicht genauso wie in London gelöscht, sobald jemand verstarb oder verschwand? Bei Ripley und Dinah war es doch genauso gewesen.

Allerdings fiel mir dann die Truppe ein, die gerade eben zurückgekommen war. Niemand hatte ihnen allzu große Beachtung geschenkt. Sie waren genauso reingekommen wie wir zuvor. Wie ich. Denn ich hatte kein Tattoo, das ich vorzeigen konnte. Was, wenn Amelia es irgendwie geschafft hatte, sich hereinzuschleichen? Wenn sie sich als einen der Hunter ausgegeben oder die Hunter dazu gezwungen hatte, ihr Zugang zu verschaffen? Oder wenn ihr Geist den Körper eines Hunters besetzt hatte? Dann hätte niemand sie erkannt. Und wir waren alle zu sehr in die Diskussion darüber vertieft gewesen, was wir als Nächstes unternehmen und wie wir handeln sollten. Ohne Roxys Narbe hätten wir nicht einmal geahnt, dass Amelia längst mitten unter uns war.

Als ich um die Ecke bog und die Zelle erreichte, riss Roxy bereits die Tür auf. Doch mein Blick fiel als Erstes auf die Wache neben der verglasten Wand. Jacques lag auf dem Boden und rührte sich nicht.

»Shit!« Ich rannte zu ihm, ging in die Hocke und tastete nach seinem Puls, während mein eigener in meinen Ohren donnerte. Ich schob alle anderen Gedanken, alle Geräusche und Eindrücke beiseite und versuchte mich ganz darauf zu konzentrieren, ein Pochen unter meinen Fingern zu ertasten. Nur ein kleines Pochen. Nur ein … da! Da war es. Oh, Gott sei Dank. »Er lebt noch!«, rief ich und überprüfte seine Atmung.

Erst als ich sicher war, dass er zwar bewusstlos, ansonsten aber in Ordnung zu sein schien, stand ich auf. Roxy und Finn waren mittlerweile in der Zelle und ich folgte ihnen. Der Anblick hier drinnen war noch schlimmer, denn auch die junge Frau – Giselle hatte Roxy sie genannt – lag auf dem Boden. Und um ihren Kopf herum begann sich eine kleine Blutlache auszubreiten, bei deren Anblick sich mir der Magen umdrehte.

Finn kniete bereits neben ihr und streckte die Hand nach ihr aus, aber Roxy schlug sie weg. »Nicht. Sie hat den Todesblick. Glaub mir, du willst sie nicht anfassen.«

Was um alles in der Welt …?

Bevor ich auch nur einen klaren Gedanken fassen, geschweige denn aussprechen konnte, tat Roxy das, wovor sie ihren Hunterpartner gerade gewarnt hatte. Sie berührte Giselle und zuckte dabei zusammen. Ihr Körper erstarrte zwar, doch in ihrem Gesicht lag keine Überraschung. Nicht im ersten Moment und auch jetzt nicht, als sie Giselles Vitalzeichen überprüfte und nach der Wunde an ihrem Kopf tastete. Hatte sie das etwa schon mal gemacht? Verhielt sie sich deshalb so seltsam an diesem Morgen? Was hatte sie gesehen?

Warden erschien in der Tür zur Zelle. »Wir haben das ganze Gebäude durchsucht. Spürst du sie noch?«

»Nein«, erwiderte Roxy nach einem Moment. »Amelia ist nicht mehr im Haus. Aber sie kann noch nicht weit sein.«

Finn sprang auf. Seine Hände waren zu Fäusten geballt und er hatte einen mörderischen Ausdruck in den Augen. Ich hatte ihn noch nie so wütend erlebt. »Wir müssen sie finden.«

Warden nickte knapp und verschwand wieder. Seine schnellen Schritte hallten von den Wänden wider. Ich sah ihm kurz nach, dann irrte mein Blick suchend durch die Zelle und den Raum davor, bis er an einem kleinen roten Kasten mit einem Kreuz darauf hängen blieb. Ich lief hinüber, riss den Erste-Hilfe-Kasten aus der Wandhalterung und kehrte damit in die Zelle zurück.

Roxy warf mir einen dankbaren Blick zu, als ich mich neben sie kniete, den Kasten öffnete und ihr Verbandsmaterial hinhielt.

»Fass sie nicht an«, murmelte sie noch und tastete nach Giselles Kopfverletzung.

Ich gab ihr die Kompresse und alles, was sie für einen Druckverband brauchte, und beobachtete sie bei der Arbeit. Als sie fertig war, waren ihre Finger blutverschmiert und zitterten. Bevor ich etwas sagen konnte, stand sie auf und sah von mir zu Finn und wieder zurück.

»Jemand muss bei ihr bleiben.«

Wir zögerten beide. Es widerstrebte mir, einfach hierzubleiben, während Roxy in den Kampf zog, aber mir war auch klar, dass Finn ihr Partner war – und noch dazu weit mehr Erfahrung hatte als ich. Doch auch er schien mit sich zu ringen. Vor allem, als sein Blick auf die bewusstlose Giselle fiel. Soweit ich wusste, war Finn der Einzige, abgesehen von Roxy, der etwas Zeit mit ihr verbracht hatte.

Ich biss die Zähne zusammen, zwang mich jedoch dazu, eine Entscheidung zu treffen. Doch gerade als ich den Mund öffnete, tauchte Jacques in der Tür auf. Er hielt sich die Seite und stützte sich mit einer Hand am Rahmen ab, aber obwohl er noch deutlich blasser war als sonst, wirkte sein Blick wach und gesammelt. Bis er Giselle entdeckte.

»Mon dieu …« Beim Anblick des ganzen Blutes schluckte er, betrat jedoch tapfer die Zelle. »Alle anderen sind schon weg, lässt Warden ausrichten. Er ist gerade mit Dominique losgezogen.« Er ließ sich neben Giselle auf den Boden sinken, rückte auf Roxys Anweisung hin jedoch ein wenig von ihr ab. Dann sah er uns der Reihe nach an. »Ich passe auf sie auf. Geht schon!«

Diesmal gab es kein Zögern und kein Innehalten. Wir liefen gleichzeitig los. Raus aus der Zelle und den langen Gang hinunter, dann die Stufen hinauf ins Erdgeschoss. Doch als Finn und ich die Waffenkammer ansteuerten, bog Roxy ab und nahm die Treppe nach oben.

»Die Armbrust«, erklärte Finn und stattete sich mit Dolchen und Klingen aller Art aus, während ich als Erstes zu einer Schrotflinte griff. Die Dinger mochten gegen Geister und Pontianaks nicht viel bringen, aber Amelia hatte den Körper eines Menschen übernommen. Das heißt, sie war verletzbar. Zumindest hoffte ich das.

Im Eingangsbereich stießen wir auf Maxwell, der sich gerade mit Waffen und Ausrüstung ausstattete. Gleich darauf kehrte auch Roxy zurück. Ihr dunkelrotes Cape flatterte hinter ihr her und sie hielt die Pistolenarmbrust in der Hand.

»Worauf wartet ihr noch?«, rief sie.

Ich riss die Tür auf, lief die wenigen Stufen hinunter und hielt dann inne. Warden und die anderen waren zwar erst vor wenigen Minuten aufgebrochen, aber wir hatten wertvolle Zeit verloren, als wir uns um Giselle gekümmert hatten. Jetzt war weder von Amelia – in welcher Gestalt auch immer – noch von den anderen Huntern etwas zu sehen. Dafür war es helllichter Tag und die Bewohner des Viertels gingen ihren ganz normalen Geschäften nach, während wir mitten zwischen ihnen eine verrückt gewordene Magic Huntress jagten. Großartig.

»Wir müssen uns aufteilen, um die nähere Umgebung abzudecken.« Maxwells Tonfall ließ keine Widerrede zu. »Aktiviert eure Amulette, damit ihr nicht gesehen werdet. Wer Amelia entdeckt, meldet sich umgehend mit seinem Standort bei mir. Kein Zugriff, bis ich es befehle.«

Ich nickte und wechselte einen schnellen Blick mit Roxy. Auch wenn ich kein gutes Gefühl dabei hatte, dass wir uns trennten, konnte ich Maxwells Beweggründe nachvollziehen. Amelia hatte uns jetzt schon mehrmals ausgetrickst. Ein weiteres Mal würde das nicht passieren. Wir mussten sie finden und Roxy musste es zu Ende bringen. Also nickte ich ihr jetzt zu und zog sogar einen Mundwinkel in die Höhe, um mich an einem motivierenden Lächeln zu versuchen.

Vielleicht erwiderte sie es sogar. Vielleicht auch nicht. Genau würde ich das nie wissen, weil der Moment zu schnell vorbei war und ich ihr und Finn nur noch nachsehen konnte, bevor ich zusammen mit Maxwell in die entgegengesetzte Richtung ging.

»Du bist kein ausgebildeter Hunter«, murmelte er neben mir, die Hand an seiner Taschenuhr, die gar keine war. Wieder registrierte ich den funkelnden Kristall darin, der jetzt kurz aufleuchtete, um die Illusion um uns aufzubauen, sodass niemand, weder Bewohner noch Tourist, bemerkte, dass bewaffnete Hunter durch die Straßen liefen. »Du hättest nie mit nach Paris kommen dürfen.«

Ich schnaubte nur. »Dafür ist es ein bisschen zu spät, meinst du nicht?«

Denn jetzt war ich hier und würde ganz sicher nicht gemütlich im Quartier herumhocken und Däumchen drehen, während die anderen auf die Jagd nach Amelia gingen. Schon gar nicht, nachdem ich am eigenen Leib erfahren hatte, wie stark sie war und was sie anrichten konnte. Das Bild der blutenden Roxy, die zusammengekrümmt auf dem Boden lag, hatte sich in mein Gedächtnis eingebrannt. Allein dafür würde Amelia bezahlen.

»Gibt es keine Möglichkeit, sie anders zu tracken, als die Straßen abzulaufen?«, fragte ich.

»Nein«, erwiderte Maxwell knapp und steckte seine Uhr wieder zurück in die Westentasche. »Sie muss einen der französischen Hunter übernommen haben. Ein Soul Hunter hätte sofort erkannt, dass sich zwei Seelen in einem Körper befinden. Wenn Roxy nicht gewesen wäre …« Er schüttelte den Kopf. »Sébastiens Leute prüfen die Umgebung und Amelias Bekannte. Wenn sie zu irgendjemandem Kontakt hatte, werden wir es erfahren. Aber Amelia ist eine von uns. Sie weiß genau, wie wir operieren. Deshalb konnte sie sich auch unbemerkt ins Quartier schleichen und Giselle angreifen, ohne dass es jemand bemerkt hat.« Er hielt sich das Handy ans Ohr. Wenige Sekunden später kam ihm ein seltener Fluch über die Lippen.

Das zu hören erschreckte mich mehr als der verzweifelte Ausdruck in seinem Gesicht, denn Maxwell Cavendish verlor nicht die Beherrschung. Niemals.

»Sébastien geht nicht ran. Und Warden ist wieder mal unerreichbar. Dieser Junge …«

In diesem Moment ertönte ein Knall, der die ganze Nachbarschaft erzittern ließ. Der Boden bebte für eine winzige Sekunde, dann war alles wieder still. Erschreckend still. Mein Puls schoss in die Höhe. Ich hatte so etwas schon mal erlebt – in London, als Roxy und Amelia gegeneinander gekämpft hatten. Allein bei der Erinnerung daran drehte sich mir der Magen um.

»Das war …«

»Magie«, beendete Maxwell meinen Satz finster und rannte los.

Ich hatte keine Ahnung, woher die Explosion gekommen war – oder wie wir das der Zivilbevölkerung erklären sollten –, doch nichts davon war gerade wichtig. Im Moment war nur wichtig, Roxy zu finden, bevor sie sich allein mit ihrer ehemaligen Mentorin anlegte. Denn irgendetwas sagte mir, dass sie diesmal nicht mit einer simplen Gehirnerschütterung davonkommen würde.

Ich holte Maxwell ein, der für sein Alter erstaunlich schnell rennen konnte. Wir bogen zweimal ab, dann erreichten wir einen kleinen Platz mit Springbrunnen und ein paar Bäumen zwischen den Wohnhäusern.

Das Erste, was ich registrierte, war, dass Roxy nicht da war. Sie war nicht diejenige, die gegen Amelia kämpfte – die mittlerweile nicht mehr den Körper eines Hunters übernommen hatte, sondern den einer jungen Frau. Ihr gegenüber stand Dominique, deren schwarzes Haar im Wind flatterte, während sie ihre Amulettmagie einsetzte. Wieder und wieder, doch Amelia wich jedes Mal aus und schien dabei nicht einmal ins Schwitzen zu geraten.

Sébastien lehnte nur wenige Schritte entfernt an einer kleinen Mauer und hielt sich die blutende Seite. Direkt neben ihm rappelte sich Warden hoch, der sich zu meinem Erstaunen jedoch nicht sofort auf Amelia stürzte, sondern sich an Dominiques Seite stellte, beinahe so, als wären die beiden Kampfpartner. Doch als Blood Hunter war er machtlos gegen Amelias magische Kräfte. Kaum, dass er neben Dominique Stellung bezogen hatte, stieß Amelia ihre Hand in seine Richtung und schleuderte ihn wieder davon. Stöhnend knallte Warden mit dem Rücken gegen eine Hauswand.

Ich riss die Schrotflinte hoch und visierte Amelia an. Und dann geschah plötzlich alles gleichzeitig: Dominique feuerte ihre Magie auf Amelia ab. Warden versuchte ihr erneut zu Hilfe zu kommen – doch eine Handbewegung von Amelia schleuderte ihn abermals gegen die Wand. Blitzschnell zog sie ein Messer. Im selben Moment, in dem ich den Abzug drückte, flog die Klinge durch die Luft, geradewegs auf Dominique zu – und durchbohrte sie.

Der Schuss verhallte. Dominiques Amulett erlosch. Fassungslos sah sie an sich hinunter, dann gaben ihre Beine unter ihr nach und sie fiel zu Boden, wo sie reglos liegen blieb.

»Nein!« Wardens Schrei hallte über den Platz.

Ich riss mich aus meiner Starre und schoss auf Amelia, die in ihrer Bewegung innegehalten hatte, um Maxwell anzustarren, offensichtlich überrascht, ihn hier zu sehen. Ich schoss einmal. Zweimal. Neben mir riss Maxwell seine Taschenuhr aus der Weste und nutzte Amelias Überraschung, um die geballte Amulettmagie auf unsere Gegnerin loszulassen. Die hechtete zur Seite, rollte sich über den Boden, sprang wieder auf die Beine und ergriff die Flucht.

»Hinterher!«, brüllte Maxwell, lief selbst jedoch zu Sébastien, der erschreckend blass geworden war und noch stärker blutete.

Ich senkte die Schrotflinte und sah zu Warden, der wenige Meter entfernt auf dem Boden saß und sich nicht rührte. »Kommst du?«

Doch der schüttelte nur den Kopf, Dominiques leblosen Körper in den Armen.

Ein letzter kurzer Blick auf Warden, Dominique und den verletzten Sébastien, dann rannte ich los.

Mein Puls raste. Mein Magen zog sich zusammen. In meinem Kopf tauchte ein Gedankenfetzen nach dem anderen auf, doch dafür war keine Zeit. Amelia durfte uns nicht noch mal entkommen. Und ich durfte nicht daran denken, was sie Dominique angetan hatte.

Ich sprintete durch eine Gasse, immer der Frau hinterher, die gerade vor meinen Augen eine Huntress getötet hatte. Und das, ohne zu zögern, ohne überhaupt mit der Wimper zu zucken. Wenn ich auch nur einen einzigen Zweifel daran gehabt hätte, dass ihre Seele in die Unterwelt gehörte, wäre dieser zusammen mit Dominique gestorben.

Meine Schritte hallten von den Wohnhäusern wider. Die Gasse war leer, die meisten Bewohner schienen nicht zu Hause, sondern auf der Arbeit oder in der Schule zu sein. Auch die winzigen Balkone waren leer.

Nur wenige Meter vor mir bog Amelia an einer Kreuzung auf eine Allee ab – und blieb plötzlich stehen. Keine drei Sekunden später kam ich zu einem ebenso abrupten Halt. Denn am anderen Ende der Straße waren Roxy und Finn aufgetaucht. Roxys Amulett leuchtete bereits auf und die magische Energie schlängelte sich wie blau leuchtende Fäden um ihre Finger. Doch das schien nur eine Ablenkung zu sein, denn im nächsten Moment schoss ein Bolzen durch die Luft und geradewegs auf Amelia zu.

Die hob die Hand und stoppte den Bolzen mitten im Flug. »Denkst du wirklich, das funktioniert ein zweites Mal?« Ein Fingerzeig von ihr, und er fiel scheppernd auf das Kopfsteinpflaster. Amelias Blick wanderte von Roxy zu Finn, dann zu mir zurück. Sie runzelte die Stirn. »Ihr seid ja immer noch da.«

In ihrer Hand leuchtete es gefährlich dunkelblau auf.

»Stopp!«, rief Roxy und trat vor. »Das hier ist unser Kampf.«

25. KAPITEL

Roxy

Amelia verzog die Lippen zu einem höhnischen Lächeln. »Sicher, dass du dich allein mit mir anlegen willst? Letztes Mal ist das nicht besonders gut für dich ausgegangen, und da waren deine Freunde dabei.«

Ich schnaubte nur, auch wenn ich das Brennen in meiner Schläfe selbst jetzt noch spüren konnte. »Immerhin habe ich Freunde und muss nicht von Körper zu Körper springen, um zu überleben.«

Sie biss die Zähne zusammen und ein mörderisches Funkeln trat in ihre Augen. »Ich will dir nicht wehtun, Roxy«, behauptete sie und klang dabei sogar erstaunlich ehrlich. »Ich habe nicht all die Zeit und Energie investiert, damit es jetzt so zwischen uns enden muss.«

»Oh doch. Es muss genau so enden.«

Denn wenn ich sie nicht besiegte und ihre Seele in die Unterwelt zurückschickte, wo sie hingehörte, würde ich selbst dort landen. Und das weit früher, als mir lieb war. Es ging nicht mehr länger nur darum, Kevins Mission zu erfüllen. Diesen Kampf würde nur eine von uns überstehen. Und wenn ich ihre Miene richtig deutete, war ihr das ebenfalls bewusst.

Aus dem Augenwinkel nahm ich eine Bewegung wahr, genau wie Amelia, die jetzt herumwirbelte. Hinter Shaw war Maxwell aufgetaucht.

»Das hier hat mit uns beiden angefangen«, sagte er, ohne Amelia aus den Augen zu lassen, und machte einen Schritt auf sie zu. In der Hand hielt er die Taschenuhr mit seinem Amulett. »Also lass es uns auch gemeinsam zu Ende bringen.«

»Wie du willst.«

Bevor ich reagieren konnte, riss Amelia die Arme hoch. Ich sah die Attacke nicht kommen und die Wucht der magischen Energie schleuderte uns alle fort. Der Asphalt raste auf mich zu und ich erinnerte mich in letzter Sekunde daran, mich abzurollen, verlor dabei jedoch die Pistolenarmbrust. Meine Schulter schmerzte von dem heftigen Aufprall. Finn war gegen eine Motorhaube geknallt, rappelte sich jedoch bereits ächzend auf. Gleich darauf stand er neben mir.

Mein Puls raste und Adrenalin jagte durch meinen Körper. Direkt vor unseren Augen umkreisten sich Maxwell und Amelia mitten auf der Straße.

»Was ist mit dir passiert?«, fragte er. Seine Taschenuhr leuchtete in demselben Licht wie der Anhänger um ihren Hals. »Du warst mal eine gute Magic Huntress. Eine der besten sogar.«

Amelia schnaubte spöttisch. »Du magst dich ja vielleicht mit deinem Quartier und der höchsten Amulettstufe zufriedengeben, aber ich nicht. Ich habe mehr erreicht. Denkst du wirklich, du kannst mich mit diesem jämmerlichen Amulett töten? Ich bin so viel stärker als das.«

Langsam, fast bedauernd schüttelte Maxwell den Kopf. »Du warst schon immer zu ehrgeizig. Zu machthungrig. Aber ich hätte nie gedacht, dass du so weit gehen würdest.«

»Tja, dumm gelaufen, alter Mann.«

Als sie mir den Rücken zuwandte, weil ihre ganze Aufmerksamkeit auf Maxwell gerichtet war, sprang ich auf. Doch sofort schloss sich eine Hand um meinen Arm und riss mich zurück.

»Bist du wahnsinnig?«, zischte Finn. »Sie kämpfen beide mit Amuletten der höchsten Stufe!«

Ach was. Ich entriss ihm meinen Arm. »Und ich kann nicht einfach nur herumstehen und zusehen! Bloß meinetwegen ist sie überhaupt hier. Ich muss etwas unternehmen.«

Bevor er reagieren und mich erneut aufhalten konnte, sprang ich auf und aktivierte mein Amulett. Ich richtete all meinen Fokus auf die pulsierende Magie darin. Sofort umschloss das strahlend blaue Leuchten meine Finger und sammelte sich in meinen Händen.

Ausgerechnet jetzt ließen Amelia und Maxwell ihre eigenen Magien mit voller Wucht aufeinander los. Die Energie riss mich mit sich. Ich verlor erneut den Bodenkontakt, flog durch die Luft und landete hart auf dem Asphalt. Meine Haut brannte. Irgendwo spürte ich etwas Warmes, Feuchtes, doch da war noch zu viel Adrenalin in mir, um den Schmerz zu fühlen, der das Blut begleiten sollte.

Ein kurzer, lauter Knall ließ mich zusammenzucken. Ächzend setzte ich mich auf und versuchte zu erkennen, was zum Teufel gerade passiert war. Mein Brustkorb hob und senkte sich schnell. Das Amulett pulsierte noch immer warm und wartete nur darauf, dass ich es endlich einsetzte.

Mein Blick zuckte die Straße hinunter zu Shaw, der mit einer Schrotflinte in der Hand auf Amelia schoss. Wieder und wieder, bis sie den Kugeln nicht länger ausweichen konnte und in der Seite getroffen wurde. »Knarren helfen zwar nicht gegen Geister, aber du warst ja so dämlich, dir einen Körper zu suchen«, knurrte er und schoss erneut auf sie.

Amelia riss die Hand hoch und hielt die Kugel mitten in der Luft an. Ich starrte sie fassungslos an. Wie um alles in der Welt machte sie das? Das sollte überhaupt nicht möglich sein. Nicht einmal Maxwell war so mächtig.

Dunkelblaue Energie umschloss die Kugel und schleuderte sie geradewegs auf Shaw zurück. Kurz blieb mir das Herz stehen, nur um dann in rasendem Tempo weiterzuhämmern, als er gerade noch rechtzeitig zur Seite hechtete und sich in Sicherheit brachte.

»Na warte.« Amelia machte einen drohenden Schritt auf ihn zu. Mit einer Hand hielt sie sich immer noch die blutende Stelle knapp unterhalb der Rippen. In der anderen leuchtete ein weiteres Mal ihre Magie auf.

»Nein!« Ich sprang auf und stieß die Hände nach vorne.

Fast im selben Moment tat Maxwell das Gleiche, sodass Amelia von zwei Seiten getroffen und weggeschleudert wurde. Sie landete hart auf einem Auto, dessen Alarmanlage losschrillte. Selbst mit der magischen Illusion, die uns davor schützte, entdeckt zu werden, und die außerdem alle Geräusche dämpfte, mussten wir die Sache endlich zu Ende bringen.

Langsam näherte ich mich meiner ehemaligen Mentorin. Sie spuckte Blut, wischte sich mit dem Handrücken über den Mund und stand auf. Schwankend. Blutend. Aber noch immer die Kämpferin, als die ich sie kannte. Für einen Moment schob sich ein anderes Bild vor dieses: die Erinnerung daran, wie ich sie blutend und tödlich verwundet in den Armen gehalten hatte. Wie sie mir mit ihren letzten Atemzügen das Versprechen abgenommen hatte, ihr Amulett zu zerstören. Wie sie behauptet hatte, stolz auf mich zu sein und dass ich die Tochter für sie war, die sie nie gehabt hatte.

Ich schob diese Erinnerung entschieden beiseite. Es war nur ein Trick gewesen. Ich war nur ein Mittel zum Zweck gewesen. Eine Lebensversicherung für den Tag, an dem sie starb. Das durfte ich niemals vergessen.

Amelias Blick wanderte von einem zum anderen. Von mir zu Maxwell, der die größte Gefahr für sie darstellte, weiter zu

Shaw, der sie noch immer mit der Schrotflinte in Schach hielt, dann zu Finn, der die andere Seite absicherte.

Maxwell nickte mir zu. »Roxy …«

Ich ballte die Hände so fest zu Fäusten, dass sich meine Fingernägel schmerzhaft in meine Handflächen bohrten. Doch das war nichts gegen das heftige Brennen der Narbe. Meine Schulter fühlte sich an, als würde sie in Flammen stehen.

»Roxy!«

Ich löste die Fäuste und tastete nach meinem Anhänger. Amelia ließ mich keine Sekunde lang aus den Augen.

»Du kannst mich nicht besiegen!«, stieß sie hervor. »Ich weiß schon vorher, was passieren wird. Oder hast du das etwa vergessen?«

»Hast du auch gesehen, wie es für dich endet? Warst du deswegen bei Giselle?«

Sie schnaubte. »Das dumme Gör konnte mir nichts zeigen. Anscheinend funktioniert der Todesblick nicht mehr, wenn man schon einmal tot war.«

Ich hielt inne. Das kam überraschend. Doch das bedeutete auch, dass sie Giselle völlig umsonst angegriffen hatte. Sie hatte sie völlig umsonst aufgespürt, verletzt und beinahe getötet. Was auch immer meine ehemalige Mentorin vorhatte – sie würde nicht davor zurückschrecken, weitere Menschen zu töten, wenn sie ihr im Weg standen. Unschuldige würden leiden, wenn ich jetzt nichts unternahm.

Mein Blick glitt über die vertrauten Gesichter. Finn, der mich mit seinen Sprüchen regelmäßig in den Wahnsinn trieb und dennoch wie Familie für mich war. Wie ein großer Bruder, den ich in der Form nie gehabt hatte.

Und Maxwell … Maxwell hatte mich aufgenommen, als ich niemanden hatte, an den ich mich wenden konnte. Aber anstatt alle anderen Quartiere darüber zu informieren und mich für das zu bestrafen, was ich getan hatte, hatte er Stillschweigen bewahrt und alles in seiner Macht Stehende getan, um mich bei meiner Suche nach den entflohenen Seelen zu unterstützen. Nicht nur, weil Amelia seine ehemalige Schülerin war und er sich in der Verantwortung sah, sie auszuschalten, sondern weil er sich ehrlich um die Hunter in seinem Quartier sorgte und sich für sie einsetzte.

Als Letztes landete mein Blick auf Shaw – und mein Magen zog sich zusammen. Da war so vieles zwischen uns, was ich noch erkunden, noch spüren wollte … So vieles, mit dem ich nach unserer ersten Begegnung im Ravenscourt Park niemals gerechnet hätte. Wer hätte gedacht, dass dieser Kerl, den ich einfach nur von einem Geist befreien wollte, eine so große Rolle in meinem Leben einnehmen, dass er mir so verflucht wichtig werden würde?

Ich konnte diese Menschen nicht verlieren. Keinen Einzigen von ihnen. Und ich *würde* sie auch nicht verlieren.

Ohne einen weiteren Gedanken und damit kostbare Zeit zu verschwenden, legte ich die Finger an meinen Anhänger. Sofort erfüllte das strahlend blaue Leuchten die Straße, spiegelte sich in Fenstern und Autoscheiben wider und warf lange Schatten auf die Häuserfassaden.

»Warte!« Amelia riss die Augen auf und hob abwehrend die Hände. »Wenn du das tust, wirst du niemals erfahren, was mit deinem Bruder passiert ist!«

Ich erstarrte – und realisierte meinen Fehler in derselben Sekunde. Amelia nutzte mein Zögern, um eine eigene Attacke zu starten. Ich stieß die Hände fast im selben Moment vor wie Maxwell und ignorierte das Flackern in dem hellblauen Leuchten. Die Magie aus unseren Amuletten verband sich und schoss geradewegs auf Amelia zu. Sie sprang zurück und dort, wo sie gerade noch gestanden hatte, klaffte nun ein riesiges

Loch im Boden. Amelia funkelte mich zornig an. Hätte sie nur eine Sekunde langsamer reagiert, würde sie jetzt nicht mehr hier sein.

»Du lügst«, stieß ich hervor und trat auf sie zu. In meiner Hand pulsierte noch immer die Amulettmagie. »Du hast keine Ahnung, wo Niall ist.«

Sie riss den Blick von meiner Hand los und zuckte mit den Schultern. »Ich weiß nicht, wo er *heute* ist. Aber hast du es etwa immer noch nicht begriffen, Roxy? Ich war diejenige, die ihn damals ausgewählt hat. Hörst du mich? Ich war diejenige, die deinen geliebten Bruder entführt hat. Ihn und so viele andere.«

»Sie lügt.« Shaw warf mir einen warnenden Blick zu. »Sie versucht, deine Schwachpunkte gegen dich einzusetzen.«

Amelia lächelte nur. »Wie heißen eure Hunterfreunde in London noch mal, die in den letzten Monaten verschwunden sind? Was war es doch gleich? André? Hamish? Und dann gab es da auch noch dieses Hunterteam, das sich nach Kräften gewehrt hat. Hmm … Ripley? Dinah?«

Nein … Mein Herz setzte einen Schlag lang aus. Amelia konnte gar nichts davon wissen, es sei denn … Es sei denn, sie war tatsächlich diejenige, die für ihr Verschwinden verantwortlich war. Genau wie für Nialls.

Diesmal gab es kein Zögern, kein Zurück mehr. Ich nahm all den Schmerz, den ich tief in mir verschlossen hatte, zusammen mit dem unerträglichen Brennen in meiner Schulter und konzentrierte mich auf die Magie in meinem Amulett. Ich stieß die Hände nach vorne, um die geballte Macht auf meine ehemalige Mentorin loszulassen und sie endlich zurück in die Hölle zu schicken. Die strahlend blaue Energie raste auf sie zu, erwischte sie mit voller Wucht und hüllte sie in einen Kokon aus blauem Leuchten.

Amelia schrie gellend auf. Ich kniff die Augen zusammen,

machte einen Schritt nach vorne und richtete all meinen Fokus auf die Magie, darauf, sie genau so einzusetzen, wie diese Frau es mir beigebracht hatte. Die Energie leuchtete auf, durchdrang Amelias Körper, dann begann das hellblaue Leuchten zu flackern – und erlosch schließlich.

Von einer Sekunde auf die andere war nichts mehr davon übrig. Nichts außer einem schwachen Funkeln in der Luft, das sich genauso schnell auflöste wie ein besiegter Geist.

Amelias Körper sackte zu Boden. Der Stein in ihrem Anhänger war zerbrochen. Die Splitter verteilten sich auf dem kalten Asphalt um sie herum.

Fassungslos starrte ich auf meine Hände hinab. Irgendetwas stimmte nicht. Irgendetwas stimmte ganz gewaltig nicht. Mein Puls raste und mein Magen zog sich vor Übelkeit zusammen. Ich tastete nach dem Anhänger an meinem Hals, zog daran und hielt das Schmuckstück mit einem Mal in der Hand. Der Kristall war zu einem bleichen Grauweiß verblasst. Wo zuvor ein kupferfarbenes Schimmern gewesen war, waren jetzt lauter kleine Risse, die sich durch den Stein zogen. Ich hatte die darin enthaltene Magie vollständig verbraucht.

Aber meine Narbe brannte noch immer.

Als ich den Kopf hob, erstarrte ich. Denn direkt vor mir materialisierte sich Amelias Geist in dem Körper, den ich einst gekannt hatte. Dasselbe Gesicht. Dieselben dunklen Haare. Dieselbe Kleidung, in der sie gestorben war.

Irgendjemand fluchte. Reflexartig tastete ich nach meinem Amulett – und begegnete Amelias Blick. Sie wirkte weder überrascht noch erleichtert, nach der Attacke noch zu existieren, sondern vielmehr zufrieden. Als hätte sie genau gewusst, dass das hier passieren würde. Als hätte sie es geplant und mich deshalb hingehalten, damit ich meine Magie verbrauchte. Ich hatte zwar ihren Geist aus dem Körper der armen Frau vertreiben können, Amelia jedoch nicht in die Unterwelt zurückgeschickt.

»Du …« Ich brachte den Satz nicht zu Ende, denn in diesem Moment blendete mich ein grelles Licht. Im nächsten erfasste mich eine Druckwelle und schleuderte mich erneut weg.

Ich hörte jemanden meinen Namen schreien, noch bevor ich hart auf dem Boden landete. Mein Herz setzte einen Schlag lang aus und die Übelkeit verstärkte sich. Mühsam setzte ich mich auf und hielt mir die schmerzende Schulter. Blut rann über meine Hände und an meinen Armen hinab und ich spürte dasselbe Brennen an meinen Knien und meiner Hüfte. Der erneute Aufprall hatte mehr als nur ein paar blaue Flecken gefordert.

Wen hatte ich eben gehört? War es Finn gewesen? Shaw? Oder hatte es etwa …

In diesem Moment tauchte Amelia hinter Maxwell auf, der sich gerade wieder hochhievte. Und obwohl ich schrie, obwohl ich aufspringen und hinrennen wollte, war ich zu langsam. Wie in Zeitlupe musste ich mit ansehen, wie Amelia einen Dolch mit bloßer Gedankenkraft zu sich heranzog. Einen Dolch, der mir bekannt vorkam. War es Finns? Sie packte Maxwell mit einer Hand an der Schulter und holte mit der anderen aus. Maxwell wirbelte herum, setzte zum Gegenangriff an – und zögerte eine winzige Sekunde, als er Amelia anblickte.

Eine Sekunde zu viel.

Die Klinge bohrte sich direkt in sein Herz.

»Nein!« Mein Schrei hallte durch die Straße.

Vor meinen Augen vermischte sich die Szene mit der Vision, die Giselle mir gezeigt hatte. Mein eigener Tod mit dem von Maxwell. Eine Klinge, die meinen Körper durchstieß. Doch als ich blinzelte, wurde das Bild wieder klar. Maxwell sank auf die Knie, eine Hand an der Brust, mit der anderen stützte er sich auf dem Asphalt ab. Ein roter Fleck erschien auf seinem weißen Hemd und breitete sich immer weiter aus. Fassungslos starrte er an sich hinab, auf den Blutfleck, auf die roten Spuren an seinen Fingern.

Ich konnte mich nicht daran erinnern, aufgesprungen zu sein. Meine Gliedmaßen waren taub, als ich Maxwell erreichte. Ich nahm nur noch das Stechen in meiner Brust wahr. Meine eigenen hektischen Atemzüge. Oder mein Herz, das so schnell raste? Es spielte keine Rolle mehr. Nichts spielte noch eine Rolle, wenn ich den schwer verwundeten Leiter des Londoner Quartiers in den Armen hielt und ihn nicht retten konnte.

»Ro… Roxy …« Er tastete neben sich und griff zittrig nach meiner Hand. Blut klebte an seiner Taschenuhr, doch das Amulett darin war noch intakt.

Ich starrte stirnrunzelnd auf die goldene Hülle mit den Insignien. Einmal angelegt, ließ sich ein Amulett nicht mehr abnehmen, bis es aufgebraucht war. Der einzige Grund, aus dem Maxwell es mir jetzt also geben konnte, war … war …

»Nein.«

Er verzog die Lippen zu einem schwachen Lächeln. »Es ist okay.«

Wieder und wieder schüttelte ich den Kopf und blinzelte gegen die Tränen an. Trotzdem fielen ein paar davon auf Maxwells Hemd. »Wir brauchen dich noch! *Ich* brauche dich.«

Er drückte meine Hand mit der Taschenuhr fester. »Du schaffst das allein. Pass auf … pass auf Weston auf, ja? Und sag Ingrid … sag ihr …« Seine Stimme wurde immer schwächer, bis sie ganz versagte. Seine Lippen formten die Worte, aber ich konnte sie nicht mehr hören. Und dann erlosch auch das letzte bisschen Leben in seinen Augen.

Hastig steckte ich die Taschenuhr ein, wischte mir die Tränen von den Wangen und sah mich nach den anderen um – und mir wurde eiskalt. Shaw lag reglos auf dem Boden, seine Schrotflinte außer Reichweite. Doch noch während ich ihn anstarrte, setzte er sich ächzend auf und hielt sich den Arm. Wenige Meter weiter kämpfte auch Finn sich wieder hoch, tastete nach seinem Dolch und ballte die Hand zur Faust, als er das Holster leer vorfand. Als sich unsere Blicke begegneten, presste er die Lippen zu einer schmalen Linie zusammen und nickte mir unmerklich zu.

Mein Puls begann zu rasen. Ich hatte keine Ahnung, was er vorhatte, aber ich konnte ihm die Entschlossenheit nur zu deutlich ansehen.

Ein letztes Mal sah ich auf Maxwell hinunter und bettete ihn vorsichtig auf den Asphalt. Meine Hände zitterten, als ich sie über sein Gesicht legte und seine Augen langsam schloss. Dann stand ich auf. Meine Muskeln bebten und protestierten gegen die Bewegung, doch das war mir egal. Alles war plötzlich egal geworden.

»Das ändert gar nichts.« Meine Stimme war nur noch ein Krächzen.

Ich drehte mich zu Amelia um, die das Ganze ohne jede Gefühlsregung beobachtet hatte. Obwohl ich die ganze Zeit über gewusst hatte, wen ich vor mir hatte, tat es weh, sie nun genau so zu sehen, wie ich sie in Erinnerung hatte. Aber noch mehr schmerzte mich das, was ich jetzt tun musste.

»Du wirst trotzdem in der Unterwelt landen, wo du dich für deine Taten rechtfertigen musst.« Die Taschenuhr in meiner Hand leuchtete auf.

Amelias Augen weiteten sich. Spätestens jetzt hatte ich all ihre Aufmerksamkeit sicher. »Das Amulett ist eine Nummer zu groß für dich, Roxy.« Sie wich einen halben Schritt zurück. »Niemand kann einschätzen, was du damit anrichtest.«

Meine Mundwinkel wanderten nach oben. »Das ist mir egal.«

Bildete ich mir das ein, oder war das echte Furcht in Amelias Augen? Die ganze Zeit über hatte sie mit mir gespielt, mich wie eine Figur auf einem Schachbrett benutzt, die sie nach ihrem Willen lenken konnte. Doch jetzt war sie zu weit gegangen. Sie hatte Maxwell getötet. Giselle, Jacques und vermutlich noch unzählige Hunter verletzt. Sie hatte *meine Freunde* verletzt. Jetzt gab es nichts mehr, das mich aufhalten würde. Selbst wenn es mich das Leben kostete. Selbst wenn das der Moment war, in dem sich Giselles Vision von meinem Tod erfüllte.

Ich konzentrierte mich auf das Pulsieren der Magie in meiner Hand. Sie fühlte sich anders an als mein altes Amulett. Gewaltig. Unbeherrschbar. Aber ich brauchte nur ein bisschen davon. Nur genug, um Amelia zu besiegen.

Ohne nachzudenken, legte ich auch die andere Hand um die Taschenuhr und zog sie langsam zurück, bis das königsblaue Leuchten zwischen meinen Fingern erschien. Goldsprenkel tauchten darin auf, und ich spürte ein Knistern wie von Elektrizität.

»Tu das nicht«, warnte Amelia mich, den Blick fest auf das Amulett in meinen Händen gerichtet. Daher bemerkte sie nicht, wie Finn und Shaw sich ihr von der anderen Seite näherten. Oder dass Warden in diesem Moment zwischen den Bäumen hervortrat, die Kleidung voller Blut und seine Machete in der Hand.

Ein Schuss aus Shaws Schrotflinte ließ Amelia zusammenzucken. Reflexartig wirbelte sie zu den beiden Huntern herum, erlitt in ihrer Geisterform jedoch keinen Schaden durch die Kugel. Zornig stieß sie erst Shaw mit ihrer Magie weg, dann musste sie auch schon Finn und Warden ausweichen, die sie direkt angriffen. Warden mochte sich als Blood Hunter auf Vampire spezialisiert haben, doch er hielt Amelia in Schach und lenkte sie von mir ab, während Finn dazu übergegangen war, sie mit Wurfmessern anzugreifen.

»Na, hast du das auch kommen sehen?«, knurrte er.

Ich schloss die Augen, verließ mich ganz auf meine Begleiter und lenkte jeden Gedanken und jedes einzelne Gefühl in mir auf Maxwells Amulett. Es war zu mächtig für mich. Schweiß trat mir auf die Stirn und lief mir den Rücken hinunter. Meine Arme bebten, meine Knie zitterten und meine Brust war so eng, dass ich kaum noch atmen konnte.

»Ich gehe nicht zurück!« Amelias Kreischen drang an mein Ohr, aber ich ignorierte es, denn jetzt gab es nur noch mich und die Magie.

»Wo ist Niall?«, stieß ich in einem letzten Versuch hervor, herauszufinden, ob sie die Wahrheit gesagt hatte. Über meinen Bruder. Die verschwundenen Hunter. Dinah und Ripley. »Sag mir, was du mit ihm und den anderen gemacht hast!«

Ein krächzendes Lachen entrang sich ihr, während sie einer weiteren Attacke auswich und Finn mit einer Handbewegung gegen ein Auto schleuderte. »Du wirst sie niemals finden.«

Ich presste die Lippen aufeinander. Obwohl mir noch tausend weitere Fragen auf der Zunge lagen, brachte ich keine einzige hervor. Es kostete mich bereits alles an Selbstbeherrschung, alles an Konzentration, um die Hände wieder zusammenzubringen. Die magische Energie konzentrierte sich zwischen meinen Fingern, wurde immer stärker, bis ich die geballte Macht auf Amelia losließ.

Die Magie raste wie ein riesiger Wirbel durch die Luft, vorbei an parkenden Autos, Bäumen und Häusern. Bäume ächzten. Glas zersplitterte. Metall knirschte. In letzter Sekunde hechteten die anderen in Sicherheit, dann traf meine Attacke ihr Ziel.

Schützend riss ich mir den Arm vors Gesicht, als die ganze Straße grell aufleuchtete. Ich rechnete mit einem Knall, mit einer gewaltigen Explosion oder damit, irgendetwas zu fühlen, doch da war nichts. Nichts außer ohrenbetäubender Stille.

Amelia sackte in sich zusammen, als hätte sie jedes bisschen Kraft verlassen. Die ersten Funken flogen durch die Luft, während sie sich vor unseren Augen aufzulösen begann.

Ihr Blick irrte wild umher und blieb schließlich an Warden hängen, der sich jetzt langsam näherte. »Der Vam… Vampirkönig … wird … er wird ihn töten.«

»Was?« Sofort ging Warden neben ihr in die Hocke. Er versuchte ihre Schulter zu greifen, aber seine Finger glitten geradewegs durch Amelia hindurch. Ihr schwindender Geist war bereits zu schwach, um ihren Körper noch länger zu formen. »Was hast du da gesagt?«

Amelia lachte leise, während ihre Gestalt immer blasser wurde. »Der Vampirkönig wird … Baldur … er wird … den Hexenkönig töten … Baldur wird … das nicht zulassen … Er hat …« Ihre Stimme brach und auch der Rest von ihr löste sich auf, bis nur noch ein blasses Funkeln in der Luft hing. Dann war sie verschwunden. Genau so, wie es sein sollte, weil sie längst nicht mehr zu den Lebenden gehörte.

»Nein, verdammt!« Warden starrte uns alle nacheinander an und sprang dann auf. Wut und Verzweiflung lagen in seinem Blick. »Sie hat vom Vampirkönig gesprochen. Hat sie noch etwas gesagt? Irgendetwas? Wo ich Isaac finden kann? Was das Ganze mit Baldur zu tun hat?«

»Nein, tut … tut mir leid …«, stieß ich hervor, erschrocken darüber, wie kraftlos sich meine Stimme anhörte.

Aber es war vorbei. Es war endlich vorbei.

Ein warmer Wind strich mir über das Gesicht. Die Taschenuhr fiel mir aus der Hand und landete klappernd auf dem

Boden. Da war kein Leuchten mehr im Kristall. Keine Magie. Ich hatte das letzte bisschen, das Maxwell mir übrig gelassen hatte, restlos verbraucht. Meine Knie gaben unter mir nach, doch dann schlangen sich zwei Arme von hinten um mich und hielten mich ganz fest.

Es war Shaw, der mich auffing. Shaw, in dessen Armen ich lag, auch wenn ich dabei nicht meinen letzten Atemzug tat.

Zumindest noch nicht.

26. KAPITEL

Shaw

»Mein Beileid.« Sébastien schüttelte uns allen nacheinander die Hand. Mit links, was ungewohnt für ihn sein musste, doch sein rechter Arm war eingegipst, nachdem er sich gleich mehrere Knochen im Kampf gegen Amelia gebrochen hatte. Allerdings würde er als Blood Hunter den Gips vermutlich nicht lange tragen, genauso wenig wie Warden die Schlaufe.

»Danke.« Finn klopfte ihm auf die Schulter. »Und auch von uns herzliches Beileid. Ihr habt ebenfalls jemanden verloren.«

Ein trauriges Lächeln umspielte Sébastiens Lippen. »Dominique ist … Sie war eine von den Guten. Eine Huntress durch und durch.«

Bei diesen Worten zuckte Roxy leicht zusammen, sagte jedoch nichts dazu. Seit den Ereignissen gestern war sie ungewöhnlich still geworden. Nicht nur erschöpft von so viel Magieeinsatz, sondern still. Geradezu distanziert. Sie wich Gesprächen und Blickkontakt gleichermaßen aus. Und mich schien sie neuerdings ganz zu meiden.

»Shaw.«

Ich riss meinen Blick von ihr los und sah auf, als Sébastien vor mir stehen blieb und auch mir die Hand gab.

»Danke für alles. Du hast dir das Hunterabzeichen wirklich verdient.«

Ich lächelte schief und schüttelte seine Hand. »Noch bin ich nicht so weit.«

Auch wenn es keinen Leiter mehr in London gab, der darüber bestimmen konnte. Bei dieser Erkenntnis wurde mir unweigerlich flau im Magen. Wir würden Maxwell zurück nach Hause bringen, das war nicht nur Westons ausdrücklicher Wunsch gewesen, sondern der von uns allen. Doch das Londoner Quartier würde nicht mehr dasselbe sein. Nicht ohne ihn.

»Falls ihr jemals Hilfe braucht …«, begann Sébastien und ließ den Rest des Satzes offen. Wir verstanden auch so.

Genauso wie wir alle wussten, dass es noch nicht vorbei war. Was Amelia über Isaac, den Anführer der Vampire, und über Baldur, den Hexenkönig, gesagt hatte, musste etwas bedeuten. Die anderen waren davon überzeugt, dass Amelia Kontakt zu Baldur oder Isaac gehabt haben musste, da der Schicksalsblick nur durch eine Berührung ausgelöst werden konnte. Mit ihrem letzten Atemzug hatte sie uns eine Information geliefert und wir würden entscheiden müssen, was wir damit anfingen.

Warum sie das getan hatte, blieb ein Mysterium. Vielleicht für Roxy. Vielleicht als Wiedergutmachung. Daran, dass sie plötzlich ein schlechtes Gewissen entwickelt hatte, glaubte ich nicht. Genauso wenig wie Weston, der sich ganz in die Arbeit gestürzt und die wildesten Theorien aufgestellt hatte, wie Amelia so mächtig hatte werden können. Selbst mit einem Amulett der höchsten Stufe war sie viel zu stark gewesen. Zu unbesiegbar. Zumal sie dasselbe Amulett getragen hatte, ganz egal, welchen Körper sie gerade eingenommen hatte. Bisher war es unmöglich gewesen, ein Amulett zu lösen, sobald es angelegt war. Amelia hatte es dennoch geschafft, auch wenn sich keiner von uns erklären konnte, wie das möglich war. Vielleicht hatte die Zeit in der Unterwelt sie mächtiger gemacht. Vielleicht hatte sie tatsächlich Kontakt zu diesem Baldur, zum König der Hexen gehabt, und hatte die Seiten für ihn gewechselt. Wir wussten es nicht und konnten sie jetzt auch nicht mehr fragen. Gut möglich, dass wir das nie herausfinden würden.

Doch eine Sache hatten wir relativ schnell klären können, nämlich, wie Amelia sich Zugang ins Quartier verschafft hatte. Ihr Geist hatte den Körper eines Hunters besetzt, der als ein Teil der Suchtruppe ins Quartier zurückgekehrt war. Als einer von vielen war es ein Leichtes gewesen, zu Giselle zu gelangen, während wir noch herumdiskutiert hatten, wie der Plan aussah.

Ich nickte Sébastien dankbar zu, schulterte meine Reisetasche und unterdrückte einen Schmerzenslaut bei der Bewegung. Ich war mir ziemlich sicher, dass ein paar Rippen geprellt waren, im schlimmsten Fall sogar gebrochen, aber ich hatte nicht viel Aufsehen darum gemacht, genauso wenig wie um den Streifschuss an meinem Oberarm, nachdem Amelia meine eigene Kugel auf mich zurückgeschleudert hatte. Das sollte sich Ingrid in aller Ruhe anschauen, wenn wir wieder in London waren. Außerdem gab es schon genug andere Probleme und Verletzte.

Roxys Arme und Handflächen waren von Schürfwunden übersät. Finn hatte einige unschöne Schnittwunden vom Kampf davongetragen. Genauso wie jede Menge Prellungen und blaue Flecken, die wir alle abbekommen hatten. Wardens Arm hing in einer Schlaufe – er hatte sich die Schulter ausgekugelt, und einer der anderen Hunter hatte sie wieder eingerenkt. Allein bei der Erinnerung daran schüttelte ich mich.

Ich wandte mich ab, bereit, das Quartier zusammen mit den anderen Huntern zu verlassen, als uns eine sanfte Stimme noch im Eingangsbereich innehalten ließ.

»Ich will mitkommen.« Unvermittelt trat Giselle vor. »Bitte.«

Bisher hatte sie sich völlig im Hintergrund und ein Stück

entfernt von allen gehalten, und ich war mir ziemlich sicher, dass die meisten ihre Anwesenheit nicht einmal richtig wahrgenommen hatten. Das hieß, alle bis auf Finn, der auch jetzt als Erstes reagierte.

»Bist du sicher?«, fragte er stirnrunzelnd.

»Amelia ist tot, non?« Giselles Blick wanderte zwischen Finn, Roxy, Warden und mir hin und her. Den letzten Menschen, die die Magic Huntress lebendig gesehen hatten. Oder … wie auch immer man den Zustand einer von den Toten zurückgekehrten Seele beschreiben wollte.

Schließlich war es Roxy, die nickte. »Sie ist wieder dort, wo sie hingehört, und keine Gefahr mehr für dich. Versprochen.«

Ihre Stimme klang so schwach, dass ich den Impuls unterdrücken musste, den Arm um sie zu legen. Nicht um sie zu stützen, denn sie hielt sich trotz der besorgniserregenden Blässe in ihrem Gesicht sehr wohl auf den Beinen, aber damit sie sich anlehnen konnte, wenn sie es brauchte und es sich selbst erlaubte. Aber ich tat nichts davon, weil ich nicht wusste, wie sie das auffassen würde. Weil ich seit gestern überhaupt nichts mehr wusste.

»Dann möchte ich euch begleiten.« Giselle bat nicht um Erlaubnis, und, mal ehrlich, wer hätte sie schon davon abhalten können? Maxwell war nicht mehr hier, um irgendetwas zu bestimmen, und einen Nachfolger gab es nicht.

Dennoch machte mich die Art, wie Giselle Roxy musterte, stutzig. Da war irgendetwas, das sie uns verheimlichte. Ob es mit Roxys Todesvision zu tun hatte? War Giselle etwa ein Teil davon? Wollte sie sie verhindern? Oder hatte ihre plötzliche Bereitschaft, sich uns anzuschließen, andere Gründe?

»In Ordnung.« Finn sah von einem zum anderen, wie um sich zu versichern, dass alle damit einverstanden waren. »Du kannst mit uns nach London kommen. Wir haben das größte

Archiv in Europa. Wonach auch immer du suchst, dort wirst du es finden.«

Erleichterung zeichnete ihre Züge und sie nickte dankbar. Im Gegensatz zu uns verabschiedete sie sich nicht mit einem Händeschütteln von Sébastien und den anderen Huntern. Aber sie bedankte sich bei ihnen für den Schutz und sprach ihnen ihr Mitgefühl aus.

Ich trat nach draußen und blinzelte gegen die Sonnenstrahlen an. Es war erst zwei Tage her, dass wir hier angekommen waren. Ich konnte mich noch gut an meine Neugier und Begeisterung erinnern, ein anderes Quartier und die Hunter eines fremden Landes kennenzulernen. Davon war noch immer etwas übrig, aber ich war nicht mehr derselbe Mensch wie bei unserer Ankunft. Keiner von uns war das. Das konnten wir gar nicht sein.

Irgendwie hatte ich erwartet, Weston vor dem Gebäude vorzufinden, doch der war schon vor einer Stunde losgefahren. Allein. In einem gemieteten Wagen, mit dem er Maxwell zurück nach Hause bringen würde. Wir hatten ihm angeboten, zu fahren oder ihn zu begleiten, aber Weston hatte darauf bestanden, das allein durchzuziehen.

Seufzend blickte ich gen Horizont, wahrscheinlich in die völlig falsche Himmelsrichtung, weil London ganz woanders lag, doch das war mir egal. Nacheinander kamen die anderen heraus. Erst Warden, dann Giselle und schließlich Roxy.

»Hey …« Ich hatte keine Ahnung, was ich sagen sollte, und machte dennoch einen halben Schritt auf sie zu.

Roxy reagierte nicht. Das hieß, sie reagierte nicht mit Worten, denn ich nahm das kurze Zucken sehr deutlich wahr. Hätte ich noch irgendeinen Zweifel daran gehabt, dass sie mir auswich, war dieser jetzt fortgewischt. Ich sah ihr mit gerunzelter Stirn nach, wie sie die Stufen hinunterging und, ohne zurückzublicken, mit Warden in ein Taxi stieg. Ein Taxi, das sie zum Bahnhof bringen würde.

»Mach dir nichts draus.« Finn trat neben mich und beobachtete das Ganze. »Die Sache mit Amelia und Maxwell hat sie ziemlich mitgenommen.«

»Ja …«, bestätigte ich, doch irgendwie wurde ich den Gedanken nicht los, dass mehr dahintersteckte. Denn Roxy wich mir nicht erst aus, seit sie ihre ehemalige Mentorin zurück in die Unterwelt geschickt hatte. Sie wich mir seit jenem Morgen aus, nachdem wir die Nacht miteinander verbracht hatten. Dabei war überhaupt nichts passiert. Nichts, außer dass sie mich aus einem Albtraum geweckt und festgehalten hatte. Dass sie für mich da gewesen und sogar die ganze Nacht bei mir geblieben war. Und dass sie sich genauso an mich geschmiegt hatte wie ich mich an sie.

Bei der Erinnerung daran schluckte ich hart. War es das? War es ihr zu viel geworden? Zu … nahe?

Finn klopfte mir auf die Schulter. »Lass uns gehen. Wir haben eine lange Fahrt vor uns.«

Nach einem letzten Blick auf das Taxi, das am Ende der Straße abbog und aus meinem Sichtfeld verschwand, setzte ich mich in Bewegung.

Maxwells schwarzer Bentley parkte neben dem Gehweg, ganz so, als wäre überhaupt nichts passiert. Als würde das Auto nur darauf warten, dass sein Besitzer zurückkehrte. Umso seltsamer war es, das Gepäck und die Waffen im Kofferraum zu verstauen und auf der Fahrerseite einzusteigen.

Ich legte meine Hände ans Lenkrad und dachte an all die Momente, in denen ich mit Maxwell an diesem Wagen herumgeschraubt hatte. Ohne es zu merken, war die Arbeit an unseren Autos zu einem gemeinsamen Hobby geworden. Meist hatten wir stillschweigend vor uns hingearbeitet, manchmal hatten wir aber auch geredet und Maxwell hatte mir von seiner Zeit als Hunter erzählt, bevor er zum Leiter des Quartiers geworden war. Er hatte mich völlig selbstverständlich in seinen Reihen aufgenommen. Mich. Den Kerl ohne jede Erinnerung. Ohne Vergangenheit. Roxy mochte mich gerettet haben, aber Maxwell war derjenige, der mir ein Zuhause und eine Bestimmung gegeben hatte – und das würde ich ihm nie vergessen.

»Bereit?« Mein Blick glitt zu Finn auf dem Beifahrersitz und dann nach hinten zu Giselle. Statt Roxy und Warden zu begleiten, hatte sie sich für uns und den Wagen entschieden. Keine große Überraschung. Wenn man die Berührung mit jedem anderen Menschen vermeiden wollte, war eine Zugfahrt nicht gerade die beste Wahl, selbst wenn sie nicht mal zweieinhalb Stunden betrug.

»Dann los«, murmelte ich, startete den Motor und fuhr los. Uns stand noch eine lange Reise bevor.

Zwei Tage. Seit zwei Tagen waren wir nun schon zurück in London und Roxy hatte noch immer kein Wort mit mir gesprochen. Mit so gut wie niemandem, wenn ich das richtig beurteilte. Nach ihrem Kampf gegen den Pontianak und sogar nach dem ersten Zusammentreffen mit Amelia war sie relativ schnell wieder auf den Beinen gewesen, doch jetzt wollten die Blässe in ihrem Gesicht und die Schatten unter ihren Augen einfach nicht verschwinden. Sie lief wie ein Zombie durch das Quartier, und egal, was ich versuchte, egal, was ich sagte – nichts davon schien zu ihr durchzudringen.

Ingrid hatte uns alle gleich nach unserer Rückkehr von Kopf bis Fuß untersucht, verbunden und mit Schmerzmitteln versorgt. Doch als ich sie auf Roxy angesprochen hatte, hatte sie geschwiegen. Auch Ingrid war stiller geworden und hatte gerötete Augen, wann immer ich ihr über den Weg lief.

An diesem Abend hatten wir uns alle in der Kantine versammelt, nachdem wir Maxwell Lebewohl gesagt hatten. Die Beerdigung hatte nicht auf einem Friedhof stattgefunden, sondern außerhalb Londons auf dem Familiensitz. Weston hatte alles organisiert und die meisten mit seiner Entscheidung überrascht, nicht einfach damit aufzuhören, als Archivar zu arbeiten. Er schien sogar entschlossener als je zuvor und verbrachte noch mehr Zeit in der Bibliothek als bisher. Oft gemeinsam mit Linnea, aber noch viel öfter allein. Irgendwie schien im Moment jeder allein sein zu wollen, nicht nur Giselle, die auch hier in London den direkten Kontakt zu jedem vermied. Wenn überhaupt, dann sah ich sie und Finn ab und zu mit Sicherheitsabstand zusammensitzen.

Umso seltsamer war dieses erzwungene Beisammensein in der Kantine. Es gab Essen und Trinken, die Leute redeten jedoch nur in gedämpfter Lautstärke miteinander.

Ich saß an einem der langen Tische ganz außen neben dem Fenster und trank einen Schluck von meiner Cola. Nach Alkohol war mir nicht zumute. Ich wollte nichts betäuben oder vergessen. Scheiße, ich hatte doch auch so schon kaum Erinnerungen, da wollte ich jede einzelne behalten. Selbst wenn sie noch so sehr wehtat.

Weston hielt eine kleine Ansprache und bedankte sich bei allen, die zur Beerdigung gekommen waren. Und bei jenen, die bis zum Schluss mit seinem Großonkel gekämpft hatten. Als er auch meinen Namen nannte, senkte ich den Blick und starrte auf meinen Teller. Ich hatte kaum etwas von dem Auflauf angerührt und die letzte halbe Stunde nur lustlos darin herumgestochert.

Als Nächstes trat Ingrid nach vorne, dankte Weston und sah in die Runde. »Viele von euch wissen das vielleicht nicht, aber Maxwell hatte ein Testament«, begann sie zögerlich. »Er hatte es bereits an dem Tag aufgesetzt, an dem er seine Hunterprüfung ablegte, und es im Laufe der Zeit ergänzt.« Mit zittrigen Händen öffnete sie einen Umschlag und holte mehrere Blätter heraus.

Sie las einige Namen vor, von denen ich nur einen Teil kannte und daher nicht so genau hinhörte. Was ich jedoch mitbekam, war, dass Weston den Landsitz und den Bentley geerbt hatte, während Maxwells gesamtes Vermögen an die Hunter gehen sollte. Als Ingrid Roxys Namen nannte, horchte ich auf.

»Die Amulette in meiner Sammlung sollen aufgeteilt werden zwischen Roxana Blake und Rip…« Ingrid hielt inne, zwang sich dann jedoch dazu, weiterzulesen, auch wenn ihre Stimme brach. »Ripley York.«

Ich senkte den Blick. Ripley und Dinah galten noch immer als vermisst. Aber nach dem, was Amelia über sie und auch über Roxys Bruder Niall gesagt hatte … Vielleicht gab es noch eine Chance. Vielleicht waren sie noch irgendwo dort draußen. Und wenn dem so war, dann würden wir sie finden.

Ingrid räusperte sich. »Verwahrt sie gut und nutzt sie weise.«

Mein Blick zuckte zu Roxy. Sie stand etwas abseits, ganz in Schwarz gekleidet, und hatte die Hände an ihren Seiten zu Fäusten geballt. Ihr Gesicht zeigte keinerlei Regung, und wie sie so dastand und den Boden anstarrte, wirkte sie so verflucht verloren, dass sich alles in mir zusammenzog. Gott, ich würde alles darum geben, wenn ich ihr einen Teil ihres Schmerzes nehmen könnte.

Das hier war nicht mehr die Roxy, die ich kennengelernt hatte. Nicht mehr die Frau, die meinen Sprüchen mit Zynismus und einem genervten Augenrollen begegnete. Die mit mir auf der Motorhaube saß und Burger aus einem neuen Laden testete. Die ich in dieser einen Nacht in Paris in den Armen gehalten hatte.

»Zuletzt möchte ich meinen Nachfolger verkünden«, fuhr Ingrid fort und ihr Gesicht schien sich zum ersten Mal aufzuhellen. Ihr Blick wanderte über die versammelten Hunter und blieb an einer Person an den hinteren Tischen hängen. »Nala Madaki.«

Alle drehten sich zur Waffenmeisterin um, die nur blinzelnd dasaß, als versuchte sie zu begreifen, was gerade passierte. Weston war der Erste, der zu klatschen begann, dann fielen Linnea und Ingrid, Roxy und Finn, Deek, Ilya, Joaquin und alle anderen Anwesenden mit ein, bis der ganze Raum von Beifall erfüllt war. Irgendwie hatte Maxwell es geschafft, diesen traurigen Tag herumzureißen und mit etwas Schönem abzuschließen, denn nun gratulierten Nala alle, schüttelten ihr die Hand, klopften ihr auf die Schulter oder nahmen sie in den Arm.

»Herzlichen Glückwunsch«, sagte ich zu ihr, als ich an der Reihe war. »Erschieß bloß keinen, wenn er dir auf die Nerven geht.«

Sie zog eine schmale Augenbraue in die Höhe. »Dich zum Beispiel?« Ihre Armreifen klimperten, als sie mit dem Finger auf mich deutete. »Sorry, ich kann keine Versprechungen machen.«

Ich grinste und machte Finn Platz. Wie von selbst suchte mein Blick Roxy und entdeckte sie in dem Moment, in dem sie aus der Tür schlüpfte und die Kantine verließ. Ich folgte ihr nicht, auch wenn der Impuls da war, genauso wie der, sie zur Rede zu stellen. Aber ich würde mir eher selbst eine reinhauen, als ihr noch mehr Kummer zu bereiten. Also blieb ich, wo ich war, und machte einen Schritt zurück, bei dem ich aus Versehen mit jemandem zusammenprallte. Ich hob entschuldigend die Hände, aber Giselle starrte mich nur aus riesigen Augen an und verließ hastig den Raum. Ich blieb in der Kantine, bis Nala sich mit Ingrid und Weston zurückzog, um ihre neuen Aufgaben und Pflichten zu besprechen und die restliche Gruppe sich nach und nach auflöste.

Die Stille im Quartier, als ich durch die Stockwerke schlenderte, war beinahe unheimlich. Und das nicht mal, weil sie so ungewohnt war. Nachts war es meistens ruhig, da fast alle Hunter auf der Jagd waren. Doch jetzt waren sie alle da – und es war dennoch so still. Vielleicht hörte ich das Geräusch deshalb so deutlich, als ich in der vierundvierzigsten Etage ankam und an den Duschräumen vorbei zu meinem Zimmer gehen wollte.

Das gleichmäßige Prasseln von Wasser. Und dazwischen ein unterdrücktes Schluchzen.

Ich blieb wie versteinert stehen. Mit plötzlich hämmerndem Herzen begann ich genauer hinzuhören. War das wirklich ein Schluchzen gewesen oder hatte ich es mir nur eingebildet?

Ich sollte einfach weitergehen, sollte mein Zimmer aufsuchen und mich aufs Ohr hauen oder noch etwas lesen oder eine meiner Serien weiterschauen. Dennoch rührte ich mich nicht vom Fleck. Zögerte. Lauschte weiter.

Und da war es wieder. Dieses Geräusch, das wie eine Klinge durch meine Brust schnitt.

Mein Blick brannte sich in die Tür rechts neben mir. Ich konnte nicht einfach ins Bad der Frauen reinmarschieren, oder? Das ging nicht. Aber ich war mir absolut sicher, wer gerade da drinnen war und weinte. Ich konnte nicht einfach weggehen und nichts tun. Das lag mir nicht. Ich mochte mich noch immer an nichts von meinem früheren Ich erinnern können, aber so viel hatte ich inzwischen gelernt: Ich war jemand, der handelte. Ganz besonders, wenn es um Roxy ging.

Also verpasste ich mir in Gedanken einen Tritt und setzte mich in Bewegung. Ich klopfte kurz an der Tür zum Bad und wartete, horchte auf eine Reaktion, aber da kam nichts. Da war nur das Rauschen der Dusche – und Roxys leises Schluchzen. Jetzt noch deutlicher als zuvor.

Ich biss die Zähne zusammen, legte die Hand an die Klinke und drückte die Tür auf.

Eine Wand aus Dampf und Wärme schlug mir entgegen und ich brauchte einen Moment, um mich zu orientieren.

»Roxy?«, rief ich leise, erhielt jedoch keine Antwort. Verdammt.

Ich drückte die Tür hinter mir zu und sah mich zögerlich um. Die Spiegel über den Waschbecken waren beschlagen und an den Fliesen glänzte das Kondenswasser. Wie lange war sie schon hier? Ging es ihr gut? Hatte sie sich verletzt?

Die Sorge trieb mich an, weiterzugehen, die Waschbecken hinter mir zu lassen und die Duschkabinen anzusteuern. Und dann entdeckte ich sie.

Roxy saß in der hintersten Kabine auf dem Boden, die Beine an die Brust gezogen, das Gesicht gegen die Knie gedrückt. Ihr langes Haar fiel wie ein Umhang über ihre bebenden Schultern und den Rücken. Und sie weinte. Scheiße, sie weinte wirklich.

In diesem Moment fiel jedes bisschen Zurückhaltung von mir ab. In drei schnellen Schritten war ich bei ihr, setzte mich neben sie auf den nassen Boden und zog sie wortlos an mich. Dabei registrierte ich, dass sie nicht nackt war, sondern noch ein Top und Unterwäsche trug. Das sollte mich nicht erleichtern, aber ich wollte nicht, dass ihr das hier später unangenehm war.

Zunächst erstarrte Roxy und ich fluchte innerlich. Shit. War es ein Fehler gewesen, reinzukommen? Würde sie mich gleich hochkant rausschmeißen und erst recht nie wieder ein Wort mit mir reden? Doch dann spürte ich, wie sich ihre Finger in mein Shirt gruben. Einen Herzschlag später sank sie gegen mich und klammerte sich an mir fest.

Es war mir völlig egal, dass ich innerhalb von Sekunden genauso nass war wie sie. Es war mir egal, dass wir unter dem warmen Wasserstrahl mitten in der Dusche saßen, wo jeder hereinkommen und uns entdecken könnte. Das Einzige, was zählte, war, dass ich für sie da sein, dass ich sie festhalten und stützen konnte. Und dass sie den Schmerz endlich rausließ.

»Es ist nicht deine Schuld«, murmelte ich und strich ihr über das feuchte Haar. »Du hast alles getan, was du tun konntest.«

Ich hatte keine Ahnung, ob das die richtigen Worte waren oder genau die falschen, denn ihr Körper bebte nur noch mehr vor unterdrückten Schluchzern. Ihre Tränen vermischten sich mit dem Wasser, das auf uns herabprasselte und die leisen Geräusche, die ihr entkamen, wurden eins mit dem Rauschen.

»Ohne mich … wäre nichts davon … passiert.« Sie klang so verflucht klein und gebrochen, dass es mich innerlich schier zerriss. Unwillkürlich drückte ich sie noch etwas fester gegen mich.

»Das weißt du nicht«, widersprach ich leise.

»Doch.« Sie hob den Kopf und starrte mich aus geröteten Augen an. »Wir wären nie nach Paris gefahren, wenn Amelia nicht gewesen wäre. Keiner von uns wäre verletzt worden. Dominique und Ma… Maxwell wären dann noch hier, statt in einem Sarg zu liegen.« Ihre Stimme brach.

Ich hielt sie nur noch fester und strich ihr über den Arm. Wahrscheinlich war es egal, was ich sagte. Roxy würde sich für immer die Schuld daran geben. Aber wenigstens fraß sie es nicht länger in sich hinein wie in den letzten Tagen, sondern ließ es endlich raus. Das würde zwar nichts ungeschehen machen, aber es würde ihr helfen. Zumindest hoffte ich das.

Ich hatte keine Ahnung, wie lange wir so auf den Fliesen saßen, bis sich ihr Körper langsam entspannte, ihr Schluchzen weniger wurde und schließlich ganz verebbte. Das Wasser wurde lauwarm, und als Roxy in meinen Armen fröstelte, streckte ich mich etwas und schaltete es ganz aus. Jetzt durchbrachen nur noch unsere Atemzüge und ein gelegentliches Tropfen die Stille, die sich um uns herum ausbreitete.

Als ich sicher war, dass Roxy sich beruhigt hatte, hievte ich mich hoch und half ihr ebenfalls wieder auf die Beine. Kurz sah ich mich um, dann griff ich nach einem großen Handtuch und hielt es ihr hin. Ihre Unterwäsche klebte an ihrer Haut, aber anscheinend war zumindest ein winzig kleiner Teil von mir ein Gentleman, denn ich drehte mich um, damit sie die nassen Sachen ausziehen und sich abtrocknen konnte. Währenddessen zog ich mir das klamme Shirt über den Kopf und auch die Schuhe aus. Der Rest musste warten.

Roxy gab keinen Ton von sich, trotzdem spürte ich plötzlich ihren Blick auf mir und drehte mich zu ihr um. Sie stand nur in dem Handtuch vor mir. Das lange Haar fiel ihr auf den Rücken und die Narbe an ihrer Schulter war deutlich sichtbar. Ihre Haut war von der Dusche etwas gerötet und ein paar Tropfen hingen noch immer an ihrem Dekolleté. Ich schluckte hart und zwang mich dazu, jeden Gedanken und jede Reaktion beiseitezuschieben, die über das Freundschaftliche hinausgingen. Denn genau das war es, was Roxy jetzt brauchte: einen Freund.

Also trat ich zu ihr und hob die Hand, um die Narbe an ihrer Schulter zu berühren, hielt dann jedoch inne und suchte ihren Blick. »Tut es weh?«

Sie schüttelte den Kopf. »Nicht mehr seit … seit Amelia fort ist.«

Ich nickte und hielt ihr die Hand hin. »Na komm.«

Im ersten Moment schien sie zu zögern, doch dann legte sie ihre Finger in meine und ließ sich von mir zur Tür führen. Bevor wir das Bad verließen, überzeugte ich mich davon, dass wir niemandem auf dem Weg zu Roxys Zimmer begegnen würden. Ich war mir ziemlich sicher, dass sie nicht wollte, dass jemand sie in diesem Zustand sah. Dass sie meine Hilfe annahm, grenzte schon an ein Wunder.

Nach wenigen Sekunden erreichten wir ihr Zimmer, wo ich etwas unschlüssig in der Tür stehen blieb. Als Roxy das Handtuch löste, wandte ich den Blick hastig ab. Erst als ich das Rascheln der Bettdecke wahrnahm, traute ich mich, wieder zu ihr hinüberzuschauen. Sie hatte sich ins Bett gelegt und auf der Seite zu einer kleinen Kugel zusammengerollt. Bei dem Anblick zog sich etwas in meiner Brust zusammen.

»Soll ich dableiben, bis du eingeschlafen bist?« Die Worte kamen mir über die Lippen, bevor ich sie aufhalten, bevor ich überhaupt darüber nachdenken konnte.

Unsere Blicke trafen sich und ich hielt den Atem an. Aus irgendeinem Grund hämmerte mein Herz plötzlich – und pochte sofort noch stärker, als Roxy mit einem unmerklichen Nicken reagierte.

Okay. *Okay* … Ich konnte das. Ich hatte schon mal mit ihr in einem Bett gelegen, ohne dass irgendetwas passiert war. Außerdem war sie gerade absolut nicht in der Verfassung, auch nur an mehr zu denken. Ein Blick in ihr Gesicht genügte und ich wusste, was ich zu tun hatte. Zumindest hoffte ich, dass es das Richtige war, denn ich kam mir verdammt hilflos vor, als ich die Tür schloss, mir die nasse Jeans auszog und nur in Boxershorts zu ihr ins Bett kletterte.

Draußen war es längst dunkel geworden und im Zimmer brannte kein Licht, also lagen wir in völliger Finsternis da. Sie vor mir und noch immer zusammengerollt, ich direkt hinter ihr. Ich atmete tief durch, dann rückte ich etwas näher und schlang einen Arm um sie. Wie vorhin in der Dusche verkrampfte sie sich zunächst, schmiegte sich dann jedoch an mich und der

Stoff ihres Tops rieb für einen Moment über meinen nackten Oberkörper. Ein erleichtertes Seufzen kam mir über die Lippen.

Keiner von uns sagte ein Wort, aber das war auch nicht nötig. Ich strich ihr über den Arm und lauschte ihren Atemzügen, die nach und nach gleichmäßiger wurden, bis sie sich völlig in meinen Armen entspannte. Und auch dann blieb ich noch bei ihr, so wie sie in jener Nacht bei mir geblieben war.

Ich hatte keine Ahnung, was das hier war, was es zu bedeuten und ob es überhaupt eine Zukunft hatte, aber das war auch nicht wichtig. Ich hatte bereits lernen müssen, ohne eine Vergangenheit zu leben, da konnte ich mich auch mit einer ungewissen Zukunft arrangieren. Denn für den Moment war die Gegenwart mit Roxy mehr als genug.

Erst sehr viel später, als ich sicher war, dass Roxy tief und fest schlief, löste ich mich vorsichtig von ihr und stand auf. Ich schnappte mir meine Sachen und verließ das Zimmer, ohne sie zu wecken. In meinem eigenen zog ich mich um, schnappte mir die Schlüssel meines Sportwagens und machte mich auf den Weg. Da gab es nämlich eine ganz bestimmte Sache, von der ich wusste, dass sie sie aufmuntern würde.

Als ich rund eine halbe Stunde später zurückkehrte, schlief Roxy noch. Ich blieb einen Moment vor ihrem Bett stehen und betrachtete einfach nur ihr Gesicht. Im Schlaf wirkte sie so verflucht verwundbar, dabei wusste ich am allerbesten, wie stark sie war. Und das nicht nur, weil sie Amelia besiegt oder mich vor ein paar Monaten von diesem Geist befreit hatte. Sie war stark, weil sie Giselle berührt und ihren eigenen Tod gesehen hatte. Weil sie diese Mission des Todesboten akzeptiert hatte, auch wenn sie aussichtlos war, und weil sie noch immer nach ihrem Bruder suchte. All das und noch so viel mehr machten sie zur stärksten Person, die ich kannte.

Ich gab mir einen Ruck und stellte die Papiertüte mit dem mittlerweile vertrauten Logo neben sie auf den Nachttisch. Behutsam strich ich ihr eine Haarsträhne aus dem Gesicht. Ihre Haut war warm und weich unter meinen Fingerkuppen, und ich musste mich zurückhalten, nicht wieder zu ihr ins Bett zu klettern und sie an mich zu ziehen. Vielleicht würde ich die Chance dazu ein anderes Mal bekommen, doch jetzt brauchte Roxy vor allem eins: Ruhe. Schlaf. Und Fast Food.

Mit einem kleinen Lächeln auf den Lippen richtete ich mich wieder auf, durchquerte ihr Zimmer und zog die Tür leise hinter mir zu. Der Duft nach Fast Food folgte mir bis in den Flur. Wahrscheinlich würde es nicht allzu lange dauern, bis Roxy davon aufwachte. Und dann würde sie Pommes und ihren Lieblingsburger vorfinden. Zusammen mit dem Triple Chocolate Cake, den sie so liebte.

EPILOG

Shaw

»Seid ihr sicher, dass ihr das tun wollt?« Nala sah stirnrunzelnd von einem zum anderen. »Das Londoner Quartier ist zwar gut besetzt, aber wir könnten euch trotzdem hier brauchen.«

Wir standen in der Waffenkammer und rüsteten uns aus. Finn mit seinem Dolch, Roxy mit ihrer Pistolenarmbrust und dem neuen Amulett, das sie aus Maxwells Nachlass erhalten hatte. Es hing als klobiger Anhänger an ihrem Hals. In der Mitte befand sich ein strahlend blauer Stein mit kupferfarbenen Schnörkeln. Nachdem ihr der Einsatz von Maxwells Amulett und dessen Magie gegen Amelia alles abverlangt hatte, war sie bei Stufe 5 geblieben.

Warden schnallte sich seine Machete um. »Isaac ist noch immer irgendwo da draußen«, erinnerte er Nala, die mit vor der Brust verschränkten Armen an der Wand lehnte und jede unserer Bewegungen beobachtete. »Amelia zufolge wird er den Hexenkönig Baldur töten, also kann er sich nicht mehr lange verstecken. Ich muss ihn finden.« Entschlossenheit schwang in jeder einzelnen Silbe mit. »Außerdem hab ich Roxy ein Gerät versprochen, das ihr dabei helfen kann, die restlichen entflohenen Seelen zu finden.«

Nala wirkte noch immer skeptisch, nickte jedoch seufzend. »Ihr werdet uns hier fehlen. Ganz besonders du«, wandte sie sich an Finn. »Was soll ich mit Giselle machen, wenn die beiden einzigen Menschen, mit denen sie redet, jetzt abhauen?«

Finn grinste nur. »Ich bin schneller zurück, als du denkst. Ich werde ein paar alten Freunden im Quartier Hallo sagen, einige Familienmitglieder in den Highlands und auf den Inseln besuchen, meiner Kampfpartnerin dabei helfen, dieses technische Wunderwerk zu besorgen, und dann zurückkommen. Mach dir keine Sorgen.«

Sie verdrehte die Augen. »Ich bin die neue Leiterin des Quartiers. Mir Sorgen zu machen gehört praktisch zur Jobbeschreibung, also bleibt gefälligst füreinander auf Abruf, egal ob du im Quartier in Edinburgh oder bei deiner Familie bist, verstanden? Und du!« Sie wirbelte so schnell zu mir herum, dass ihre Armbänder klimperten und ich zusammenzuckte. Anklagend deutete sie mit dem Finger auf mich. »Du bist noch nicht mal ein ausgebildeter Hunter.«

Ich wechselte einen Blick mit Warden, Finn und Roxy. »Ich gehe ja nicht auf die Jagd, sondern nur in ein anderes Quartier. Für die Prüfungen lernen und trainieren kann ich auch dort und von unterwegs.«

Nala wirkte so, als wäre sie kurz davor, sich die Haare zu raufen, was bei dem Pixie-Cut sicher nicht einfach war, also sah ich besser zu, dass ich davonkam. Ich zwinkerte ihr zum Abschied zu und bemerkte noch, wie sie Roxy zur Seite nahm und zum Abschied umarmte.

Wenige Minuten später traten wir alle in der Tiefgarage aus dem Fahrstuhl und steuerten meinen Sportwagen an. Ich warf die Reisetasche und die Schrotflinte in den Kofferraum, dann glitt ich hinters Lenkrad. Während sich Warden und Finn die Rückbank teilten, nahm Roxy zu meiner Erleichterung auf dem Beifahrersitz neben mir Platz. Seit jener Nacht ging sie mir zwar nicht mehr so sehr aus dem Weg, aber wir hatten auch nicht darüber gesprochen, was passiert war. Und das war okay. Ich war geduldig. Ich konnte warten.

»Alle da?«, fragte ich und sah von einem zum anderen. Nicken und mürrisches Murmeln war die Antwort darauf. Ich blickte zu Roxy hinüber und zuckte mit den Mundwinkeln. »Ich wollte schon immer mal nach Edinburgh.«

Sie zog die Brauen hoch und musterte mich zweifelnd. »Wolltest du nicht.«

»Stimmt.« Grinsend startete ich den Motor. »Auf nach Schottland!«

DANKSAGUNG

Mit jeder Geschichte nimmt man als Autorin auch etwas für sich selbst mit. Bei *Schattenblick* war das sogar noch vor dem Schreiben der Fall, denn ich (Bianca) habe noch nie zuvor so sehr für eine Idee und ihre Charaktere gekämpft wie für diese hier. Und genau das habe ich dank Roxy, Shaw und allen anderen gelernt: nicht bloß niemals aufzugeben, sondern zu kämpfen, wenn ich etwas wirklich will. Und ich wollte diese Geschichte unbedingt erzählen. Ganz egal, wie schwierig es war, die Idee zu formulieren, die Geschichte zu Papier zu bringen und sie anschließend unzählige Male zu überarbeiten, umzuschreiben, zu löschen, zu verfeinern, zu ändern und neu zu schreiben, damit sie genau so wurde, wie ihr sie heute in den Händen haltet.

Darum vorab ein von Herzen kommendes Dankeschön an all die Menschen, die mir Mut zugesprochen und an diese Geschichte geglaubt haben, selbst als sie nur eine vage Idee war. Danke an meine Co-Autorin Laura, an Klaudia, Marie, Linda, Niko, Alex, Tanja, Mona, Yvonne, Melanie, Carina, Kristina, Gesa, Caro, Alana und alle anderen, die ich vergessen habe.

Schattenblick zusammen mit der lieben Laura Kneidl zu entwickeln und zu bearbeiten, war ein Abenteuer, bei dem ich nicht wusste, was mich erwarten würde. Umso schöner und entspannter gestaltete sich die Zusammenarbeit. Vielen Dank dafür! Und an jene, die auf Instagram schon gefragt haben: Nein, wir haben uns immer noch nicht gestritten. :D

Von uns beiden geht ein riesiges Dankeschön an unsere wunderbare LYX-Lektorin Stephanie Bubley, die vom ersten Moment ebenso Feuer und Flamme für die *Midnight Chronicles* war wie wir, auch wenn wir sie damals mit unserem Vorschlag, eine sechsteilige Reihe zu schreiben, ziemlich überfallen haben. Danke auch dafür, dass du dich mit uns zusammengesetzt hast und dir tagelang Zeit genommen hast, um die Geschichte auseinanderzunehmen, wieder zusammenzusetzen und alles in eine logische Reihenfolge zu bringen. Danke. Nach Tag 1 waren wir zwar fertig mit der Welt, aber Tag 2 war unglaublich produktiv und erfolgreich!

Wir danken auch Ruza Kelava, Simone Belack, Sina Braunert, Momke Zamhöfer, Simon Decot, Barbara Fischer, Sandra Krings, Teresa Krull sowie all den anderen Mitarbeiter*innen von LYX und Bastei Lübbe, die dabei helfen, aus unseren Geschichten Bücher zu machen!

Wir bedanken uns ebenfalls bei unseren wunderbaren Agent*innen Gesa Weiß und Kristina Langenbuch Gerez von der Literaturagentur Langenbuch & Weiß und bei Markus Michalek und der AVA international GmbH. Vielen Dank, dass ihr uns bei diesem umfangreichen Projekt begleitet und uns stets mit Rat und Tat zur Seite steht. Ein ganz besonderes Dankeschön geht hierbei an Kristina Langenbuch Gerez, die im Lektorat noch mal alles aus dieser Geschichte herausgeholt hat.

Bedanken möchten wir uns auch bei unseren fabelhaften Beta- und Testleserinnen: Saskia, Mandy, Beate, Tanja und Anabelle. Danke, dass ihr dabei geholfen habt, *Schattenblick* zu dem Text zu machen, der er heute ist. Eure Meinung bedeutet uns viel.

Danke an die PJS, insbesondere an Marie, Anabelle und Nicole, die bei Plot-Problemen ein offenes Ohr hatten und immer so leichte Lösungen hervorgezaubert haben. Wie macht ihr das nur? Und ein großes Dankeschön an Klaudia, die nicht nur Fast Food als Motivation für Roxy ins Spiel gebracht hat, sondern uns stets mit Rat und Tat und Hilfe zur Seite steht.

Ebenfalls ein großes Dankeschön geht an Nadine, die für Design und Handhabung von Roxys Pistolenarmbrust mitverantwortlich war.

Danke an unsere Freunde und unsere Familien, die uns in allem unterstützen, was wir tun, selbst wenn sie nicht immer verstehen, was gerade in unseren Köpfen vor sich geht (wir kommen ja selbst kaum hinterher).

Zum Schluss möchten wir uns natürlich noch bei euch bedanken – unseren Leser*innen. Egal, ob ihr bisher nur die Bücher von einer von uns kanntet oder ob *Schattenblick* euer allererstes Buch von uns ist: Wir freuen uns, dass ihr mit dabei seid, und können es kaum erwarten, euch zu erzählen, wie die Geschichte von Roxy, Shaw, Warden & Co. in *Blutmagie*, dem zweiten Band der *Midnight Chronicles*, weitergeht. Bis zum nächsten Mal!

LESEPROBE

MIDNIGHT CHRONICLES
Blutmagie

Cain

Blut tropfte von meinem Kinn.

Fluchend zog ich die Serviette unter meinem Cocktail hervor und wischte mir über die Haut. Ich hätte es mit dem Kunstblut nicht so übertreiben sollen – aber was war schon ein Vampirkostüm ohne Blut? Ich knüllte die nun rote Serviette zusammen und sah mich nach einem Mülleimer um. Doch trotz meiner geschärften Sicht konnte ich im dämmrigen Licht des Clubs keinen finden. Er war gerammelt voll, und wohin ich auch blickte, entdeckte ich nur Hunter und Archivare, die sich unterhielten, miteinander lachten, tanzten und für ein paar Stunden verdrängten, dass sie wohl einen der gefährlichsten Jobs dieser Welt hatten.

Für gewöhnlich liebte ich die Halloweenpartys, die die Hunter in Edinburgh alljährlich für diejenigen von uns schmissen, die in dieser Nacht nicht im Dienst waren. Doch dieses Jahr war es anders. Dieses Jahr musste ich mich zusammenreißen, denn ich hatte morgen Vormittag auf einem Kindergeburtstag zu erscheinen und konnte es mir nicht erlauben, verkatert zu sein.

Genervt stopfte ich die blutige Serviette in meine Hosentasche und trank den letzten Schluck meines Virgin Caipirinha. Ich wusste, dass ich auch ohne Alkohol Spaß haben konnte, aber es war schwer den Anschluss zu finden, wenn du die einzige nüchterne Person in einem Raum voller alkoholisierter Erwachsener warst, die es nur darauf anlegten, eine Dummheit zu begehen.

Ich fischte mir mit dem Strohhalm einen Eiswürfel aus meinem Cocktailglas und schob ihn mir wie einen Bonbon in den Mund, um darauf herumzukauen. Allerdings war das mit den künstlichen Eckzähnen, die ich mir für den Abend angeklebt hatte, schwieriger als erwartet.

Aus Richtung der Bar kam mein Kampfpartner Jules auf mich zugeschlendert, zwei Gläser in der Hand. Er schob mir eine Cola zu und setzte sich auf den freien Hocker neben mir. »Schau nicht so grimmig, Cain. Das hier ist eine Party, keine Beerdigung. Mach dich locker.«

Ich warf ihm einen finsteren Blick zu, was mir aber nicht so ganz gelingen wollte, denn Jules sah einfach lächerlich aus. Das diesjährige Motto der Party lautete »Die Kreaturen, die wir töten«. Jeder musste sich als eines der Wesen verkleiden, die er jagte. Ich war eine Blood Huntress, also hatte ich mich für ein Vampirkostüm entschieden, Jules, der ein Grim Hunter war, für ein Werwolfkostüm. Doch es war kein billiges Werwolfkostüm, wie man es in jedem Kostümladen finden konnte. Nein, Jules trug einen Anzug mit Blumenmuster, aus seinen Ärmeln wuchsen Fellbüschel, seine Klauen waren lange schwarze Gelnägel, und anstatt einer grausigen Maske mit Blut und gefletschten Zähnen trug er ein Haarband mit Hundeohren. Er war der modischste, harmloseste und amüsanteste Werwolf, den ich je gesehen hatte.

»Du hast leicht reden, du musst morgen nicht eine Horde Kinder bespaßen.«

»Das hast du dir selbst zuzuschreiben.«

»Was hätte ich machen sollen? Den Auftrag nicht annehmen?«

»Ja, genau das hättest du tun sollen. Agnes hätte auch eine andere Cinderella gefunden.«

»Psst, nicht so laut«, tadelte ich Jules. Er war der Einzige, der wusste, wie ich mein Geld verdiente: nämlich indem ich bei Kindergeburtstagen als Disney-Prinzessin auftrat.

Ich hasste es. Okay, das stimmte nicht. Es gefiel mir ziemlich gut. Meine Arbeitszeiten waren mehr oder weniger flexibel, es gab Kuchen, und die Bezahlung war ganz gut, vor allem wenn man bedachte, dass ich mit dem Töten von Monstern keinen Cent verdiente.

Jules nippte an seinem Cocktail. »Ich versteh nicht, wieso dir das so peinlich ist.«

»Du musst es auch nicht verstehen, nur deine Klappe halten«, sagte ich mit einem verbissenen Lächeln. Jules war nichts peinlich. Er interessierte sich nicht dafür, was die Leute über ihn und seine bunte Garderobe sagten, aber ich war nicht wie Jules. Mir war es nicht egal, was die anderen Hunter von mir dachten. Ich wollte, dass sie mich ernst nahmen und nicht belächelten, denn wenn ich für sie erst mal zur Lachnummer geworden war, könnte ich es vergessen, irgendwann einmal die Leitung des Quartiers zu übernehmen.

Plötzlich erstarrte Jules neben mir. Seine Muskeln spannten sich an, und er wurde ganz ruhig. Es gab nur zwei Dinge auf der Welt, welche ihm eine solche Reaktion entlockten. Und ganz gewiss war gerade eben keine übernatürliche Kreatur in den Club marschiert. Was bedeutete …

»Harper ist hier«, hauchte Jules so leise, dass ich ihn durch das Wummern der Musik kaum verstehen konnte.

Mein Blick folgte seinem zum Eingang. Sofort entdeckte ich Harper und ihren Bruder Holden, denn es war praktisch unmöglich, die Zwillinge zu übersehen. Sie waren Magic Hunter und wie alle Jäger ihrer Art von einer übernatürlichen Schönheit, wodurch sie immer alle Blicke auf sich zogen. Sie hatten seidiges schwarzes Haar, große braune Augen und volle Lippen. Hätte Harper meinen Job und müsste sich als Disney-Prinzessin verkleiden, wäre sie zweifelsohne Schneewittchen, obwohl sie weitaus mehr Ähnlichkeit mit Maleficent hatte, wenn man mich fragte. Sie war ziemlich fies, aber aus mir unerklärlichen Gründen mochte Jules sie – sehr sogar.

»Das ist deine Chance«, sagte ich und verpasste ihm einen sanften Stoß mit den Ellenbogen.

Er starrte mich an. »Was?«

Ich nickte zur Bar, auf die Harper und Holden nun zusteuerten. Holden hatte sich als Magier verkleidet und trug ein gräuliches Gewand, das bis zum Boden reichte, und einen langen grauen Bart, der ihn aussehen ließ wie Gandalf. Harper hingegen hatte sich mit ihrem Kostüm noch weniger Mühe gegeben als ich. Sie trug ihre normale Hunteruniform: eine schwarze Jeans, Stiefel, ein dunkles Top und eine Lederjacke. Einzig und allein die spitzen Ohren, die sie sich aufgesetzt hatte, gehörten nicht zu ihrem Standardoutfit. »Sprich sie an.«

Jules schüttelte heftig den Kopf. Im flackernden Licht der Clubbeleuchtung glaubte ich zu erkennen, dass er etwas blass um die Nase geworden war. »Auf keinen Fall. Du weißt, was dann passiert.«

Ja, das wusste ich allerdings. Denn jedes Mal, wenn Jules versuchte bei Harper zu landen, erteilte sie ihm eine Abfuhr, was absolut unverständlich war, denn Jules war ein echter Fang. Und das sagte ich nicht nur, weil er mein Cousin war. Er sah gut aus, mit seinem zerzausten roten Haar, den stechend blauen Augen und dem markanten Kiefer mit dem Dreitagebart. Außerdem war er witzig, intelligent, liebenswert und einer der besten Hunter, die ich kannte. Er war vielleicht nicht so groß und breitschultrig wie die meisten Grim Hunter, aber was ihm an angeborenen Vorteilen fehlte, machte er mit Disziplin und Entschlossenheit wieder wett.

»Wenn du nicht mit ihr reden willst, solltest du sie vergessen.«

»Das ist leichter gesagt als getan«, erwiderte Jules. Sein Blick wanderte erneut in Harpers Richtung. Sie lehnte an der Bar und lachte über etwas, das ihr Bruder gesagt hatte. Jules stieß ein tiefes Seufzen aus. »Wie kann ein Mensch nur so perfekt sein?«

Ich schnaubte. »Setz die rosarote Brille ab, Jules. Sie ist ein Miststück, und du bist viel zu gut für sie.« Normalerweise war ich nicht so bissig, und ich respektierte Harper als Huntress, aber ich konnte sie nicht ausstehen. Sie hatte Jules bereits zu oft das Herz gebrochen, und ich hasste es, wie sie – und nur sie – es schaffte, sein Selbstbewusstsein zu brechen.

»Du verstehst das nicht.«

»Nein, tu ich nicht.«

»Sie ist …« Jules stoppte sich mitten im Satz und schüttelte den Kopf, wie um den Gedanken loszuwerden, den er gerade dabei gewesen war auszusprechen. »Weißt du was? Vergiss es. Hast du Lust zu tanzen?«

»Sorry, heute nicht«, erwiderte ich, denn ich war eindeutig zu nüchtern, um mich freiwillig vor meinen Kollegen zum Affen zu machen. »Ich glaub ich pack's für heute. Frag doch Ella. Sie tanzt sicherlich gerne mit dir.«

»Ella ist vor einer halben Stunde abgezischt.«

Ich runzelte die Stirn. »Schon?«

»Jup«, antwortete Jules mit einem vielsagenden Blick. »Und Wayne ist fünf Minuten nach ihr gegangen.«

»Ah, verstehe«, murmelte ich. Für gewöhnlich waren wir Hunter ziemlich gut darin, Geheimnisse für uns zu bewahren, schließlich war unsere ganze Existenz ein Geheimnis, aber nicht meine beste Freundin. Ella konnte mir nichts vormachen und Jules genauso wenig. »Du findest sicherlich jemand anderen zum Tanzen«, tröstete ich Jules und hüpfte von meinem Hocker. »Wir sehen uns morgen zur Patrouille.«

Jules lächelte. »Bis morgen.«

Ich schlängelte mich durch die Horde der feiernden Hunter und Archivare, bis ich den Ausgang erreichte. Erleichtert atmete ich die kühle Nachtluft ein, als ich ins Freie trat. Das erste Mal seit Stunden konnte ich richtig durchatmen, ohne dass mir der Geruch von Schweiß und Alkohol in die Nase stieg.

Ich schlenderte die Victoria Street entlang Richtung des alten Friedhofs am Calton Hill. Es war eine sternenklare Nacht, und ich beschloss die zwanzig Minuten zum Quartier der Hunter zu laufen. Edinburgh war bereits bei Tag wunderschön, aber bei Nacht war die Stadt geradezu berauschend. In der Dunkelheit fühlte man sich zwischen all den alten sandsteinernen Gebäuden wie in eine andere Zeit versetzt. Und die Lichter, die in den Häusern brannten, verliehen meiner Heimat etwas Magisches. Manchmal fragte ich mich, ob das der Grund dafür war, weshalb in Edinburgh mehr übernatürliche Kreaturen hausten als in vielen anderen Städten. So oder so konnte ich verstehen, weshalb man hier leben wollte – egal ob tot oder lebendig, menschlich oder nicht.

Für gewöhnlich war es um diese Uhrzeit schon ziemlich ruhig auf den Straßen, aber die zahlreichen Halloweenpartys, die an jeder Ecke stattfanden, hatten die Leute aus ihren Betten geholt. Wohin ich auch sah, entdeckte ich Menschen. Paarweise oder in Gruppen standen sie vor den Pubs beisammen, rauchten oder spazierten durch die Gegend auf der Suche nach ihrer nächsten Party-Location.

Ich zog meine Jacke enger um mich, da mich der kühle Wind frösteln ließ, und beschleunigte meine Schritte, als mir plötzlich der Duft von Rosmarin in die Nase stieg. Instinktiv spannten sich meine Muskeln an, und ich wurde wieder langsamer, während ich mich nach der Quelle des Geruchs umsah.

Denn dieser Geruch bedeutete Gefahr.

Jede Art von Vampir hatte seinen eigenen Duft, den nur wir Blood Hunter wahrnehmen konnten. Manche Düfte waren eindeutig – Owenga rochen beispielsweise nach Benzin und Dhampire nach Rauch. Andere Gerüche wiederum waren weniger deutlich, aber dieser Duft nach Rosmarin gehörte unverkennbar zu einem von Isaacs Vampire – den klassischen Vampiren, wenn man so wollte. Verwandelte Menschen, die nach Blut gierten.

Suchend ließ ich meinen Blick umherwandern, bis er auf einen Mann fiel, der allein unterwegs war, und als wäre das an diesem Abend nicht schon untypisch genug gewesen, trug er auch kein Kostüm, sondern einen Hoodie, dessen Kapuze er sich tief ins Gesicht gezogen hatte, als hätte er etwas zu verbergen.

Unauffällig wurde ich wieder schneller und schloss zu dem Kerl auf, um meinen Verdacht zu prüfen. Und wie erwartet wurde der Geruch nach Rosmarin stärker. Ich heftete mich an die Fersen des Vampirs und zog mein Handy hervor. Mit der Kurzwahltaste rief ich Jules an.

»Komm schon«, murmelte ich zu mir selbst, als Jules nicht ranging. Ein Klicken ertönte, und sein Anrufbeantworter sprang an. Shit. Ich legte auf und rief ihn direkt noch einmal an, während ich dem Vampir weiterhin unauffällig folgte, was dank der zahlreichen Menschen auf den Straßen zum Glück nicht schwer war.

»Hey, hier ist Jules. Ich kann leider gerade nicht …«, sprang seine Sprachbox erneut an.

Fuck.

Vermutlich war es im Club zu laut, als dass er sein Handy hätte hören können. Und selbst wenn er ranginge, so war ich mir nicht sicher, ob er nach drei Cocktails überhaupt noch in der Verfassung war, einen Vampir zu jagen. Besser, ich stellte das nicht auf die Probe. Verunsichert presste ich die Lippen aufeinander. Ich brauchte meinen Kampfpartner, denn es war uns untersagt, allein auf die Jagd zu gehen. Andererseits konnte ich auch nicht zulassen, dass sich dieser Vampir ungehindert einen Mitternachtssnack suchte.

Anstatt Jules erneut anzurufen, wählte ich die Nummer des Quartiers. »Gärtnerei Dagger. Was kann ich für Sie tun?«, meldete sich eine Frau, deren Stimme ich nicht erkannte. Wir verwendeten immer eine falsche Begrüßung, damit niemand, der sich womöglich verwählte, den Jägern auf die Schliche kam.

»Cain Blackwood. CB170516EDI. Kannst du mich orten?«, fragte ich so leise wie nur möglich.

Wilde Tippgeräusche waren zu hören. »Ja, hab dich.«

»Ich verfolge gerade einen Vampir und bräuchte Verstärkung.«

»Uhh, leider ist es gerade ziemlich eng«, sagte die Frau mit deutlichem Bedauern in der Stimme. »Es laufen gerade mehrere Einsätze. Verstärkung kann frühestens in einer halben Stunde kommen.«

Eine halbe Stunde? In dieser Zeit könnte der Vampir Dutzende von Menschen abschlachten, wenn es ihm danach war. Das konnte ich nicht zulassen. Es war vielleicht aus Sicherheitsgründen verboten, allein auf die Jagd zu gehen, aber in diesem Fall ging die Sicherheit von Unschuldigen über meine eigene.

»Vergiss, dass ich angerufen habe. Jules und ich kümmern uns selbst darum«, log ich und, ohne eine Antwort abzuwarten, legte ich auf, um nicht noch mehr Zeit zu verschwenden. Ich wusste, dass ich das hier eigentlich nicht tun sollte, aber mir blieb keine andere Wahl, denn es war offensichtlich, dass dieser Vampir vor mir auf der Suche nach Nahrung war. Ich konnte nicht warten, bis er sie gefunden hatte.

Mit einigen Metern Abstand folgte ich ihm und wartete auf den passenden Moment, um zuzuschlagen. Zwar trug ich, wie jeder Hunter, ein magisches Amulett der Stufe 1 um den Hals, mit dem ich eine Illusion erschaffen konnte, aber ich wollte den Vampir dennoch lieber nicht in aller Öffentlichkeit angreifen. Denn eine Illusion war eben nur das: eine Illusion, und das bedeutete nicht, dass die Leute nicht in uns hineinrempeln konnten. Auf diese Weise passierte es immer wieder, dass Unwissende versehentlich Zeugen von Hunteraktivitäten wurden, und das galt es zu vermeiden.

Der Vampir war zum Glück gnädig zu mir, und ich musste nicht lang warten, bis er die Hauptstraße verließ, um durch eine der zahlreichen schmalen Gassen zu laufen, welche die Altstadt Edinburghs wie Adern durchzogen.

Ich warf einen Blick über meine Schulter. Als ich sicher war, dass uns niemand gefolgt war, warf ich meine letzten Bedenken bezüglich dieses Alleingangs über Bord. Ich aktivierte das Amulett um meinen Hals und ging in die Hocke, um nach dem Dolch zu greifen, der in meinem rechten Stiefel steckte. Meine Finger kribbelten vor Erwartung, als sie sich um das lederne Heft schlossen. Und meine Sinne, die von Natur aus ausgeprägter waren als die gewöhnlicher Menschen, schärften sich. Hierfür war ich geboren. Das war mein Schicksal, und hätte ich eine Wahl, würde ich mich immer und immer wieder dafür entscheiden. Entschlossen richtete ich mich auf.

»He! Blutsauger!«

Der Mann mit dem Hoodie erstarrte in der Bewegung und drehte sich zu mir herum. Er blickte auf, und die Kapuze rutschte ihm vom Kopf. Im Licht einer einsamen Laterne erkannte ich, dass sein Haar von einem leuchtenden Blond war, so als hätte es die Sonne absorbiert. Doch seine Haut war blass und seine Augen glasig. Ein Unwissender hätte vielleicht geglaubt, er wäre krank, doch ich wusste es besser – er hatte Hunger.

»Hallo Jägerin«, sagte der Vampir und verzog die Lippen zu einem spöttischen Lächeln, das mir seine Fänge zeigte. Sie waren nicht besonders lang, ein Zeichen dafür, dass er noch ein junger Vampir war. Unerfahren, aber alt genug, um zu wissen, was er tat, und um nicht mehr unkontrolliert zu töten, wie es bei frisch verwandelten Vampiren der Fall war. Diese stürzten sich unüberlegt und undurchdacht in den Kampf, reife Vampire hingegen genossen den Nervenkitzel der Jagd und die Angst ihrer Opfer. Es gehörte für sie zum Genuss des Blutes dazu.

»Wie ich sehe, eiferst du uns nach.« Der Vampir betrachtete die künstlichen Eckzähne, die noch immer in meinem Mund steckten. »Schade, dass ich dich nicht verwandeln kann.«

Ich schnaubte. »Lieber würde ich sterben.«

»Das lässt sich einrichten«, sagte der Vampir mit kehliger Stimme. Seine sanften Gesichtszüge wurden härter. Schwarze Adern erschienen unter seiner blassen Haut, und seine Pupillen nahmen eine dunkelrote Farbe an, während seine Hände zu Klauen mit langen Krallen wurden, die ihm dabei halfen, seine Beute festzuhalten. Er fletschte die Zähne und stieß ein animalisches Knurren aus, das einmal mehr bewies, dass er seine Menschlichkeit verloren hatte – und dann stürzte er sich auf mich.

Obwohl er rannte, nahm ich jede seiner Bewegungen bis ins kleinste Detail war. Seine Muskeln, die sich anspannten, und sein Atem, der sich beschleunigte, als würde sein Körper noch immer Sauerstoff brauchen. Die Härchen an meinen Armen richteten sich auf, und ich machte mich bereit.

Ich konnte den nach Metall stinkenden Atem des Vampirs förmlich auf meiner Haut spüren, als er auf mich zuhechtete, um mich zu packen. Doch kurz bevor er mich zu fassen bekam, duckte ich mich in einer fließenden Bewegung und kickte ihm die Füße unter den Beinen weg. Der Vampir war zu schnell, um sein Gleichgewicht zu halten. Mit einem lauten Aufschlag stürzte er zu Boden. Der Winkel machte es mir allerdings unmöglich, ihm meinen Dolch durchs Herz zu stoßen. Stattdessen rammte ich ihm die Klinge in seinen rechten Oberschenkel. Er stieß einen markerschütternden Schrei aus, den man zweifelsohne über die Gasse hinaus hören musste.

Ich sprang auf die Beine. Meinen Dolch ließ ich stecken, damit sich die Wunde nicht sofort wieder schloss und der Vampir länger etwas von dem Schmerz hatte, der ihn hoffentlich für ein paar Sekunden lähmen würde.

Ich sprintete los. Zielstrebig rannte ich auf die gusseiserne Laterne zu, welche in das Mauerwerk des Hauses eingelassen war. Meine Stiefel donnerten über den Boden, dennoch konnte ich hören, dass der Vampir bereits wieder die Verfolgung aufgenommen hatte. Adrenalin pumpte durch meinen Körper. Doch das Ziel vor Augen zog ich mein Tempo weiter an. Ich hatte nur diese eine Chance, kurzen Prozess mit dem Vampir zu machen, denn anders als mir mangelte es ihm nicht an Kraft und Ausdauer. Er könnte ewig so weitermachen, aber ich nicht, auch wenn mir meine Blood-Hunter-Gene übermenschliche Fähigkeiten verliehen.

Direkt unter der Laterne bremste ich scharf ab und wirbelte herum. Der Vampir war nur noch wenige Schritte von mir entfernt. Er humpelte leicht und hielt meinen Dolch in der Hand, als wollte er mich mit meiner eigenen Waffe zur Strecke bringen. Ein letztes Mal holte ich tief Luft, dann sprang ich nach oben. Meine Finger schlossen sich um die eiserne Stange der Laterne. Das Mauerwerk knarzte, und Sand bröckelte aus den Ritzen, als ich mich hin und her bewegte, um an Schwung zu gewinnen.

Ein dunkler Schatten huschte über das Gesicht des Vampirs, als versuchte er herauszufinden, was ich plante. Unaufhörlich kam er näher, von seinen animalischen Trieben angefeuert. Ich spannte meine Muskeln an, und ein letztes Mal holte ich Schwung, gerade als der Vampir mich erreichte und mich packen wollte.

Ich verpasste ihm einen heftigen Tritt ins Gesicht. Ein Knacken war zu hören. Blut spritzte. Er schrie auf und ließ meinen Dolch fallen, um nach seiner Nase zu greifen, die nur noch ein zertrümmerter Knochen war.

Zufrieden ließ ich die Eisenstange los. Mit beiden Füßen landete ich auf den Pflastersteinen, schnappte mir meinen Dolch und rammte ihn dem Vampir in die Kehle, um sein Gejammer im Keim zu ersticken. Er verstummte, und mit einem schmatzenden Geräusch und einem Schwall aus Blut löste ich die Klinge aus seinem Fleisch, bevor ich erneut ausholte und sie gezielt zwischen seine Rippenbögen hindurch in sein Herz rammte.

Schockiert starrte mich der Vampir an, und ich konnte beobachten, wie der letzte Atemzug seinen Körper verließ, kurz bevor er vor meinen Füßen leblos zu Boden sackte.

Ein erleichtertes Seufzen entwich meinen Lippen. Ein Blutsauger weniger, um den wir uns Sorgen mussten. Ich holte mein Handy hervor, das den Kampf zum Glück unbeschadet überstanden hatte, und schrieb eine Nachricht an das Quartier, damit sie jemanden schickten, der die Leiche entsorgte. Ich war gerade fertig damit, als ich aus dem Augenwinkel eine Bewegung wahrnahm. Ich wirbelte herum und starrte direkt in ein Paar kühler blauer Augen, die mir so vertraut waren wie das Gefühl einer Waffe in meiner Hand.

»Was zum Teufel, Blackwood?«

Warden

Nur eine Sekunde. Eine verdammte Sekunde lang hatte ich mir erlaubt, den Vampir aus den Augen zu lassen, und nun war er tot. Die letzten vier Stunden Observierung waren umsonst, und ich wusste nicht, auf wenn ich wütender sein sollte: auf Cain oder auf mich selbst, weil ich mich von Kevin hatte ablenken lassen. Zurzeit war der Todesbote oft bei mir. Schwer zu sagen, ob ihm langweilig war oder ob er mehr über meine Lebensdauer wusste, als er mir verraten wollte.

Cain stemmte die Hände in die Hüfte und betrachtete mich finster. Ich erinnerte mich nur noch dunkel an die Zeit, als mein Anblick Licht und keinen Schatten in ihre Augen gelegt hatte. »Hallo, Warden.«

»Warum hast du ihn getötet?«, fragte ich.

Cains rotes Haar strahlte in der dunklen Gasse wie ein Leuchtfeuer. Blut klebte an ihrem Kinn und rann über ihren Hals. Für den Bruchteil einer Sekunde flackerte Sorge in mir auf, bis ich die künstlichen Fangzähne in ihrem Mund entdeckte. Ernsthaft? »Ich habe ihn getötet, weil es mein Job ist.«

Ich sah auf den leblosen Körper zu meinen Füßen, dessen Blut über den Gehweg sickerte. Mir war unerklärlich, wie Cain ihn im Alleingang so schnell hatte kaltstellen können. Ich wusste aus eigener Erfahrung, dass sie gut war – aber so gut? Was mich allerdings noch mehr verwunderte, war Jules' Abwesenheit. Ich kannte die Regeln auswendig, gegen die ich selbst seit Jahren verstieß. In Edinburgh war es den Huntern verboten, allein auf die Jagd zu gehen. »Er war mein Vampir.«

»Sorry. Ich habe nicht gesehen, dass er ein Halsband trägt.«

»Ich bin ihm bereits den halben Tag gefolgt.«

Cain ging nun in die Hocke, um ihren Dolch aus dem Leichnam zu ziehen. »Und du hast es nicht geschafft, ihn zu töten? Schwach, Warden. Wirklich schwach.«

»Ich wollte ihn nicht töten«, zischte ich durch zusammengebissene Zähne. Normalerweise ließ ich mich nicht so schnell aus der Ruhe bringen. Egal ob ich einem Vampir nachjagte. Einem Werwolf gegenüberstand. Oder der knisternden Magie eines Hexers auswich. Es war für mein Überleben notwendig, dass ich stets einen kühlen Kopf behielt, aber diese Frau raubte mir jede Gelassenheit. »Ich wollte ihn nach Isaac fragen, und das weißt du.«

Seelenruhig wischte Cain ihre blutige Waffe am grauen Hoodie des Vampirs ab, doch ich wusste, dass ihre Gelassenheit eine Fassade war, genauso wie meine eigene. Es war ein Schauspiel, das wir seit Jahren jedes Mal aufführten, wenn wir aufeinandertrafen. »Was machst du überhaupt hier? Ich dachte, du wärst in London.«

Ich hatte keine Ahnung, woher sie von meinem Ausflug nach London wusste, da es ein inoffizieller Einsatz gewesen war. Oder warum es sie überhaupt interessierte. Vermutlich hatte sie gehofft, mich noch eine Weile länger nicht sehen zu müssen, denn in einem Quartier wie unserem lief man sich unweigerlich des Öfteren über den Weg. »Ich bin seit heute zurück.«

»Und wie war es?«

Ich schnaubte und verschränkte die Arme vor der Brust, über die der Gurt meiner Machetenhalterung spannte. Für gewöhnlich trug ich bei Observierungen unauffälligere Waffen bei mir, aber da heute Halloween war, stellte niemand die Klinge auf meinen Rücken infrage. »Was interessiert es dich?«

Cain richtete sich auf, wobei sie nicht einmal im Ansatz mit mir auf einer Augenhöhe war. Sie war ziemlich klein für eine Blood Huntress, aber das hinderte sie nicht daran, sich wie eine zu bewegen – geschmeidig und dennoch kräftig. »Weißt du was, Warden? Vergiss, dass ich gefragt habe.«

»Nichts lieber als das.«

Sie schüttelte den Kopf, als wäre sie enttäuscht von mir. Ohne noch ein weiteres Wort zu sagen, machte sie auf den Absatz kehrt, marschierte aus der dunklen Gasse und ließ mich mit dem toten Vampir allein. Ich sah ihr nach, bis ihre Silhouette in der Dunkelheit verschwand.

»Ich mag sie«, erklang plötzlich eine vertraute Stimme von der Seite. Ich drehte mich herum und entdeckte Kevin, meinen persönlichen Todesboten. Jedes Mal, wenn ich ihn sah, trug er einen anderen Körper. Manchmal war er eine alte Frau, manchmal ein kleiner Junge und manchmal, so wie heute, eine Blondine mit aufreizendem Ausschnitt. Doch ich erkannte ihn immer an seiner Vorliebe für K-Pop, die er deutlich zur Schau stellte – heute in Form eines farbenfrohen Basecaps.

»Blackwood? Sie ist eine Nervensäge.«

»Vielleicht«, gab Kevin mit einem wissenden Grinsen zurück. »Aber eine sexy Nervensäge.«

Ich presste die Lippen aufeinander, denn dem konnte ich nicht widersprechen. Doch Cain war viel mehr als das. Sie war talentiert. Ehrgeizig. Clever.

Und meine ehemalige Kampfpartnerin.

Die *Midnight Chronicles* gehen weiter!

Cains und Wardens Geschichte
erscheint am 24.02.2021.

MIDNIGHT CHRONICLES

GLOSSAR & PERSONENVERZEICHNIS

BLOOD HUNTER

Blood Hunter werden umgangssprachlich auch als Vampirjäger bezeichnet, ganz konkret jagen sie jedoch Blutwesen. Dazu zählen alle Kreaturen, die Blut konsumieren, um zu leben. Das können klassische Vampire sein, oder auch Strigois, Ghule, Aswang und eine Vielzahl anderer Wesen. Blood Hunter werden mit der Gabe geboren, Blutwesen zu riechen, wodurch sich diese nicht vor ihnen verstecken können. Zudem sind Blood Hunter immun gegen Vampirbisse und können nicht verwandelt werden. Außerdem heilen sie schneller als alle anderen Hunter und können sich so effizienter von Verletzungen erholen.

DIE BLOOD HUNTER
DER MIDNIGHT CHRONICLES

Cain Blackwood
Alter: 19 Jahre
Waffe(n): Dolche
Amulett: Stufe 1
Blick: –

Warden Prinslo
Alter: 21 Jahre
Waffe(n): alle!
Amulett: Stufe 1
Blick: –

Emma Prinslo (47 Jahre) – Wardens Mutter
Grant Livingston (67 Jahre) – Leiter des Quartiers in Edinburgh
Lillian Blackwood (50 Jahre) – Cains Mutter
Nala Madaki (40 Jahre) – Waffenexpertin im Londoner Quartier
Olivia Marlowe (47 Jahre) – Jules Mutter
Sebastién Mercier (25 Jahre) – Leiter des Quartiers in Paris

GRIM HUNTER

Grim Hunter sind neben Blood Huntern die am häufigsten vertretene Hunterart. Sie machen Jagd auf Werwölfe, Drachen, Höllenhunde, Gremlins, Wendigos, etc. Generell kümmern sie sich um alle Wesen, die nicht ins Einsatzgebiet der Blood, Soul oder Magic Hunter fallen, wofür sie auch prädestiniert sind. Denn Grim Hunter sind meist sehr kräftig und besitzen einen stämmigen, muskulösen Körperbau, der ihnen im Kampf einen deutlichen Vorteil verschafft.

DIE GRIM HUNTER
DER MIDNIGHT CHRONICLES

Jules Marlow
Alter: 21 Jahre
Waffe(n): Pistolen und Messer
Amulett: Stufe 1
Blick: –

Andrew Blackwood (49 Jahre) – Cains Vater
Chales Marlowe (48 Jahre) – Jules' Vater
Dinah King (25 Jahre) – Ripleys Kampfpartnerin
Finn MacLeod (21 Jahre) – Roxys Kampfpartner
Owen Boyd (23 Jahre) – Ellas Kampfpartner

SOUL HUNTER

Soul Hunter machen Jagd auf verlorene Seelen – Geister, wenn man so will. Alle Soul Hunter verfügen über den sogenannten Seelenblick, der es ihnen erlaubt, die Seele eines Menschen oder eines Wesens, ähnlich einer Aura, zu sehen. Egal, ob sich diese in einem Körper befindet oder sich von der sterblichen Hülle getrennt hat. Somit erkennen sie auch, wenn jemand von einem Geist besessen ist, da sich zwei Seelen in dessen Körper befinden. Zudem besitzen sie die Gabe, körperlose Seelen mit einer Berührung zu materialisieren und zu vernichten. Soul Hunter sind sehr selten, und man erkennt sie auf den ersten Blick, denn ihre Augen haben eine graue, fast weiße Iris.

DIE SOUL HUNTER
DER MIDNIGHT CHRONICLES

Mariella »Ella« Matthew
Alter: 19 Jahre
Waffe(n): –
Amulett: Stufe 4
Blick: Seelenblick

Wayne McKinley
Alter: 25 Jahre
Waffe(n): Doppelspeer
Amulett: Stufe 1
Blick: Seelenblick

Louis Matthew (46 Jahre) – Ellas Vater

MAGIC HUNTER

Magic Hunter sind das genaue Gegenteil der Grim Hunter. Sie sind von Natur aus sehr grazil, geradezu feenhaft, und von einer besonderen Schönheit, was ihnen als eine Art Tarnung dienen kann. Denn auch die Wesen, die sie jagen (Elfen, Feen, Sirenen, Meerjungfrauen, Hexen, etc.), sind meist besonders attraktiv, um mit ihrem Aussehen ihre Beute zu bezirzen. Magic Hunter besitzen selbst keine Magie, sind aber sehr geschickt im Umgang mit magischen Amuletten und immun gegen Flüche und Illusionen.

DIE MAGIC HUNTER
DER MIDNIGHT CHRONICLES

Harper Iwanow
Alter: 20 Jahre
Waffe(n): Katana
Amulett: Stufe 1
Blick: –

Amelia Dupont (49 Jahre) – Roxys Mentorin; verstorben
Dominique Delacroix (20 Jahre) – Jägerin aus Paris
Holden Iwanow (20 Jahre) – Harpers Zwillingsbruder
Jackson Lothian (39 Jahre) – Kampfpartner von Lillian Blackwood
Maxwell Cavendish (72 Jahre) – Leiter des Quartiers in London
Ripley York (23 Jahre) – Kampfpartner von Dinah

FREIE HUNTER

Freie Hunter sind Menschen, die nicht als Blood, Soul, Grim oder Magic Hunter geboren wurden, sich aber dennoch der Jagd nach übernatürlichen Wesen angeschlossen haben.

DIE FREIEN HUNTER DER MIDNIGHT CHRONICLES

Roxana »Roxy« Blake
Alter: 21 Jahre
Waffe(n): Pistolenarmbrust, magisches Amulett (Stufe 5)
Amulett: Stufe 5
Blick: Schattenblick

Shaw
Alter: ca. 24 Jahre
Waffe(n): Schrotflinte, Pistolen
Amulett: –
Blick: –

ARCHIVARE, MENSCHEN UND SONSTIGE CHARAKTERE

Alessandra Petrostelli (29 Jahre) – Assistentin von Grant Livingston
Elspeth »Beth« Matthew (44 Jahre) – Ellas Mutter
Giselle Beauvais (19 Jahre) – hat den Todesblick
Ingrid Abrahamsson (60 Jahre) – Oberärztin im Londoner Quartier
Jacques Mathieu (24 Jahre) – Archivar im Pariser Quartier
James Prinslo (38 Jahre) – Wardens Vater, verstorben
Linnea Abrahamsson (16 Jahre) – Tochter von Ingrid, Archivarin in Ausbildung
Niall Blake (21 Jahre) – Roxys verschollener Bruder
Weston Cavendish (21 Jahre) – Archivar im Londoner Quartier, Maxwells Großneffe

KREATUREN UND IHRE KÖNIGE

Baldur – König der Hexer
Isaac – König der Vampire
Kevin – Todesbote
Marjorie – Königin der Geisterwelt
Ulysses – König der Unterwelt

Nur bei ihm kann ich mich fallen lassen

Bianca Iosivoni
FALLING FAST
480 Seiten
ISBN 978-3-7363-0839-8

Hailee DeLuca hat einen Plan: Die Zeit, in der sie sich zu Hause verkrochen und vor der Welt versteckt hat, ist vorbei. Sie will mutig sein und sich all die Dinge trauen, vor denen sie sich früher immer zu sehr gefürchtet hat. Doch dann lernt sie Chase Whittaker kennen – und weiß augenblicklich, dass sie ein Problem hat. Denn mit seiner charmanten Art weckt Chase Gefühle in ihr, die sie eigentlich niemals zulassen dürfte. Und nicht nur das. Er kommt damit ihrem dunkelsten Geheimnis viel zu nahe ...

»Geheimnisvoll, berührend und aufwühlend. *Falling Fast* ist ein absolutes Must-Read!« MEIN BUCH, MEINE WELT

LYX

Was, wenn das Game Over gerade erst der Anfang ist?

Bianca Iosivoni
FEELING CLOSE TO YOU
480 Seiten
ISBN 978-3-7363-1120-6

Teagan hat nur einen Wunsch: endlich ans College zu gehen. Um das Geld dafür zu sparen, streamt sie online Videospiele. Sie ist so gut, dass sie sogar Parker, den beliebten YouTube-Gamer, besiegt. Der will unbedingt herausfinden, wer die unbekannte Spielerin ist. Obwohl sie nur über Chats und Nachrichten kommunizieren, knistert es zwischen ihnen. Doch Teagan ist zu oft enttäuscht worden und für Parker sind Gefühle das Letzte, was er gebrauchen kann. Dennoch können sie einander nicht vergessen.

»Herzklopfen von der ersten bis zur letzten Seite.« ANABELLE STEHL

LYX

Das größte Risiko, das beste Freunde eingehen können ...

Bianca Iosivoni
DER LETZTE
ERSTE KUSS
512 Seiten
ISBN 978-3-7363-0414-7

Elle und Luke sind beste Freunde – und das ist auch gut so. Zu oft sind sie in der Vergangenheit verletzt worden, als dass sie noch an die große Liebe glauben würden. Doch dann ändert ein leidenschaftlicher Kuss alles. Und auf einmal ist es unmöglich, das heftige Prickeln zwischen ihnen noch länger zu ignorieren. Dabei wissen Elle und Luke, wie viel für sie auf dem Spiel steht. Und sie wissen auch, dass sie ihre Freundschaft mehr denn je brauchen ...

»Frech, humorvoll, sexy!« MONA KASTEN

LYX

Sie dachte, dass sie niemals lieben könnte. Doch dann traf sie ihn.

Laura Kneidl
BERÜHRE MICH. NICHT.
464 Seiten
ISBN 978-3-7363-0527-4

Als Sage in Nevada ankommt, besitzt sie nichts – kein Geld, keine Wohnung, keine Freunde. Nichts außer dem eisernen Willen, neu zu beginnen und das, was zu Hause geschehen ist, zu vergessen. Das ist allerdings schwer, wenn einen die Erinnerungen auf jedem Schritt begleiten und die Angst immer wieder über einen hereinbricht. So auch, als Sage ihren Job in einer Bibliothek antritt und dort auf Luca trifft. Mit seinen stechend grauen Augen und seinen Tätowierungen steht er für alles, wovor Sage sich fürchtet. Doch Luca ist nicht der, der er auf den ersten Blick zu sein scheint. Und als es Sage gelingt, hinter seine Fassade zu blicken, lässt das ihr Herz gefährlich schneller schlagen …

Die Liebesgeschichte von Micah und Julian – herzzerreißend und unvergesslich

Laura Kneidl
SOMEONE NEW
544 Seiten
ISBN 978-3-7363-0829-9

Als Micah auf ihren neuen Nachbarn trifft, kann sie es nicht glauben: Es ist Julian, der kurz zuvor ihretwegen seinen Job verloren hat. Micah fühlt sich schrecklich, weil Julian ihr nicht mal die Gelegenheit gibt, sich zu entschuldigen. Doch seine undurchdringliche Art fasziniert Micah, und sie will ihn näher kennenlernen. Dabei findet sie heraus, dass Julian nicht nur sie, sondern alle Menschen auf Abstand hält. Denn er hat ein Geheimnis, das die Art, wie sie ihn sieht, für immer verändern könnte …

»Ein absolutes Must-Read, das ich am liebsten in jedes Regal der Welt stellen möchte.« LESELURCH.DE

LYX

Ist ein Moment des Glücks wirklich den Preis unserer Freundschaft wert?

Laura Kneidl
SOMEONE ELSE
432 Seiten
ISBN 978-3-7363-1121-3

Cassie und Maurice könnten das perfekte Paar sein: Sie sind beste Freunde, wohnen zusammen und teilen eine Leidenschaft für Fantasyliteratur. Dennoch scheinen Welten die beiden voneinander zu trennen. Während Auri viele Bekanntschaften hat und gern unter Menschen geht, zieht Cassie sich lieber von der Außenwelt zurück und pflegt einen engen Freundeskreis. Je mehr Zeit vergeht, desto stärker befürchtet sie, dass das, was sie und Auri verbindet, vielleicht nicht so stark ist wie das, was sie trennt …

»Ein so wichtiges, ehrliches und authentisches Buch.« FOXY BOOKS über *SOMEONE NEW*

LYX